KB086054

일러두기

1. 번역에 쓰인 원전은 2013년 중국 장강문예출판사에서 출간한 '이월하 문집' 제1판을 사용했다.
2. 맞춤법과 띄어쓰기는 한글맞춤법과 외래어표기법에 따랐다.
3. 한자는 우리말로 표기하고, 꼭 필요한 경우에만 괄호 속에 원음을 병기해 이해하기 쉽도록 했다.
   예 : 다이곤多爾滾(도르곤)
4. 인명과 지명은 우리말로 표기했다. 단, 이미 굳어진 표현은 원지음을 존중했다.
   예 : 나찰국羅刹國(러시아). 이후에는 '러시아'로 표기
5. 본문 중의 괄호 안에 뜻을 풀이한 것은 모두 옮긴이의 설명이다.

【제왕삼부곡 제2작】

시진핑 주석이 반부패개혁의 모델로 삼은 황제

옹정황제

6

얼웨허 역사소설

홍순도 옮김

더봄

옹정황제 6권

개정판 1판 1쇄 인쇄   2015년 10월 7일
개정판 1판 1쇄 발행   2015년 10월 12일

지은이   얼웨허(二月河)
옮긴이   홍순도
펴낸이   김덕문

펴낸곳   더봄
등록번호   제2015-000072호
주소   서울특별시 중구 을지로 12길 28, 207호(저동2가, 저동빌딩)
대표전화   02-2264-0148   **팩스**   02-2264-0149
전자우편   thebom21@naver.com
블로그   blog.naver.com/thebom21

ISBN 979-11-86589-32-8 04820
ISBN 979-11-86589-26-7 04820(전12권)

책값은 뒤표지에 있습니다.

말년의 효공인황후孝恭仁皇后 오아烏雅씨

1660~1723. 성姓은 오아烏雅씨로, 옹정제의 생모이다.
1681년에 덕비德妃에 봉해졌다가 옹정제 즉위(1722) 후 황태후로
진봉되었다. 이듬해인 옹정 원년(1723) 음력 5월 23일, 64세를 일기로
붕어하였다. 옹정제가 자신의 또 다른 친아들인 14황자 윤제를
정적으로 배척하는 것을 지켜보면서 죽을 때까지 괴로워했다. 같은 해
음력 9월에 강희제의 경릉景陵에 합장되고 태묘에 부묘되었으며,
아들인 옹정제에 의해 효공인황후孝恭仁皇后로 추봉되었다.

보친왕寶親王 시절의 홍력弘曆

청나라 제4대 황제 강희제康熙帝의 손자이자 제5대 황제인
옹정제雍正帝의 넷째 아들이다. 옹정제의 후궁 출신인
효성헌황후孝聖憲皇后 유호록鈕祜祿씨 소생이다.
어릴 때부터 제왕이 지녀야 할 자질을 보여 할아버지 강희제와
아버지 옹정제에게 인정을 받아 형인 셋째 홍시弘時보다 먼저
친왕에 오른 뒤 후일 중국 최고의 태평성세인 '강건성세'康乾盛世의
마지막을 장식한 황제가 된다.

윤계선尹繼善

1696~1771. 만주양황기滿洲鑲黃旗 출신으로, 성은 장가씨章佳氏이다.
자는 원장元章, 호는 망산望山이다. 청나라 때의 대신으로, 대학사大學士와
병부상서兵部尚書를 지낸 윤태尹泰의 아들이다. 옹정 원년(1723)의
진사進士 출신으로, 편수編修를 제수 받아 관직에 나아가 옹정과
건륭 2대에 걸쳐 운남 총독雲南總督, 천섬 총독川陝總督, 양강 총독兩江總督,
문화전 대학사文華殿大學士 겸 한림원 장원학사翰林院掌院學士 등을 역임했다.

2부 조궁천랑雕弓天狼

15장
부정부패에 관용은 없다

  세상을 떠들썩하게 만들었던 산서성 낙민 사건과 은과 부정사건에 대한 재판은 음력 4월 2일에 드디어 끝났다. 대리시, 형부, 도찰원으로 구성된 삼법사三法司가 해당 사건에 연루된 관리들과 죄명을 결정지은 것이다. 그러나 워낙 크고 작게 연루된 사람이 많은 탓에 사회 전반에 몰고 올 파장도 고려하지 않을 수 없었다. 이위와 도리침은 상의 끝에 일단 두 가지 사건별로 심사 과정만을 상세히 정리했다. 그런 다음 노란 상자에 넣어 양심전으로 밀주密奏하기로 결정을 내렸다. 옹정이 내린 결론이 두 사람의 처리 결과와 다를 수도 있지 않을까 하는 요행을 바라는 마음이 없지 않았던 것이다.

  두 사람은 옹정을 배알하기에 앞서 우선 조양문으로 윤사를 찾아갔다. 마침 은과 시험 결과의 발표를 앞둔 이때 윤사는 이불과 여러 시험 감독관들을 접견하느라 무척이나 바빴다. 그가 선 채로 간단하게 말했다.

"조금 있다가 열넷째하고 새로 선발된 궁녀들의 최종 명단을 점검해야 하니 오후쯤은 돼야 폐하께 문안을 올리러 갈 시간이 나겠어. 그동안 애썼어. 사건 처리 과정을 수시로 보고받았더니 내가 보기에는 문제될 것이 없는 듯해. 공정하게 처리한 것 같다고. 별일 없으면 가보게."

두 사람은 잠깐 선 채로 윤사의 말을 듣고는 물러나는 수밖에 없었다. 그리고는 동화문에 이르러 패찰을 건넸다. 그러자 바로 태감이 달려나와 지의를 전했다.

"이위, 도리침은 양심전으로 들라!"

양심전 수화문 밖에서 이위와 도리침 둘을 맞이한 것은 태감 형년이었다. 두 사람은 옹정이 조선早膳(아침식사) 중이라는 말에 잠시 주춤했다. 그때 형년이 웃음 띤 얼굴로 말했다.

"두 분 모두 시위이시고 한집안 식구나 마찬가지기 때문에 폐하께서 다른 사람들과 똑같이 하지 않아도 괜찮다고 하셨습니다. 폐하께서는 식사하시는 중에 대화 나누는 것을 즐기세요."

이위와 도리침은 알겠노라고 대답하고는 형년을 따라 안으로 들어갔다. 옹정은 동난각 온돌방에서 어선御膳을 마주하고 있었다. 외관으로 나가 있던 시간이 꽤나 길었던 이위는 황제가 된 옹정이 식사를 하는 모습을 처음 보았다. 그러나 황제가 된 지금도 황자 시절 늘 먹던 그대로였다. 어선은 몇 가지 야채 일색이었고, 밥에도 잡곡이 많이 섞여 있었다. 식사는 거의 끝나가는 듯했다. 접시와 밥그릇이 거의 비어 있었다. 이위가 인사를 올리고는 입을 열었다.

"폐하의 식단이 너무 허전해 보이옵니다. 절약도 좋으나 용체를 위해서라도 어선에 좀 더 신경을 쓰셔야겠사옵니다. 솔직히 선제의 어선이 아마 훨씬 더 풍부하지 않았나 싶사옵니다. 또 외관들 중에서 웬만한 주현州縣 관리의 식사도 이보다는 나을 것이옵니다."

"짐이야 천하를 다 가진 부자가 아닌가. 먹고 싶으면 무엇인들 못 먹겠는가? 또 가지고 싶은 것이 있으면 무엇인들 가질 수 없겠는가? 그러나 근검절약하다 사치스럽게 변하는 것은 쉬워도 사치에 물들어 있다 소박해지기는 어려워. 그래서 그래!"

옹정은 말을 마치자마자 언제나 그랬던 것처럼 빈 밥그릇에 물을 부어 밥알 하나까지 다 긁어 함께 들이켰다. 그리고는 접시에 남은 반찬을 가리킨 채 태감에게 지시했다.

"오선午膳(점심)은 새로 할 것 없이 이걸 데워서 내오면 되겠네. 자네들 앞에서 이런 모습을 자주 보이는 것이 아니니 못 본 척하고 가져온 일 보따리나 풀어보게."

옹정의 말이 끝남과 동시에 도리침이 이위를 바라봤다. 순간 이위는 바로 눈치를 챘다. 재빨리 준비해 온 상주문을 펼쳐들었다. 그는 옹정의 성격을 잘 아는지라 원문대로 읽지 않았다. 정말 중요하다고 생각되는 요점만 뽑아 정확하게 읽었다. 그런데도 시간이 꽤나 흘러서야 두 사건에 대한 마무리를 지을 수 있었다.

옹정이 가부좌를 틀고 똑바로 앉은 채 묵묵히 듣고 난 다음 가벼운 한숨을 내쉬었다. 그리고는 신발을 신고 바닥으로 내려섰다. 이어 바닥을 내려다보면서 천천히 이리저리 거닐었다. 생각에 잠긴 모습이었다. 이위와 도리침은 길게 엎드린 채 그런 옹정의 표정을 뚫어지게 살폈다. 시간이 얼마나 흘렀을까, 이위가 먼저 입을 열었다.

"폐하, 이 두 가지 사건에 연루된 관리들은 모두 백팔십삼 명이옵니다. 부의部議에서는 낙민과 장정로를 포함해 열아홉 명은 효수형에 처하기로 결정을 내렸사옵니다. 하지만 신의 어리석은 생각으로는 이렇사옵니다. 낙민은 황친이옵니다. 또 장정로는 조상대대로 조정의 은혜를 입어온 세습 자작子爵이옵니다. 그 점들을 감안해 볼 때 목을 베는 것은 조금 지나친 게 아닌가 생각하옵니다⋯⋯."

이위의 말을 듣는 옹정의 안색이 일그러졌다. 곧 그가 미간을 찌푸린 채 천천히 입을 열었다.

"설사 황실의 왕이라도 법을 위반했으면 백성들과 똑같이 처벌해야 하는 것이야. 죽을죄를 지었다면 가차 없이 죽여야 해. 백팔십 명이 아니라 천팔백 명이라도 짐은 추호도 연민의 정을 가질 수 없네! 더구나 은과 부정사건을 이런 식으로 서둘러 마무리 지으면 속으로 쾌재를 부르는 자들도 있을 거야. 우리 법의 공정성에 의혹을 던지는 사람들도 많을 것이고."

옹정의 말은 모호했다. 어떻게 보면 이위와 도리침이 공정한 심사를 하지 못했다는 불편한 심기를 그런 식으로 내비치는 것일 수도 있었다. 순간 두 사람은 등골에 땀이 쫙 돋는 긴장감에 휩싸였다. 옹정은 그들의 미세한 표정 변화도 놓치지 않고 천천히 덧붙였다.

"자네들은 두려워할 것 없네. 자네들의 난감한 입장을 이해 못하는 것은 아니니까. 그러나 은과 부정사건은 반드시 명명백백하게 짚고 넘어가야 할 사건임에 틀림없어. 많은 사람들의 입에 오르내리고 있어. 감히 겉으로 내뱉지 못할 뿐이지. 그러나 그러면 의혹이 분명하게 풀리지 않아. 짐은 이 사건을 처리하는 동안 대리시에 들어가보지 않았어. 하지만 아무리 미미한 사안이라도 절대 짐의 눈을 비켜갈 수는 없을 거야. 출제는 짐이 했어. 또한 짐이 직접 금궤 속에 밀봉해 넣었지. 장정로와 양명시도 시험시간을 얼마 남겨 놓지 않은 상태에서 비로소 시험문제를 꺼냈지. 그렇다면⋯⋯, 시험문제는 어디에서부터 유출된 것일까? 가장 먼저 시험지를 훔쳐본 사람은 누굴까?

궁녀? 태감? 그것도 아니면 어느 친왕? 아니면 황자?"

옹정이 품은 의문은 이위와 도리침도 처음부터 가지고 있던 바였다. 머리를 맞대고 가장 오랫동안 고민을 했던 부분이기도 했다. 두 사람은 그러면서 옹정이 이 의문점에 있어서만은 두루뭉술하게 그냥 넘어가 주기를 간절히 바랐다. 그러나 옹정은 가장 먼저 이 문제를 파고들었다. 모든 심증이 가는 사람을 차례로 도마 위에 올려놓고 친왕과 황자까지 언급했다.

이위는 자신도 모르게 쿵쿵 소리가 들리도록 머리를 연신 세 번이나 조아렸다. 그리고는 바싹바싹 타들어가는 입술을 부지런히 적시면서 아뢰었다.

"신들의 짧은 생각은 결코 폐하의 예리한 시선을 비켜가지 못할 것이옵니다. 하오나 수많은 관리가 연루된 사건 때문에 정가가 술렁이고 백성들 사이에서도 큰 혼란이 예상되고 있사옵니다. 더구나 천관天官의 명성에까지 치명타를 입힐 수도 있사옵니다. 일단 장정옥 같은 거물이 사건이 터지자마자 병을 핑계로 칩거에 들어가 버렸사옵니다. 다분히 뭔가 뒤가 구린 것이 틀림없다는 세간의 의혹을 만들어놓고 말이옵니다……."

"바로 그거야."

옹정이 깊은 한숨을 토해내더니 맞장구를 쳤다. 이어 고통스런 표정으로 창밖을 힐끗 한 번 내다본 다음 느릿느릿 말을 이었다.

"도리침 자네는 짐의 심복이야. 이위 자네 역시 짐이 불구덩이에서 구출해낸 사람이지. 한마디로 둘도 없는 내 식구지. 그렇기 때문에 짐은 방금 그런 얘기를 터놓고 할 수 있었던 거야. 궁중의 천관들이 개입된 사건은 자네들이 아니라 짐이 손수 처리한다고 해도 꽤나 골머리를 앓을 거야. 어떤 자들은 항상 자기들이 최고로 똑똑한 줄 알고

덜미 잡힐 짓을 서슴지 않고 하고 돌아다니지. 뛰는 놈 위에 나는 놈 있다는 사실은 간과한 채 말이야. 은과 부정사건은 단순한 시험문제 유출 사건이 아니야. 연갱요가 대군을 이끌고 출정한 마당에 일어난 것으로 볼 때 조정의 혼란을 야기해 군량미를 적재적소에 전달하지 못하도록 방해하려는 속셈이 깔려 있어. 아주 못된 자들의 작당이지. 조금 심하게 말하면 짐이 연갱요의 뒷바라지를 제대로 못하도록 만들어 낭패를 보게 하려는 것이지. 하지만 짐은 절대 그것들의 작당에 놀아나지 않을 거야. 대사를 앞두고 집안 시끌시끌하게 부자간에 싸우지도 않을 것이고! 이런 말은 짐이 꺼내지 않으면 누구 하나 감히 입도 뻥긋 못할 거야. 또, 짐이 잠자코 있으면 어떤 사람들은 짐이 이런 어리석은 작당도 간파하지 못하는 숙맥으로 치부하지 않겠는가? 나아가 사십 년이나 때묻은 옹친왕을 우습게 여길 것이 아닌가!"

이위와 도리침은 옹정의 말이 끝나자마자 가만히 안도의 숨을 내쉬었다. 옹정이 자신의 답답한 마음을 하소연하려고 민감한 사안을 끄집어냈을 뿐 시험문제를 유출한 당사자를 기어이 색출해내려는 생각을 하고 있지는 않다는 것을 알게 되었던 것이다. 한참 후 도리침이 머리를 조아린 채 아뢰었다.

"그렇다면 궁중의 애매모호한 사안은 천천히 처리하도록 하고 폐하께서 일단 두 사건의 처리 결과에 대해 조유를 발표하시옵소서. 그렇게 용단을 내려 마무리 지었으면 하옵니다."

"목을 너무 많이 치는 것도 그다지 바람직한 게 아니지."

옹정이 도리침의 말에 가슴 속에 맺힌 음울한 기운을 발산하려는 듯 깊은 한숨을 토해냈다. 안색이 처음보다는 한결 좋아보였다. 이어 그가 다시 입을 열었다.

"낙민과 장정로에게는 조정의 법규를 무시하고 짐의 위엄을 훼손한 죄를 물어야겠어. 황실 인척과 귀족을 손보는 것은 너무하지 않느냐고 누군가 토를 단다면 짐은 이렇게 답할 것이네. 낙민은 까마득히 먼 외척이라 인척이라고 할 수도 없어. 장정로 역시 따지고 보면 일개 자작에 불과해. 귀족이라고 보기 어려워. 옛말에 '사대부士大夫에게는 형벌을 내리지 않는다'라는 것이 있어. 그러나 그 둘은 '사대부'라는 세 글자에 깔려 죽을 인간들이야. 전혀 어울리지 않아! 벼슬과 재물에 눈이 어두워 군주고 주인이고 다 내다 팔아먹는 몰염치한 인간들은 완전히 구제불능이야. 그런 우환덩어리를 곁에 두고 살 수는 없네!"

옹정은 생각 같아서는 이름이 불린 183명을 한꺼번에 목을 쳐 피바다를 만들고 싶었다. 어떻게 해서든 백관들에게 경종을 울려주고 싶었던 것이다. 하지만……, 그럴 수는 없었다. 활화산처럼 마구 분출되는 분노를 당분간은 꾹꾹 내리 눌러야 했다. 앞으로 계속 있을 대사大事를 앞두고 정국을 혼란에 빠뜨릴 수는 없었던 것이다. 그러나 성질대로 하지 못하는 울분은 다른 방법으로라도 풀어야 했다. 이를테면 낙민과 장정로를 희생양으로 만들어 남김없이 퍼붓는 것이 한 방법이 될 수 있었다. 급기야 옹정이 창백한 안색을 한 채 하얀 이를 무섭게 악물면서 말했다.

"낙민과 장정로를 요참腰斬(허리를 베는 형벌)에 처하려 하는데, 자네들 생각은 어떤가?"

요참이라면 능지처참에 버금가는 끔찍한 참형이었다. 이위와 도리침은 할 말을 잃었다. 원래 부의에서 무거운 형벌인 참수형을 내리도록 거론한 것은 나름대로 이유가 있었다. 옹정에게 감형의 은혜를 내려 온 천하에 인자한 황제라는 인상을 심어주도록 유도하려는 의도가 있었던 것이다. 그러나 옹정은 분위기 파악을 못했는지 오히려 한술 더 떠 요참을 지시했다. 두 사람은 일찌감치 설득을 포기할 수밖에 없었다. 연신 머리만 조아렸다. 씨알도 먹히지 않을 말을 입 밖에 냈다가 몇 배로 되돌아오는 옹정의 성격을 미뤄 볼 때 그렇게 하는 것이 최선이었다.

옹정이 다시 입을 열었다.

"그런 인간들일수록 간사하고 사탕발림 소리를 잘 한다고! 덕분에 인맥이 좋지. 주위에 사람이 많겠지? 평소에 호형호제하고 왕래하던 이들이 저마다 마지막 가는 길을 바래다줍네 하고 형장으로 나올 거야. 좋아, 얼마든지 몰려오더라도 짐은 막지 않을 거야. 자네들도 가서 북경의 각 아문에 전하게. 순천부까지 사품 이상의 관리들은 전부 그날 서시西市 형장에 와서 '관람'하라고 말이야. 자기네들의 우상이었을 수도 있는 두 탐관오리가 어떤 최후를 맞는지 두 눈으로 똑똑히 보도록 해주라고!"

옹정의 목소리에는 쇳소리가 묻어났다. 눈에서는 살기가 등등했다. 이위가 백관들을 형장에 불러 참혹한 광경을 억지로 목격하도록 해야 한다는 옹정의 말에 질려서 뭔가 설득할 방법이 없을까 고민할 때였다. 태감 하나가 들어와서는 아뢰었다.

"폐하, 방포가 서화문에서 패찰을 건네고 알현을 청하였사옵니다."

"방포 선생이라고 했나? 언제 도착했지?"

옹정이 미간을 활짝 펴면서 반색을 했다. 그러나 언제 그랬나 싶게 이내 표정이 다시 굳어졌다. 그가 말했다.

"짐을 제외한 문무백관들은 앞으로 일률적으로 방포라는 이름자 뒤에 '선생'이라는 호칭을 붙이도록 하게! 선제께서도 선생이라 칭하고 이름자는 부르지 않았거늘! 가서 선생을 먼저 군기처로 모셔. 짐이 조금 있다 직접 마중을 나갈 거라고 전해."

태감이 연신 알겠노라고 대답하면서 굽실거렸다. 태감이 물러가자 옹정이 다시 말을 이었다.

"이위 자네가 무슨 말을 하고 싶어 하는지 짐은 알 것 같네. 그러나 탐관오리를 처형하면서 백성들에게만 보여주면 무슨 효과가 있겠나? 탐관오리를 처형하는 것은 관리들에게 보여줘야 해. 그것도 왕법이 얼마나 무서운지를 모르는 관리들에게 말이야! 얼마 전까지만 해도 얼굴 마주보고 웃던 사람이 허리가 끊어져 핏줄기를 뿜으면서 목 비틀린 닭처럼 죽어가는 것을 눈앞에서 보여줘야 해. 그걸 직접 목격한다면 그들에게 《논어》, 《맹자》 같은 책을 수 백 권 읽히는 것보다 나을 것이 아닌가!"

옹정의 말은 크게 틀린 것은 아니었다. 때문에 이위는 그저 머리를 조아린 채 옹정의 말에 수긍하는 외에는 달리 방법이 없었다.

"성명하시옵니다, 폐하! 닭을 잡는 것은 원숭이에게 보여주기 위함이라고 했사옵니다. 그러면 나머지 처형할 관리들은 한꺼번에 처형하는 것이 좋을지 따로 하는 것이 좋을지도 지시해 주시옵소서. 또 산서성의 나머지 관리들은 어떻게 처리해야 할지에 대해서도 지의를 내려주시기를 바라옵니다."

옹정이 잠시 생각한 끝에 대답했다.

"그건 자네들이 돌아가 조금 더 상의하도록 하게. 자네들의 솔직담백한 생각을 적어 올려 보내면 짐이 참작하도록 하겠네. 오늘은 이만하고 물러가게."

옹정은 이위와 도리침 두 사람이 물러가자마자 회중시계를 꺼내 천천히 시간을 봤다. 이미 미시未時가 가까운 시간이었다. 그는 오후의 일정을 잠시 떠올린 다음 서둘러 옷을 갈아입었다. 솜을 얇게 댄 남색 두루마기에 비단 겹옷을 걸쳤다. 또 관모와 금색 띠를 각각 머리와 허리에 쓰고 두른 다음 안에 비단을 댄 편화를 신은 모습으로 마무리했다.

때는 음력 4월 중턱을 넘어선 시기였다. 날씨가 하루가 다르게 무더워져가는 때였다. 그래서일까, 뜨거운 태양이 기둥 같은 햇살을 자금성에 내리쬐기 시작했다. 척 봐도 눈이 부실 정도로 휘황찬란한 모습이었다. 옹정은 그 모습을 보자 한두 달 전의 봄바람 싱그럽던 때가 그리워졌다. 그러나 자금성은 자객과 도둑의 침입을 막기 위해 애초부터 나무를 심지 않는 곳이었다. 그가 원하는 큰 나무의 넓은 그늘과 시원한 바람 같은 것은 도무지 찾아볼 수가 없었다. 그저 찬란한 햇빛이 노란 기와와 붉은 담벼락을 비롯해 청동 거북과 학, 화로 받침대에서 반사되는 것을 바라봐야만 했다. 때문에 그는 양심전 수화문을 채 나서기도 전에 옷을 너무 많이 입은 것을 후회했다. 그러나 이미 늦었다. 등이 거북할 정도가 되도록 온몸 곳곳이 땀에 젖었다. 그럼에도 참는 것 외에는 달리 방법이 없었다. 사람 접견할 때는 말할 것도 없고 혼자 있을 때마저도 옷차림에 유난히 신경 쓰는 사람이 그 아니던가.

얼마 후 그는 궁전 문 앞에 서 있는 육궁 태감 이덕전을 발견했다. 옹정이 즉각 멈춰서면서 물었다.

"자녕궁에서 태후마마 시중은 들지 않고 여기는 웬일인가?"

"폐하께 아뢰옵니다."

이덕전은 어느새 머리가 완전히 백발인 60대 노인이 되어 있었다. 그러나 나이에 비해서는 무척이나 건강해 보였다. 그가 옹정의 물음에 황급히 무릎을 꿇은 채 인사를 하더니 조심스럽게 아뢰었다.

"내무부에서 새로 선발한 궁녀는 모두 이백칠십 명이옵니다. 모두들 새벽녘에 들어와 여태 곤녕궁에서 대기하고 있사옵니다. 폐하께서 언제 짬을 내시어 건너오실 수 있는지 태후마마께서 여쭤보라고 하셨사옵니다."

옹정이 이덕전의 말에 그게 뭐 대수냐는 듯 말했다.

"무슨 큰일이라도 있는 줄 알았더니, 고작 궁녀들을 보러 오라는 거야? 짐은 급히 접견해야 할 사람이 있으니 끝난 다음에 보자고 전해!"

이덕전 역시 질 수 없다는 듯 황급히 말했다.

"별것 아닌 걸 가지고 소인이 어떻게 감히 폐하를 번거롭게 해드릴 수가 있겠사옵니까? 애들이 하루 종일 아무 것도 먹지 못한 데다 이 무더운 날씨에 계속해서 밖에 엎드려 있다 보니 많은 수가 기절했다고 하옵니다. 내무부의 조씨가 태후마마께 아뢰어서 소인이 심부름을 왔사옵니다."

옹정이 태후가 보내서 왔다는 말에 다시 멈춰 서면서 물었다.

"태후마마께서는 고르셨는가?"

"폐하, 태후마마께서는 시중들 시녀들이 충분하시다면서 더 이상은 필요 없다고 하셨사옵니다."

"그럼 황자들은? 짐이 그러지 않았는가? 셋째, 다섯째, 여덟째, 열째, 열셋째, 열일곱째 모두 집에서 부릴 사람이 부족하다고 하니 먼저 고르게 하라고. 각자 스무 명씩 데리고 가라고 전하게. 둘째마마는 비록 아직 함안궁에 감금 상태로 있으나 거기도 몇 명 보내주는 것을 잊지 말고."

이덕전은 옹정의 말에 순간 오리무중에 빠지고 말았다. 황제가 먼저 쓸 여자들을 선발하지 않는데 황자들이 어떻게 감히 먼저 나설 수 있다는 말인가? 그가 잠시 엉거주춤 서 있더니 다시 입을 열었다

"소인이 여기 오면서 보니 열째, 열셋째, 열넷째 그리고 열일곱째 마마께서는 태후마마께 문안을 올리고 있었사옵니다. 소인이 서둘러

가서 폐하의 지의를 전달하겠사옵니다."

옹정은 이덕전의 말이 끝나기 무섭게 손사래를 쳤다. 그리고는 빠른 속도로 발걸음을 옮겼다. 한두 마디만 간단명료하게 하면 될 것을 밑도 끝도 없이 지껄여대는 이덕전의 말이 지겨운 눈치였다.

그 시각 방포는 융종문 안의 영항永巷 서쪽에 자리한 군기처에서 대기하고 있었다. 방포 역시 어느새 쉰 대여섯 살의 노색이 완연한 노인이 되어 있었다. 그래서일까, 깡마르다 못해 가죽만 남은 얼굴은 더 길어 보였다. 또 콧수염도 늙은 쥐의 그것을 연상케 하듯 길게 늘어져 있었다. 하얗게 탈색한 천으로 만든 긴 두루마기는 유난히 커 보였다. 그러나 작고 매서운 눈빛은 여전히 강단이 있어 보였다. 완전히 제멋대로 생긴 전형적인 외모만 보면 어느 누구도 이 노인이 문단에서 그 이름도 유명한 동성파桐城派의 수령이라는 사실을 모를 터였다. 천하에서 첫손 꼽히는 대석학이자 포의布衣 상태로 상서방에 들어가서는 '청삼재상'青衫宰相의 원조가 된 다음 말년의 강희에 의해 '선생'으로만 불렸던 방포라는 사실은 더 말할 필요도 없었다.

그는 원래 강희 60년에 초야로 돌아간 바 있었다. 대략 2년의 세월이 흘렀다고 할 수 있었다. 그는 그 기간 동안 화려하다면 그지없이 화려했던 과거를 완전히 잊었다. 남경, 소주, 항주 등의 깊은 산속에 별장을 지어놓고 매화꽃과 벗하면서 물소리, 바람소리를 베고 잠들기도 했다. 그렇게 편안한 말년을 보내는 것이 꿈이었다.

그러나 방포의 그 소박한 꿈은 옹정의 즉위와 더불어 깨지고 말았다. 옹정의 등극 소식과 함께 그에게 즉시 북경으로 돌아와 상서방에서 군국軍國의 요무要務를 처리해주십사 하는 밀조密詔가 날아들었던 것이다. 그와 때를 같이 해 안휘성, 강소성, 절강성의 순무와 양강 총독 등도 하루가 멀다 하고 동성桐城에 있는 그의 집을 방문해 여러모로 의사를 타진하였다. 그는 이후 정상적인 생활을 할 수 없을 정도로 그들에게 호의적으로 시달렸다. 나중에는 몇 개월 동안 밀고 당기는 지루한 싸움이 이어졌다. 결국 다시는 오고 싶지 않았던 북경으로 와야 했다.

방포는 강희 황제 시절에 관직 없이 상서방에 들어가 포의 상태로 있었다. 황제를 돕는 자문 역할을 담당하면서 강희의 정책 결정에 많은 영향을 주기도 했다. 그러나 몇몇 대신들과 황자들만 제외하고는 얼굴을 아는 사람이 없었다. 심지어 경관들도 대부분 그의 이름은 익히 들었어도 얼굴은 아는 이가 별로 없었다. 그랬으니 북경에 도착해 군기처에서 옹정의 접견을 기다리고 있는 동안에도 사람들은 그를 알아보지 못했다. 그저 군기처를 들락거리던 경관들로부터 '뭐 저렇게 못 생긴 노인이 다 있나?' 하는 그다지 호의적이지 않은 눈길만 받았을 뿐이었다. 그들은 그 볼품없는 노인이 설마 방포일 것이라고는 꿈에도 생각하지 못했다.

대수롭지 않은 표정을 한 방포는 다리를 꼬고 앉은 채 차를 마시고 있었다. 겉으로만 보면 유유자적한 모습이었으나 사실 내심으로는 불안하기 그지없었다. 그는 그 불안한 마음을 조금이라도 날려버리기 위해 조용히 옛날을 떠올렸다. 우선 《남산집》南山集이라는 책에 서문을 잘못 써준 혐의로 필화 사건의 주범으로 몰려 강호를 떠돌았다. 이어 우연히 남순 중인 강희 황제의 눈에 띄어 그다지 범상치만은 않은 군신 관계를 맺었다.

어디 그뿐인가. 그는 이후 단숨에 어지러울 정도로 높은 자리까지 올라가는 경험도 했다. 강희의 평생을 기록한 수만 자에 달하는 유조는 또 어땠는가. 두 번째로 태자 윤잉을 폐위시킬 때도 강희는 그의 의견을 많이 반영한 바 있었다. 때문에 황자들이 제위를 놓고 갖은 재주를 부리면서 얽히고설킨 집안싸움을 벌인 내막 역시 그가 가장 잘 알고 있었다. 심지어 장정옥보다 더 많이, 더 깊이 알았다. 당시 강희는 넷째 윤진에게 내린 전위조서傳位詔書도 방포가 친히 봉해 건청궁의 '정대광명' 전각 편액 뒤에 숨겨 놓도록 당부했다.

신하로서 주군의 비밀을 그렇게 많이 알고 있다는 것은 사실 죽음이 그림자처럼 따라다닌다고 해도 좋았다. 그 이치를 모를 리 없는 방포는 초야로 돌아갈 수 있어서 좋았다. 인적 드문 깊은 산속으로 들어가 은둔의 세월을 보내기로 작정했다. 그런데……! 은恩과 원怨에 대한 태도가 분명하고 자신에게 불리한 세력에 대해서는 인정사정 봐주지 않는, 악랄하기까지 한 새로운 군주가 지금 그를 부르지 않는가.

'자신을 천거한 은혜를 갚으려고 부른 걸까? 아니면 나라는 돌로 윤사라는 정적의 뒤통수를 까려는 심산인가?'

방포는 생각을 하면 할수록 머리가 아팠다. 바로 옆에서는 몇몇 할 일 없는 관리들이 방포의 생각을 아는지 모르는지 줄기차게 담배연기를 토해내면서 뭔가에 열을 올리고 있었다.

"유묵림劉墨林은 나하고 향거鄕擧(향시의 거인 시험) 동기였어. 나는 강희 오십이 년에 진사에 합격했지. 하지만 그 친구는 연거푸 세 번씩이나 떨어졌어. 실력이 모자라서 떨어졌으면 억울하지나 않았겠지. 첫 번째는 시험 도중 뒤가 마려워 참다못해 뛰쳐나왔어. 또 두 번째는 논술을 그럴싸하게 썼었어. 그러나 답안지를 내려던 중 그만 기름등잔을 엎질러 버렸어. 그 바람에 답안지가 엉망이 돼 미역국을 마셔야 했지. 세 번째는 고사장에 막 들어가려 할 때 아버지가 돌아가셨다는 부음을 받았어. 그래서 결국 또 시험은 물 건너가고 집으로 가야 했던 거라고. 그러다 보니 또 삼 년이라는 세월이 흘렀어. 이번에도 혹시나 해서 찾아봤더니, 역시나 그 친구도 왔더라고. 시험 잘 봤느냐고 물었더니, 이번에도 죽 쑨 것 같다고 하더군! 남들은 책론策論에 '성명하신 폐하, 든든한 고굉股肱 대신들' 어쩌고저쩌고 하면서 알랑방귀를 뀌어댄 것 같다는 거야. 그러나 보다시피 폐하의 '고굉'들이 어디 하나 쓸 만한 것들이 있냐고. 그래서 자기는 또다시 미역국을 먹는 한이 있더라도 차마 그렇게는 못 쓰겠다고 하더군."

예의 그 관리가 한숨을 지으면서 다시 말을 이었다.

"내 친구라서 이렇게 말하는 것이 아니야. 사람은 진국인데 시험 운이 지지리도 안 좋다고!"

"이봐, 유균維鈞!"

유균이라는 사람의 말이 끝나자 이번에는 옆에 자리를 잡은 또 다른 서른 살 남짓한 젊은 관리가 입을 열었다. 그리고는 점잖게 다시 자신의 생각을 밝혔다.

"공명이라는 것은 하늘의 조화야. 결과는 방榜이 나붙어 봐야 아는 거니까 섣부른 판단은 하지 말라고. 폐하께서는 요즘 앞뒤가 맞지 않는 자들 때문에 아주 신물이 나 계신다고. 그러니 오히려 유묵림처럼 우직하고 거짓말 못하는 사람을 뽑을지도 모르는 일이야!"

방포는 유균이라는 이름을 듣는 순간 어디선가 많이 들어본 느낌이 들어 부지런히 기억을 더듬어 보았다. 과연 기억의 수면 위로 호남성, 광동성의 안찰사를 지낸 대단한 자존심의 소유자 이유균李維鈞이라는 이름이 떠올랐다. 그때 유균이라 불린 사내가 냉소를 흘리면서 다시 입을 열었다.

"호기항胡期恒, 일부러 남의 염장 지르느라고 그러는 거야, 아니면 정말 몰라서 하는 소리야? 윗대가리들 눈에 차지 않으면 폐하한테까지 올라가지도 못하니 하는 말 아닌가? 됐네, 됐어. 자네 말대로 성공

여부는 하늘에 맡기기로 하고 우리 즐거운 얘기나 하자고! 어제 내가 유묵림, 윤계선과 함께 서산에 놀러갔었어. 그러다 돌아오는 길에 녹원鹿園 찻집에 들렀지. 그곳에서 누구를 봤는지 알아?"

이유균이 일부러 득의양양한 표정을 지어보였다. 그러면서 앞으로 내려오지도 않은 머리채를 힘껏 고갯짓을 해 흔들고는 다시 마구 흥분해서 떠들어댔다.

"내가 그 이름도 유명한 명기名妓인 소순경蘇舜卿을 바로 눈앞에서 봤다는 거 아닌가!"

좌중의 사람들은 도무지 믿어지지가 않는다는 표정을 지었다. 하기야 소순경이라면 북경에서 손꼽히는 8대 명기 중에서도 단연 첫손 꼽히는 기생이었기 때문이다. 더구나 그녀는 노래와 춤은 팔아도 몸은 절대 팔지 않기로도 유명했다. 게다가 악기 연주에 일가견이 있을 뿐만 아니라 장기, 바둑에도 재주가 뛰어났다. 심지어는 그림과 문장 실력도 타의 추종을 불허했다. 웬만한 왕부王府에서는 감히 불러들일 엄두도 내지 못할 정도로 자존심도 셌다. 그 말에 호기항이 침을 꿀꺽 삼켰다.

"전에 간친왕부에서 내가 한 번 본 적이 있어. 대단한 미인이었어. 재주 역시 일품이었지. 자네들은 정말 운이 좋았구먼!"

"쳇, 내가 보기에 그 정도는 아니던데? 노래 몇 곡 부르기에 은전을 덩치 큰 놈으로 하나 골라 던져줬더니 바로 받아 챙기던데 뭘. 역시 돈 앞에서는 인간들이 사족을 못 쓴다니까!"

이유균이 웃음 띤 얼굴을 한 채 호기항에게 면박을 줬다. 주위 사람들은 그 말에 왁자지껄하게 웃었다. 그때 밖에서 고함소리가 우레처럼 들렸다.

"황제 폐하 납시오!"

그들은 깜짝 놀라 부랴부랴 창문을 열고는 담배연기를 내보냈다. 또 걸상도 빠른 속도로 정리했다. 그 사이 부채를 펼쳐든 옹정이 성큼 군기처로 들어섰다. 방포는 습관적으로 천천히 일어나 두루마기 자락을 손가락으로 털고는 침착하게 무릎을 꿇었다. 이어 대례를 올렸다.

"신 방포가 지의를 받고 용안을 배알하러 왔사옵니다. 폐하의 만세萬歲와 금안金安을 비옵니다!"

"방 선생, 어서 일어나게."

옹정이 선 채로 정중하게 대례를 받고는 방포를 일으켜 세웠다. 이어 자상한 미소를 지은 채 말했다.

"우리가 얼굴 못 본 지가 이 년은 넘었지? 그동안 많이 보고 싶었소! 방 선생, 올해 쉰여섯 살이지? 나이에 비해 건강해 보이고 혈색도 좋아 보이네. 참으로 다행이오!"

이유균 등은 옹정의 말에 적지 않은 충격을 받은 눈치였다. 옹정의 말을 듣고서야 자신들이 그때까지 꿔다 놓은 보릿자루 취급을 했던 못 생긴 늙은이가 그 이름도 유명한 방포였다는 사실을 깨달은 것이다. 그들 역시 방포의 대례가 끝나자 이어서 바로 일제히 옹정을 향해 무릎을 꿇으며 대례를 올렸다. 옹정이 좌중을 둘러보더니 순식간에 미소를 거둬들이고는 엄숙한 표정을 지었다.

"이곳은 군기처야. 말 그대로 군국의 요무를 담당하는 핵심 요지 중의 요지라고. 자네들은 이렇게 신성한 곳에서 웃고 떠들면서 불경을 저질렀어. 그런데 그것도 모자라 기생까지 들먹였어. 그런 것이 체통에 어긋나는 짓이라는 것도 몰랐나? 누가 자네들더러 여기 들어오라고 했어?"

옹정의 힐책에 말문이 막혀버린 이유균 등은 서로를 훔쳐보면서 어찌할 바를 몰랐다. 그래도 그중에서는 역시 관직이 제일 높은 이유균이 가장 사나이다웠다. 머리를 조아리면서 솔직하게 용서를 빌었다.

"신 등은 이부의 위임장을 받고 부임지로 떠나기 전에 폐하께 인사를 올리려고 기다리고 있었사옵니다. 군기처가 뭐하는 곳인지 까맣게 잊은 채 의자만 몇 개 덩그러니 놓여 있기에 빈 방인 줄로만 생각했사옵니다. 그래서 함부로 들어와 무례하게 떠들었사옵니다. 부디 한 번만 용서해주시옵소서, 폐하!"

옹정은 이유균의 말을 듣고 뭔가 깨달은 바가 있었다. 바로 자신이 군기처라고 간판을 내건 그곳을 둘러봤다. 진짜 그랬다. 말로만 군기처인 그곳은 이유균의 말대로 나지막하고 볼품없는 방 몇 칸에 나무 걸상 몇 개 외에는 눈에 두드러지는 것이 아무것도 없었다. 서류를 넣어두는 궤짝도 하나 없었을 뿐만 아니라 그 흔하디흔한 문관門官조차도 없었다. 그들이 무상출입을 할 수 있었던 것도 사실은 그래서 가능했다. 어디 그뿐인가. 창문에는 지나가던 관리들이 힐끗힐끗 쳐다보면서 다닐 정도로 발도 하나 없었다. 순간 옹정의 미간이 확 좁혀졌다. 곧이어 그가 잠시 생각을 하더니 싸늘한 목소리로 입을 열었다.

"자네, 이유균이지? 책 많이 읽은 친구인 줄 알고 있는데, 관리면 관리다워야지. 아무 곳에서나 청루靑樓니 명기를 운운해서야 되겠어? 부임지로 떠난다고 짐에게 인사하러 왔다니 알았네, 그만 떠나게. 돌아가서 가슴에 손을 얹고 반성해. 반성문도 써서 올려 보내도록 하고. 어서 가도록 하게!"

옹정은 이유균 등이 손바닥 가득 흥건한 땀을 움켜쥔 채 물러가자 바로 태감 고무용高無庸을 불러 지시를 내렸다.

"내무부에 일러서 군기처 문 앞에 즉각 철패를 세우라고 해. 왕공 대신이든 황친이든 어느 누구를 막론하고 짐의 지의가 없이는 함부로 드나들어서는 안 된다는 명령을 전하라고. 또 건청문 시위들 중에서 몇 사람을 골라 이곳을 지키게 해. 이부에다가는 당장 여섯 명의 사품 관리들을 군기처로 들여보내 밤낮으로 대기하고 있으라고도 전하게!"

고무용은 연신 굽실거리면서 물러갔다. 옹정이 그제야 얼굴에 미소를 띤 채 방포를 향해 말했다.

"원래 여기에서 선생을 맞아 회포나 풀려고 했소. 그런데 이렇게 볼썽사나울 줄은 몰랐소. 양심전으로 장소를 옮기도록 하지. 형년, 어선방에 지의를 전하라. 음식을 공들여 재주껏 만들어 몇 가지 내오라고. 그리고 태후마마께 가서 아뢰도록 하게. 짐이 방 선생을 접견하고 나서 곧바로 문안을 올리러 간다고 말이야. 방 선생, 짐의 수레에 같이 타고 가지!"

방포가 옹정의 말에 불에 덴 듯 화들짝 놀랐다. 그리고는 조심스럽게 사양했다.

"신이 어찌 감히 나란히 앉아 만승지군萬乘之君인 폐하께 불경을 저지르겠사옵니까? 절대 그럴 수는 없사옵니다. 신은 수레를 따라 걸어가는 것이 마음 편할 것 같사옵니다."

옹정이 껄껄 웃으면서 말했다.

"과연 그럴까? 그렇다면 짐도 아예 수레를 타지 않겠소. 선생과 같이 걸어가겠소!"

"폐하……!"

옹정은 방포가 만류하는데도 완전 막무가내였다. 옹정의 성격을 잘 아는 방포로서는 그저 마른침만 꿀꺽 삼킬 수밖에 없었다. 그는 다시 북경으로 올 때 자금성에서 가능한 한 튀지 않는 생활을 하고자 다짐한 바 있었다. 그러나 웬걸, 오자마자 곧바로 백관들의 눈에 띄게 생겼다. 걱정이 앞서지 않을 수 없었다.

아나나 다를까, 그 시각 천가天街에는 옹정의 접견을 기다리는 관리들과 상서방의 호출을 앞둔 관리들이 운집해 있었다. 무려 몇 백 명에 달하는 그들 중에는 황제가 친히 방포를 마중하러 나갔다는 소문을 일찍이 전해듣고 일부러 달려온 관리들도 없지 않았다. 감격적인 장면을 놓치지 않으려는 몸부림이었다고 해도 좋았다.

얼마 후 옹정이 방포와 어깨를 나란히 한 채 드디어 모습을 드러냈다. 동시에 옹정을 향해 수백 명의 관리들이 일제히 무릎을 꿇었다. 그리고는 두 군신이 멀리 사라질 때까지 누구 하나 고개를 들어 두리번거리지 않았다.

16장

만인의 군주

옹정은 방포를 데리고 양심전으로 들어가서는 온돌방에 올라가 앉았다. 이어 태감에게 명령해 대단히 귀한 손님에게만 앉게 하는 용무늬 걸상을 가져오도록 했다. 방포는 곧 걸상을 온돌 앞에 놓고 옹정과 마주 앉았다. 그러나 갈수록 불안해졌다. 옹정의 대접이 버거울 정도로 융숭하게 이어지고 있었던 탓이었다. 한참이나 머뭇거리다 겨우 걸상 모서리에 엉덩이를 조금 붙이고 약간 옆으로 돌아앉은 것은 그래서였다. 그리고는 저 멀리 산골짜기에서 살짝 비치는 가느다란 불빛처럼 반짝이는 눈매로 옹정을 똑바로 쳐다봤다. 그로서는 먼저 입을 열어 물어볼 필요가 없다는 생각이었다. 하기야 생각이 정리가 되는 대로 옹정이 입을 열 것이 자명했다. 역시 한참 침묵이 흐른 다음 옹정이 먼저 방포를 불렀다.

"방 선생! 짐이 등극하자마자 왜 서둘러 그대를 불렀는지 그 이유를 알겠소?"

"신은 잘 모르겠사옵니다, 폐하."

"아니, 그대는 누구보다 잘 알 것이오."

옹정이 두 눈을 가늘게 뜨면서 말했다. 이어 방포를 눈여겨보더니 다시 천천히 입을 열었다.

"과연 그대 말대로 왜 불렀는지 몰랐다면 그렇게 한사코 오지 않으려고 뒷걸음치지는 않았을 테니까."

방포가 옹정의 말에 흠칫하면서 상체를 숙였다. 뭔가 변명을 해야 할 것 같았다. 그러나 옹정은 단호하게 손을 저으면서 그의 말을 막았다. 이어 덧붙였다.

"그 이유에 대해서는 아무 말 말게. 지금은 서로가 속으로만 알고 있어야 해. 겉으로 드러낼 얘기가 아니야. 때문에 짐은 그대를 나무랄 생각도 없어. 그대의 사죄를 받고 싶지도 않고. 짐이 말하고 싶은 것은 다른 게 아니야. 선제께서 그대를 대했던 것처럼 짐 역시 그렇게 할 것이라는 거야. 그대는 혹시 '반군여반호'伴君如伴虎(군주를 가까이 하는 것은 마치 호랑이와 함께 하는 것과 같다는 의미)라는 생각을 하고 있지 않나? 그렇다면 일찌감치 그런 생각은 떨쳐내 버리게. 그런 생각을 계속한다면 그것은 곧 짐을 크게 실망시키는 것이네."

방포가 옹정의 말에 화들짝 놀라면서 몸을 바르르 떨었다. 이어 황급히 자리에서 일어나서는 무릎을 꿇고 머리를 조아렸다.

"신이 어찌 감히 그런 생각을 할 수가 있겠사옵니까? 선제께서는 다 꺼져가는 생명을 구해주시고 분에 넘치는 중용을 해주셨사옵니다. 신은 그저 혼신의 노력과 충성을 다해 온몸으로 그 막중한 성은에 조금이나마 보답하려 하옵니다. 그런데 어찌 이해득실을 따져 화를 피하고 복을 사냥하러 다니는 그런 치졸한 짓을 할 수가 있겠사옵니까! 더구나 폐하께서는 옹친왕부에 계실 때부터 신에게 크나큰 은혜를 베풀어 주셨사옵니다. 그때 선악과 상벌, 은원이 분명하신 폐하의 모습에 신에게 깊은 감명을 받았사옵니다. 한낱 미물에 불과한 신이 무슨 수로 이대二代에 걸친 국은을 이토록 듬뿍 받을 수 있는지 그저 황송하기만 할 뿐이옵니다. 그런데 어떻게 감히 불온한 생각과 무례한 행실로 폐하를 대할 수가 있겠사옵니까!"

옹정이 방포의 말에 담담한 표정을 지었다. 이어 천천히 그를 부른 이유에 대해 설명했다.

"방 선생, 그만 일어나지. 짐 역시 그대의 그런 마음가짐을 높이 사고 싶었던 거네! 짐이 그대를 불러들인 것은 그대의 재주를 빌리고 보필을 받아 일대의 영주가 되고 싶어서네. 그때가 되면 그대는 천고에 길이 빛나는 명유名儒로 남겠지. 짐은 결코 그대에게 그동안 세웠던 공로를 치하해 주려고 부른 것이 아니라는 말일세. 알겠는가?"

순간 방포가 경악에 가까운 표정으로 옹정을 잠깐 바라봤다. 이어 이내 고개를 떨어뜨리면서 여쭈었다.

"신은 폐하를 위해 손톱만큼의 공로도 세우지 않았사옵니다. 무슨 말씀이신지 명훈明訓을 부탁드리옵니다."

방포가 시치미를 뚝 떼자 옹정의 얼굴에 희미하게 웃음이 번졌다.

"무슨 말인지 모르지는 않을 텐데? 아는 척하기 뭐 하다면 짐이 대신 말하지. 선제께서는 전위유조를 작성하시면서 짐과 열넷째를 놓고 비교하셨지. 그러나 누가 좋을지를 판단하지 못하셨어. 그렇게 망설이시다 선생에게 자문을 구하셨지. 그때 선생이 폐하께 뭐라고 말씀드렸었지?"

옹정이 말을 마치고는 입을 다문 채 시무룩하게 웃었다. 방포는 입을 반쯤 벌리다 말고 입술만 실룩거렸을 뿐 마땅히 할 말을 찾지 못했다. 기가 막혔다. 사실이 그랬으나 그 일은 그야말로 강희와 그 두 사람만의 극비였다. 결코 다른 사람이 알아서는 안 될 일이었다. 그런데 어떻게 해서 그 비밀이 옹정의 귀에까지 들어갔다는 말인가!

옹정은 표정 관리에 실패한 것에서 그치지 않고 속마음까지 여지없이 들켜버린 것이 못내 부끄러워 어찌할 바를 모르는 방포를 바라보면서 흡족한 미소를 지었다. 그리고는 책상 위에 놓여 있던 자그마한 상자에서 노란 비단으로 겉을 감싼 책자 하나를 꺼냈다. 이어 첫번째 장을 넘겨 방포 앞으로 밀어주었다.

"선제의 총명하심과 섬세함은 따를 사람이 없어! 이걸 좀 읽어보게. 선제의 어필 비망록이네."

방포는 두 손을 덜덜 떨면서 옹정이 내미는 책자를 받아 들었다. 어느새 그의 가슴은 토끼 한 마리라도 품은 양 크게 쿵쾅거리고 있었다. 곧 그가 흐릿해진 시선을 비망록으로 천천히 옮겼다. 내용은 역시 충격적이었다.

오늘 방포에게 물었다.

"여러 황자들이 다 괜찮네. 그중에서도 가장 뛰어난 황자를 꼽으라면 단연 넷째와 열넷째이네. 그러나 천하에는 군주가 두 명 있을 수 없어. 자네가 보기에는 둘 중에서 누가 더 적임자일 것 같은가?"

방포가 아뢰었다.

"폐하께서 후계자 문제를 두고 고민이 되시면 명쾌한 결정을 내리실 방법이 한 가지 있기는 하옵니다."

"그게 뭔가?"

짐이 묻자 방포가 바로 대답했다.

"성손聖孫을 보시옵소서! 훌륭한 아들과 그의 뛰어난 아들, 이는 대청의 삼대三代를 번영창성의 길로 이끌어갈 것이옵니다."

"자네 아는가, 자네가 얼마나 대단한 한마디를 했는지!"

짐은 크게 감명을 받아 손뼉을 치면서 방포에게 그렇게 말했다.

－60년 정월 곡단較트에 쓰다

글씨는 한 획 한 획 정성이 깃들어 있었다. 방포에게는 누구보다 익숙한 글씨이기도 했다. 병상에 누운 채로 쓴 듯 글씨가 다소 비뚤비뚤해 보이기는 했으나 행간의 기품 역시 여전했다. 강희의 친필임에 틀림이 없었다. 방포는 강희가 생존했을 때 그와 촛불을 마주하고 앉은 채 문장을 논했다. 조정朝政을 은밀하게 논의하면서 더없이 소중한 군신간의 나날을 보냈다.

그는 순간 가슴이 뭉클해졌다. 강희에 대한 형언할 수 없는 그리움이 솟구치는 것을 어쩌지 못했다. 그의 얼굴에서는 어느덧 두 줄기의 눈물이 조용히 흘러내리고 있었다.

"만인의 군주가 된다는 것은 힘든 일이지!"

옹정이 온돌에서 내려오더니 신발을 신었다. 이어 천천히 방 안을 거닐었다. 감개가 무량해 보였다. 그가 한참이나 묵묵히 서성이는가 싶더니 얼마 후 갑자기 몸을 돌리면서 말했다.

"그대가 터놓고 말하기 전에도 선제께서는 '훌륭한 성손'이 있다는 것은 알고 계셨어. 바로 짐의 넷째 아들 보패륵寶貝勒 홍력이지! 방 선생, 그대는 짐을 화롯가에 밀어붙여놓고는 뜨겁게 만들었어. 동시에 짐의 아들도 그 고통을 당하게 만들었다고 할 수 있지! 사적인 입장에서 말하면 짐은 한 마리 새처럼 훨훨 어디든 날아다닐 수 있는 자유인으로 남고 싶었어. 세상에서 제일가는 고역살이인 제위에는 앉고 싶지 않았다고. 그래서 개인적으로 짐은 그대한테 대단히 불만이 많아. 그러나 공적인 관점에서 볼 때 그대는 우리 대청의 삼대를 아우를 수 있는 든든한 기반을 만드는 데 기여해 줬어. 사직을 위해 큰 공로를 세운 것이지. 짐은 그래서 그대한테 대단히 고마워하고 있기도 해. 사적이든 공적이든 아무튼 짐은 그대가 끝까지 책임을 져줬으면 하네. 발을 담갔으면 가랑이를 걷어 올리는 한이 있더라도 끝까지 책임을 져야지!"

방포는 귀로는 옹정의 말을 들으면서 머릿속으로는 침착하게 자신의 생각을 정리했다. 사실 옹정의 말은 일부 진실인 부분도 없지는 않았으나 기본적으로는 거짓이었다. 옹정은 사적인 입장에서든 공적인 관점에서든 간에 무조건 제위에 오르고 싶어했으니까. 아니 오매불망 그래왔다고 해도 과언이 아니었다. 그러나 방포는 옹정이 그런 식으로 언급하는 것도 가끔은 필요하다는 결론을 내렸다. 곧이어 그가 오랜 생각을 끝내고는 자리에서 일어나 숙연한 표정을 지은 채 아뢰었다.

"폐하께서 이토록 진심으로 신을 대해주시는데 아무리 내세울 것이 없는 신이라 해도 어찌 성은에 보답하기 위해 미력이나마 진력하지 않을 수가 있겠사옵니까. 다만 어느새 이순耳順이 다 된 나이가 걱정이옵니다. 폐하의 기대에 부응하기가 쉽지 않을 듯하옵니다. 소신은 폐하께서 왕부에서 은인자중하고 계실 때 주변에 대단한 실력자들을 많이 두고 계셨던 걸로 기억하옵니다. 앞으로 그런 인재들을 적극 활용하셔서 상서방에서 폐하의 왼팔과 오른팔 역할을 하도록 하는 것이 어떻겠사옵니까?"

옹정은 방포가 오사도를 말하고 있다는 사실을 모르지 않았다. 그러나 오사도는 많이 지쳐 있었다. 옹정을 제위에 올려놓기 위해 전력을 다 했으니 그럴 수밖에 없었다. 그것이 바로 그가 오사도를 자신의 권력 반경 안으로 끌어들이지 않은 첫 번째 이유였다. 게다가 오사도는 기여도에 비해 지명도가 너무 낮았다. 아무리 자신의 오랜 측근이라 해도 갑자기 중용하면 자기 사람 심기에 급급하다는 비난을 면키 어려울 터였다. 앞의 두 가지는 오사도가 관직을 사양하면서 내비친 견해와도 일치했다. 그런데 솔직히 옹정의 입장에서 문제가 되는 것은 따로 있었다. 오사도가 이미 그의 '비밀'을 너무 많이 알고 있다는 것이었다. 그로서는 그게 가장 부담스러울 수밖에 없었다. 그로서는 오사도를 쥐도 새도 모르게 없애버리지 않은 것만 해도 그에게 커다란 은혜를 베푼 것이었다……

　그러나 옹정은 자신이 생각한 이유들 중 그 어느 것도 공론화하기는 어렵다고 생각했다. 그래서 대충 얼버무리면서 방포의 의문을 해소시켜 주어야 했다.

　"짐이 왕부에서 데리고 있던 측근들을 너무 많이 기용하면 남들 보기에 좋지 않아. 이미 적지 않기도 하고. 연갱요도 대장군으로 세인의 이목을 한 몸에 받고 있잖아. 또 이위도 포정사가 돼 있지. 대탁은 또 어떤가. 역시 복건성 안찰사로 한자리 하고 있잖아…… 군주는 천하위공天下爲公을 사명감으로 삼는 사람이야. 공정성과 형평성을 잃어서는 안 돼. 그렇지 않으면 세인들이 짐을 뭐라고 평가하겠나? 또 오사도 같은 사람은 그릇이 너무 커. 웬만한 자리에 앉혀서는 충족되지 않을 것이고, 그렇다고 그에 맞춰서 중용하면 그만큼 또 물의를 빚게 될 것이고…… 짐도 말 못할 어려움이 있어서 그러니 방 선생이 널리 헤아려 줬으면 하네."

　옹정이 말을 막 마쳤을 때 마침 태감들이 어선을 준비해 왔다.

　"우리 먹으면서 얘기하자고!"

　태감이 가져온 음식은 지의를 받고 특별히 준비한 것들이었다. 때문에 옹정의 평소 식단에 오르는 음식들보다는 훨씬 더 고급스러워 보였다. 우선 탁자 한가운데에 김이 모락모락 피어오르는 오리찜이 코를 간질였다. 또 네 모퉁이에는 육류 위주로 여러 가지 볶음요리가 올라와 있었다. 이름도 모를 각종 희귀동물의 발과 날개들이었다. 그뿐이 아니었다. 먹기가 아까울 정도로 예쁘게 빚은 떡과 과자도 있었다. 음식의 종류는 큰 연회에 나오는 상에 비할 수는 없었으나 알짜배기 요리들은 거의 빠지지 않고 나왔다고 할 수 있었다. 옹정이 젓가락으로 요리를 가리키면서 웃음 띤 얼굴로 말했다.

"방 선생, 많이 들게. 체면 차리지 말고! 그러고 보니 우리 군신끼리 같이 한 자리에 앉아보는 것도 참으로 오랜만인 것 같군. 편히 앉아 오래오래 많이 들게."

방포는 연신 상체를 숙이면서 대답했다. 그리고는 황송스럽다는 듯이 몸을 웅크리고 조심스레 젓가락을 들었다. 그는 강희의 은총을 듬뿍 받던 시절에도 홀로 독상을 받으면 받았지 황제와 같이 앉아 음식을 먹어본 적이 없었다. 지금 같은 겸상은 가히 파격이라고 할 수 있었다. 더구나 오늘 자리를 같이 한 새로운 군주는 과거에 화를 냈다하면 추상같은 서슬에 모두들 벌벌 떨기만 했던 그 '냉면왕' 冷面王이 아닌가! 그러니 겨우 하나 집어넣은 음식이 목에 걸려 넘어가지가 않았다.

워낙 기름진 음식을 기피하는지라 자신은 별로 손을 대지 않고 방포가 먹는 것을 바라보던 옹정은 역시나 음식에 그다지 손이 가지 않는 방포를 보고는 순간적으로 분위기를 읽었다. 방포가 자신을 지나치게 의식해 불편해한다는 것을 알아차린 것이다. 때문에 채소 위주로 두서너 젓가락 집어먹고는 입안을 헹군 다음 바로 일어나려 했다. 그러자 방포 역시 젓가락을 내려놓고 황급히 따라 일어섰다. 그러나 옹정은 웃으면서 방포를 눌러 앉혔다.

"그러지 말고 그대는 천천히 더 들게. 선제께서 '방포는 체격에 비해 식사량이 많다. 먹을 수 있을 때까지 먹고 힘껏 일하고 똑바로 서는 사람이다'라고 하셨던 말씀이 기억나는군. 괜히 정성 들여 준비한 귀한 음식 낭비하지 말고 양껏 들라고. 짐은 먼저 난각에 가서 일하고 있을 테니 상을 물리고 들어오게."

옹정은 말을 마치자마자 바로 밖으로 나갔다. 방포는 그제야 한껏 위축됐던 식욕이 살아나 천천히 맛을 즐기며 요리를 먹기 시작했다. 예기치 않은 포식을 한 그는 바로 트림을 한 다음 자리에서 일어나 양심전으로 건너갔다.

옹정이 한 손에 우유잔을 들고 뭔가를 부지런히 적고 있다가 인기척을 듣고는 고개도 들지 않고 알은체를 했다. 이어 그렇게 한참을 써내려가다 팔목이 시큰한지 손을 털고는 만면에 미소를 지은 채 말했다.

"지금껏 서 있었나? 어서 앉게!"

방포는 옹정이 자리를 권하는 데도 굳이 사양했다. 그리고는 입을 열어 뭔가를 말하려고 했다. 바로 그때 형년이 들어와 아뢰었다.

"폐하, 마제를 비롯해 융과다, 이위, 전문경이 대령하였사옵니다. 지금 접견하실 수 있사옵니까?"

옹정이 미소를 거둬들이고는 담담한 표정으로 입을 열었다.

"방 선생은 잠시 앉아 있게. 그들을 들라 하라."

얼마 후 네 사람이 차례로 들어와 동난각 온돌 앞에서 무릎을 꿇어 인사를 올렸다. 원래 마제와 방포는 오랜 친구 사이였다. 그러나 방포가 황제 바로 옆에 자리하고 앉아 있었기 때문에 두 사람은 그저 눈빛으로 인사를 주고받는 것 외에는 달리 방법이 없었다. 나머지

세 사람 역시 방포를 힐끗 쳐다보고는 고개를 숙였다. 그리고는 옹정이 입을 열기만을 기다렸다. '

"다들 일어나게. 마제와 외삼촌은 자리에 앉지!"

옹정은 기분이 좋아보였다. 천천히 온돌에서 내려서서 힘껏 뻐근한 팔다리를 움직이는 것 같더니 이위에게 친절한 어조로 말을 붙였다.

"손가감과 양명시도 불렀는데, 아직 오지 않았나?"

옹정의 말에 형년이 황급히 대답했다.

"수화문 밖에서 무릎 꿇고 대기 중이옵니다. 신이 달려가 불러오겠사옵니다."

옹정이 머리를 끄덕였다. 형년은 바로 밖으로 나갔다. 잠시 후 두 사람이 앞서거니 뒤서거니 하면서 대전으로 들어와 대례를 올렸다.

방포는 관보를 통해 그 두 사람이 최근 터진 3대 사건과 관련이 있다는 사실을 잘 알고 있었다. 옹정이 이제 사건을 마무리 지으려 한다는 것 역시 모르지 않았다.

'나를 이런 자리에 있게 하는 것은 뭔가 자문 역할을 해달라는 뜻이 아닌가. 그런데 황제는 사전에 이에 대해 아무런 언질도 주지 않았다. 곤혹스럽군.'

방포는 가시방석에 앉은 듯 자신의 처지가 괴로웠다. 자문 역할을 잘하지 못하면 어떡하나 하는 불안감도 소록소록 샘솟고 있었다. 그때 옹정이 웃음을 머금으며 말했다.

"잘 됐네! 삼대 사건을 담당할 당사자들이 다 모였으니, 뭔가 기대해도 되겠군. 이위, 사건 해결의 총책을 맡은 자네가 먼저 말해보게."

"예, 폐하!"

이위가 옹정의 명령에 즉각 대답을 했다. 이어 장화 속에서 종이 한 장을 꺼내 펼쳐 들었다. 순간 이위의 얼굴에는 자신감 있게 읽을 수 있는 글씨가 몇 개 없는 것이 유감이라는 표정이 어렸다. 종이에는 글씨가 아니라 사람과 수박은 말할 것도 없고 꼬불꼬불한 넝쿨을 비롯해 보는 것만으로도 눈이 어지러울 정도인 여러 가지 부호들이 무질서하게 그려져 있었다. 그게 이위 나름의 문자였던 것이다. 그러나 그는 글씨를 잘 모르는 것에 비하면 기억력은 대단히 비상했다. 그가 온통 수수께끼 같은 부호를 해독하면서 손짓발짓으로 무려 1시간 동안 상황을 설명했다. 특히 그는 낙민 사건과 은과 부정사건과 관련해서 자초지종과 처리 과정, 결과 등을 의외로 조리 있고 침착하게 보고했다.

옹정은 한마디도 끼어들지 않고 열심히 귀를 기울였다. 그러더니 곧 고개를 숙이고는 생각에 잠긴 채 천천히 방 안을 거닐었다. 그가 입을 연 것은 이위의 말이 거의 끝나갈 무렵이었다.

"끝났는가?"

"예, 폐하! 소신의 보고는 여기까지이옵니다."

"그래서 낙민에게 어떤 처벌을 내리기로 했다는 말인가?"

"아뢰옵니다, 폐하! 요참의 형벌에 처하기로 했사옵니다."

"그러면 장정로는?"

"폐하의 지의를 받들어 도리침과 상의하에 능지처참의 형벌을 내리기로 했사옵니다."

옹정이 이위의 대답이 끝나자 고개를 젖혀 한참 생각에 잠기는 듯했다. 그러더니 갑자기 몸을 홱 돌려 방포를 뚫어지게 바라보면서 물었다.

"방 선생, 그대는 어떻게 생각하는가?"

방포는 옹정이 물어올 것에 미리 대비하기라도 한 듯 즉각 공손히 대답했다.

"두 사람 모두 벌이 무겁다고 생각하옵니다. 낙민 사건은 분명 산서성 관리 전체가 하나가 되어 저지른 죄행이옵니다. 당연히 낙민 역시 그 사건의 중심에 서 있으면서 군주를 기만했으니 형을 면할 수는 없사옵니다. 그러나 다른 관리들의 경우에는 크게 벌하지 않으시는 만큼 형평성에 맞추어 낙민도 다소 감형을 해주시는 것이 타당할 것 같사옵니다. 그것은 산서성 관리들의 정서를 위해서이기도 하옵니다. 하지만 조정의 체통을 고려해야 하지 않을까 싶사옵니다. 때문에 낙민에게 자살을 권유하는 것으로 마무리를 짓는 것이 어떨까 하옵니다. 장정로 사건은 신이 보기에 아직 조사가 명쾌하게 끝난 것은 아니라고 생각하옵니다. 이치吏治를 정돈하는 차원에서 속전속결을 꾀한 것은 좋은 시도라고 생각하옵니다. 일벌백계도 반드시 필요하옵니다. 그러나 뇌물을 수수한 행위가 십악대죄十惡大罪에 속하지는 않사옵니다. 모역謀逆을 감행하고 폐하를 욕되게 한 죄와는 차원이 다르옵니다. 따라서 능지처참의 형벌에 처하는 것은 너무 과하지 않나 생각하옵니다. 자손들에게 이런 선례를 남기신다면 나중에 어떻게 되겠사옵니까? 만에 하나 모반을 일으키는 자들이 있으면 그때 가서는 어떤 처벌을 내리실 수 있겠사옵니까? 신의 어리석은 생각으로는 능지처참에 버금가는 요참에 처하는 것이 어떨까 하옵니다."

방포는 원래 말을 많이 하는 편은 아니었다. 그러나 핵심을 찌르는 탁월한 재주가 있었다. 이번에도 그랬다. 예컨대 '체통을 고려해서'라는 말은 옹정에게 낙민을 '천하제일순무'라고 극찬을 했던 사실을 환기시켜 주려는 것이었다. 또 장정로 사건을 두고 언급했던 "아직 조사가 명쾌하게 끝난 것은 아니다"라는 말은 진실을 파헤지는 데는 실패했다는 말이었다. 말마다 핵심을 정확하게 가리키고 있었다.

옹정과 이위는 그의 명석한 분석에 내심 탄복을 금치 못했다. 그러나 융과다는 달랐다. 둘과는 달리 가슴이 무섭게 뛰었다. 아마도 모반이니 황제를 기만했느니 하는 말이 그의 허를 찌르지 않았나 싶었다. 반면 마제는 방포와 비슷한 생각이었다. 당면 현안인 두 가지 사건을 그렇게 매듭을 지어버리기에는 뭔가 석연찮은 구석이 있다고 생각한 것이다. 그러나 입을 열지는 않았다. 한 발 물러서서 잠자코 있는 것이 낫다는 생각을 한 것이다.

그때 잠자코 있던 손가감이 갑자기 머리를 조아렸다.

"폐하, 소신은 방 선생께서 저술하신 책을 어릴 때부터 많이 읽었사옵니다. '책을 읽으면 그 저자를 알 수 있다'고 했사옵니다. 신은 방 선생이 명실 공히 사내대장부일 것이라고 믿어마지 않았사옵니다. 그러나 오늘 면전에서 뵈니 실망을 금할 길이 없사옵니다. '아직 조사가 명쾌하게 끝난 것은 아니다'라고 생각했다면 재수사를 해서라도 진실을 밝혀내는 것이 도리이옵니다. 그런데 어찌 두루뭉술하게 사건을 매듭짓고 사람을 죽일 수가 있다는 말씀이옵니까?"

방포는 손가감의 말을 듣고 눈빛이 빛났다. 그리고는 그를 오래도록 바라보더니 웃는 얼굴로 입을 열었다.

"이보게 후배, 정情이나 법法, 도리道理라는 것은 사람이 느끼기에 달려 있네. 사람이 정하기에 따라 달라지기도 하지. 때문에 경우에 따라서는 가벼워질 수도 있고 더 무거워질 수도 있어. 천천히 졸여낼 수도 있고 급한 불에 튀겨낼 수도 있는 것이네. 세상은 얼마나 큰가. 또 인간의 도리라는 것은 얼마나 복잡다단한가. 그런데 어찌 하나의 잣대로 천편일률적으로 재단을 할 수 있겠나? 폐하께서는 자네의 주전법鑄錢法을 취하셨어. 그런데도 자네를 강등시킬 수밖에 없었어. 그런 이유를 자네는 생각해보지 않았는가?"

손가감이 금붕어 같은 눈을 부릅뜨고 방포에게 반박하려 할 때였다. 옹정이 그의 말문을 닫으려는 듯 황급히 입을 열었다.

"낙민과 장정로 모두 짐이 평소에 아끼던 대신들이었네."

그의 입에서 대답하기에 더 곤란할 말이 나올까 우려한 모양이었다. 얼마 후 옹정이 한숨을 내쉬었다.

"선제께서는 물이 너무 맑으면 고기가 살지 못한다는 말씀을 말년에 자주 하셨어. 적당히 먼지도 마시고 햇볕도 쬐어가면서 인간적으로 살라는 말씀이셨던 것 같아. 솔직히 그 당시는 그 말씀의 진정한 의미를 깨닫지 못했어. 이제 짐이 그 위치에 앉고 보니 실감이 나는군. 사실 짐은 사람 그림자 밟는 것조차 꺼려하네. 그러니 구미에 맞지 않는다고 해서 어떻게 사람을 마구 죽일 수 있겠어? 그러나 그 둘은 세상을 어지럽혔어. 또 그 정도가 심했어. 목을 치지 않으면 안 될 상황이야. 그러나 그 둘에게 주렁주렁 달려 있는 관리들까지 쳐버리자면 적어도 이삼백 명은 희생시켜야 할 거야. 만약 짐이 그렇게 눈을 질끈 감고 도륙을 감행한다면 후세 사람들이 짐을 뭐라고 하겠어? 살생을 즐기는 폭군이라고 손가락질 할 것이 아닌가? 손가감, 자네 말대로 사건을 명쾌하게 밝히면 우리 조정은 그런 대가를 지불해야 한다고. 짐의 생각을 이해하겠는가?"

옹정이 말을 마치고는 천천히 전문경에게 다가갔다. 이어 한참 동안 말없이 바라보기만 했다. 그러더니 웃음 띤 얼굴로 말했다.

"오랜만이네! 우리는 자네가 북경으로 시험을 보러 오는 도중 투숙한 흑풍황수점黑風黃水店이라는 객잔에서 만났었지?"

전문경은 당초 옹정이 자신에게 산서성 사건과 관련한 의견을 물어올 줄 알고 은근히 기다렸다. 목숨을 내걸고 산서성의 탐관오리들과 한판 대결을 벌인 당사자였으니 그럴 법도 했다. 하지만 옹정이 꺼낸 말은 정말 의외였다. 그 당시 고가언 하리진의 도둑소굴이었던 객잔에 묵었다는 말을 영원한 비밀로 묻어두라고 한 것은 바로 옹정 그가 아니었던가. 때문에 전문경과 같이 있었던 이불 역시 지금껏 자신들이 오늘날의 황제를 그 옛날부터 알고 있었다는 말 같은 것은 입밖에도 내본 적이 없었다. 그런데 옹정이 갑자기 그 사실을 언급하다니! 의문이 생길 수밖에 없었다. 그러나 전문경은 더 이상 생각을 할 겨를도 없이 황급히 머리를 조아렸다.

"신이 어찌 감히 그때 그 사실을 잊을 수가 있겠사옵니까? 옹친왕 시절부터 폐하께서는 신에게 생명의 은인이셨사옵니다. 20년 전 그날 밤 폐하께서 계시지 않았다면 신은 벌써 한줌의 재가 돼 어딘가에서 떠돌고 있을 것이옵니다. 그러나 신은 그 당시 일을 절대 발설해서는 안 되던 폐하의 말씀을 가슴에 깊이 새겼사옵니다. 그래서 오늘날까지 누구 앞에서도 떠들지 않았사옵니다. 그러면서도 폐하의 성은에 보답하려고 노력해왔던 것도 사실이옵니다."

옹정이 전문경의 대답에 감개무량한 표정을 지었다.

"그런 일이 그리 흔한 인연은 아니지! 짐 역시 우리 군신 사이에 오늘과 같은 날이 있을 줄은 몰랐네. 또 자네와 이불이 먼 훗날 군신 사이로 만나 짐의 은혜를 갚는 것도 바라지 않았네. 군자는 덕으로 사람을 사랑해야 해. 또 짐은 사람을 취함에 있어서 어디까지나 공적인 입장에서 보고 인재를 선발해. 절대로 사적인 은혜 갚음이나 눈도장 찍는 것 따위에는 관심이 없네. 오늘 짐이 이 자리에서 지나간 사실을 떠올리는 것은 자네가 실로 양심과 지각이 있는 사람이라는 판단이 섰기 때문이네. 자네는 몸을 내던져 맡은 바에 충실했어. 눈앞의 이익에 연연하지 않았지. 정말 대범한 인물이야. 이대로만 해준다면 앞으로도 큰 영광이 있을 것이네!"

이불은 옹정이 직접 순천부의 주시험관으로 임명한 사람이었다. 또 전문경 역시 옹정이 즉위하자마자 연갱요에게 지의를 전달하라고 파견한 바 있었다. 정치 분야에서는 새내기라고 해도 과언이 아니었다. 물론 두 사람이 관리가 된 과정은 많이 달랐다. 이불은 정식으로 과거시험을 봐서 합격한 반면 전문경은 납연納捐(관직을 돈을 주고 사는 것)으로 관직에 오른 것이다. 따라서 전문경의 처지는 그다지 떳떳하다고 하기 어려웠다. 그러나 출신 성분의 차이를 떠나 두 사람은 새로 출범한 옹정의 조정에서 처음부터 범상치 않은 주목을 받았다. 일거에 조야에 그 명성을 날리는 중이었다. 더욱 놀라운 것은 둘 다 알고 보니 옹정과 흔치 않은 인연이 있었다는 사실이었다. 좌중의 사람들은 그런 사실을 지금 옹정의 말을 통해서야 비로소 알았으니 적이 놀라지 않을 수 없었다. 전문경이 연신 머리를 조아리면서 감사를 표했다.

"성은이 망극하옵니다. 신은 여러 가지로 부족함에도 운 좋게 이 세二世에 걸친 국은國恩을 듬뿍 받고 있사옵니다. 신은 과거의 그 은혜를 갚고자 폐하께 충성하는 것만은 아니옵니다. 폐하께 충성하는 것만을 삶의 유일한 목적으로 삼고 있기 때문에 그렇사옵니다. 강희 선제께서 계실 때 신이 충성한 것과 같다고 할 수 있사옵니다. 진정한 사대부는 눈앞의 이익에 일희일비하지 않사옵니다. 또 자신의 개인적인 불행은 슬퍼하지 않는다고 했사옵니다. 신은 오로지 한 마음 한 뜻으로 폐하께 충성하겠사옵니다."

방포는 전문경의 입에서 거침없이 술술 나오는 말을 들으면서 속으로 이 사람이 새내기치고는 썩 괜찮은 발언을 한다고 생각했다. 은연중에 옹정에게 아부하는 속내를 전혀 내비치지 않은 것은 아니었지만 그 정도야 기본이라고 생각했다. 급기야 그가 미소를 지으면서 머리를 끄덕이더니 한마디 끼어들었다.

"공公, 충忠, 능能 세 가지를 다 겸비한 것 같네. 자네, 전문경이라고 했나? 들을수록 대단한 젊은이인 것 같군!"

"그럼! 실로 짐의 마음을 기쁘게 해주기에 충분한 사람이지! 그 당시만 해도 낙민이 짐의 총애를 듬뿍 받고 있는 대신이라는 사실은 알만한 사람은 다 알고 있었지. 더욱이 산서성에서는 비바람을 부를 정도의 힘을 자랑하는 거물이었고. 그럼에도 자네 전문경은 과감히 맞서 싸웠어. 모래를 움켜쥐고서도 덩어리를 만드는 자네의 수단은 능신能臣이라는 '능能'자에 어울리고도 남음이 있네. 방 선생이 말한 공, 충, 능 세 글자는 짐이 천하의 관리들을 임용함에 있어서의 가장 중요한 철학이라고 해도 과언이 아니네."

옹정은 방포의 말에 기분이 무척이나 좋아진 모양이었다. 얼굴이 상기되어 어느새 붉은 빛이 감돌고 있었다. 그러자 그때까지 잠자코 있던 마제가 옹정의 말에 맞장구를 쳤다.

"폐하의 말씀이 정말 지당하시옵니다. 대개 조정의 은혜를 입은 사람들은 최소한의 양심만 있다면 다들 성심聖心을 헤아려 자신의 선에서 공과 충을 다하려 하옵니다. 문제는 유능하고 충성스러울 뿐만 아니라 사私보다 공公을 앞세울 수 있는 공, 충, 능 세 가지를 겸비한 사람이 많지 않다는 것이옵니다. 새로운 출발선상에 선 조정으로서는 이런 인재가 우후죽순처럼 많이 나와야 할 것이옵니다."

옹정이 머리를 끄덕이고는 다시 입을 열었다.

"맞는 말이네. 이위처럼 주관이 뚜렷하고 자신에 대한 확신이 칼날같이 바른 사람은 무슨 일을 해도 우유부단하지 않고 또 지나치게 앞뒤를 재지도 않아. 자신이 진정으로 조정을 위하고 백성을 위해 일을 하는데 '나'라는 사적인 존재를 생각할 필요가 없는 것이지. 그런 생각을 확 벗어던지고 나면 '혹시라도 누구한테 혼나지는 않을까?',

'높은 사람 코털을 뽑는 것은 아닐까?' 하는 이런 자질구레한 생각은 들어올 틈이 없다 이거야. 이위는 그래서 지금까지 짐의 허락을 받고 시작한 일이 별로 없었던 것 같아. 항상 먼저 저지르고 나서 나중에 보고를 올리고는 했지. 그래도 짐이 잠자코 있는 것은 그렇게 일을 하는 것이 굳건한 충성심의 발로라고 생각했기 때문이었어. 손가감, 이제 무슨 뜻인지 알겠나? 짐이 왜 군이 자네를 엉덩방아 찧게 만들어놓고는 다시 목마를 태워줬는지 말이야! 짐은 자네의 몸에서 결코 바람직하지 않은 과거시험 합격자 출신의 오만함을 보았네. 자네 머릿속에는 '나는 과거급제자 출신이야!'라고 으스대고 싶어 하는 '공명심'이 있어. 그것을 떨쳐버리지 못한다면 자신이 가진 모든 능력을 종묘사직을 위한 공적인 일에 다 쏟아 부을 수 없어. 조정과 짐에 충성을 다할 수 없는 것은 말할 필요도 없고!"

옹정의 훈시는 진지했다. 그러나 손가감은 장시간 이어진 옹정의 말에 감동한 것 같지는 않았다. 물론 곧바로 이어진 행동은 그렇지 않았다. 담담하게 머리를 조아렸다.

"폐하께서 명훈을 내리시기를 바라마지 않사옵니다."

옹정은 긴장한 기색 하나 없는 손가감을 오래도록 바라봤다. 그러다 "푸우!" 하고 웃음을 터트렸다.

"자네, 그날 양심전에서 쫓겨나자 건청문의 기둥에 머리를 박고 자살하려 했다면서?"

"……예, 폐하!"

"아들이 부모에게 질책을 당했다고 홧김에 자살해버린다면 어떻게 뇌셨는가? 그 부모는 자식 잡아먹은 천하의 몹쓸 부모로 평생 죄인처럼 살겠지. 그런 아들이 아들로서의 도리를 다한 효자라고 할 수 있겠는가?"

"아니옵니다, 폐하."

"그렇다면 군주에게서 한소리 들었다고 죽어버린다는 게 말이 되겠나? 군주를 불인不仁에 빠뜨린 신하에게 신하된 도리를 다했다고 말해줄 수 있겠어?"

"없사옵니다, 폐하."

"자네는 죽음으로 간언의 타당성을 고수한 충신으로 천고에 길이 남겠지. 그러나 양심전에 남아 있는 짐은 어떻게 되겠어? 썩 괜찮은 신하를 잃은 슬픔과 후세들에게 아집이 지독히 강한 군주로 낙인이 찍히지 않겠는가? 괴로움을 안은 채 심한 자책감에 시달리겠지. 그렇게 만들려는 것이 자네의 심보였지?"

옹정의 정확한 분석과 힐책이 다분한 말에 손가감은 비로소 잘못을 깨달았는지 몸 둘 바를 몰라 했다. 그제야 진심으로 머리를 깊숙이 숙인 채 사죄의 말을 입에 올렸다.

"신이 무례했사옵니다."

옹정이 손가감의 행동이 마음에 드는지 활짝 웃었다.

"그렇다고 너무 자책하지는 말게. 짐은 선제의 사랑을 특별하게 많이 받거나 주변과 잘 어울린 사람이 아니었네. 그래서 짜내면 고름이 질질 흐르고, 불어보면 거품인 그런 세력들은 정말 질색이네. 그렇다고 주변과 협력하시 않은 채 나 홀로 영웅입네 자처하는 사람도 바람직하지는 않다고 보네. 아무튼 천하를 이끌고 나아가야 할 군주로서 짐은 자네들이 공, 충, 능을 겸비했으면 하는 바람이야."

"알겠사옵니다, 폐하! 성명을 받들어 훌륭한 신하가 되도록 노력하겠사옵니다."

옹정의 말에 좌중의 사람들이 일제히 머리를 조아렸다. 이어 옹정이 다시 입을 열려고 할 때였다. 갑자기 자명종이 울리기 시작했다. 열두 번이었다. 점심시간이 된 것이다. 옹정은 그제야 자신이 태후에게 문안을 올리러 가기로 한 사실을 떠올리고는 미소를 머금으며 말했다.

"오늘은 그만 하지. 방 선생은 잠시 남아서 은과 응시생들 중에서 일갑, 이갑 합격자를 결정지을 답안지를 골라내도록 하게. 짐이 시간을 내서 볼 수 있도록 말이야. 그리고 귀주성 순무 자리가 비었다고 이부에서 보고가 올라왔어. 짐이 보기에는 양명시가 적임자일 것 같아. 양명시, 자네 생각은 어떠한가?"

사실 양명시는 며칠 전 이부에 있는 과거시험 동기로부터 자신이 귀주 순무로 발령이 날 가능성이 크다는 소식을 전해들은 바 있었다. 때문에 줄곧 기분이 우울할 수밖에 없었다. 귀주성이라면 땅이 척박하여 백성들이 가난한 곳으로 유명한 곳이었기 때문이다. 오죽했으면 사람들이 귀주성을 놓고 "하늘은 3일 이상 맑은 날이 없다. 땅은 3척 이상 평지가 없다. 또 사람은 3푼 이상 가진 이가 없다"라는 말로 평가했을까. 더구나 그곳은 묘족苗族과 요족瑤族이 잡거하고 있을 뿐만 아니라 토사土司(청조로부터 관직을 세습 받는 소수민족의 수령)가 할거하는 지역이기도 했다. 당연히 그들은 각 지방의 왕 노릇을 했다. 자연스럽게 귀주성 역시 법과 원칙 대신 총칼이 앞서는 무법천지로 변할 수밖에 없었다. 역대 조정에서 가장 다스리기 힘든 지역으로 귀주성이 꼽히는 것에는 다 이유가 있었다.

그가 귀주성을 부담스러워 한 것은 그 때문만은 아니었다. 운귀(운남성과 귀주성을 일컬음) 총독인 채정蔡珽의 밑으로 들어가 일하게 된다는 것도 또 다른 큰 이유였다. 채정은 지방 행정에 대해 별 경험이 없는 젊은 나이인데도 지방 정무에 감 놔라 배 놔라 하면서 간섭하고 꼬치꼬치 캐묻고 피곤하게 굴었다.

양명시는 그런 생각이 들자 다시 눈앞이 캄캄해졌다. 어떻게든 귀주성만은 가지 않게 해달라고 간청해야겠다는 생각을 했다. 그러던 차에 마침 옹정이 먼저 물어오자 황급히 머리를 조아리면서 솔직한 속내를 털어놨다.

"신은 가고 싶지 않사옵니다."

"뭐라고?"

옹정이 양명시의 말을 듣더니 자신의 귀를 의심했다. 그러다 밖으로 나가려던 자세를 바꿔 다시 돌아섰다. 이어 얼굴을 늘어뜨린 채 덧붙였다.

"짐이 제대로 못 들었으니, 다시 한 번 말해보게."

좌중의 모든 눈길은 모두 양명시에게 쏠렸다. 방포 역시 크게 놀란 듯 안색이 창백해졌다. 느닷없이 튀어나온 양명시의 말을 어떻게 수습해야 할지 난감해서 당황한 듯했다. 그러나 양명시는 침착하게 조금 전에 했던 말을 고스란히 반복했다.

"신은 가고 싶지 않사옵니다."

"그래? 이유가 뭔가?"

"귀주성 순무 자리는 신이 감당할 수 있는 자리가 아니라고 생각되옵니다. 신은 다시 호남성으로 돌아가 말단 자리에 있으면 있었지 이런 식의 승진은 하고 싶지 않사옵니다."

양명시가 소신 있게 대답했다. 순간 옹정의 얼굴 근육이 경련을 일으켰다. 그리고는 태후에게 가려던 마음을 고쳐먹고 다시 자리로 돌아와 앉은 다음 찻잔을 들었다. 이어 소름 끼치는 표정을 지으며 입을 열었다.

"자네가 원래 있던 호남성이라고 해서 좋은 곳은 아니지. 그렇다면 내친김에 '상유천당, 하유소항'上有天堂, 下有蘇杭(하늘에는 천당, 땅에는 소주와 항주가 있다는 의미)이라는 말이 있을 만큼 아름다운 항주의 포정사로 보내줄까? 그러면 기꺼이 가겠는가?"

양명시가 고개를 들어 옹정을 똑바로 쳐다봤다. 이어 천천히 자신의 생각을 밝혔다.

"폐하께서는 신을 오해하고 계시옵니다. 귀주성은 강희 오십구 년부터 지금까지 사 년도 안 되는 사이에 무려 일곱 차례나 순무가 바뀌었사옵니다. 그들이 전부 무능하고 소임을 다하지 못해서라고 생각하시옵니까? 천만의 말씀이옵니다. 머릿속에 자신만이 나라의 주춧돌이라고 생각하는 대단한 채정이라는 총독이 있기 때문이옵니다. 신은 지난해 원직에서 쫓겨나 북경에 온 이후 이렇다 할 성과가 없었사옵니다. 그래서 굉장히 괴로웠사옵니다. 그래도 귀주성에 가서 성과를 내고 싶지는 않사옵니다. 폐하께서 신이 마른 땅 진 땅 골라 다니려 한다고 오해하신다면 아예 수천 리 밖의 유배지로 보내주시옵소서. 설사 그렇게 하셔도 신은 폐하의 은혜에 감사하고 당장 떠나겠사옵니다."

양명시는 전혀 비굴한 기색이 없었다. 입에서 사자후처럼 토로하는 한 마디 한 마디가 땅에 떨어지면 쇳소리가 날 듯했다. 구구절절 사실이기도 했다. 좌중의 사람들은 그의 언변에 감동을 받은 표정이었다. 방포 역시 적이 마음이 놓이는 눈치였다.

"채정이 매사에 자기 멋대로 처리하거나 사람을 못 살게 구는 단점은 있지. 하지만 귀주성은 특수한 곳이야. 그런 환경적 요인 때문에 아직은 법보다 주먹이 앞서는 곳이라고 할 수 있지. 또 채정처럼 포악하고 주먹이 센 사람도 필요한 것이네. 만약 자네가 채정이 사사건건 간섭하고 귀찮게 굴 것이 싫어서 그런다면 그 점은 걱정하지 말고 가게. 사 년 동안 일곱 명의 순무가 바뀌었다고? 그러면 자네는 여덟 번째가 되는군! 짐이 자네하고 약속하지. 적어도 앞으로 칠 년 동안 짐은 자네의 순무 자리를 보장해주겠네. 그래도 안 되겠나?"

옹정이 양명시의 반응에 적이 놀랐다는 표정을 한 채 말했다. 양명시가 잠시 생각하더니 머리를 조아렸다.

"신은 최선을 다하겠사옵니다. 다만 한 가지 더 아뢰고 싶은 것이 있사옵니다."

옹정이 웃으면서 물었다.

"그래? 또 뭐가 석연찮은가?"

양명시가 침착하게 대답했다.

"신은 순무로서 당연히 채정의 군무軍務에 대해 간섭할 일은 없을 것이옵니다. 그렇다면 폐하께서 직접 채정에게 지의를 내려 주시옵소서. 묘족과 요족 사이의 분쟁을 잠재운다는 핑계를 대고 툭하면 출병과 토벌을 반복하면서 지방 정무에 간섭하는 일이 있어서는 안 되겠다고 말이옵니다. 신은 채정과는 바닷물과 동네 우물이 다른 것처럼 경계를 분명히 하고 싶사옵니다."

"일을 좀 시켜먹으려고 했더니, 아주 짐과 거래를 트려고 하는구먼!"

옹정이 그다지 싫지 않은 표정으로 크게 웃었다. 이어 찻잔을 내려놓고 양명시에게 다가갔다. 그리고는 한 글자씩 힘을 주면서 또박또박 말했다.

"그러지! 자네의 이 용기와 박력을 짐이 높이 사겠네. 그러나 짐도 자네의 약속을 받아내고 싶은 것이 있네. 내년부터 조정은 귀주성에 쌀 한 톨, 은전 한 닢의 지원도 하지 않을 것이네. 귀주성의 지방재정은 자급자족하는 것이 좋겠다는 말일세. 해낼 수 있겠는가?"

"노력해서 안 되는 일이 어디 있겠사옵니까, 폐하!"

양명시의 목소리는 끝까지 드높았다.

옹정은 사람들을 다 돌려보내고 난 다음 황금색 수레에 앉아 자녕궁으로 향했다. 일이 그런대로 잘 진행되고 있는 만큼 기분이 좋아야 정상이었다. 하지만 그의 마음은 여전히 그다지 홀가분하지만은 않았다. 연갱요가 그의 속을 썩이는 것이 가장 큰 이유였다.

연갱요는 청해로 출병한 지 꽤나 시일이 흘렀음에도 아직 한 번도 나포장단증의 부대와 작은 전투조차 치르지 않은 채 오로지 끝이 없는 행군만 하고 있었다. 그럼에도 400만 냥어치나 되는 군량미와 전비를 낭비하고 있었다. 한마디로 국채 환수 작업을 통해 걷은 돈은 들어오는 대로 전부 그쪽으로 쏟아 부어야 했다. 국채 환수 작업을 담당한 여덟째 역시 행동이 이상했다. 겉으로는 바람소리를 내면서 분주히 다니는 듯했으나 사실은 그다지 전력투구하는 것 같지 않았던 것이다.

옹정은 수레에 앉은 채 눈을 지그시 감고 꼬리에 꼬리를 무는 윤사에 대한 의혹을 애써 한편으로 밀어놓으려고 노력했다. 그때 앞에서 한바탕 떠드는 소리가 들려왔다. 내무부 관리가 한 여자와 밀고 당기면서 고함을 지르고 있었다.

"폐하? 나는 폐하도 무섭지 않은 사람이에요. 붙잡지 말아요. 나는 폐하를 뵙고 꼭 아뢸 말이 있어요!"

여자가 악을 쓰면서 말했다.

'무슨 여자가 저렇게 악을 써대면서까지 나를 만나겠다는 거지?'

옹정은 여자의 목소리가 심상치 않자 미간을 찌푸렸다. 밖을 내다보니 수레는 어느새 자녕궁 앞에 도착해 있었다. 그가 수레에서 내리면서 물었다.

"여기는 태후마마께서 계신 곳이야. 누가 감히 큰소리로 떠들어?"

옹정이 모습을 나타내자 새로 선발된 듯한 200여 명의 궁녀들이 일제히 엎드린 채 머리를 조아렸다. 수십 명의 내무부 아역들 역시 양옆으로 갈라섰다. 그러자 땀범벅이 된 당관 한 명이 이성을 잃은 듯 고함을 지르는 모습이 보였다.

"저 갈보 같은 년 좀 봐! 폐하께서 계신데도 뻣뻣하게 서 있어? 저 년 눌러 앉혀!"

명령이 떨어지자 아역들 몇 명이 바로 여자에게 달려갔다. 옹정은 그 순간 손을 내밀어 그들을 제지시켰다.

"당장 잡아먹을 듯 그러지 말고 여기로 좀 데려와 봐!"

옹정이 보기에 여자는 열네댓 살 정도 되어 보였다. 옷차림을 비롯해 어설프게나마 화장한 모습이 나이에 어울리지 않게 조숙했다. 그래도 곱상하게 생긴 자그마한 얼굴에 분노가 서려 있는 모습이 나름 귀엽기도 했다. 그녀는 조금 전에도 몇몇 아역들과 승강이를 한 듯했다. 온갖 모양을 냈던 머리가 흐트러져 흘러내린 모습으로 볼 때 확실히 그런 것 같았다. 또 옷의 매듭도 떨어져 나간 듯 손으로 가슴을 움켜쥐고 있었다. 여자는 옹정 앞에 끌려왔어도 옹정을 똑바로 쳐다만 볼 뿐 무릎을 꿇을 생각도 하지 않고 있었다.

옹정이 물었다.

"누구 집의 딸인가?"

"폐하, 정람기正藍旗에서 우록牛祿(만주족 군대 편제 중에서 가장 기본적인 편제. 300명이 정원임. 이 편제의 장이기도 함)을 지낸 복아광福阿廣이라는 자의 딸이옵니다. 이 여자의 아비 되는 사람을 데리러 사람을 보냈사옵니다. 소인이 일을 깔끔하게 처리하지 못해 황송하옵니다. 부디 용서해주시옵소서, 폐하!"

내무부 당관이 황급히 나서서 아뢰었다.

"더 이상 말할 필요 없네. 자네는 그만 물러가게."

옹정이 말했다. 이어 마침 멀리서 걸어오는 윤상을 향해 머리를 끄덕여 보이고는 여자에게 물었다.

"네 이름이 뭐냐?"

"복아광 명수明秀이옵니다!"

"이름도 예쁘네. 그래 가족은 몇이냐? 형제 중에는 몇째지?"

"식솔이 다섯이옵니다. 할아버지, 할머니, 아버지, 어머니, 그리고 소녀이옵니다."

"아버지는 무슨 일을 하는가?"

"지금은 일자리가 없사옵니다."

옹정이 잠시 생각하더니 다시 물었다.

"무슨 일로 짐을 만나고 싶다고 했는지는 모르겠어. 그러나 금원禁苑에서 함부로 떠들고 무례하게 굴어서는 안 된다는 것을 모르느냐?"

명수는 옹정의 말에도 전혀 두려워하지 않았다. 머리카락을 뒤로 넘기고는 옹정을 빤히 바라보면서 또박또박 반문했다.

"소녀는 폐하께 한 가지만 여쭤보고 싶사옵니다. 폐하께서는 배고픈 고통이 어떤 것인지 알고 계시옵니까?"

옹정이 느닷없는 그녀의 말이 무슨 뜻인지 몰라 잠시 할 말을 찾지 못했다. 명수가 기다렸다는 듯 새로 선발된 궁녀들을 가리키면서 덧붙였다.

"소녀들은 다들 형편이 어렵사옵니다. 하지만 저마다 집에서는 부모님들이 금이야 옥이야 하는 자식이옵니다. 폐하께서는 등극하시자마자 '이치를 쇄신'하고 '백성들과 더불어 살겠노라'고 성지聖旨를 내리셨사옵니다. 그래서 저희 백성들은 모두 환호하고 기대에 부풀어 있었사옵니다. 그러나 폐하께서는 등극하신 지 불과 몇 개월 만에 절박한 민생 현안은 뒤로 한 채 궁녀 선발에만 급급하시옵니다! 산동성에 재해를 입고 굶어죽은 사람이 얼마나 되는지 한 번이라도 진지하게 생각해보셨사옵니까? 백성들이 얼마나 고통에 빠져 아파하는지를 말이옵니다!"

명수의 말에 옹정의 안색이 참담하게 변하기 시작했다. 그러나 그는 이를 악문 채 뚫어지게 명수를 노려보기만 할 뿐 질책은 하지 않았다. 곧이어 느릿느릿 입을 열었다.

"내정內廷에는 가족들이 많아. 돌볼 사람들도 많이 필요하지."

옹정의 말이 끝나기 무섭게 명수가 즉각 반박을 했다.

"조정의 제도 역시 사람이 만든 것이옵니다. 소녀가 본 몇몇 궁녀들은 백발이 성성했사옵니다. 소녀처럼 어린 나이에 궁녀로 선발돼 들어온 여자들 중에 운 좋게 비빈으로 신분 상승을 하는 궁녀가 몇이나 되겠사옵니까? 폐하께서는 후궁과 가족들을 돌볼 사람이 없다는 이유만으로 소녀들을 강제로 끌고 왔사옵니다. 폐하께서는 단 한 번이라도 저희들의 처지를 생각해보셨사옵니까? 소녀의 가족들이 자식 잃은 빈자리를 어떻게 채워갈지, 생이별 아닌 생이별 당한 마음이 얼마나 아릴지를 말이옵니다. 또 그들이 인생 말년을 누구한테 의지해야 할지도 생각해보셨사옵니까?"

"이년이, 무엄하게!"

윤상이 그예 참지 못하고 고함을 내질렀다. 내무부의 일을 담당하는 그로서는 당연한 반응이라고 할 수 있었다. 더구나 방금 전 궁녀들을 골라가는 윤사를 바래다주고 오는 잠깐 사이에 일이 벌어진 것에 어이가 없는지 더욱 화가 치민 것 같았다. 급기야는 명수를 무섭게 꾸짖었다.

"못 돼 먹은 것이 어느 안전이라고 이렇게 까불어! 지금 서 있는 곳이 어딘지 모르는 건가?"

"열셋째마마시네요! 다들 열셋째마마를 영웅이라고 부르던데, 오늘 보니 그것도 아닌 것 같습니다. 줏대 없이 폐하의 비위만 맞추려 들다니 정말 한심스럽습니다!"

명수가 윤상을 힐끗 바라보면서 대수롭지 않은 듯 반박했다. 완전히 하룻강아지 범 무서운 줄 모르는 자세였다. 윤상은 황제고 친왕이고 간에 전혀 두려운 구석 없이 마구 덤벼드는 명수의 거친 행동에 기가 찬다는 표정을 지었다. 말문이 막혀 마땅히 할 말을 찾지 못했다. 그저 옹정의 눈치를 보면서 두 주먹만 꼭 쥐고 있을 뿐이었다. 치밀어 오르는 화를 주체할 수 없는 것만은 확실했다. 그때 옹정이 태감에게 물었다.

"이 아이의 아비 되는 사람은 도착했나?"

명수의 아버지는 끌려온 지 한참 된 후였다. 그는 앞뒤 분간 못하는 딸의 행동에 큰 충격을 받았다. 하늘이 무너진 듯 허탈한 표정으로 간신히 서 있던 그가 옹정이 자신을 찾자 탈진한 듯 그 자리에 바로 허물어졌다. 그리고는 안색이 하얗게 질린 채 엉금엉금 기어가더니 옹정의 발밑에서 연신 머리를 조아렸다.

"소인이…… 이 계집애의…… 아비 되는…… 복아광이옵니다."

"자네한테서 저런 딸이 태어났다니……, 믿어지지가 않는구먼. 똑똑하고 자존심 세고 대범한 아이로군. 짐은 저런 아이를 좋아하네. 짐의 대신들 중에 저런 사람이 별로 없다는 것이 아쉽네. 저 아이는 여중호걸女中豪傑이라 칭할 수 있겠네."

옹정이 대단히 흡족한 표정을 한 채 명수를 바라보았다. 좌중의 사람들은 옹정의 입에서 그런 엉뚱한 말이 나올 줄은 꿈에도 몰랐기에 저마다 입을 딱 벌렸다. 궁녀들은 말할 것도 없고 명수 본인 역시 크게 놀란 듯했다.

"어서 폐하께 무릎 꿇고 인사 올리지 못해?"

복아광이 명수를 향해 눈을 부라렸다. 명수는 그제야 옹정의 발밑에 무릎을 꿇었다. 옹정이 나지막하게 한숨을 내쉬었다.

"윤상, 방금 황자들이 궁녀들을 각각 몇 명씩 데리고 갔지?"

윤상이 즉시 대답했다.

"친왕들은 열여섯 명씩, 군왕들은 열 명씩, 패륵과 패자들은 각각 여덟 명씩 신이 지정해 보내줬사옵니다. 그들이 직접 선택하지는 않았사옵니다."

옹정이 머리를 끄덕여 보이고는 말했다.

"아무리 생각해봐도 명수 저 아이의 말이 맞는 것 같아. 형년은 궁녀들을 데리고 간 왕부에 달려가 궁녀들을 모두 다 돌려보내라고 전하라. 여기 있는 궁녀들도 전부 집으로 돌려보내게. 올해는 궁녀 선발을 하지 않겠어."

"예, 폐하!"

형년이 즉각 대답을 하고는 물러갔다. 옹정이 윤상 쪽으로 다시 머리를 돌리더니 부드러운 목소리로 지시했다.

"내무부에서 잘 조사해보게. 궁중에서 십 년 이상 시중을 들어온 시녀들 중에서 이십오 세를 넘긴 시녀들은 전부 궁을 나갈 수 있도록 하게. 태후마마의 시중을 드는 시녀들만 빼고 일률적으로 궁녀 수를 반 이상으로 줄이라고도 하게."

"폐하!"

옹정의 말이 끝나기 무섭게 수백 명에 달하는 궁녀들이 일제히 울면서 머리를 조아렸다. 장내는 삽시간에 눈물바다가 돼버렸다.

"명수, 이제 아버지하고 손잡고 집에 돌아가도 되겠군."

옹정이 조금 쉰 듯한 목소리로 말했다. 아마도 어린 궁녀들의 눈물을 통해 자신의 선행이 뜻하는 바를 깨닫고는 속으로 감명을 받은 것 같았다. 그가 다시 명수를 바라보면서 덧붙였다.

"명수 자네의 용감한 간언이 짐으로 하여금 무량한 공덕을 쌓게 했어! 사실 짐은 자네가 말했던 것처럼 색을 밝히는 사람은 아니야. 그렇지만 자네를 탓할 생각은 없네. 돌아가서 어른들 잘 모시고 열심히 살게. 자네가 성인이 되면 짐이 좋은 신랑감을 찾아주도록 하겠네. 황제의 이름으로 약속하네!"

17장

공생貢生과 명기名妓

　은과 부정사건으로 인해 시험 결과발표는 당연히 뒤로 미뤄질 수밖에 없었다. 다행히도 발표와 관련한 내정內廷의 지의는 4월 27일에 내려왔다. '내일 천안문 앞에 방을 붙일 예정이다'라는 내용이 통보된 것이다. 사실 과거시험을 통해 조정의 관리를 선발하는 일은 조정의 제일가는 큰 일이었다. 때문에 온 천하의 뜻 있는 사람은 말할 것도 없고 초야의 백성들 역시 시험의 1, 2, 3등인 장원壯元과 방안榜眼, 탐화探花 합격자들의 풍채를 직접 보기 위해 결과발표를 학수고대하고 있었다. 그런데 이번에는 결과발표 날짜와 함께 흥분으로 끓어오르는 사람들의 마음에 찬물을 끼얹는 지의도 동시에 내려왔다.

　'내각대학사 장정로는 옹정 조정의 은과 주시험관이었으나 성은과 국법을 무시했다. 탐관오리들과 작당해 신성한 인재 선발 대전大典의 위상을 떨어뜨렸다. 때문에 그 죄를 묻지 않을 수 없다. 즉각 요참형에 처한다. 온 천하에 이 사실을 공개하니 방에 명시된 날 북경 각 아문의 주관들과 백관들은 전부 사형장에 와서 형刑의 집행을 지켜보라!'

그것은 고요한 호수에 만근이나 되는 바위를 떨어뜨린 것과 다를 바 없는 소식이었다. 사람들은 경악을 금치 못했다. 북경의 정가에는 차다찬 비바람이 불어 닥쳤다. 순천부의 신임 주시험관인 이불은 공생貢生(생원 중에서 선발돼 국자감國子監에 합격한 자) 선발이 끝나자 바로 중화전으로 달려가서는 전시殿試(천자가 직접 실시하는 과거시험의 최종 관문) 업무를 거들었다.

그때 마침 일이 묘하게 되려고 그랬는지 호광湖廣(호남성과 광동성) 순무가 부친의 상喪을 당했다. 당연히 그 순무는 상을 치르러 고향으로 가려고 했다. 하지만 자리를 비워서는 안 되는 상황이었다. 결국 이부에서는 당사자에게 탈정奪情(상을 당해도 집에 못 가게 하는 것)을 권유했다. 예상대로 당사자는 강하게 거부했다. 결국 이부에서는 그의 직무를 해제시키는 수밖에 없었다. 그리고는 그의 빈자리를 이불에게 대신하라고 통고했다.

이불은 흥분을 주체하지 못했다. 갑자기 몇 단계 뛰어오르는 승진을 하게 됐으니 그럴 만도 했다. 얼마 후 그는 기분 좋은 얼굴을 한 채 귀주성 순무로 발령이 난 양명시와 함께 양심전으로 옹정을 배알하러 달려갔다.

이불과는 달리 옹정은 기분이 그다지 좋지 않은 것 같았다. 길게 말할 마음의 여유가 없는 듯 그저 두 사람에게 짤막한 한마디만 건넸다.

"가서 상주문을 자주 올려 보내게. 그리고 어려운 일, 힘든 일, 잡다한 일 가리지 말고 직접 나서서 처리하게. 일하는 과정에서 누군

가에게 미운 털 박히는 것도 두려워하지 말고 소신 있게 밀고 나가
도록 하게."

이불은 예상보다 훨씬 빨리 서화문을 나섰다. 그러나 곧장 집에 가
서 가족들과 기쁨을 나누지는 못했다. 몇몇 동료들이 한턱을 낸다면
서 끌고 다니는 바람에 날이 완전히 어두워져서야 집으로 향할 수
있었던 것이다.

원래 이불의 가문은 대대로 내로라하던 뼈대 있는 가문이었다. 그
러나 아버지 대에 이르러서 가세가 기울어지기 시작해 나중에는 넉
넉하지 못한 지경에 이르렀다. 더구나 그의 성격은 워낙에 차갑고 도
도해서 주변 사람들과 잘 어울리지 못했다. 당연히 어려운 상황임에
도 주위의 도움을 거의 받지 못했다. 게다가 녹봉도 형편없었다. 예
부 원외랑이라는 관직이 1년 꼬박 일해 봐야 고작 140냥을 받는 말
단 자리였으니 말이다. 땔감과 쌀이 옥구슬 가격에 해당하는 북경에
서 그의 나날이 힘겹지 않았다면 이상할 일이었다.

실제로 이불의 집은 난면攔面 골목 서북쪽에 자리 잡은 낡고 볼품
없는 작은 사합원四合院(북경의 전통 가옥)이었다. 그것도 시내와 동떨
어져 있는 데다 피폐한 동네에 자리한 탓에 평소 그의 집 앞에는 인
적이 드물었다. 그러나 이날 저녁만큼은 달랐다. 골목 입구부터 완전
히 문전성시를 이루고 있었다.

이불은 네 명의 가마꾼이 드는 관교에 앉은 채 집으로 향하다 발
을 걷고 앞을 내다봤다. 저 멀리 자신의 집 앞에 대낮 같이 환한 등
불이 보였다. 또 그 앞에 수많은 사람들이 웅성거리고 서 있는 광경
도 보였다. 이불은 이상한 생각이 들 수밖에 없었다. 수레에서 내리
자마자 바로 마중 나온 집사 이삼李森에게 물었다.

"무슨 일이야? 웬 사람들이 이렇게 많아?"

"중승中丞(순무 직급에 해당하는 관리들의 총칭) 어른, 감축드립니다!"

이삼이 일부러 크게 소리를 내면서 말했다. 뜨락에 있는 사람들에게 과시하려는 듯 이불의 순무 관호官號까지 불렀다. 이어 다시 깍듯하게 인사를 올렸다.

"중승 어른께서 새로 거두신 문생門生들이 관보를 보고 감축을 드리러 달려 왔습니다. 이미 다녀간 사람들만 해도 꽤 많습니다. 여기 남은 사람들은 중승 어른께서 직접 선발한 문생이라면서 꼭 만나 뵙고 인사를 하겠노라고 하시네요. 밤이 늦어도 갈 생각을 하지 않고 기다리고 있었습니다."

이삼의 말이 끝나기도 전에 10여 명의 공생들이 우르르 몰려나왔다. 모두들 약속이나 한 것처럼 삼지구엽三枝九葉 모양의 도금鍍金 정자도 하고 있었다. 공생 복장 차림인 모양이었다.

순간 이불은 정신이 혼미해질 정도로 경황을 차리지 못했다. 하기야 공생들이 이불을 보자마자 몰려들어 귀 따갑게 인사를 하고 축하의 말을 건네느라 여념이 없었으니 그럴 수밖에 없었다. 그렇게 수많은 사람들에게 둘러싸인 것은 난생 처음이었다.

이불은 그들이 자신의 중승 진급을 축하하기보다는 이제 곧 결과 발표를 앞두고 있는 은과 결과가 궁금해서 은근 슬쩍 알아보려고 왔다는 사실을 모르지 않았다. 속으로는 웃으면서 즉각 힐난조의 말을 건넨 것도 그 때문이었다.

"부담스럽게 왜들 이러나! 그저 순무 대리로 가는 거야. 아무튼 이제껏 기다렸다니 어서 안으로 들어가게!"

공생들은 이불의 말이 떨어지기 무섭게 조심스레 그의 뒤를 따라 뒤채의 중간 방으로 들어갔다. 응접실 용도로 쓰기는 하나 초라하기 이를 데 없는 방이었다. 조금 심하게 말하면 막대기를 휘둘러도 걸릴 것 하나 없는 적막강산 같은 방이라고 해도 좋았다.

　그래도 천둥소리 한 번 크게 울리면 그냥 쓰러지고 말 것 같은 그 방은 선비의 방이라는 분위기는 물씬 풍기고 있었다. 우선 나무 의자 몇 개와 칠이 다 벗겨진 책상 하나가 덩그러니 놓여 있었다. 또 모퉁이에는 책의 무게를 이겨내지 못한 책꽂이가 한편으로 찌그러져 있었다. 그나마 책상 위의 붓통, 찻잔과 함께 널려 있는 송지宋紙와 휘묵徽墨이 아마도 방에서 가장 값나가는 귀중한 물건인 듯했다. 노란 비단 보자기가 씌워져 있는 두 가지 물건은 한눈에 봐도 황제에게 하사받은 것임을 알 수 있었다. 아무려나 좌중의 사람들은 명색이 경관인 이불이 그토록 빈한한 생활을 해왔다는 사실에 자신들도 모르게 숙연해져서 경의를 표하지 않을 수 없었다.

　이불이 등불을 빌려 방으로 들어온 사람들을 하나하나 자세히 뜯어봤다. 과연 자신이 직접 뽑은 공생들이었다. 그중 윤계선, 왕문소王文韶, 조문치 등 몇몇 부원部院의 대신 자제들만 빼고 대부분은 그다지 눈에 익은 얼굴들이 아니었다. 이불은 서로 서먹서먹해 하면서 무슨 말을 해야 할지 몰라 어색하게 앉아 있는 공생들에게 차를 권했다.

　"내 기억으로는 유묵림이라는 공생도 있었던 것으로 아는데? 임호연林浩然이라는 친구도 있었고. 내 손으로 모두 열두 명을 뽑았는데, 두 사람이 안 온 것 같군?"

　방 오른쪽에 앉아 있던 조문치가 이불이 자신을 향해 질문을 건네자 바로 황급히 대답했다.

　"임호연은 고향에서 손님이 와서 다음 기회에 스승님을 찾아 뵐 거라면서 갔습니다. 또 유묵림은…… 오늘 정양문 관제묘에 자칭 바둑 구단九段 몽각夢覺 스님이라는 사람이 두둑한 판돈을 걸고 맞수를 찾는다고 해서 구경하러 갔습니다."

이불이 조문치의 말에 웃으면서 말했다.

"나도 어릴 적에 바둑을 좋아했었지. 그러나 그냥 입문하는데 그치고 말았어. 황자마마들 중에서는 바둑 하면 단연 열셋째마마지. 사실 바둑도사라는 소리를 들으려면 돈도 많고 시간도 충분해야 해. 그런데 나야 뭐 둘 중에 하나도 해당되는 것이 없었으니 일찌감치 접는 수밖에 없었지."

"스승님께서는 정말 청빈한 삶의 전형인 것 같습니다."

윤계선의 말에는 아부 기운이 다분했다. 권문세도가의 자손답지 않은 말이었다. 실제로도 그는 오만한 명문가의 사람들과는 달랐다. 일거수일투족이 대범하고 소탈했고 항상 표정이 밝았다. 얼마 후 그가 시중에서 흔히 구할 수 있는 평범한 부채를 부치면서 다시 천천히 입을 열었다.

"사실 경관들 중에 녹봉 하나만 믿고 사는 사람이 어디 있습니까? 거의 찾을 수 없지 않을까요? 우선 외관들이 때마다 보내오는 빙경과 탄경이 있죠. 또 동향 사람들에게 신원보증을 서주고 담뱃값도 조금씩은 받아 챙길 수 있지 않습니까? 그것은 삼척동자도 다 아는 불문율이 아니겠습니까? 조정에서도 그런 현상을 알면서도 눈을 감아주고 있고요. 아마도 주머니 사정이 좋지 않은 경관들에 대한 일종의 배려가 아닌가 싶습니다. 그런데도 스승님은 혹시라도 이슬에 바짓가랑이라도 젖을세라 조심합니다. 아마도 그런 사람은 우리 조정에 스승님 빼고는 없을 겁니다. 실로 존경스럽습니다."

윤계선의 장황한 말이 끝나자 조문치가 곧바로 좌중의 눈치를 살폈다. 그는 농담과 우스갯소리를 질하기로 정평이 나 있는 사람이었다. 원래 그는 관직에 몸담기 전에는 집에서 도련님 행세만 하던 샌님이었다. 그 시절 가끔씩 부원의 대신으로 있던 아버지를 찾아온 이불을 몇 번 만나기도 했다. 때문에 그와는 그다지 서먹한 사이가 아니었다. 지금은 선생과 학생 신분으로 만난 만큼 너무 격의 없이 굴 수는 없었던 탓에 그저 잠자코 있었을 뿐이었다. 하지만 윤계선의 말을 듣고는 더 이상 참을 수가 없었던지 마침내 입을 열었다.

"그래도 오늘만큼은 좀 예외를 인정해주셔야겠습니다. 학생들이 스승님의 승진을 감축 드리러 왔는데, 빈손으로 올 수가 있겠습니까? 그래서 주머니를 뒤집어 탈탈 털어 자그마한 선물을 하나 마련했습니다. 꼭 받아주셔야 합니다."

조문치의 말이 끝나기도 전에 갑자기 밖에서 누군가의 말소리가 들려왔다.

"스승님 댁을 찾아 여태 헤매다 이제야 왔다는 것 아닙니까! 난면 골목이라고 들어는 봤어도 이렇게 미궁 같을 줄이야. 아이고 다리야!"

공생들은 누가 말하지 않아도 목소리의 주인공이 유묵림이라는 사실을 바로 알아차린 것 같았다. 그중에서도 조문치는 특히 더 그를 반겼다.

"팔방미인 왔군! 오늘은 그래 어디에서 밥 한 그릇이라도 얻어먹고 다닌 거야? 아무리 찾아도 안 보이더니! 스승님 뵈러 오기로 해놓고 시는……. 좋은 것은 우리가 벌써 다 먹어버리고 치웠어. 자네도 헛다리짚을 때가 있네?"

이불은 평소에 근엄하기로 정평이 나 있었다. 하지만 이날 저녁만큼은 달랐다. 젊은 문생들이 찾아와 시끌벅적하게 떠드는 것이 몹시 즐거운 눈치였다. 그가 밝게 미소를 지은 채 인사를 받고는 바로 입을 열었다.

"자리하고 앉게. 웃자고 한 소리니 개의치 말고. 스승이라고 찾아왔어도 보다시피 맛있는 것 대접할 형편도 못 돼. 차로 술을 대신해 한 잔씩 하는 것이 어떤가?"

"스승님, 제가 오늘 한 건 했습니다. 한턱내겠습니다."

유묵림이 호쾌하게 말했다. 그러더니 진짜 더워서 땀범벅이 된 채 어깨에 메고 있던 배낭에서 작은 보자기 하나를 꺼냈다. 이어 탁자 위에 내려놓았다. 짤랑 금속 소리가 나는 것이 은덩이가 들어 있는 것 같았다. 좌중의 사람들은 순간 눈이 휘둥그레졌다. 이불의 안색도 어느새 굳어졌다. 그가 뭐라고 훈계하려는 듯 입을 열려 할 때였다. 유묵림이 먼저 히히 웃으면서 말했다.

"스승님, 제발 화내시지 마십시오. 은 이백 냥이에요. 그 허풍쟁이 중한테서 따온 겁니다. 처음에는 그저 구경만 하다 오려고 했었죠. 그런데 북경 일대에 인재가 없다느니 어쩌느니 하면서 무지하게 약을 올리더라고요. 그래 할 수 없이 팔 걷어붙이고 한바탕 혼을 내줬을 뿐입니다. 한 열 냥 정도면 우리 몇 명쯤은 실컷 포식하고도 남지 않겠습니까?"

유묵림이 말을 마치자마자 은전 10냥을 꺼냈다. 그리고는 윤계선의 하인에게 던져주면서 말했다.

"이걸 가지고 가서 근사한 술상이나 하나 봐오라고!"

공생들이 유묵림의 호언장담에 바로 반응을 했다. 약속이나 한 듯 왁자지껄하게 떠들어대기 시작했다.

"평소에 우리한테 빌붙어 얻어먹은 게 얼마인데 고작 열 냥이야? 안 돼, 안 돼! 오늘은 스승님의 좋은 날이니까 적어도 오십 냥은 화끈하게 써야 하지 않겠이?"

조문치가 갑자기 짓궂은 어조로 말을 하더니 유묵림에게 달려가서는 은이 들어 있는 보자기를 빼앗으려 했다. 그러자 유묵림이 황급히 보자기를 끌어안으면서 말했다.

"왜 그래? 여기에서 백육십 냥 정도는 스승님에게 노자로 드리고 나머지는 내가 써야지. 나도 밥은 먹고 살아야 할 것 아니야! 게다가 《논어》論語의 나머지 반쪽도 사 봐야 하고 소윤少尹(윤계선을 지칭함)에게 시운詩韻(시를 지을 때 참고하는 음률에 관한 책)도 한 권 선물해야 하니, 그것만 해도 열 냥은 가져야 해. 그 스님이 다시 손가락 까딱이면서 나를 부르는 날 내가 또 크게 한턱 쏠게!"

왕문소가 유묵림의 말도 안 되는 핑계에 웃으면서 핀잔을 주었다.

"아무려면 《논어》를 반쪽씩 파는 경우가 어디 있다고 그래?"

"자네는 《송사》宋史도 읽어보지 않았어? 조보趙普가 태조에게 그랬잖아. '신은 《논어》 반쪽으로 폐하께서 천하를 평정하는 데 보필할 것이옵니다. 나머지 반쪽으로는 폐하께서 천하를 다스리는 데 기여하도록 하겠사옵니다'라고 말이야. 나는 태조나 세조께서 천하를 평정하고 다스리던 시기에 태어나지는 못했어. 그러나 《논어》 반쪽이라도 제대로 읽어 옹정 황제께서 천하를 다스리시는데 미력이나마 도움을 드리고 싶어!"

유묵림이 억지 부리듯 웃으면서 말했다. 공생들은 너무나도 재미있는 그의 말에 뒤로 벌렁 넘어가고 옆으로 쓰러지면서 한바탕 난리가 났다. 원래 다소 경직되어 있던 분위기는 그의 익살로 인해 활기를 띠기 시작했다. 그러자 이번에는 윤계선이 부채 끝으로 유묵림을 가리키면서 물었다.

"그런데 갑자기 나한테 시운을 선물한다는 얘기는 또 뭐야? 그런 것이 없으면 내가 시를 못 짓는다는 거야 뭐야?"

"그게 아니야. 문소 형이 그러는데, 계선이 자네는 이번에 합격만 하면 장가를 갈 거라고 하던데?"

"그래서?"

"동방洞房(신혼부부의 방 또는 신혼부부의 합방을 의미. 여기에서는 합방의 의미임)할 때 쓰라고 사주려는 거야."

좌중의 사람들은 유묵림이 또다시 뭔가 해괴망측한 생각을 하고 있다는 것을 눈치 챘다. 그러나 다음에 무슨 기상천외한 말을 할지는 알 수가 없어 궁금하기 그지없었다. 그러자 유묵림의 해괴한 생각을 잘 파악하는 것으로 유명한 왕문소가 물었다.

"설마 동방할 때 두 사람에게 근엄하게 앉아 시나 지으면서 날을 지 새우라는 것은 아니겠지?"

"당연히!"

"그러면 신부의 재주를 시험하라고 그러는 것인가?"

"내가…… 무슨 그럴 필요가 있다고!"

유묵림이 자신의 의도를 공생들이 알아맞히지 못하자 피식 웃음을 흘렸다. 이어 천천히 입을 열었다.

"시운에 뭐가 있어? 있어봤자 언제 올라가고 언제 내려가고 뭐 그런 것뿐이잖아? 나는 계선이가 첫날밤에 올라가고 내려가고, 들어오고 나갈 때를 모르고 마구 덤빌 것 같아 걱정이 돼서 그러는 거지."

좌중의 사람들은 유묵림의 음담패설에 다시 뒤로 벌렁 넘어가고 말았다. 졸지에 놀림감이 된 윤계선은 얼굴이 빨개지지 않을 수 없었다. 곧 유묵림을 혼내주기 위해 자리에서 일어나 열심히 그를 쫓아다 녔다. 장내는 삽시간에 난장판이 되고 말았다. 평소 같으면 화를 냈을 법한 이불 역시 오늘만은 참다못해 웃음을 터트리고 말았다. 그리고는 스승답게 근엄하게 말했다.

"우리끼리니까 아무렇게나 말해도 다 좋아. 그러나 자네들은 만인의 모범이 되어야 하는 유생들이야. 그런 만큼 언행에 절도가 있어야 하네. 오늘 즐겁게 같이 한 것만 해도 좋았으니 노자 같은 것은 자네들이 신경 쓰지 않아도 되겠네. 자네들의 고마운 마음은 깊이 간직하고 있겠어. 내일 처리해야 할 일도 많고 하니 오늘은 일찍 누웠으면 좋겠네."

좌중의 사람들은 이불의 권유에도 불구하고 자신들이 가진 실력을 총동원해 계속 재미있게 농담을 더 주고받았다. 그러다 4경이 될 때까지 자리를 함께 했다. 이불의 당부와는 달리 시간이 많이 늦어서야 사람들은 덕담을 나누고 자리를 마무리했다.

유묵림은 자신이 묵고 있던 객잔客棧으로 돌아오자마자 씻지도 않고 대충 드러누웠다. 곧 잠이 들었다. 그가 창문으로 스며드는 햇빛에 눈이 부셔 무거운 눈꺼풀을 겨우 밀어 올렸을 때는 이미 해가 동산에 뜬 뒤였다. 뒤늦게 놀란 그가 벌떡 일어나 대충 씻고 밖으로 나가려 할 때였다. 객잔 주인이 해가 서쪽에서 뜬 것도 아닌데 쟁반에 떡과 김이 모락모락 나는 생선찜을 얹어가지고 들어서고 있었다. 유묵림으로서는 깜짝 놀라 묻지 않을 수 없었다.

"뭐하는 겁니까?"

"남들이 하는 것처럼 한번 해봤습니다. 오늘 시험 결과발표가 있는 날이잖습니까. 대인의 이름이 떡하니 합격자 방에 올라 있기를 바라는 마음에서 약소하게나마 준비해 봤습니다."

주인이 얼굴 가득 아첨 어린 웃음을 지어 보였다. 순간 유묵림은 이자가 어제 저녁 자기가 어깨에 메고 들어온 은전 주머니를 보고 아부를 떤다는 것을 눈치 챘다.

"이런 쥐새끼 같으니라고! 내가 방값을 못 낸다고 '평생 출세 못할 거지 공생'이라고 구박하던 때가 언제인데……. 오늘은 무슨 약을 잘

못 먹었나?"

유묵림의 구박에 주인이 쑥스러운 표정으로 사정하듯 말했다.

"태어날 때부터 개 눈을 하고 태어나서 금지옥엽이라도 눈에 당최 보여야 말이죠! 어르신께서는 이제 곧 장원급제하셔서 높디높은 관교에 앉아 어가御街를 굽어보시면서 다니실 거잖아요. 저같이 벌레 같은 인간은 더러워서라도 상종하지 않으실 텐데 그만 화 푸세요."

유묵림은 객잔 주인이 설설 기면서 아첨을 하는 것이 그다지 싫지는 않았다. 아니 기분 좋게 주인이 내민 떡을 하나 입안에 집어넣었다.

"그래, 좋아! 나 오늘 기분 좋으니까 밥값, 방값에 열 냥을 더 얹어 줄게. 그러면 됐지?"

유묵림이 말을 마치자마자 바로 배낭에서 자르르 윤기가 도는 은전을 꺼내줬다. 주인이 입이 함지박만 해져서는 연신 굽실거리면서 물러가려고 했다. 그때 유묵림이 아직 일이 안 끝났다는 듯 주인을 불러 세웠다.

"이 속 보이는 인간아! 돈 받았다고 그래 바로 도망을 가냐? 내가 한 가지 부탁할 일이 있어. 가흥루嘉興樓에 소순경이라는 기생이 있다는 얘기 들어봤는가?"

"그럼요! 여기에서 그 여자를 모르면 정말 첩자라고 해야죠. 잘 생긴 것은 두 말할 것 없고 말 잘하고 노래도 잘하죠. 또 손재주는 얼마나 좋은데요! 그 섬섬옥수로 비파의 줄을 튕겼다 하면 콩이 자르르 굴러가는 소리가 나요. 거문고 줄을 만졌다 하면 영락없이 깊은 산골싸기 샘물이 재잘대면서 흘리가는 소리가 되고요. 퉁소 부는 재주 역시 뛰어나 그 소리를 듣고 있노라면 속상한 일이 없어도 눈물이 절로 난다니까요."

주인은 손짓발짓까지 해가면서 신나게 침을 튕겼다. 그러더니 갑자기 왜 그녀를 부르라고 하는지를 물었다.

"왜요? 대인께서 생각이 있으신가 보네요. 제가 모시고 갈게요. 저의 양어머니의 의자매 되는 분이 그 아가씨와 아주 가까운 사이거든요!"

유묵림이 주인의 말에 푸우! 하고 웃음을 터트렸다. 그리고는 바로 면박을 줬다.

"당장 들통이 날 거짓말 같은 건 하지 말게! 나야말로 그 아가씨하고 아주 깊은 인연이 있지. 그래서 여기 데려다 노래 한 곡 듣고 싶은 거야!"

객잔 주인은 유묵림의 말이 그냥 해본 소리라는 것을 간파했는지 서서히 얼굴에서 웃음기를 거두기 시작했다. 그리고는 오랜만에 돈 많은 유묵림에게 한탕 더 해먹을 생각을 하는 듯 부지런히 머리를 굴렸다. 곧 정색을 하며 입을 열었다.

"말처럼 쉽지 않을 걸요? 암, 쉽지가 않고말고요! 그런 생각이라면 일찌감치 접는 게 나을 거예요. 방금 제가 한 말은 거짓말이 아니에요. 양어머니한테서 들어서 잘 아는데요, 그 여자 콧대가 웬만큼 높은 게 아니래요. 지난번 서건학徐乾學 대학사의 큰도련님이 오십 냥을 걸고 불렀다가 완전히 바보가 되고 말았잖아요."

"알았어. 그러면 나는 칠십 냥을 걸어보지."

유묵림이 눈동자를 팽그르르 굴리면서 생각하더니 말했다. 이어 바로 책상 앞으로 다가가서는 종이에 뭔가를 적더니 그에게 건네주었다.

"심부름을 잘하면 갔다 와서 사례비도 챙겨줄 테니까, 알았지? 이 시를 꼭 보여줘 봐. 그래도 못 오겠다면야 어쩔 수 없지. 내가 은과 시험 발표장에 갔다가 두세 시간 후에 돌아올 테니, 가서 유아무개가 꼭 한번 봤으면 하더라고 전해."

사례비를 챙겨준다는 말에 주인은 희색이 만면한 얼굴을 한 채 물러갔다. 유묵림 역시 곧 자리를 털고 일어났다.

그가 수레를 빌려 타고 천안문으로 달려왔을 때는 이미 사시巳時가 지난 시각이었다. 방榜은 나붙은 지 한참 되는 것 같았다. 방의 근처에는 수백여 명의 공생들이 몰려들어 발 디딜 틈도 없었다. 그들 중에는 박수를 치면서 좋아서 어쩔 줄 몰라 하는 젊은이가 있는가 하면 자기 이름을 찾지 못해 마구 헤매고 다니는 늙다리도 있었다. 또 어떤 이는 고개를 축 늘어뜨린 채 비틀거리며 어딘가로 걸어가고 있었다.

유묵림은 겨우 사람들 틈을 비집고 들어갔다. 지나친 긴장에 가슴이 터질 듯 부풀어 올랐다. 드디어 그의 눈앞에 합격자들에게 알리는 주필朱筆로 된 글이 찬란한 햇빛에 반짝거리며 들어왔다. 방에는 1갑一甲, 2갑二甲, 3갑三甲으로 순위가 나뉘어져 각각의 명단이 깨알같이 적혀 있었다. 유묵림은 눈에 꾹꾹 힘을 줘가면서 뒤의 3갑에서부터 유씨 성만 훑어봤다. 그런 다음 이름을 봤다. 그러나 그의 이름은 보이지 않았다.

숨을 한 번 들이마신 다음 다시 2갑 합격자 명단을 살폈다. 총 43명 중 유씨는 네댓 명이 있었으나 그 뒤의 이름은 묵림이 아니었다. 그는 다시 1갑 명단을 살폈다. 보통 합격자가 3명인 관례를 깨고 6명이나 이름을 올라와 있었다. 하지만 거기에도 그의 이름은 없었다. 그는 순간 온몸의 기운이 한꺼번에 땅속으로 쑥! 히고 빨려 들어가는 기분을 느꼈다. 그와 동시에 어지럼증도 몰려왔다. 어느새 그의 등골에는 땀이 흥건히 배었다. 다리까지 위태롭게 떨렸다. 한참 후 겨우 정신을 가다듬고는 행여나 하는 심정으로 다시 한 번 방을 훑어봤다. 하늘도 무심하게 끝까지 그의 이름은 보이지 않았다.

"망했군!"

유묵림은 비명소리 같은 처절한 말을 토하면서 스르르 땅에 주저앉았다. 평소 하늘이 무너져도 베고 잘 만큼 낙천적이던 그답지 않게 얼굴이 창백하기 이를 데 없었다. 그는 불꽃이 머릿속을 헤집고 다니는 느낌을 떨쳐버리려는 듯 땅에 주저앉은 채 머리를 가로저었다. 하늘과 땅이 하나가 돼 돌아가는 것처럼 빙빙 돌았다. 그는 흐릿한 시선 너머로 사람들이 개미처럼 와글거리는 광경을 바라보다 실성한 듯 고개를 땅에 박고는 중얼거렸다.

"이럴 줄 알았더라면 국자감에나 들어가 한가롭게 살 걸. 하하하하! 공명功名이라는 것은 사람의 도둑이고, 안일安逸은 도사道士의 큰 적이라고 했지. 또 총명은 시詩의 훼방꾼이고, 호쾌함은 글의 적이라고 했고……. 이제야 그게 무슨 말인지 알겠네!"

유묵림이 억만 근도 더 되는 몸을 겨우 지탱해가며 거처로 돌아왔을 때는 점심 직전 무렵이었다. 객잔의 사람들은 전부 사형장이 있는 서시西市로 구경을 갔는지 뜨락이 텅 비어 있었다. 그저 비틀면 초록색 물이 떨어질 것 같은 녹음 짙은 나무들만 자리를 지킨 채 주인 행세를 하고 있었다. 낮 부렵이라 그런지 태양은 완전히 불가마 같았다. 석류꽃이 태양 빛에 터져버렸는지 피라도 튄 듯 점점이 붉었다.

방에 들어온 유묵림은 냉차 두 잔을 단숨에 비웠다. 그러자 마음이 차츰 안정되었다. 곧이어 그는 천천히 책상 앞으로 다가가서는 습관처럼 붓을 들었다. 그리고는 잠시 생각을 정리하는 것 같더니 이를 악문 채 뭔가를 적어내려가기 시작했다.

그대는 세상에 둘도 없는 정물情物의 뿌리요,

나는 정애情愛의 도살자이네.

그대에게 묻노니, 운령雲嶺과 조계曹溪는 어느 곳에 있는고?

사람이 죽으면 귀신이 되고, 귀신이 죽으면 첨薦이 되니,

참이 죽으면 무엇이 될까?

칼을 빼 들고 서서 하늘에 나를 알리노라!

용기는 이처럼 여전하고 기운도 꺾일 줄 모르나

칼끝은 무디어지고 마음은 차지가 않는구나.

산목숨이 베임을 당하면 죽나니,

죽었는데 다시 베이면 진정한 무無에 이르겠지!

나의 공덕으로는 과연 몇 층 불탑을 쌓을 수 있을까?

또 나의 죄로는 몇 층 지옥에 떨어지게 될까?

　유묵림은 단숨에 글을 써내려간 다음 한 번 쭉 읽어보고는 바로 침대맡에 던져버렸다. 그리고는 이불을 뒤집어썼다. 그때 객잔 주인이 싱글벙글한 얼굴로 들어섰다. 유묵림이 물었다.

　"소순경은 만났어?"

　객잔 주인은 묻는 말에는 선뜻 대답하지 않은 채 조심스럽게 유묵림의 표정을 살피더니 한참 뜸을 들인 다음에야 말했다.

　"걸어서 갔다 왔더니 다리가 부러지는 줄 알았습니다. 소순경한테는 양이모가 나서서 도와준 덕에 쉽게 접근할 수 있었습니다. 그런데 요즘 들어 부쩍 서건학 어른의 큰도련님이 소순경을 셋째 첩으로 들이려고 감시하고 앉아 있는 모양이에요. 그 바람에 글쎄, 어떻게 될지는 장담할 수 없겠네요."

　순간 유묵림이 짜증을 내면서 물었다.

"서건학의 아들 이름이 뭔데? 서건학이라면 강희 황제 때의 간상^奸相(간사한 재상)이잖아. 그 사실은 온 천하가 다 아는 일인데! 게다가 파직을 당한 지 벌써 수십 년이나 됐는데, 아직도 그 배경을 우려먹고 있다는 말이야?"

객잔 주인이 대답했다.

"그 양반 이름이 서준^{徐駿}이에요. 어마어마한 실력가로 알려진 분이라고요. 부자는 망해도 삼 년은 가잖아요. 또 백족충^{百足蟲}(지네를 의미)은 죽어도 굳지 않는다는 말도 있듯 아직은 팔팔하다고 하네요. 서건학 어른이 비록 관직에서는 물러났으나 그 옛날의 세력은 여전한가 봐요. 지난해 칠십 세 생일잔치 때는 장정옥, 마제 같은 거물급들이 선물도 보냈다고 하죠. 또 아홉째마마는 직접 연회에 참석하시기까지 했다고 하네요. 어디 그뿐인가요? 방포 어른께서는 사람을 보내 본인이 직접 쓴 서예 작품을 증정했다고 하더라고요. 아무튼 대단했어요."

주인은 혼자서 신이 나서 주절댔다. 그러자 유묵림이 귀찮다는 듯 손사래를 치면서 물었다.

"도대체 소순경이는 온다는 거야, 안 온다는 거야?"

"양이모가 기다려 보라고 했어요. 아가씨를 지키고 있는 두 놈을 물리쳐야 할 텐데 말이죠. 신시^{申時}까지 가지 않으면 못 가는 줄 알라고 했어요. 다행히 소순경은 오고 싶어 하는 눈치였어요."

주인이 내내 유묵림의 배낭을 노려보면서 말했다. 유묵림이 그 눈길이 주는 의미를 모를 까닭이 없었다. 그예 주머니에서 한 냥 반 정도 나갈 것 같은 은을 꺼내 주인에게 던져주었다.

"어쨌든 수고했어. 소순경이 오면 조금 더 줄게!"

주인은 입이 귀에 걸린 채 연신 굽실거리더니 물러갔다. 유묵림은 그가 나가자마자 대략 시간을 따져봤다. 신시가 되려면 아직 1시간은 족히 남아 있었다. 그는 일말의 미련을 버리지 못한 채 팔베개를 하고 누웠다. 그리고는 천장을 뚫어지게 쳐다보면서 생각에 잠기기 시작했다.

해가 어느덧 뉘엿뉘엿 넘어가기 시작했다. 창살에는 언제부터인가 붉은 석양이 걸려 있었다. 유묵림은 순간 뭔가 이상한 느낌에 창문 쪽으로 고개를 돌렸다. 그리고는 흠칫 놀라고 말았다. 한참은 올려봐야 할 정도로 키가 큰 아가씨가 몸매가 훤히 들여다보이는 살색 치마를 입은 채 은은한 연지 향을 풍기면서 교태를 뽐내며 서 있는 것이 아닌가! 갸름한 얼굴에 귀여운 보조개, 항상 웃고 있는 살구 눈을 한 천하의 미인이……

순간 유묵림의 눈빛은 크게 반짝였다. 자신의 누추한 거처에 찾아와 서 있는 여자는 다름 아닌 북경에서 첫손 꼽히는 명기名妓이자 황실의 자손들까지 어떻게 해보려고 너도 나도 눈독을 들이는 소순경이었던 것이다.

유묵림은 바로 튕기듯 일어나 앉았다. 이어 크게 웃음을 터트렸다.

"혹시 서산에서 잠깐 만났던 기억 안 납니까? 하하, 돈이라는 것은 이래서 좋은 것이로구나! 아가씨같이 대단한 여자가 달팽이집 같은 이곳으로 찾아오다니!"

유묵림이 흥분을 주체할 수 없는지 방 안을 부지런히 서성였다. 이어 속이 타는 듯 냉차를 부어 단숨에 들이마셨다. 그리고는 시중을 들기 위해 들어온 주인에게 말했다.

"가서 술상 봐 와."

유묵림이 다시 소순경에게 눈길을 돌렸다. 이어 두근거리는 가슴을 누르며 입을 열었다.

"당연히 당신처럼 유명한 사람은 나 유묵림을 기억하지 못하겠죠. 나는 늘 두근거리는 가슴을 어떻게 하지 못하고 그날의 만남을 소중하게 생각해왔었는데 말입니다. 어쨌든 이것만은 알아둬요. 지금 천하제일의 천재로 유명세를 타고 있는 전당錢塘 출신의 이 유劉아무개라는 사람도 한때는 어미 '모'母자와 없을 '무'毋자도 구별하지 못했던 시절이 있었다는 사실을 말입니다. 나는 이래봬도 무한한 가능성이 있는 사람이라오. 사람이란 언제 어떻게 변할지 누구도 모르는 일 아니겠소?

"그럼요!"

소순경이 눈을 깜빡이면서 대답했다. 그러나 그녀는 바로 눈앞의 유묵림에 대한 기억이 전혀 없는 듯했다. 그러면서 자칭 천재인 유묵림을 유심히 눈여겨보았다. 그리고는 매혹적인 미소를 지은 채 덧붙였다.

"우리의 만남은 기억이 안 나요. 하지만 보내주신 시를 읽었고, 저는 시에 반해서 찾아왔을 뿐이에요."

유묵림이 소순경의 말에 설익은 웃음을 지은 채 말했다.

"그렇다면 내가 세상여자들을 하나같이 돈이라면 전부다 넘어가는 속물로 착각했던 것인가요? 《예기》禮記라는 책을 펴 보면 첫 장에 이런 말이 있죠. '재물을 얻을 때는 구차하게 얻지 않는다. 어려움에 직면했을 때는 구차하게 피하지 않는다!'臨財毋狗得 臨難毋狗免라는 구절 말입니다."

소순경은 눈치가 빨랐다. 유묵림이 자신을 평가하기를 돈에 혹해서 왔으면서 아닌 척 고상을 떠는 속물로 오해하고 있다는 사실을 간파했다. '구차하게 피하지 않는다'는 뜻을 가진 '무구'毋狗를 비슷한 글자인 '모구'母狗(어미 개. 비하하는 의미를 가지고 있음)에 빗대 욕한 것이 무엇보다 그 사실을 잘 말해주고 있었다. 그녀가 곧 도도하게 웃으면서 말했다.

"돈? 선생 같은 사람이 돈을 만져봤자 얼마나 만져봤겠어요? 또 선생 주머니의 그 몇 푼 안 되는 돈은 내가 겨우 술 한 잔, 그것도 잘 차려서 먹지도 못하고 대충 한잔 할 수 있는 정도의 돈에 불과해요. 그 사실을 꼭 내 입으로 말해야 알겠어요? 남쪽에서 오는 손님들 중에 가끔 자신을 글깨나 쓰는 천재로 자처하고 다니는 사람이 있다고 하던데, 오늘 보니 제법 그럴싸하군요. 아마도 머지않아 공후公侯 자리에 오르는 것은 떼어 놓은 당상이겠는데요? 잘 됐네요, 소녀는 '모구'이고 선생은 '공후'公猴이니 기가 막힌 궁합 아닌가요?"

소순경의 말에 유묵림이 호쾌한 웃음을 터트렸다. 자신을 '수컷원숭이'에 비유하는 그녀의 말이 절묘했던 것이다. 곧 그가 한숨을 내쉬며 다시 입을 열었다.

"후유! 글쎄, 시험에 턱 붙어서 공후 자리에나 앉아봤으면 좀 좋을까! 이제는 다 물 건너 간 것 같구먼. 나는 오늘 가진 것을 다 털어서 그대의 노래나 한번 들어보고 내일 아침에는 어딘가로 정처 없이 떠나려 하오!"

소순경이 웃음을 머금은 채 책상 앞으로 다가갔다. 그리고는 유묵림이 쓴 글을 잠시 뒤적여 보고는 말했다.

"왜 갑자기 그렇게 낙담을 하시는 거죠? 소녀는 악기도 가져오지 않았어요. 무슨 멋에 노래를 부르겠어요?"

그러자 유묵림이 뭐 걱정할 필요 있느냐는 듯 벽에 걸려 있던 기다란 나무상자를 내렸다. 이어 그 속에서 직접 만든 것 같은 가야금을 꺼냈다. 소순경이 그렇게 괴이하게 생긴 가야금은 처음 본다는 듯 손으로 입을 가리며 웃었다.

"기가 막히는군요! 어디에서 그렇게 닮은 나무를 주워 오셨어요? 선생은 재주도 여러 가지네요, 호호호호……."

그러나 유묵림은 소순경의 비아냥거림에는 아랑곳하지 않고 왼손으로 스르르 미끄러지듯 현絃을 타기 시작했다. 이어 뭔가 조금만 잘못 만져도 터질 것 같은 소중한 물건을 다루듯 혼신의 열정을 다해 오른손을 살짝 튕겼다. 이내 심산유곡의 폭포소리 같은 싱그러운 기운이 방 안에 가득 퍼졌다. 긴 여운도 남겼다.

순간 소순경의 얼굴에서 웃음기가 사라졌다. 그녀의 눈빛에 어느덧 감동이 서서히 밀려오고 있었다.

유묵림이 연주하는 가야금소리는 때로는 입을 크게 벌리고 달려드는 맹수의 포효와도 같았다. 그러다 성난 파도 같은 격렬한 소리처럼 들리기도 했다. 또 때로는 높고 먼 가을 하늘을 외롭게 날아가는 기러기들의 슬픈 몸짓처럼 가냘프게 울려 퍼졌다.

소순경은 유묵림이 연주하고 있는 곡이 〈평사낙안〉平沙落雁이라는 아주 오래된 노래라는 사실을 모르지 않았다. 아니 그녀 자신이 수없이 연주해왔던 곡이었다. 때문에 그녀는 자신보다 더 그 곡을 잘 연주할 수 있는 사람은 없을 것이라고 늘 자신했다. 그런데 이 가난한 선비의 연주는 예사롭지 않았다. 그녀는 자신이 지금껏 경험하지 못했던 또 다른 감동과 멋을 유묵림의 연주를 통해 가슴 절절이 느끼고 있었다.

어느덧 곡이 멎었다. 유묵림은 긴 여운이 한줄기 연기처럼 사라지기를 기다렸다가 손을 거둬들이면서 미소를 지었다.

"어떻습니까, 들을 만한가요?"

유묵림의 말이 끝나기 무섭게 소순경이 조용히 다가가서는 부드러운 손길로 가야금을 쓸어내렸다. 이어 천천히 입을 열었다.

"형산荊山에서 옥을 발견하고 백사白蛇의 입에 구슬이 물려 있는 모습을 본 느낌이네요."

유묵림이 시무룩한 표정을 지은 채 말을 받았다.

"과찬이오. 정신이 사납지는 않았다는 소리로 받아들이겠어요. 이렇게 합시다. 다시 그대에게 〈장하낙일〉長河落日이라는 곡을 들려줄 테니, 그대는 노래를 한 곡조 들려줬으면 하오."

소순경은 처음에는 유묵림에게 큰 관심이 없었다. 그저 70냥을 내걸고 자신의 얼굴을 한 번만 보자는 궁색한 공생에 대한 호기심에 이끌려 찾아왔을 뿐이었다. 그러나 그녀는 자신도 모르게 어느덧 그의 재치와 매력에 점점 빨려 들어가고 있었다. 그녀로서는 특별한 것 하나 없는 이 남자에게 사람을 끌어들이는 자석 같은 매력이 있다고 생각할 수밖에 없었다. 순간 그녀는 무심한 듯하면서도 정열을 엿볼 수 있는 유묵림의 불타는 눈동자에 처음으로 얼굴을 붉히면서 몸 둘 바를 몰라 했다.

곧이어 다시 가야금소리가 울려 퍼졌다. 그녀는 심호흡을 크게 하고는 노래를 부르기 시작했다.

대나무 울창한 곳에 길게 드리운 내 그림자,
그대와의 추억 찾아 흐느적거리는 내 몸짓.
누구를 기다리느냐고 옛 지기知己가 물으니
기회는 다시 오지 않을 것이라고 탄식만 하네.
어느새 고요한 숲속에 푸른빛이 비치고,
관산關山 저편에는 구름 같은 별이 아득하구나!

소순경은 눈물까지 글썽이면서 애절한 몸짓으로 노래를 불렀다. 유묵림은 그런 그녀를 넋을 잃은 표정으로 바라봤다. 그러다가 말했다.

"혹시 나를 생각하면서 부르는 노래는 아니겠죠? 하기야 우리는 초면이나 다름없으니 '지기'라고 할 수는 없죠! 혹시 마음속에 좋아하는 사람을 품고 내 앞에서 이런 노래를 했다면 나는 괴로워 죽을 거요."

"청루에서 하루 종일 하는 짓이 이것밖에 더 있겠어요? 그냥 불러본 거예요. 듣기 싫으시다면 다른 노래라도 불러드릴까요?"

소순경은 뚫어져라 바라보는 유묵림의 시선에 몸 둘 바를 몰라 했다. 유묵림이 그녀의 말에 잠꼬대하듯 중얼거렸다.

"매일매일 당신만 바라보고 살았으면 좋겠네요. 당신이 이대로 가버리면 당신의 향기가 흩어지는 게 아쉬워 나는 뜨거워 죽는 한이 있어도 창문조차 열지 않을 거예요. 지금 당장 죽어도 당신이라는 여자는 못 잊을 거고요."

유묵림의 말에 부담스러울 정도로 예쁘고 도도하게만 보이던 소순경이 머리를 천천히 숙였다. 그리고는 손가락으로 부드럽게 귀밑머리를 쓸어 넘기며 속삭이듯 말했다.

"남자들은…… 다 똑같아. 나빠……."

유묵림이 얼굴에 발그스레하게 홍조가 돌 뿐만 아니라 가슴이 세차게 오르내리는 소순경의 고운 자태를 보면서 천천히 일어섰다. 이어 한 발자국씩 그녀 앞으로 다가갔다. 마치 삼켜버리기라도 할 듯한 태도였다. 소순경은 기대와 불안, 흥분에 젖은 눈빛으로 길고도 긴 속눈썹을 살며시 들었다. 그리고는 유묵림을 훔쳐볼 뿐 거부하는 자세는 취하지 않았다.

유묵림은 가냘픈 소순경을 뜨거운 화로를 껴안은 듯 불붙는 자신의 가슴으로 와락 끌어당겨 안았다. 소순경의 감미로운 입술 역시 마음껏 유린했다. 그는 곧 구름 위를 두둥실 날아가는 기분을 이기지 못하고 침대에 쓰러졌다. 소순경의 희고 가는 두 팔은 어느덧 그의 목을 휘감고 있었다. 둘이 열정을 이기지 못하고 한바탕 운우지정을 나누려 할 때였다. 소순경의 입에서 신음 같은 소리가 흘러나왔다.

"저……, 처음이에요."

"나도 처음이오."

유묵림의 입이 소순경의 입을 다시 막아버렸다. 둘은 곧 어느덧 완벽한 한 사람이 됐다. 그리고는 엎치락뒤치락하며 세상을 불태울 기세로 어우러졌다…….

얼마 후 유묵림이 부끄러운 듯 내내 눈을 감고 있는 소순경을 향해 속삭이듯 말했다.

"눈을 떠. 눈 뜨고 나 좀 봐. 행복하지? 당신 없이는 나는 이제…… 살 수 없어."

18장

떠오르는 신진세력

유묵림과 소순경은 마치 물을 만난 고기처럼 시간가는 줄 모른 채 서로에게 탐닉하고 몰입했다. 그러나 두 사람의 환락은 영원하지 않았다. 얼마 후 두 사람이 손가락 하나 까딱할 힘도 없이 가쁜 숨을 몰아쉬고 있을 때였다. 갑자기 밖에서 어수선한 발소리가 어지럽게 들리기 시작했다. 한 무리의 사람들이 들이닥친 것 같았다. 곧이어 나이깨나 든 여자의 찢어지는 고함소리가 동네가 떠나갈 듯 들려왔다.

"이봐 이씨! 사람 내놓으라고. 애를 어떻게 꼬드겨 데리고 간 거야? 어디다 숨겨 놨어?"

여자의 목소리가 끝나자마자 객잔 주인의 비굴한 목소리가 들려왔다.

"양이모, 잘 나가다 왜 그러세요? 그 여자가 양이모 신세 고쳐줄 돈줄인 줄 뻔히 아는 제가 감히 뭘 어떻게 했겠어요? 지금 북쪽 안채에서 유 대인하고 이야기를 나누고 있으니 걱정하지 마세요. 별일은 없을 거예요. 방금 전까지 노랫소리가 들렸는걸요. 밤낮 바가지 긁어 대는 마누라 고생이라도 하나 사주고 싶어서 그랬어요. 그러니 양이 모께서 드넓은 아량으로 한 번만 용서해주시죠?"

주인은 기생어멈인 듯한 여자에게 싹싹 빌고 있었다. 그러는 한편으로는 그녀를 데리고 가서 북쪽 안채의 문을 벌컥 잡아당겼다. 문은 대충 걸어 잠가놔서 그런지 위태롭게 삐거덕거렸다. 순간 그때까지 미처 옷을 입지 못하고 있던 유묵림과 소순경 두 사람은 사색이 돼 정신없이 옷을 입기 시작했다. 유묵림이 간신히 나무꾼이 새끼줄 동여매듯 허겁지겁 허리띠를 매고 났을 때였다. 갑자기 문이 덜컹! 하고 열렸다.

"세상에나!"

기생어멈은 무슨 일이 벌어졌는지 굳이 설명하지 않아도 알 수 있는 눈앞의 광경에 기가 막힌 모양이었다. 바로 두 다리를 바르르 떨더니 그 자리에 털썩 주저앉고 말았다. 그리고는 한참 동안 맥을 놓고 앉아 있었다. 그러나 곧 정신을 차렸는지 갑자기 독수리가 병아리를 덮치듯 소순경에게 달려들어 마구 욕설을 퍼부었다.

"어쩐지 요즘 하는 꼴이 좀 이상하다 싶었어, 이년이! 납란納蘭씨 집안에서 몸값 삼천 냥을 준다고 해도 싫다고 그러고, 서 도련님이 얼굴 한번 보자면서 삼백 냥을 내놓아도 요리조리 피하더니! 요년이 이 지랄하고 다니는 맛에 눈깔에 콩깍지가 낀 게로구나……."

기생어멈은 완전히 게거품을 물었다. 그리고는 바락바락 악을 쓰면서 소순경의 머리채를 잡아 땅바닥으로 끌어내렸다. 이어 가냘픈 소순경을 내동댕이치듯 저만치 집어던졌다. 그녀는 그런 다음 유묵림에게 손가락질을 하며 침을 튕겼다.

"이건 또 어디서 굴러먹다 온 개뼈다귀야? 거지같이 생긴 것이 물 좋은 줄은 알아가지고. 너 같은 거지새끼는 서 도련님 발톱에 낀 때보다도 못하다고!"

유묵림은 억장이 무너지는 것 같았다. 잠시 할 말도 잃었다. 기생어멈이 그런 그를 향해 입에 담지 못할 험담을 계속했다.

"땅도 어지간히 척박했나 보군. 저렇게 못 생겨 비틀어진 호박쪼가리는 일부러 만들려고 해도 못 만들겠네! 그런데 이년아, 어디 사람이 없어 저런 놈하고 붙어 자는 거야?"

기생어멈이 난리를 피우는 사이에 밖에서는 구경꾼이 하나둘씩 모여들었다. 객잔 주인은 다급해졌다. 급기야 황급히 나서서 기생어멈을 말렸다.

"사리 밝기로는 둘째가라면 서러워하실 우리 양이모가 도대체 왜 이러십니까? 떠들면 떠들수록 득이 될 것이 없을 텐데요! 소 누이가 더 이상 처녀가 아니라는 사실은 우리가 입을 꾹 다물어버리면 누가 알겠어요?"

그러나 주인의 말은 아무 효과가 없었다. 흥분해서 눈에 보이는 게 없는 기생어멈은 계속 붉으락푸르락한 얼굴을 한 채 거친 숨을 몰아쉬고 있었다. 급기야 주인의 얼굴을 향해 퉤! 하고 가래침을 내뱉고는 욕지거리를 해댔다.

"그래, 너 잘났다! 너희 엄마한테 가서 물어봐. 네 아비가 '팔푼이'라고 소문이 났으나 네 어미가 첫날밤에 무사했냐고?"

기생어멈의 욕설은 걸쭉하기 이를 데 없었다. 좌중의 구경꾼들이 그녀의 말을 듣는 순간 저마다 입을 막고 킥킥거렸을 정도였다. 유묵림은 기생어멈이 왜 저렇게 길길이 날뛰는지 모르지 않았다. 처녀성을 잃어버린 소순경의 '몸값'이 뚝 떨어졌다는 사실이 분한 것이었다.

그는 한편에 내던져진 채 애처롭게 흐느끼고 있는 소순경을 잠시 바라보고는 입을 열었다.

"아주머니, 진정하세요. 이미 엎질러진 물이에요. 우리가 기둥에 머리를 처박고 죽는다고 해도 결과는 하나도 달라질 것이 없어요! 소순경은 이제 내 사람이니 가격을 제시하세요. 몸값으로 얼마면 되겠는지!"

기생어멈이 유묵림의 말에 눈물과 콧물 범벅인 얼굴을 소매에 쓱 닦고는 방 안을 힐끗 쓸어봤다. 이어 유묵림을 무섭게 노려보면서 코웃음을 쳤다.

"네까짓 게 저 아이를 데려간다고? 그래, 가랑이 찢어지도록 해봐라. 내가 지금껏 장신구 마련해주고 옷 해 입힌 것은 밑지는 셈 칠 수 있어. 계산 안 할 거야. 그래도 본전은 삼천 냥이야. 좋아, 일시불로 이천오백 냥만 내놔. 우리 통쾌하게 거래하자고! 물건과 돈을 동시에 서로 주고받는 것이 어때?"

"이천오백 냥? 그러죠! 아주머니하고는 더 이상 실랑이를 하기 싫네요. 우리 집이 그까짓 돈 이천오백 냥을 마련하지 못할 정도로 가난하지는 않아요. 내가 당장 편지를 보내 절강성에서 가져오도록 할 테니까 며칠만 말미를 줘요. 그동안 사람은 내가 데리고 있을 거요."

유묵림이 담담한 얼굴로 말했다. 기생어멈이 유묵림의 말이 채 끝나기도 전에 기고만장한 어조로 말했다.

"다들 들었지? 이 거지 같은 공생이 사기치려고 머리 굴리는 걸 말이야. 저기 영정하永定河에 있는 거북보다 더 비천한 놈 같으니라고! 상대를 보고 속일 생각을 해라! 우리 집이 얼마나 대단한 배경을 자랑하는 집안인지 알기나 해? 지금도 발 한 번 구르면 북경 전체가 흔들릴 어마어마한 어르신들이 두 명이나 계셔. 겁이 없으면 어디 한번 따라나서 보시지? 보름 안에 돈이 도착하지 않으면 내가 아주 껍질을 발라 순천부에 넘겨버릴 테니까, 알아서 해!"

유묵림의 인내심이 드디어 한계에 이르렀다. 기생어멈의 얼굴을 향해 불끈 쥐고 있던 주먹을 날렸다. 그녀는 불이 번쩍 나게 얻어맞은 듯 휘청거렸다. 이어 벌겋게 부어오른 뺨을 감싸 쥔 채 겁에 잔뜩 질린 모습을 보였다. 유묵림은 그러거나 말거나 다시 한 발 더 성큼 다가섰다. 어멈은 또다시 자신에게 손을 대려는 줄 알고 잔뜩 움츠러든 채 구석자리를 찾아 숨어들었다.

유묵림은 그래도 분이 풀리지 않는지 그녀의 코끝을 향해 손가락질을 하면서 마구 고함을 질렀다.

"나더러 어디서 굴러온 개뼈다귀냐고? 망할 갈보 같은 네년보다는 훨씬 더 나은 사람이야. 나는 명실 공히 강남의 내로라하는 관리 가문의 자제야! 공생 자리도 내가 수재, 거인을 다 거쳐 한 단계씩 피나는 노력 끝에 조정에서 하사받은 명예야. 그런데 네년이 뭔데 감히 공생을 우습게 봐? 대단한 어르신들이 뒤를 봐준다고 한 것 같은데, 도대체 누구야?"

유묵림은 분을 누르지 못하고 따지고 들었다. 순간 기생어멈의 내력을 잘 아는 소순경이 황급히 나서서 그를 말렸다.

"유…… 유 어른, 그만하세요!"

그때였다. 갓 서른 살을 넘긴 것 같은 중년 남자 한 명이 성큼 방 안으로 들어섰다. 그러더니 유묵림을 마치 괴물 쳐다보듯 한참을 노려봤다. 이어 도금된 상비죽선湘妃竹扇을 건방지게 흔들면서 말했다.

"내가 뒤를 봐주고 있다, 왜? 공생이라니 《대청률》大淸律에 대해서는 누구보다 잘 알겠군. 천자의 문생門生이 기생을 품고 방탕한 생활에 빠져 성문聖門의 계율을 욕되게 하다니! 조정의 법규를 무시한 죄가 얼마나 큰지 잘 알겠지?"

사내가 말을 마치고는 다시 기생어멈을 향해 호통을 쳤다.

"천한 년 같으니라고. 말이 통할 놈하고 악다구니질을 해야지. 이자를 국자감으로 끌고 가도록 해! 내가 몇 글자 적어 올리면《대청률》을 위반한 죗값을 톡톡히 치르게 될 테니까!"

유묵림은 사내의 서슬에 잠시 흠칫할 수밖에 없었다. 그럼에도 사내를 슬며시 살펴보는 것은 잊지 않았다. 각진 얼굴에 볼의 살이 무게를 이기지 못해 축 처져 있는 모양이 여간 사납게 생긴 것이 아니었다. 두툼한 입술은 양끝이 처져 있어 심술궂어 보였다. 그러나 고급 비단으로 도배한 옷차림은 그의 신분을 말해주기에 충분했다. 유묵림은 소순경의 겁에 질린 눈빛과 기생어멈의 으쓱해 하는 꼴을 보자마자 직감적으로 이자가 바로 서건학의 아들 서준이라는 사실을 알아차렸다.

'소문에 의하면 저 친구 서준은 시사가부詩詞歌賦에 능하다고 했어. 또 금기서화琴棋書畵에도 비범한 실력을 자랑한다고 소문이 자자했어. 한마디로 북경의 유명한 인물이지. 그런데 그런 실력에 비해 외모가 저렇게 험상궂을 줄이야!'

유묵림이 그런 생각을 하면서 뭔가 말하려고 할 때였다. 서준이 턱짓을 함과 동시에 달려든 그의 부하들이 다짜고짜 유묵림의 팔을 잡아끌었다. 유묵림은 완강하게 저항하며 마구 욕을 내뱉었다.

"아무리 별 볼 일 없다고 해도 명색이 대학사의 아들 아닌가? 그런데 이 정도로 막 돼 먹은 줄은 몰랐어. 인간의 탈을 쓴 짐승이로군. 풍류악당風流惡黨!"

서준은 계단을 내려가면서 유묵림의 말을 들은 모양이었다. 곧 쥐를 잡아 데리고 노는 듯한 징그러운 표정을 지으면서 내뱉었다.

"풍류악당이라니? 그냥 악당보다는 듣기가 훨씬 좋군. 내가 풍류악당이라면 당신은 화류계에서 떠도는 원혼^{冤魂}이야! 우리 어디 한번 국자감에 끌려가 한판 대결을 벌여보자고! 각자의 배경도 다 집어던지고 말이지."

서준 일당이 유묵림을 잡아끌고 막 문을 나서려고 할 때였다. 갑자기 문 밖에서 징과 꽹과리 소리가 진동을 했다. 좌중의 사람들은 영문을 몰라 주춤거렸다. 반면 몇몇 길거리의 거지들은 미리 무슨 소식이라도 들었는지 마구 떠들어댔다.

"유묵림 어른, 탐화探花 급제를 감축드립니다!"

유묵림의 팔을 잡고 있던 서준의 부하들은 난데없는 그의 탐화급제 소식을 듣자마자 마치 불에라도 덴 듯 놀랐다. 서둘러 그의 팔에서 손을 떼고는 황급히 물러섰다. 서준을 포함한 좌중의 사람들 역시 잠시 그 자리에서 굳어져버리고 말았다. 그러나 서준은 잠시 후 제정신이 돌아오는 모양이었다. 돈이 되는 곳이라면 어디든지 약방의 감초처럼 끼어 다니는 것이 특징인 길거리의 거지들을 지그시 바라보면서 상황 파악을 하려고 노력했다.

바로 그때였다. 조정에서 나온 두 명의 사무관이 빨간 종이 팻말을 높이 치켜든 채 사람들에게 둘러싸여 들어오고 있었다. 팻말에는 빨간 종이에 금빛으로 글씨를 쓴 희첩喜帖이 눈부시게 빛나고 있었다. 거기에는 유묵림을 환호작약하게 만들 내용의 글이 쓰여 있었다.

공고恭叩 유묵림 전시殿試 1갑 3등 탐화 급제

유묵림은 갑자기 눈앞이 아득해졌다. 두 다리로 딛고 선 땅바닥이 강물로 변한 듯 일렁이는 물결에 몸이 함께 두둥실 떠다니는 것 같았

다. 너무나 뜻밖의 희소식에 그는 자신의 귀를 의심했다. 얼마 후 그
가 겨우 진정을 하고는 입을 열었다.

"예부에서 나온 당관은 어디 있소이까?"

두 명의 사무관이 유묵림의 말을 듣고는 한 발 앞으로 나섰다. 이
어 정중하게 인사를 올렸다.

"예, 탐화 어른! 아랫것들의 감축 인사를 받아주십시오!"

"일갑의 일등은 누구요?"

"예, 탐화 어른. 장원은 왕문소 어른이십니다. 또 이등인 방안은 윤
계선 어른이십니다. 두 분 어른께서는 순서대로 먼저 희소식을 접하
셨습니다. 어르신을 만나러 함께 오셨습니다. 지금은 밖에서 기다리
고 계십니다."

"그게 사실이오? 그런데 왜 진작 말하지 않았소?"

유묵림이 놀란 얼굴로 사람들을 헤치며 황급히 대문으로 달려갔
다. 왕문소와 윤계선을 마중하러 나가는 것이었다. 과연 왕문소와 윤
계선은 하마석下馬石 옆에 수레를 대놓고 뭔가 얘기를 나누고 있었
다. 주변에서는 당당한 1갑 합격자들의 풍모를 구경하기 위해 나온
사람들이 둘을 몇 겹으로 둘러싸고 있었다. 수천 명은 충분히 되는
것 같았다.

유묵림은 마치 바람처럼 쐐! 하고 자신에 쏠리는 사람들의 시선을
뒤로 한 채 두 사람을 향해 상체를 깊이 숙였다.

"자네들, 너무 오래 기다리게 해서 미안하네. 진심으로 축하하네!"

왕문소와 윤계선도 희색이 만면한 채 경황없이 달려 나온 유묵림
을 향해 기쁘게 화답했다. 그러나 둘은 유묵림에게 조금 전 무슨 일
이 있었는지를 전혀 알 턱이 없었다. 때문에 단추도 제대로 못 끼
워 옷섶이 건뜻 들려 있을 뿐만 아니라 머리도 심하게 헝클어져 있

는 유묵림을 보는 순간 의아해하면서도 서로 번갈아 보면서 호쾌하게 웃었다.

밖에서는 어느새 세 사람의 합격을 축하하는 폭죽이 쉴 새 없이 터지고 있었다. 매캐한 연기가 삽시간에 주변 공기를 자욱하게 채웠다. 그때 윤계선이 조용히 유묵림의 소매 끝을 잡아당기면서 목소리를 낮춰 말했다.

"자네, 행색이 그게 뭔가? 탐화라는 사람이 말이야. 꼭 마치 강도를 만나 다 털리고 도망 나온 사람 같잖아."

유묵림은 윤계선의 말에 그제야 주위를 살펴봤다. 분위기를 보고 안 되겠다고 판단했는지 기세등등하던 서준 일행은 어느새 자취를 감추고 코빼기조차 보이지 않았다. 반면 기생어멈은 자신이 지은 죄를 실감한 듯 어깻죽지를 늘어뜨린 채 동쪽 별채 모퉁이에 무릎을 꿇고 있었다.

유묵림은 황급히 옷매무새를 고친 다음 두 사람을 방으로 안내했다. 이어 객잔 주인을 불러 당부했다.

"내 베개맡에 백 냥 정도가 남아 있네. 그중 열여섯 냥씩은 예부에서 나온 두 사무관에게 수고비로 전달하게. 또 나머지는 동전으로 바꿔서 희소식을 전하러 따라왔던 그 길거리의 걸인들에게 나눠주도록 하게. 자네는 나중에 내가 알아서 조금 더 신경을 써주겠네!"

객잔 주인은 연신 굽실거리고는 좋아하며 물러갔다. 유묵림을 비롯한 세 사람은 그제야 자리에 앉아 냉차 한 잔씩을 마실 수 있었다. 얼마 후 유묵림이 한숨 돌리면서 말했다.

"솔직히 나는 아직도 어리벙벙해서 실감이 잘 안 나. 더구나 방이 붙은 것을 내가 수십 번도 더 살펴봤다고. 그때는 내 이름이 없었거든! 그런데 이게 도대체 어떻게 된 일이지?"

윤계선은 유묵림의 말에 천천히 고개를 끄덕였다. 그러다 왕문소를 바라보고는 웃음을 띤 채 말했다.

"내 이름 역시 명단 어디에도 없었어. 정말 이상하게 생각했지. 그런데 아버지께서 퇴청한 후 집에 돌아오시더니 말씀을 하시더라고. 일갑의 일, 이, 삼등은 폐하께서 막 흠정欽定을 마치셨다는 거야. 그중 한 명은 일차 심사에서 걸러진 시험지 중에서 폐하께서 건져내셨다고 해. 그게 지금 우리 셋 중에서 자네일 가능성이 제일 커. 잘 생각해봐. 자네 책론策論에 무슨 문제가 없었는지."

유묵림이 고개를 갸웃하고는 한참을 생각했다. 그러나 곧 잘 모르겠다는 듯 대답했다.

"대체 뭘 어떻게 적었는지 한 구절도 생각이 안 나. 사실 나는 애초부터 일갑은 꿈도 꾸지 않았거든. 정말 황은皇恩이 망극하기 이를 데 없군! 그런데 분명히 일차에서 밀려난 문장인데 어떻게 폐하의 성의聖意에 들어맞을 수 있었을까?"

왕문소도 입을 열었다.

"듣자 하니 자네 글 중에 '범성윤덕'範聖胤德이라는 구절이 있었다고 하더군. 그런데 사실 그 '윤'胤자는 폐하의 이름 중 한 자이기 때문에 쓰지 않은 지가 오래 됐잖아. 기휘忌諱를 해야 하니까. 그래서 일차에서 탈락시켰었다고 해. 그러다 폐하께서 직접 점검하시면서 상황이 달라졌지. 가볍게 웃으시더니 주필로 '윤'胤자를 같은 발음의 '인'引자로 고쳐놓으셨다는 거야. 우리 아버지께서 폐하 옆에서 시중을 드셨나 봐. 그리고 폐하께서는 '군주는 신하의 운명을 좌지우지하는 주인인 만큼 짐은 이 약간 어리숙한 수재를 구해줘야겠네!'라고 하셨대."

유묵림은 왕문소의 말을 듣고 나서야 비로소 일의 자초지종을 알게 됐다. 바로 그랬기 때문에 방이 붙은 곳의 그 어디에도 자신의 이름이 없었던 것이다. 또 황제의 섬세하고 예리한 통찰력에 힘입어 자신이 탐화 자리에 오르게 되었다는 것을 명백하게 알게 되었다.

감동과 희열이 밀려왔다. 그러나 왠지 웃을 수가 없었다. 평소에 그 잘하던 우스갯소리도 어디론가 사라졌는지 입 밖으로 나올 생각조차 하지 않았다. 대신 온몸의 피가 끓어올라 그의 가슴속에서 쉴 새 없어 소용돌이쳤다.

그가 한참 후에 겨우 진정을 하고는 말했다.

"성심聖心은 고원高遠해. 또 성명聖明은 예측하기 어려워. 그러니 이 '어리숙한 수재'는 사력을 다해 성은에 보답하는 수밖에 없겠어. 주인장, 술상 차려!"

왕문소가 웃으면서 자리에서 일어섰다. 그리고는 천천히 농담조의 말을 흘렸다.

"우리가 자네를 보러 온 것은 예의상 꼭 그래야 했기 때문에 그런 거야. 그래서 만났어. 그리고 이제는 셋 중에서 내가 일인자야, 그렇지? 자네들은 내 말을 듣고 따라야 하네. 지금은 술 마실 때가 아니야. 우리 셋은 서둘러 예부로 가서 등록을 한 다음 내일 보화전으로 폐하를 알현하러 들어가야 해. 그러려면 지난 과거시험의 장원을 만나봐야 해. 또 폐하께 올릴 사은표謝恩表도 써봐야 하고. 폐하를 배알할 때의 예의범절 같은 것도 예부에서 시키는 대로 잘해야 해. 추호의 실수도 있어서는 안 되겠지. 일단 중요한 일부터 다 해결해놓고 저녁에 우리 집에서 홀가분하게 한잔 하자고. 엽자패葉子牌(카드의 일종) 가지고 술 마시기 놀음도 하고 말이지. 어때, 그게 재미있겠지?"

유묵림은 왕문소의 말에 피식 웃음이 터지는 것을 어쩌지 못했다. 며칠 전까지만 해도 음담패설을 서슴없이 주고받던 사이였던 두 사람이 이제는 슬슬 관리라는 자리에 맞추어 들어가는 걸 보니 우스웠던 것이다. 그가 곧 애써 웃음을 참은 채 말했다.

"먼저 출발하게. 얼른 옷을 갈아입고 따라나설 테니."

유묵림은 왕문소, 윤계선 두 사람을 대문 밖까지 배웅하고 돌아온 다음 서둘러 예복으로 갈아입었다. 객잔 주인도 기분이 좋은지 수선을 떨면서 유묵림의 시중을 들었다. 우선 어깨를 살살 털어주기도 하고 올라가지도 않은 옷섶을 잡아당겨줬다. 또 함지박만한 엉덩이를 허공에 쳐든 채 신발을 닦아주기도 했다. 여간 정성스러운 것이 아니었다. 그리고는 쉴 새 없이 입을 나불거렸다.

"복이 있는 사람은 척 봐도 달라요. 솔직히 어르신께서 저희 객잔에 들어오시는 순간부터 저희 객잔에는 뭐라고 말할 수 없는 귀하디 귀한 기운이 흘러 넘치더라니까요. 이번에 한림원에 들어가시는 것은 떼어 놓은 당상일 거예요. 아마 잘하면 국자감 제주祭酒(국자감의 고위 관직의 하나) 자리에 오르실 수도 있을 거예요. 좋은 일이 있으려고 그랬는지 어제 저녁에 촛불이 이상하게 신들린 것처럼 펄떡거리면서 좋아하더라니까요. 앞집 객잔에서 지난번에 자기 집 손님 중에서 이갑 십칠등이 한 명 나왔다고 깝죽댔는데, 이제는 내가 아주 코를 납작하게 만들어버려야겠어요!"

유묵림은 객잔 주인의 생각을 모르지 않았다. 그러나 일부러 모르는 척했다.

"자네, 썩 괜찮은 사람이야. 내일 내가 친필로 객잔의 팻말을 써줄게!"

유묵림은 말을 마치고 밖으로 나왔다. 이어 발을 두어 번 구른 다음 마른기침을 하면서 아직도 무릎을 꿇고 있는 기생어멈에게 다가가 물었다.

"순경이는 어디 있소?"

기생어멈은 너무 오래 무릎을 꿇고 있어서 그런지 잠시 휘청거렸다. 그러나 곧 자세를 바로 하고는 갑자기 자신의 뺨을 양손으로 정신없이 때렸다. 이어 자기 자신에게 욕을 해대기 시작했다.

"귀신은 뭘 하느라 이런 미친년도 안 잡아가고! 아이고 눈에 똥 낀 년 같으니라고, 귀인도 알아보지 못하고…… 귀하신 분이 좋은 일로 행차하시는데 그냥 미친개한테 물렸다 생각하시고……"

유묵림이 기생어멈의 말에 귀찮다는 손사래를 쳤다. 이어 목소리를 높여 힐책하듯 물었다.

"내가 묻잖아, 순경이 어디 있냐고? 그자가 데리고 갔어?"

기생어멈이 유묵림의 고함소리에 화들짝 놀라면서 연신 머리를 조아렸다. 곧 평계의 말을 장황하게 쏟아냈다.

"서 도련님은 어느 틈에 가버렸네요. 또 워낙 심장이 좋지 않은 우리 순경이는 많이 힘들어 하기에 수레에 태워 집에 보냈습니다. 털끝 하나 건드리지 않고 고이고이 모실 테니 걱정하지 마십시오! 그러나 저희 처지에서는 서 도련님에게도 밉보일 수는 없습니다. 거기에 빌붙어 밥을 먹고 살아왔는데…… 아는 사람도 많은 데다 통도 크고, 게다가 은음恩蔭 진사가 아닙니까. 또 지금은 도찰원 감찰까지 맡고 있어 그분의 눈 밖에 나는 날에는…… 저희는 순경이가 어느 쪽을 따라가든 상관이 없습니다. 그러나 어르신께서는 서 어른과 잘 타협해 원만한 결과를 가져오시기를 빌겠습니다. 결과가 나오는 대로 제가 바로 순경이를 데리고 찾아뵙도록 하겠습니다."

기생어멈은 어떻게든 유묵림에게 잘 보이기 위해 그야말로 안간힘을 쓰고 있었다. 얼굴은 어느새 눈물범벅이 돼 있었다.

"서준 그자식이 뭐가 그리 대단하다고 그러는 거야? 윗물이 맑아야 아랫물이 맑지. 그 집 영감탱이 서건학도 그다지 질 좋은 인간은 아니야. 나에게 대응할 묘수가 있으니까 그동안만이라도 잘 보살펴 주라고!"

유묵림이 기생어멈을 향해 냉소를 흘리더니 천천히 발걸음을 떼면서 말했다. 완전히 협박 반 부탁 반이었다. 얼마 후 그는 가마를 빌려 타고 바로 예부로 향했다.

유묵림과 왕문소, 윤계선은 이튿날 새벽 오고五鼓(새벽 4시 전후)에 예부 사관司官의 안내를 받으면서 오문午門 오른쪽의 작은 문을 통해 대내로 황제를 알현하기 위해 성적순으로 들어갔다. 1, 2, 3갑에 합격한 360명의 전시 급제생들과 함께였다.

시간이 일러 그런지 새벽별이 하늘에 가득했다. 그와는 달리 그 옆의 새벽달은 마치 갈고리처럼 서서히 스러져가고 있었다. 또 궁중의 처마 모퉁이마다에 달린 유리 궁등은 청전靑磚(푸른색 벽돌) 바닥에 옅은 은회색을 드리우고 있었다.

순서대로 금수교金水橋를 건넌 그들은 발소리를 조심스레 죽이며 태화문太和門을 지나 안으로 들어갔다. 곧 저 멀리 위엄 있게 우뚝 솟은 삼대전三大殿 밑의 품급산品級山(직급을 표시한 표지석들을 의미함)이 보였다. 일단의 어림군御臨軍 병사들이 그곳으로 통하는 길목에 못 박힌 듯 서 있었다. 허리춤에 패도를 드리우고 앞가슴을 한껏 내민 채였다.

얼마 후 오경五更의 찬바람이 태화전 광장의 먼지를 쓸어 올렸다. 그러자 갑자기 봄 냄새를 담은 한기가 궁전을 에워쌌다. 긴장과 흥분, 숙연함과 낯설음이 뒤섞인 감정을 애써 억누른 채 숨죽여 걸어가던 그들 '신흥귀족'들은 자신들도 모르게 힉! 하고 숨을 들이마셨다. 아직 삼대전 월대月臺에도 이르지 못했으나 이미 구중궁궐의 위엄과 황가皇家의 엄숙한 기품을 온몸으로 느끼는 듯했다.

곧 그들을 안내하던 예부의 사관이 보화전 앞에서 멈춰 섰다. 이어 대기하라는 손짓을 했다. 사관과 그들 진사들은 이미 하루 전 갖춰야 할 예의에 대해 누누이 설명을 하고 들었기 때문에 눈빛과 손짓만으로 별 무리 없이 뜻이 전달되었다.

진사들은 마치 약속이나 한 듯 온몸을 휘감는 긴장과 흥분을 애써 죽이면서 등불이 휘황찬란한 보화전을 뚫어지게 바라봤다. 그리고는 너 나 할 것 없이 이제 곧 다가올 은혜와 영광에 몸을 부르르 떨었다. 기분이 뭐라고 형언하기 어려울 정도로 좋은 모양이었다. 하기야 대부분 춥고 배고픈 십년 세월 끝에 행운을 거머쥐었으니 저마다 감개무량한 것이 당연했다.

얼마 후 예부 시랑인 우명당尤明堂이 조심스럽게 뒷걸음쳐 보화전에서 나왔다. 이어 진사들 앞으로 다가오더니 남쪽을 향해 똑바로 섰다. 그리고는 큰소리로 외쳤다.

"성유聖諭를 받들라!"

"만세!"

진사들이 일제히 긴 소매를 뿌리치는 동작을 해보이면서 무릎을 꿇었다. 수백 명이 동시에 소맷자락을 휘날리자 바람이 일면서 커다란 울림을 만들었다. 그러나 그것도 잠시였다. 드넓은 광장은 다시 정적에 잠겼다. 우명당이 그 정적을 뚫고 느릿느릿 입을 열었다.

"사등에 합격한 진사 조문치는 명단을 불러 성안聖顔을 알현하도록 하라!"

"예!"

유묵림의 등 뒤에 있던 조문치가 큰소리로 대답했다. 이어 무릎걸음으로 앞으로 나와서는 보화전을 향해 머리를 조아렸다. 곧 우명당이 건네는 명단을 받아들고 일어선 그는 대전을 향해 배례拜禮를 하고 돌아서서는 큰소리로 이름을 부르기 시작했다.

"왕문소, 윤계선, 유묵림……."

조문치의 목소리는 조금 떨리는 것 같았다. 그러나 스무 명쯤 읽었을 때부터는 듣기에 훨씬 자연스러워졌다.

얼마 후 첫 번째로 부름을 받은 왕문소가 방안 윤계선과 탐화 유묵림을 데리고 안으로 들어갔다. 이어 형년이 지정해주는 곳에 공손히 무릎을 꿇었다. 당연히 나머지 진사들이 전부 자리하기까지는 시간이 한참 걸렸다. 그들은 한껏 숨을 죽인 채 긴장을 늦추지 않았다. 기다리는 동안 저마다의 등골이나 손바닥에는 땀이 흥건하게 고였다.

그때 갑자기 궁전 위에서 폭죽소리가 세 번 울리더니 음악이 가늘게 울려 퍼졌다. 동시에 궁중의 우두머리 태감인 이덕전이 큰소리로 외쳤다.

"폐하께서 납신다!"

사람들은 그제야 옹정 황제가 보좌에 있지 않았다는 사실을 깨달은 듯했다. 옹정은 음악 소리에 맞춰 천천히 모습을 드러냈다. 간밤에 숙면을 취하지 못한 듯 눈언저리가 어두워 보였다. 그러나 기분은 상당히 좋아 보였다. 눈빛도 언제나처럼 까맣게 빛나고 있었다.

옹정은 궁전 입구에서 잠시 걸음을 멈춘 다음 새로이 선발된 진사들을 둘러봤다. 이어 고개를 돌려 뒤에서 따라오던 윤상, 윤사, 마제, 융과다와 장정옥 등을 힐끗 일별하고는 말없이 궁전 한가운데 있는 용좌에 가서 앉았다.

사례司禮를 맡은 염친왕 윤사가 옹정의 시선이 자신에게 닿자 황급히 어좌 앞으로 다가가면서 큰소리로 말했다.

"옹정 원년 은과 진사들은 지금부터 폐하의 성유를 공손히 들어라!"

"만세!"

"자네들은 지성인들이네. 그리고 좋은 북은 크게 두드릴 필요가 없다고 생각하네."

옹정이 우유 한 모금을 마시고 목소리를 가다듬었다. 이어 평온한 분위기 속에서 다시 말을 이어나갔다.

"짐은 어제 저녁 내내 자네들의 이력서를 열람했네. 삼백육십 명 진사 가운데서 출신이 미천한 사람이 백구십사 명으로 가장 많았어. 또 지방의 토호 출신이 칠십사 명이었네. 뒤이어 은음恩蔭 공생으로서 전시殿試에 합격한 사람도 모두 십칠 명이 있었어. 나머지 육십오 명은 각 성의 사도司道와 육부구경六部九卿의 자제들이었네. 전체적으로 이불이 비교적 공평하게 진사들을 합격시킨 것 같네."

옹정이 우유잔을 손에 든 채 다시 천천히 말을 이었다.

"나라에서 삼 년에 한 번씩 인재를 선발하는 것은 무엇 때문이겠는가? 바로 자네들처럼 단연 뛰어난 사람들로 하여금 짐을 보좌해 정무政務를 보게 하기 위해서지. 또 짐을 대신해 지방을 다스리고 그곳의 민심과 동향을 파악하고 민정民情을 헤아려 처리해주기를 바라기 때문이야. 공자 말씀에 '배움이 넉넉하면 벼슬을 한다'學而優則仕고 했어. 자네들이 여기 이 자리에까지 왔다는 것은 곧 '학문이 우수하다'는 뜻으로 받아들여도 무방하겠으나 '벼슬'길에 들어가 잘하느냐 못하느냐 하는 것은 자네들 자신에게 달려 있네. 자네들은 여기까지 오기 위해 여러 계단을 밟아왔어. 동생童生에서 수재秀才, 수재에서 거인擧人을 거쳐 진사進士로 올라가는 계단을 말이야. 여기까지는 그야말로 글 실력으로만 승부가 갈린 거지. 말하자면 학식으로 말이네. 하지만 앞으로 관직에 오르면 공자 왈 맹자 왈만 가지고는 안 되네. 그렇다면 자네들은 어떻게 하면 제대로 된 관리가 될 것인가? 짐이 두 글자를 하사하도록 하지.”

좌중의 사람들이 모두 머리를 깊게 숙였다. 대전 안은 고요하기 이를 데 없었다. 궁전 밖에서 태감들이 까치발을 하고 다니는 소리까지 커다랗게 들렸다.

“바로 ‘천량’天良이라는 두 글자네.”

옹정이 미소를 지으면서 이빨 사이로 쥐어짜내듯 두 글자를 말했다. 이어 다시 설명을 하기 시작했다.

“천天은 ‘천리’天理라는 뜻이지. 양良은 ‘양지’良知라는 뜻이고. 인정人情에 위배되지 않으면 곧 천리에 따른 것이지. 또 도道를 어기지 않으면 곧 양지良知가 있다고 볼 수 있지. 이 두 글자를 지킨다면 그대들은 자기 한 몸의 영화와 부귀는 말할 것도 없고 처자식들도 은음恩蔭을 받으며 잘 살 거야. 왜냐하면 천량을 지킨다는 것은 바로 자네들이 공정하고 충성스러울 뿐만 아니라 명철하다는 뜻일 테니까. 자네들에게 다가온 부귀영화는 하늘이 내린 것이야. 동시에 나라와 백성과 자신에게 모두 이로운 일을 한 현명한 그대들을 향한 짐의 선물이기도 해. 그러나 이 두 글자를 지키지 않는다면 목이 날아가고 천옥天獄에 들어가게 되겠지. 재물을 압수당하고 수천 리 밖으로 유배당하는 것은 가벼운 쪽에 속해. 짐은 또 스스로 잘못을 저지르는 자에게는 그에 합당한 대가를 톡톡히 치르도록 해줄 것이네!”

장정옥은 옹정의 말을 듣는 순간 평생 동안 요직에 몸담아온 그답게 말년의 강희가 진사들을 접견할 때를 떠올렸다. 강희는 그때마다 간단하게 “늘 해왔던 당부 그대로이네”, “짐의 은혜를 망각하지 말기를 바라네” 하는 말로 짤막하게 훈시를 대신하고는 했다. 그러나 옹정은 전혀 반대였다. 처음부터 장황하고 무거운 훈계로 분위기를 가라앉게 만들고 있었다.

장정옥은 그런 옹정을 보면서 순간적으로 미간을 찌푸렸다. 늘 '한 발 물러선 자세'로 황제를 보필하는데 익숙했던 그의 평소 모습과는 다른 태도였다. 그는 황제의 양옆에 태연자약하게 서 있는 윤상과 무표정한 윤사를 바라봤다. 그리고는 문득 동생 장정로를 떠올렸다. 동시에 입을 앙다물었다. 가슴 한구석이 싸늘해졌다.

그가 그렇게 착잡한 생각에 잠겨 있을 때 옹정의 말소리가 다시 들려왔다.

"짐은 황자 시절부터 왕위에 앉아 있었어. 민정民情을 시찰하기 위해 북경을 떠나 지역 순시를 하고 돌아온 경험이 많아. 결코 벼와 수수를 구별하지 못하거나 근시안적인 판단밖에 못하는 한심한 왕이 아니었다고! 그러니 무슨 일이 됐든 짐의 눈을 가려 두루뭉술하게 비켜갈 생각은 하지 않는 것이 좋을 것이네. 짐은 지금 이상한 풍조가 만연하고 있는 줄을 잘 알고 있어. 바로 지고至高하고 지엄至嚴하기 이를 데 없는 조정의 인재선발 대사를 개인적인 붕당을 만들거나 사적인 이익을 추구하는 온상으로 만들어버리려는 몰상식한 사람들이 있다는 것이네. 방법도 간단해. 시험관들이 갖가지 명분을 만들어 생원들 중에서 일부를 선택해 '사생'師生간의 정분을 맺는 것이지. 당연히 자신들의 '문생'門生으로 삼는다는 것인데, 그들 문생들은 자신의 급제가 어느 시험관이 편의를 봐줘서 그런 줄로 착각하는 것 같아. 뇌물을 바리바리 싸들고 은혜를 갚으러 줄지어 나서는 것도 다 그 때문이라고 해야겠지. 그러나 그러다 보면 자연스럽게 무리가 생기고 붕당이 만들어지게 마련이야. 사사로운 이익에 끌려 대강大綱을 무시하고 대리大理에 어두워지겠지. 그래서 급기야는 군주의 은혜도 저버린 채 모든 무례와 탈법을 저지르고 다니기도 해. 하지만 혹시라도 자신의 사리사욕을 채우기 위해 관직에 오르려 했다면 결코 짐의 눈을 비켜갈 수 없을 것이야. 나라의 법망을 피해갈 수 없을 것이라는 말이야. 짐은 그에 대해 미리 경종을 울리는 바이네!"

옹정이 서슬 퍼런 칼날을 번뜩이면서 기염을 토하더니 갑자기 연기처럼 가벼운 미소를 지었다. 그리고는 다시 천천히 덧붙였다.

"혹시라도 좋은 날에 찬물을 끼얹는다고 짐을 원망하지는 말게. 일주십년왕一呪十年旺(한 번 충고를 하면 10년 동안 효과가 있다는 뜻)이라고, 다 자네들을 위해서 하는 소리라네. 장정옥 이 사람을 보게. 자네들과 똑같이 이런 자리에서 선제의 성훈聖訓을 들은 것이 어제 같은데, 지금은 짐의 고굉股肱과 같은 충신으로 굳건하게 자리매김하고 있지 않은가! 정옥, 수십 년을 하루같이 근면성실하게 충성과 청렴의 모범으로 일해 오느라고 정말 애썼네! 짐은 이 자리를 빌려 자네를 이들 새내기들의 모범으로 내세우고자 하네. 여봐라, 조정의 문서 기록으로 남기도록 하라! 장정옥을 일등 후작으로 작위를 올리고 자금성에서 말을 탈 수 있는 권한을 내린다. 아울러 자손들 중에서 한 명을 택해 은음을 받아 공생이 되는 혜택을 부여하겠노라. 또 황실 사람들을 따라 배독陪讀(시중을 들면서 함께 공부하는 것)하면서 선발을 기다리는 특권도 내린다."

"폐하!"

장정옥은 옹정이 갑작스럽게 자신의 이름을 거명하자 순간 흠칫 했다. 그러나 그 정도는 아무것도 아니었다. 마지막에 너무나도 황공한 치하와 함께 꿈에도 생각지 못한 특권을 내린다는 말을 듣고는 아예 소스라치듯 놀라고 말았다.

그는 갑자기 "윙!" 하는 소리와 함께 머리가 하염없이 팽창하는 것 같은 기분을 느꼈다. 황급히 두루마기의 끄트머리를 잡은 채 무릎을 꿇었다. 이어 연신 머리를 조아렸다.

"폐하께서 이토록 분에 넘치는 영총榮寵을 내리시니 신은 실로 감당할 길이 없사옵니다……."

장정옥의 말이 채 끝나기도 전에 옹정이 손짓을 했다. 일어나라는 뜻이었다. 이어 입을 열었다.

"자네는 아직 장정로 사건에서 자유로워지지 못하고 있는 것 같아. 짐은 그 사실을 깊이 헤아려 잘 알고 있네. 그것이 자네와는 전혀 관계가 없다는 사실을 말이야. 명군明君으로 일컬어지기 위해서는 공과功過를 분명하게 평가해야 해. 그렇게만 알고 있게."

옹정이 말을 마치고는 미소를 머금은 채 찻잔을 들었다. 그러자 윤사가 한 발 앞으로 나서면서 큰 소리로 외쳤다.

"장원은 진사들을 대표해 표表를 올려 감사함을 표하라!"

"신…… 왕문소 명에 따르겠습니다!"

왕문소가 윤사의 명령에 다소 떨리는 목소리로 대답하고는 몸을 일으켰다. 이어 어좌를 향해 세 걸음 다가갔다. 그리고는 삼궤구고三跪九叩의 대례를 올리고 조심스럽게 소매 속에서 노란 비단으로 싼 사은문謝恩文을 꺼냈다. 곧 용기를 내어 읽어 내려가기 시작했다.

진사급제進士及第 제일갑장원第一甲壯元의 은덕恩德을 입은 왕문소 등은 성황성공誠惶誠恐(높은 사람에게 자신의 의견을 말할 때 붙이는 겸양의 말) 머리를 숙여 글을 올리옵니다. 풍운風雲이 보좌黼座(황제가 앉는 자리)를 두루 아울러 태평이 온 누리에 넘치고 일월日月이 사방의 길목을 비추는 날, 여러 진사들이 공동으로 길언吉言을 올리옵니다. 날마다 새로워지는 성치聖治를 우러르니 문장이 빛나옵니다. 생동하는 문명에 삼가 청송도 하오니 바람 타고 멀리멀리 울려 퍼지옵니다. 궁문을 여니 실과 비단이 폭포 같고, 관상冠裳의 패옥이 눈부시나니 감흥을 주체할 길 없어 휘필揮筆하여 경축드리옵니다. 직언直言의 책론으로 금문金門에 달려가는 저영儲英(황세자를 의미함)의 잠영簪纓을 흐뭇하게 바라보니 빼어남을 다투는 목소리가 용문에 그득하였사옵니다…….

왕문소는 처음과는 달리 갈수록 유창하고 균형 잡힌 모습을 보이면서 카랑카랑한 목소리로 사은문을 읽어 내려가기 시작했다. 그러나 장정옥은 아부와 미사여구가 극도에 달하는 그 글의 뜻을 음미해 볼 여유가 없었다. 머릿속에서는 계속해서 눈앞의 모습과는 다른 광경들이 떠오르는 탓이었다.

우선 어제 아우 장정로가 피를 질펀하게 쏟으면서 죽어가던 형장의 모습이 떠올랐다. 그 때문이었을까, 그의 얼굴은 마치 넋이 나간 듯했다. 그뿐이 아니었다. 아홉째 윤당이 위로를 한다는 핑계로 찾아와 마치 감시를 하듯 시선을 번뜩이면서 종잡을 수 없는 말을 내뱉던 것과 부지런히 자신의 눈치를 살피던 모습도 떠올랐다. 마지막에는 옹정이 난데없는 상을 내린 저의가 무엇일까 하는 궁금증까지 일었다. 그의 마음이 엉킨 실타래처럼 복잡한 것은 너무나 당연할 수밖에 없었다.

그러나 그가 그러거나 말거나 쇳소리 나는 왕문소의 목소리는 갈수록 절도 있게 이어졌다.

……고개 들어 하늘을 바라보니 천어天語의 준절한 타이름은 지척에 있사온데 머리 내려 우매한 신의 누추한 모습을 보니 대책이 송황悚惶하옵니다. 신臣들은 심히 부족한 재량이오나 먼저 걱정하고 나중에 즐기는 마음으로 지조志操를 쌓고자 하옵니다. 덕이 온 누리에 빛나도록 공을 들여 노력할 것도 맹세하옵니다. 바람이 팔표八表(온 세상을 이름)에 동행하니 주낭珠囊(하늘의 오성五星을 일컬음)과 금경金鏡(달을 일컬음)이 더불어 빛나옵고, 복이

구천九天에 응하니 축원의 소리가 일제히 산울림으로 다가오옵니다. 화기和氣가 길이길이 흐르고 광채가 널리 비추니 하늘에는 봉황이 나래를 펼치듯 상서로움이 그득하옵니다. 또 만국萬國에서 찾아들어 금패를 만들어 올리면서 칭송을 아끼지 않사옵니다. 신들은 성안聖顔과 구천을 우러러 충성을 맹서하옵니다. 번영창성의 길라잡이가 되어주심에 표表를 올리고 깊이 고개 숙여 감사말씀을 올리옵니다. 이상 천자께 상언上言하였사옵니다!

좌중의 진사들은 '이상'이라는 말이 나오자 그 두 글자만을 고대하고 있었다는 듯 황급히 머리를 조아리며 외쳤다.

"천은天恩에 삼가 감사를 올리옵니다!"

"알았네."

옹정이 희색이 만면한 얼굴을 한 채 이덕전이 올려 보낸 사은표謝恩表를 받았다. 이어 한 번 쭉 훑어보고는 한편에 내려놓으면서 왕문소를 향해 말했다.

"음, 왕문소라……, 자네는 왕섬의 집안사람이지?"

왕문소가 급히 머리를 조아리며 아뢰었다.

"예, 폐하! 왕섬 스승은 소신의 아버지와 할아버지가 같은 삼복三服 (일복一服은 본인, 이복二服은 형제, 삼복은 사촌을 의미함)이옵니다."

"오, 삼복이면 그렇게 먼 사이는 아니지. 집안의 학문이 깊고 심오하니 역시 글이 제법 들을 만하군!"

"폐하의 과찬에 송구스러울 따름이옵니다. 사실은 어제 저녁 일갑 방안 진사 윤계선, 일갑 탐화 진사 유묵림과 함께 머리를 맞댄 채 고민했사옵니다. 그러다 마지막에 신이 주필主筆을 했을 뿐이옵니다."

옹정이 얼굴 가득 미소를 지은 채 머리를 끄덕였다.

"아무튼 좋은 문장이었네. 꽃밭 한가운데 앉아 있는 느낌이었지. 어제는 금방金榜에 이름이 오른 기쁜 날이었어. 자네들은 머리를 맞대고 글만 지었나? 나름대로 자축행사는 없었나? 조촐하게 술 한 잔 한다든지, 시구를 맞추는 놀이를 했을 법도 한데?"

옹정의 물음에 왕문소가 윤계선과 유묵림을 힐끗 쳐다보고는 황급히 대답했다.

"아뢰옵니다. 오늘 용안을 배알하는 자리에서 예의에 어긋나는 행동을 추호라도 해서는 안 된다는 생각에 감히 술은 입에 대지도 않았사옵니다. 사은표가 완성되고 나서 잠시 엽자葉子(카드의 일종)놀이를 했었사옵니다. 그러다 패가 한 장 사라지는 바람에 그냥 헤어지고 말았사옵니다."

왕문소의 말에 옹정이 크게 웃으면서 말했다.

"솔직해서 좋군! 자기 행동에 떳떳한 것을 보니 진짜 장원감이네그려!"

옹정이 말을 마치고는 갑자기 소매 속에서 골패骨牌(카드) 한 개를 꺼냈다. 이어 왕문소에게 내보였다.

"혹시 이것 아닌가?"

"폐하!"

왕문소는 옹정이 꺼낸 골패를 잠시 눈여겨보다 깜짝 놀랐다. 황당한 나머지 숨을 훅! 하고 들이마셨다. 그리고는 황급히 머리를 조아렸다.

"틀림없사옵니다. 바로 그……'도원승경－도지요요桃源勝境－桃之夭夭(복숭아꽃이 화사하다는 의미)'라는 패가 없어졌었사옵니다."

옹정은 빙그레 웃기만 할 뿐 더 이상 말을 하지 않았다. 그저 의자 등받이에 기댄 채 좌정했다. 그런데 어느새 그의 신색神色은 준엄하게 변해 있었다. 잠시 후에 그가 입을 열었다.

"수고들 했네. 다들 데리고 궤안跪安(무릎걸음으로 물러감)하게!"

"만세!"

옹정이 말을 마치자마자 300여 명이나 되는 사람들이 일제히 만세를 외쳤다. 순간 산이 떠나갈 듯 요란한 우렛소리가 모두의 머리 위에서 울려 퍼졌다. 진사들은 모두들 머리를 숙인 채 옹정이 자리를 떠서 수레에 오를 때까지 공손하게 전송을 했다. 그와 동시에 궁전 앞의 붉은 돌계단에서는 음악 소리가 진동했다. 또 창음각의 공봉供奉(궁중에서 일하는 예인藝人)들은 입모양을 부지런히 바꿔가면서 노래를 불렀다. 그 소리는 널리널리 울려 퍼졌다.

> 나라가 평화롭고 안온하니 문명이 열리고,
>
> 오색구름이 나타나니 준영俊英들이 배출되고,
>
> 상서로운 기상이 만발하니,
>
> 벽오동 나무 위의 새들도 신이 났구나.
>
> 주옥같은 기상이요, 거울 같은 바닷물,
>
> 현재賢才들은 이를 찾아 봉영蓬瀛(신선들이 사는 곳)에 모여들었네……

얼마 후 잔잔한 물처럼 흘러가는 음악 속에서 꽃을 달고 붉은 띠를 두른 예부의 사무관이 반룡蟠龍 무늬의 금방金榜을 들고 나왔다. 그 위에는 눈이 부실 정도의 금색 글자가 붉은 바탕에 쓰여 있었다. 바로 옹정이 친필로 쓴 정식 황방皇榜이었다. 예부 시랑인 우명당은 바로 그 황방을 직접 호송하고 있었다. 또 1갑 세 명의 진사들이 그 뒤를 바짝 따르고 있었다.

드디어 오문午門이 그 무거운 입을 천천히 열었다. 그러자 순천부 부윤府尹이 장안가長安街 동쪽에 미리 쳐 놓은 천연색 천막이 모습을 드

러냈다. 장원, 방안, 탐화 등 1갑 1, 2, 3등에 합격한 진사들을 위해
축배를 건네고 꽃을 달아주는, 이른바 '어가과관'御街夸官이라는 행사
를 위한 장소였다. 그곳을 통과한 진사들은 곧 예부에서 마련한 연회
인 경림연瓊林宴에 참석하게 될 터였다. 또 관례와 예부의 일정에 따
라 갖은 예우를 받을 것이었다. 한마디로 승자를 위한 대접은 일일이
나열할 수 없을 정도로 융숭하였다.

19장

문각 스님과 공령대사의 굴욕

전문경은 4월 23일에 새로운 부임지인 사천四川성으로 떠나라는 이부의 공문을 받았다. 그는 즉각 떠날 준비를 하느라 정신없이 바빴다. 그런데 소문을 듣고 그의 집으로 몰려드는 주변 사람들이 적지 않았다. 원래 그는 그냥 수인사를 나눌 정도의 아는 사람은 많았으나 절친한 친구는 별로 없었다. 오랫동안 경관京官으로 있었음에도 평소에 주변 사람들과 어울리기를 그다지 좋아하지 않은 탓이었다. 하지만 산서성에서 천하제일의 순무라는 낙민을 쓰러뜨리고 '요주의 인물'로 조명을 받으면서부터는 완전히 달라졌고 유명세를 단단히 치렀다. 이 때문에 내정內廷에서는 전문경이 거물급으로 껑충 뛰어오르는 것은 시간문제라는 소문이 퍼졌고, 그러다 보니 전문경의 사천행을 앞두고 철새들의 움직임이 바빠졌던 것이다. 육부의 사관司官들을 비롯해 공부工部의 옛 동료와 상사들이 달려와서 문전성시를 이루었고,

마치 오랜 친구인 척 살갑게 대하거나 친인척도 아니면서 억지로 핏줄을 강조하면서 기웃거리는 이들도 있었다.

전문경은 그들의 속셈을 너무나 잘 알고 있었다. 그래서 노자에 보태라고 건네주는 돈도 그대로 돌려줬다. 또 내방한 손님들은 지위 고하를 막론하고 두어 마디 사무적인 얘기만 나누고는 차 한 잔을 대접하고는 돌려보냈다. 때문에 바늘 하나 들어갈 틈새를 주지 않는 전문경에게 냉대를 받고 돌아간 사람들은 "소인배가 득세하면 저렇다"면서 비난을 아끼지 않았다.

전문경은 '환송'차 찾아온 몇몇 동료들을 보내고는 구석에 묶어놓은 짐짝 위에 털썩 걸터앉았다. 그리고는 휑뎅그렁한 뜨락을 멍하니 바라보면서 사천성에 도착할 날짜를 꼽아봤다.

그때 집사 일을 해주는 축희귀祝希貴가 여자 한 명을 데리고 들어오는 모습이 보였다. 근시인 전문경은 두 사람이 방 안에 들어왔을 때에야 여자가 누군지 알아볼 수가 있었다. 그 여자는 낙민과 함께 북경에 압송돼왔던 '인증'人證인 교인제였다.

그는 순간적으로 미간을 살짝 찌푸렸다. 그러나 이내 웃는 얼굴로 말했다.

"누군가 했더니, 교인제 자네였구먼! 그동안 고생 많았어. 자, 어서 앉지!"

"어르신, 내일이면 떠나신다고 해서 인사드리러 왔어요."

교인제가 두 손을 무릎에 대고 몸을 살짝 낮춰 인사하고는 맞은편 상자에 비스듬히 기대앉으면서 말했다. 전문경은 그제야 그녀를 더욱 가까이에서 볼 수 있게 됐다. 그녀는 상당히 더운 날씨임에도 색깔이 칙칙해서 무거워 보이는 치마에 흰 적삼을 받쳐 입고 있었다. 전문경은 그녀가 옷을 살 돈이 없어서 그런 줄 알고는 말했다.

"날씨가 장난이 아닌데, 아직 봄옷을 입고 있다니. 옥신묘獄神廟라고 해봤자 여기에서 그리 멀지 않잖아. 힘든 일 있으면 나를 찾아오지 그랬어?"

교인제가 전문경의 말에 정색을 했다.

"대리시에서 압수했던 금을 다시 돌려줬기 때문에 돈이 필요하지는 않아요. 감기가 걸려서 열이 조금 있어 두껍게 입었을 뿐이에요. 어르신께서도 별로 넉넉하지 못하신 줄 아는데 폐를 끼치려고 온 것은 아니에요. 어찌 됐든 어르신께 은혜를 입어서 떠나시기 전에 특별히 인사드리려고 왔어요."

전문경은 교인제가 단번에 자신의 경제 상황을 알아맞히자 부끄러움에 얼굴을 살짝 붉혔다. 그리고는 황급히 말머리를 돌렸다.

"그래, 앞으로 어떻게 할 거야? 나를 그렇게 쩨쩨한 인간으로 보지는 마. 내가 아무리 넉넉하지 못하다고 해도 자네보다는 낫지 않겠어? 언제 산서로 돌아갈지는 모르겠지만 힘든 일 있으면 연락해."

교인제는 전문경의 재차 당부하는 말에도 아무 대답 없이 고개만 숙였다. 이어 옷자락을 손가락에 감았다 폈다 하면서 한참을 생각하더니 입을 열었다.

"어떻게 해야 할지 고민이에요. 고향에 계시는 부모님을 생각하면 당장 산서로 돌아가야겠죠. 그러나 어제 열넷째마마께서 옥신묘로 사람을 보내 저에게 왕부에 들어와 복진의 시중을 들지 않겠느냐고 물어오셨어요. 아무래도 제 생명을 구해주신 은인인데 매정하게 거절할 수도 없잖아요. 그래서 어르신께 자문을 구하고 싶어서 왔어요."

"내가 보기에는 그래도 산서로 돌아가는 것이 더 낫다고 생각하네. 세상없는 좋은 곳이라도 개구멍 같은 내 집보다는 못한 법이야. 멀건 죽을 먹더라도 집에서 편히 앉아서 먹는 것이 무엇보다도 행복하다는 사실을 알아야 해."

전문경이 숨을 길게 내쉬더니 추호의 망설임도 없이 말했다. 교인제가 머리를 끄덕여 보였다. 그러자 전문경이 다시 말을 이었다.

"열넷째마마도 엄연한 황실의 귀하신 분이라 겉보기에는 대단히 멋있어 보이지. 그러나 실은…… 자네는 여자니까 노파심에서 하는 소리인데, 솔직히 그곳은 안전지대가 못 돼."

전문경은 진심으로 교인제를 위하는 마음에서 어떻게 하면 좀 더 간단명료하게 상황을 다시 설명할 수 있을까를 한참이나 생각했다. 그러다 갑자기 말을 뚝 멈추고는 흠칫 놀라는 표정을 지었다.

"왜 그래? 안색이 왜 그렇게 창백해?"

교인제는 전문경의 물음에는 대답을 하지 않은 채 그를 마치 낯선 사람을 대하듯 뚫어지게 쳐다봤다. 자신이 존경하고 흠모해마지 않는 청렴결백한 관리가 옆에 있지도 않은 사람에 대해 비난을 한다는 사실에 실망이 컸던 것이다. 군자로서의 도리를 잃었다고 생각하는 듯했다. 그러나 곧 진정을 하고는 담담하게 입을 열었다.

"갑자기 속이 좀 거북해져서 그래요. 이제 괜찮아요. 저는 세상사에 어두운 여자라서 방금 어르신께서 하신 말씀이 무슨 뜻인지 잘 모르겠습니다. 그러나 솔직히 말씀드리면 저는 열넷째마마의 왕부에 남고 싶어요. 어르신께서는 앞날이 창창한 분이신 만큼 부디 건강하시고. 그러면 저는 이만……."

교인제가 곧 자리를 털고 일어났다. 전문경은 그녀의 태도를 보고는 순간적으로 자신이 실언했다는 사실을 깨달았다. 얼른 변명의 말을 덧붙였다.

"혹시 내 말뜻을 오해하지는 말았으면 해. 나는 그저 북경이라는 곳이 여자가 홀로 살기에는 대단히 복잡하고 인심이 야박한 곳이기 때문에 집에 돌아가는 것이 나을 거라고 했던 거야."

교인제는 전문경의 해명에도 아무런 반응을 보이지 않았다. 그저 전문경을 향해 공손히 고개를 숙여 인사를 하고는 말없이 밖으로 나가더니 곧이어 수레를 타고 떠났다.

전문경은 교인제가 탄 수레가 멀어져가는 것을 바라보면서 또다시 얼굴이 화끈거리는 것을 느꼈다. 그녀가 열넷째에게 고자질할 것이 두려워 그런 것은 아니었다. 그보다는 어린 여자아이 앞에서 말실수를 했다는 것에 대한 수치심이 잠시 그를 괴롭혔던 것이다. 급기야 그가 한편에 서서 넋이 나간 주인의 모습을 지켜보고 있던 축희귀를 향해 고함을 질렀다.

"보기는 뭘 봐? 어서 땟거리나 준비하지 않고?"

"사인분 추가요!"

전문경의 고함소리가 끝나기 무섭게 밖에서 갑자기 큰소리가 들려왔다. 이위가 오사도를 비롯해 김채봉과 난초를 데리고 당방堂房의 계단을 올라오고 있었다. 이위는 짧은 적삼에 덩그러니 무릎까지 올라온 천 바지 차림을 하고 있었다. 오사도는 청색 마고자에 갈색 두루마기를 입고 있었다. 한 치도 흐트러짐도 없는 차림새였다. 또 그 뒤로는 패옥을 온몸에 주렁주렁 감다시피 한 두 여자가 따르고 있었다. 이상하게도 마치 이위가 그들의 하인인 것처럼 상대적으로 행색이 무척이나 초라해 보였다.

"아이고, 이위 대인께서 어떻게! 아니…… 오 선생도 행차하셨네요!"

전문경이 황급히 일어나 마중을 나갔다. 이어 두 손을 높이 들어 읍을 해보이고는 소탈하게 웃어 보였다.

"무슨 바람이 불어 오늘 이렇게 행차하셨습니까? 그런데 두 사람이 서로 아는 사이였습니까? 어려운 발걸음을 하셨는데, 이거 너무 누추해서……. 오 선생, 두 분 부인, 떠날 준비에 경황이 없는 것을 이해하시고 아무 데나 편하게 자리하시죠. 희귀, 얼른 음식 준비해 올리도록 해!"

전문경의 말이 끝나자마자 이위가 다 낡아서 너덜너덜해진 부채를 부치면서 전문경의 옆에 털썩 앉았다.

"전 대인은 털끝 하나 뽑히지 않기로 소문난 철공계鐵公鷄(쇠로 만든 수탉. 인색한 사람을 일컬음) 아닙니까? 음식을 올려봤자 그림자나 비추는 멀건 죽이 고작이겠죠. 저는 비록 깨진 밥그릇 껴안고 잡탕밥 얻어먹고 다니던 거지 출신이지만 이제는 때 빼고 광도 내고 있죠. 그러다 보니 배추나 두부 같은 이런 서민들이 먹는 음식은 통 못 먹겠더라고요."

이위가 일부러 허풍을 떠는 척하고는 허리춤에서 10냥짜리 경정京錠 한 개를 꺼냈다. 그리고는 전문경의 집사에게 던져주었다.

"이걸 가지고 가서 술상 하나 봐오게."

그러자 전문경이 겸연쩍은 얼굴을 했다.

"이 대인, 이거 참! 이래서는 곤란한데……."

"됐어요, 누가 청백리 아니랄까 봐 그래요? 잠자코 앉아만 있으라고요. 조금 있다가 희소식 한 가지 전해줄 것도 있으니. 그리고 더불어 한 가지 부탁할 일도 있고요."

이위가 사람 좋게 웃으면서 부채로 전문경의 어깨를 툭툭 건드렸다.

"어허, 오늘은 어쩔 수 없이 주객이 전도됐군."

전문경이 못 이기는 척하고 자리에 앉았다. 그렇지 않아도 궁색한 살림살이에 난데없이 들이닥친 손님들에게 대접할 것이 마땅찮아 두 손을 비비고 있었으니 그럴 만도 했다.

"나는 높고 두터운 성은에 힘입어 겨우 목숨을 건지고 극적인 전환기를 맞았어요. 게다가 뜻밖의 승진까지 했어요. 이보다 복된 일이 어디 있겠어요? 그런데도 또 '희소식'이라니요? 그리고 이 대인이라면 양강兩江(강서성과 강소성을 일컬음) 지역의 중책을 맡고 계시고, 성총을 한 몸에 받는 귀한 분이시잖아요. 그런 분이 미관말직인 지부에게 부탁할 일이 있다니 몹시 궁금하군요."

이위가 전문경의 말에 웃으면서 화답했다.

"세상천지에 다른 사람 도움 받지 않고 사는 사람도 있습니까? 굶어죽는 한이 있어도 우리 대청의 녹은 안 먹겠다던 천하의 황종희黃宗羲도 형부상서 왕사진王士禛에게 그림을 그려주고 시도 써줬어요. 왜 그랬을까요? 짐짝처럼 묶여 북경에 왔어도 절개를 지키노라고 절간 바닥에 납작하게 붙어 조서詔書를 받들지 않았으나 정작 굶어 죽으려니 인생이 슬펐겠죠! 그러니 왕사진에게 무사하게 해달라고 온갖 재주를 부린 것 아니겠어요? 사실 내가 전 대인한테 부탁하려고 하는 이 일은 새로운 것이 아닙니다. 전에 전 대인이 허락까지 했던 일입니다. 이 오 선생님은 강남의 명사로서 내 스승이기도 해요. 원래 낙민 밑에 있었으나 이제 알다시피 밥그릇을 잃고 말았어요. 내 들으니 두 분 사이에 잠시 얘기가 오갔다고도 하더군요. 내가 오늘 오 선생을 대인에게 추천하려고 해요. 일 년에 더도 말고 오천 냥씩만 생활비로 내주면 되겠습니다. 괜찮겠지요?"

이위의 말에 전문경이 잠깐 놀라는 표정을 지었다.

"서로 약속한 적은 있어요. 하지만 삼천 냥으로 알고 있는데요?"

이위가 끝까지 배포 적게 나오는 전문경의 반문에 못 참겠다는 듯 고개를 젖히고 웃음을 터뜨렸다.

"아휴, 쩨쩨하기는! 내가 대인 사정도 보지 않고 내 실속만 차릴까

봐서 그래요? 대인은 도대道臺로 발령이 났어요. 몰랐죠?"

전문경이 전혀 뜻밖인 이위의 말에 깜짝 놀랐다.

"그럴 리가요? 지부 임명장도 어제야 받았는데……."

이위는 전문경이 못 믿겠다는 듯 반문하자 허리를 숙여 장화 속에서 종이 한 장을 꺼냈다. 이어 전문경에게 던져주듯 하면서 손가락으로 가리켰다.

"이건 폐하께서 직접 내리신 임명장이에요! 이부에서 오늘 아침 장정옥 재상의 지시를 받았다고 하더군요. 폐하의 지의에 따라 전문경을 지부가 아닌 하남성 포정사 부사副使로 고쳐 임명한다고 말이에요. 개봉開封, 귀덕歸德, 진주陳州를 관할하는 일이에요. 어때요, 이젠 내 말을 믿지 않을 수 없겠죠? 때문에 그대는 이제 재정을 확보하느라 골머리를 썩일 필요도 없어요. 일 년에 적어도 삼사만 냥의 수입은 고정적으로 확보한 것이나 다름없다 이거예요. 그러니 오천 냥 정도야 충분히 쓸 수 있지 않겠어요?"

"전 대인!"

그때까지 말없이 듣고만 있던 오사도가 종이를 받쳐 들고는 아직도 실감이 나지 않아서 멍하니 서 있는 전문경을 바라봤다. 그리고는 피식 웃더니 말을 이었다.

"혹시라도 나 오사도라는 인간을 간에 붙었다 쓸개에 붙었다 하는 파렴치한 졸부로 오해하지는 말았으면 해요. 낙민이 망해서 전 대인에게 붙으려는 것은 절대 아니에요. 사실 낙민은 우리 두 사람이 쓰러뜨린 것이 아니라 자기 스스로가 판 함정에 빠졌을 뿐이에요. 솔직히 나 오사도는 일생동안 나쁜 짓도 많이 했어요. 자랑 같지만 그 옛날 오백 명의 강남 거인들을 데리고 공원貢院을 쑥대밭으로 만들어버린 장본인이 바로 나라는 사람입니다. 그래서 도망 다니다 장애인도 됐죠. 그러나 이제는 늙어서 조정의 신하로 있기에는 무리에요. 그저 늙은 말이 수레를 끄는 마음으로 대인처럼 전망 있는 관리들에게 조금이라도 보탬이 되고자 하는 마음뿐이에요. '똑똑한 새는 나뭇가지를 가려 앉고, 훌륭한 신하는 주인을 잘 택한다'良禽擇木 良臣擇主고 했어요. 대인이 별 볼 일 없는 평범한 사람이라면 나는 세상없어도 성치 않은 다리를 끌고 찾아오지 않았을 거예요. 물론 대인을 힘껏 밀어 줌으로써 일대의 명신이 되게 하고 싶은 마음은 어디까지나 나의 일방적인 구애일 수도 있겠죠. 서로가 뜻이 통해야 하니까요. 또 나도 대인의 막료로 있기만을 고집하는 사람이 아닙니다. 그러니 대인이 곤란하다면 이위 대인은 또 다른 곳으로 추천을 해줄 거요."

"아, 예."

전문경이 꿈속에서 깨듯 깊은 생각에서 빠져나왔다. 이어 황급히 웃는 얼굴로 말했다.

"무슨 그런 말씀을? 나는 이래봬도 약속은 목숨을 걸고 지키는 사나이입니다. 요즘 들어 막료를 추천하는 사람들로 문턱이 닳아 떨어질 지경이었으나 말도 못 붙이게 했다고요. 그리고는 이제나 저제나 오 선생이 오시기를 기다리고 있었어요. 앞으로 선생께 많은 가르침을 얻고 싶습니다."

전문경이 말을 이어가고 있을 때였다. 집사가 드디어 술상을 들고 들어왔다. 완전히 다리가 부러질 것 같은 푸짐한 상차림이었다. 전문경이 이위를 향해 읍을 해보였다.

"이 대인 덕분에 때 아닌 생일을 쇠는군요! 오 선생, 그리고 두 분 부인, 어서 와서 앉으시죠."

이위는 아직 해야 할 일이 남아 있었던 탓에 마음 놓고 호쾌하게 술을 마시지는 못했다. 그저 두어 잔 받아 마시고는 서둘러 자리를 떴다. 이어 역관으로 돌아와 재빨리 조복朝服으로 갈아입었다. 그리고는 녹색 4인교四人轎를 타고 황급히 서화문으로 가서 패찰을 건넸다.

한참 후 양심전의 태감인 고무용이 달려나와 양심전으로 오라는 지의를 전했다. 이위가 고무용을 따라 들어가면서 목소리를 낮춰 물었다.

"폐하께서는 지금 뭘 하시고 계신가?"

"예, 어르신. 태후마마께서 몸이 좋지 않으셔서 폐하께서는 조선부膳을 마치시고 시중을 들러 가셨습니다. 그래서 오늘은 백관들을 접견하지 않으실 거라는 지의가 계셨습니다. 이 대인이라면 사정이 다를 수도 있겠으나 폐하께서 오실 때까지는 기다려야 할 겁니다."

고무용이 습관처럼 주위를 두리번거리더니 기어들어가는 목소리로 대답했다. 이위가 알겠다는 듯 머리를 끄덕였다.

"태후마마께서 몸이 좋지 않으신 것은 하루 이틀 동안의 일도 아닌데, 새삼스럽게……. 나는 또 무슨 큰일이라도 났다고!"

이위는 그렇게 중얼거리면서 고무용을 따라 양심전으로 들어갔다. 곧 고무용이 어좌御座 서남쪽의 자리를 지정해주었다.

"여기에서 무릎 꿇고 대기하십시오. 폐하께서는 오늘 오화산五華山의 공령空靈대사를 불러서 태후마마의 사기邪氣를 몰아내는 의식을 하실 것이라고 하셨습니다."

이위가 이상하다는 듯 물었다

"청해성에서 활불活佛을 초청한다더니?"

고무용이 기다렸다는 듯 즉각 대답했다.

"청해성이 서부 전선이 있는 곳이라 괜히 활불을 초청했다 귀신을 불러들이지 않을까 염려스러우셨나 봅니다. 공령대사는 밀종密宗(중국 불교 13종파의 하나. 주로 티베트 지역을 중심으로 유행)의 진전眞傳(적통 전수자)이라 잡귀를 물리치는 데는 강서성의 용호산龍虎山에 있는 장張 진인眞人도 저리 가라고 합니다. 얼마나 대단한지 설명을 해드릴까요? 죽은 사람도 살려내고 산 사람도 두어 마디 주문을 외우는 사이에 숨이 꼴깍 넘어가도록 한답니다. 육부의 내로라하는 관리들은 말할 것도 없고 참선에 관심이 있는 사람들도 모두 지의를 받고 종수궁 뒤에 있는 작은 불당에 모여 있다고 합니다. 이번 은과에 일, 이, 삼등으로 합격한 진사들도 이 스님의 진가를 시험한다면서 폐하의 부름을 받고 온 줄로 알고 있습니다. 이 일은 어디까지나 집안일이지 나랏일이라고 하기는 어렵습니다. 때문에 절대 밖으로 소문을 내서는 안 된다고 폐하께서 지시하셨습니다."

이위가 무릎을 꿇은 채 고무용의 말을 다 듣고는 웃었다.

"알았어. 여기 들어온 지 며칠이나 됐다고 누구를 훈시하려고 드는 거야? 그런데 왜 꼭 여기에 무릎을 꿇으라는 거야? 설마 아무리 머리를 조아려도 소리가 나지 않는 곳은 아니겠지?"

"그게 무슨 말씀이신지……."

"나도 다 알아. 시치미 떼지 마. 자네들 꿍꿍이속을 누가 모를까봐? 어리숙한 외관들이나 등쳐먹을 것이지, 나한테는 아무리 수작을 부려도 먹히지가 않는다고! 자네들은 이 땅바닥의 금전金甎(바닥에 까는 금색 벽돌)을 하나하나 다 두드려 보았겠지? 그리고는 유난히 소리가 잘 나는 곳이 있고 안 나는 곳이 있다는 것을 알았겠지. 용돈 좀 챙겨주는 사람들은 머리 조아렸을 때 쿵쿵 소리가 잘 나는 곳으로 안내하고, 그렇지 않은 사람들에게는 머리가 부서져라 짓찧어도 소리 하나 나지 않는 곳으로 유도해서 골탕 먹이는 것을 내가 모를 줄 알았어?"

이위가 냉소를 흘리면서 말했다. 고무용은 이위에게 정곡을 찔린 것이 민망한지 얼굴에 비굴한 웃음을 가득 띠운 채 몇 마디를 했다.

"과연 듣던 대로 이 대인은 대단하십니다. 그러나 소인은 간이 열 개라도 감히 어르신에게 그런 짓을 할 수는 없습니다. 믿지 못하시겠다면 한번 시험해 보십시오. 틀림없이 궁전이 떠나가라 쿵쿵 울릴 겁니다."

고무용이 말을 마치고는 주렴을 걷고 밖으로 물러났다. 그때 옹정이 막 수화문으로 들어서고 있었다. 고무용은 황급히 한편으로 물러서서는 공손히 허리를 굽히며 아뢰었다.

"폐하, 이위 대인이 정전正殿에서 대령하고 있사옵니다!"

"일어나게."

옹정이 궁전으로 들어가서는 자리에 앉은 다음 다소 초췌한 표정으로 찻잔을 들었다. 이어 한 모금 마시면서 말했다.

"그래 전문경한테는 다녀왔는가?"

이위가 일어서다 말고 다시 한쪽 무릎을 꿇은 채 인사를 올렸다.

"방금 오 선생을 모시고 다녀왔사옵니다. 오 선생은 전문경과 잘 어울리지 못할까 걱정스러운지 그다지 내키지 않아 하는 것을 신이 겨우 설득하였사옵니다. 전문경은 신의 제안에 흔쾌히 응했사옵니다. 폐하께서 부족한 자신에게 분에 넘치는 대우를 해주심에 감지덕지했사옵니다. 또 대충대충 넘어가는 꼴을 못 보는 자신의 성격상 그곳 총독과 순무들과 마찰을 빚지는 않을까 걱정하고 있었사옵니다. 폐하께서도 잘 아시다시피 전문경은 관리들과 토호들도 백성들과 똑같이 세금과 황량皇糧(황궁을 유지하는 데 필요한 곡식)을 내야 한다고 주장하는 사람이옵니다. 그렇게 했을 경우 일 개 부府에서 일 년에 어느 정도의 재정 수입을 더 확보할 수 있을지 시범 삼아 시행해 보겠다고 했사옵니다. 그러나 이번에 한꺼번에 세 개의 부를 맡는 바람에 혹시 계획에 차질이 생겨 폐하의 성은에 보답하지 못할까 염려하고 있었사옵니다."

원래 청나라는 전 왕조인 명나라의 낡은 제도를 적지 않게 답습했다. 그중 대표적인 것이 바로 관리들과 토호 유학자들에게는 무조건 세금과 황량을 면제해주도록 하는 것이었다. 이 때문에 이들은 자신의 명의로 된 땅이 다만 얼마라도 있으면 바로 지주地主의 반열에 올라설 수 있었다. 당연히 이들 지주들은 관부官府의 권력자들과 결탁해 똑같은 특권을 누렸다.

문제는 이 제도가 몇 백 년 동안이나 이어온 것이기에 그 뿌리 깊은 관행을 뒤엎는 게 그다지 쉽지 않다는 사실이었다. 만약 폐지할 경우 하루아침에 확실한 돈줄과 체통을 잃을 관리들과 토호들이 고분고분 당하고만 있을 리 없었다. 심지어 강희 황제 때의 명신이었던 육룡기는 "관리와 토호들도 세금과 황량을 납부해야 한다"는 주장을 했다가 하마터면 서북 변경의 신강新疆으로 유배를 갈 뻔했다. 때문에 상당수의 관리들은 현실이 분명히 잘못됐다는 데는 인식을 같이 하면서도 계란으로 바위 치는 격이라는 생각에 굳이 벌집을 쑤시려 하지 않았다.

그런데 전문경은 달랐다. 성은에 보답하기 위해 국고의 재원을 확충한다면서 몰매 맞을 각오로 팔을 걷어붙이고 나서겠다는 충심을 보이고 있다지 않은가. 옹정은 감동하지 않을 수 없었다. 급기야 한참이나 생각에 잠겨 있다 말고 한숨을 지으면서 말했다.

"생각은 좋아. 그러나 한두 사람에게 미운 털이 박히는 것이 아니야. 모든 토호들과 지주들이 들고 일어날 텐데……."

옹정이 말끝을 흐리더니 순간적으로 미간을 좁혔다. 뭔가를 생각하는 듯했다. 그러다 급기야 결심을 굳힌 듯 이를 악물면서 다시 입을 열었다.

"하늘이 두 쪽이 나더라도 운을 뗐으니 추진해야 해. 짐도 오래 전부터 뜻을 두고 있던 일이었어. 일부 기득권층에 대한 특혜는 곧 그들에게 빌붙는 간민奸民들의 비리로 이어지게 마련이야. 세금을 탈루하기 위해 관리들과 선을 대고는 땅을 자신들의 명의로 귀속시켜 교묘하게 세금을 피해갈 수 있도록 해주고 있어. 결과적으로 갖가지 검은 거래를 낳았고. 그러니 조정의 국고에 들어와야 할 세금이 엉뚱한 곳으로 흘러들어갈 수밖에 없지. 급기야 토지가 일부 세력들에게만 극도로 집중되는 현상이 고질이 돼버렸어. 전문경을 밀어줘야 해. 길이 보이면 전국적으로 시행할 것이네. 내일 떠난다면서? 자네가 가보게. 가서 앞뒤 재지 말고 잘해보라고 해. 절대 꼴 우습게 만드는 일은 없을 것이라는 짐의 말을 전하게!"

옹정이 말을 마치고는 이위를 뚫어지게 쳐다봤다. 이위가 잠시 뭔가를 생각하는 듯하더니 조심스럽게 아뢰었다.

"실은 신도 양강 지역에서 '정무합일'丁畝合一(사람의 수만큼 부과하던 이른바 인두세를 토지 면적대로 부과하는 제도)을 실행해 인두세를 토지세에 포함시키려고 시도했었사옵니다. 포정사가 해야 할 일이라는 사명감을 가지고 하려고 했사옵니다. 그러나 나중에 고쳐 생각하니 양강 지역이 조정의 중요한 재원이라는 생각이 들었사옵니다. 또 연갱요도 서부 전선에서 전폭적인 군량미 지원을 기다리고 있는 상황이었기에 혹 잘못해 차질이 생겨 대란을 몰고 오는 날에는 후폭풍을 감당하기 어려울 것 같았사옵니다. 그래서 한걸음 물러나 때를 기다리고 있는 중이옵니다. 신의 어리석은 생각으로는 전문경의 정책 역시 서부의 전쟁 문제가 끝난 후에 실행에 옮기는 것이 어떨까 하옵니다.

양강 지역에는 현재 조정의 빚이 사오백만 냥이 있사온데 신은 일단 이 돈을 환수하고 나서야 다음 일을 추진할 수 있을 것 같사옵니다. 임지로 돌아가기에 앞서 폐하의 훈시를 듣고 싶사옵니다."

옹정이 이위의 말이 대견한 듯 웃었다.

"그렇게 하는 것이 좋겠네. 얼마 동안 못 봤더니 자네의 학식이 진짜 괄목상대刮目相對라는 말이 과언이 아닐 만큼 대단해진 것 같군. 무슨 일을 할 때는 큰 국면을 먼저 고려해 앞뒤 순서를 잡을 줄 아는 것이 중요하지! 양강 지역은 조정의 재원을 확보하는 젖줄이니 절대 혼란을 초래해서는 안 되네. 자네가 그토록 크게 발전을 했는데, 짐이 자네 뜻을 따라주지 못할 이유가 어디 있겠나? 그런데 자네는 다 좋은데 책을 너무 안 읽어서 큰일이야. 타고난 천부적인 재능은 언제라도 그 밑바닥을 드러내 보이게 마련이야. 부단히 노력해 심신을 풍부하게 하지 않고는 치국안민治國安民에 오래오래 기여할 수 없다네. 듣자 하니 자네는 화가 나면 어른도 몰라보고 마구 욕지거리를 해댄다면서? 사실인가?"

옹정이 잘 나가다가 끝에 가서는 또다시 책을 읽으라고 질책하자 이위는 황송해하며 상체를 숙였다. 이어 뭔가 변명을 하려는 듯 입을 열었다.

"폐하께 아뢰옵니다! 폐하께서는 신을 인시人市에서 사오셔서 사람을 만들어주셨사옵니다. 그후로 폐하께서는 신이 커가는 모습을 다 지켜보셨사옵니다. 신의 뱃속에 뭐가 들어있는지 잘 알고 계실 것이옵니다. 신의 오늘날이 있기까지는 폐하의 은혜가 전부라고 해도 과언이 아니옵니다. 신은 거칠고 고집스럽기는 하옵니다. 급하면 욕설이 먼저 터져 나오는 것도 사실이옵니다. 그러나 어른도 몰라보고 몰상식하게 굴지는 않았사옵니다. 어떤 개자식이 그런 소리를 싸지르고 다니는지 모르겠사옵니다. 솔직히 어떤 자들은 폐하에 대한 경외심이 부족한 것 같사옵니다. 그것들이 폐하를 향한 큰 '상하'上下를 지키지 않는데 신이 왜 그자들에게 작은 '상하'의 격을 지키겠사옵니까? 지난번 조정의 일에 대해 의논을 하는 중에 잠깐 말씀 올렸듯이 호주湖州 도대인 호기항胡期恒은 폐하를 두고 '주량이 세다'라고 공공연히 떠벌리고 다녔사옵니다. 그게 어디 말이나 되는 소리이옵니까? 괜히 다른 소리가 하고 싶으니까 그런 가당치도 않은 말을 꺼내 주변의 반응을 떠보는 것이 아니겠사옵니까?"

옹정은 원래 술을 입에 대는 것조차 그다지 좋아하지 않았다. 명절 행사나 제사, 그리고 여러 신하들을 대동한 큰 연회석상에서가 아니면 가능한 한 멀리 하려고 노력했다. 때문에 그가 술과 고기를 즐기지 않는다는 사실을 모르는 사람은 거의 없었다. 그럼에도 밑에서는 가당치도 않은 소리를 마구 지껄이고 있었다.

순간 그는 잠깐 불쾌한 기분을 느꼈다. 그러나 이내 평상심을 회복하고는 다시 입을 열었다.

"호기항이라면 연갱요가 추천한 사람이 아닌가? 그가 어째서 그렇게 채신머리없이 군다는 말인가? 그밖에 또 뭐라고 떠들고 다니는 사람은 없는가?"

옹정의 질문에 이위가 습관처럼 귀밑을 긁으면서 대답했다.

"별다른 건 없었던 것 같사옵니다. 어제 공부에 잠깐 들렀더니 몇몇 낭관郎官들이 전문경을 매도하고 있는 것은 들었사옵니다. 눈먼 고양이가 죽은 쥐 만난 격으로 시운時運이 대통했다고 하더군요. 또 폐하께서 이번에 선발하신 탐화는 풍류를 즐기는 수준이 대단하다는 말도 하더라고요. 시퍼런 대낮에 객잔에서 기생을 불러 그짓을 하다가 발각됐다고 말이옵니다. 그 낭관들은 신이 아는 사람들은 아니었사옵니다. 신이 나타나자 금세 뿔뿔이 흩어져버리고 말았사옵니다."

옹정이 볼 때도 전문경은 그야말로 하루아침에 하늘을 나는 천마를 탔다고 할 수 있었다. 남 잘 되는 꼴 못 보는 인간들이 그런 사람을 험담하는 것은 본질적으로 인지상정이라고 할 수 있었다. 그러나 유묵림의 경우는 달랐다. 자신이 다 죽어가는 것을 도로 살려 놓았는데, 어찌 그럴 수가 있다는 말인가!

그는 생각할수록 기분이 나빴다. 결국 자리에서 벌떡 일어나면서 다소 불쾌한 어조로 말했다.

"오늘은 충분히 많은 얘기를 나눴네. 남쪽으로 내려갈 준비나 하게. 짐도 요즘 들어 부쩍 피곤해. 게다가 태후마마의 건강도 안 좋으시니 자네가 떠날 때 따로 접견할 수는 없을 것 같네. 계속해서 맡은 바 직무에 최선을 다해주기 바라네. 상주문도 자주 올려 보내게. 따로 지의를 내릴 테지만 아무튼 열심히 하게. 오, 그리고 자네 안사람이 짐과 황후에게 만들어보낸 신발이 아주 편했다고 전해주게. 황후는 워낙 욕심이 많은 사람이라 시간 날 때 두어 켤레 더 만들어보냈으면 하더군. 술에 담가 만든 대추도 치아가 성치 않은 태후마마가 드시기에는 무난하다다더군. 그것도 두어 항아리 보내도록 하게."

이위는 옹정이 한 마디씩 할 때마다 연신 머리를 조아리며 대답을 했다. 그러더니 어느새 자기도 모르게 눈물을 흘렸다. 그는 행여 옹정이 볼세라 얼른 소매로 눈가를 슬쩍 닦았다. 그러나 이미 때는 늦어서 그 모습을 본 옹정이 놀라며 물었다.

"자네, 왜 그러는가?"

"아니옵니다, 폐하. 잠깐 그때 일이 떠올라 그랬사옵니다."

이위는 급기야 조금씩 흐느끼기 시작했다. 하지만 겨우 말을 이어 갔다.

"내일 전문경을 보내고 나면 신도 배를 타고 금릉으로 떠날 예정이 옵니다. 이제 가면 언제쯤 다시 폐하를 뵐 수 있을는지……, 너무 그리울 것 같사옵니다. 송아지(주용성)가 살아 있었다면 얼마나 좋았을까요? 부질없는 생각이 잠깐 들었사옵니다."

옹정은 송아지 얘기가 나오자 급격히 심기가 불편해졌다. 겉으로 표현하지는 않았지만 가슴이 덜컹 내려앉았다. 그리고는 고개를 푹 숙이고 있는 이위를 힐끗 쳐다봤다.

송아지와 예전에 강아지라고 불렸던 이위는 둘도 없는 소꿉친구였고, 옹정은 둘을 함께 인시(人市)에서 사서 집으로 데려왔었다. 사실은 송아지가 똑똑함과 영민함에 있어서는 이위보다 훨씬 낫다고 할 수 있었다. 실제로 그는 이위가 취아와 정분이 나서 지방의 관리로 떠난 후 옹친왕부의 서재에서 옹정을 도와 기밀사무를 도맡아서 했다. 그러나 송아지는 옹정의 비밀스러운 일들을 너무나 많이 알고 있었다. 결국 옹정은 황제로 등극하기 전날 밤에 가슴을 도려내는 듯한 아픔을 감수하면서 그를 저 세상으로 보냈다. 그리고 그 사실은 영원한 비밀로 옹정의 가슴 속에 묻었다. 옹정은 이후 금방 잠에서 깨어난 듯 수더분한 송아지의 모습을 가끔씩 꿈속에서 만나고는 했다. 죄책감에 괴로워하기도 했다.

옹정은 이위가 느닷없이 꺼낸 송아지 이야기에 충격을 받았는지 한참 동안 묵묵히 생각에 잠겨 있더니 길게 한숨을 쉬었다.

"사람이 너무 똑똑해도 천지간의 조화(造化)를 범하는 화를 불러오게 되는 거야. 송아지는 너무 똑똑해서 요절한 것이지……. 아까운 인재였어. 그때 옹친왕부에는 일하는 사람이 수천 명씩이나 있었어도 참된 인재는 몇 안 됐어. 송아지도 잘못되지만 않았더라면 지금쯤 직급이 자네 못지않을 텐데……. 후유, 다 타고난 팔자소관이 아니겠는가!"

옹정이 감개무량한 듯 말했다. 이어 창문 쪽으로 걸어가더니 우울한 목소리로 덧붙였다.

"지나간 얘기는 더 이상 꺼내지 말게. 자네도 이제 그만 물러가게."

"예, 폐하!"

이위가 어딘지 질책하는 듯한 옹정의 말에 황급히 대답했다. 사실 그는 송아지의 급사가 아직까지도 도무지 이해가 되지 않았다. 순간적으로 머릿속에 무서운 생각이 스치고 지나가기도 했다. 그러나 그는 애써 머리를 내저으면서 집요하게 떠오르는 나쁜 생각을 떨쳐버리려고 발버둥을 쳤다. 자신들을 구해준 은인과 송아지의 죽음을 연결 짓는다는 것 자체가 송구스러웠던 것이다. 더구나 자신은 한사코 송아지가 '박복'한 탓에 급사했을 것이라고 굳게 믿으면서 마음을 달래 오지 않았던가. 이위는 옹정이 그랬듯 자신도 다시는 송아지 얘기를 입 밖에 꺼내지 않으리라 다짐하면서 머리를 조아렸다. 과연 태감 고무용의 말대로 머리가 땅바닥에 닿는 순간 소리가 궁전을 진동시키고 있었다.

옹정은 이위가 물러가자 곧바로 종수궁에 있는 작은 불당으로 향했다. 그곳에는 자신이 부른 공령대사가 있었다. 공령대사는 북경에 들어온 지 이미 열흘이 넘고 있었다. 그 사이 윤지, 윤우, 윤사, 윤상 등 여러 황자들의 왕부들을 두루 방문한 바 있었다.

그의 등장은 큰 화제를 불러 일으켰다. 북경에 나한羅漢이 출현했다는 소문이 날개 돋친 듯 파다하게 퍼져나갔다. 강서성에서 호기항이 먼저 시험해본 결과도 놀라웠다. 바람과 비를 부르는 재주가 검증된 것이다. 그뿐만이 아니었다. 백약이 무효라고 하던 윤우의 다리 병 역시 공령대사가 앞에서 경을 읽고 손으로 한 번 만져주자 즉시 나았다고 했다. 윤지를 비롯한 네 명의 왕이 합의하에 공동으로 밀주密奏를 올려 공령대사에게 태후의 병을 고치도록 기회를 주라고 했던 것은 바로 그 때문이었다.

스스로 '원명거사'圓明居士라고 자처하는 옹정은 원래 오래 전부터 불교에 귀의한 독실한 신도였다. 그의 체신替身(불문에 들어갈 사람을 대신해 승려가 되는 것)인 문각 스님 역시 당대의 대사로 부족함이 없었다. 그러나 그는 공령대사를 부른 것에 대해서 부담이 없지는 않았다.

사실 여가가 있을 때 불가의 경전에 일가견이 있는 신하들과 참선에 대해 의견을 나누거나 기봉어機鋒語(깨달음을 얻게 하는 말)를 들먹이는 것은 아무런 문제가 되지 않았다. 하지만 지엄한 조정의 묘당에서 대놓고 복을 빈다는 것은 말이 안 되는 얘기였다. 자칫 하면 갖은 유언비어를 만들어낼 수도 있었다. 뿐만 아니라 사관들로부터 매서운 일격을 당할지도 몰랐다.

옹정은 바로 그런 두려움 때문에 공령대사가 궁으로 들어와 기복행사를 하는 3일 동안 줄곧 모습을 보이지 않은 채 문각 스님으로 하여금 그를 대신 접대하도록 배려했다. 그럼에도 불구하고 옹정은 조금 전 자녕궁에서 병세가 다소 호전된 태후를 만나보고 나니 공령대사의 정체에 대한 궁금증이 불쑥 커졌다.

'진짜 부처일까 아니면 한낱 강호의 사기꾼에 불과할까?'

옹정은 내내 그런 생각을 품은 채 종수궁에 도착했다. 수레에서 내린 그는 태감들에게 자신이 왔다는 것을 고하지 못하게 조용히 시킨 후 뒷짐을 진 채 천천히 불당으로 향했다. 마침 마제가 불당을 나서고 있었다. 옹정이 그에게 물었다.

"자네는 여기 무슨 볼일이 있었던 건가?"

"폐하, 신은 상서방으로 돌아가려던 참이옵니다. 폐하께서는 부디 용서해주시길 바라옵니다. 신은 엄연한 공자의 문생이옵니다. 빡빡이 노새(스님을 비하하여 하는 말)들이 노는 방식에는 관심이 없사옵니다."

마제가 대단히 기분 나쁜 얼굴 표정을 하고는 머리를 조아리면서 대답했다. 옹정은 그의 말이 끝나기 무섭게 말없이 불당 안을 힐끔 들여다봤다. 수십 명은 더 될 것 같은 사람들이 옹기종기 모여앉아 있었다. 옹정이 붉으락푸르락한 얼굴을 한 채 심각하기 이를 데 없는 모습을 하고 있는 마제를 향해 피식 웃음을 흘렸다.

"자네는 그 빡빡이 노새 때문에 화가 난 것인가, 아니면 짐에게 불만이 있는 것인가? 자네가 이런 것을 믿지 않는다는 사실을 잘 알고 있네. 그래서 짐이 자네에게 반드시 오라고 강요하지는 않았잖아? 장정옥은 공자 문생이 아니라서 저기 저러고 있겠는가? 그리고 손가감을 비롯해 이번 시험의 장원, 방안, 탐화도 다 모여 있구먼? 다들 아무렇지도 않은데 왜 자네만 그렇게 싫은 티를 내고 그러나? 그냥 놀이라 생각하고 먼발치에서 구경해도 나쁠 것은 없지 않겠나?"

마제는 옹정의 권고에도 거친 숨을 몰아쉬고는 자신의 주장을 굽히지 않았다.

"폐하께서도 놀이라고만 생각하신다면 신은 달리 할 말이 없사옵니다. 하오나 신은 확실히 이보다 더 중요한 일이 있기 때문에 가는 중이옵니다. 방포 선생께서 지금 폐하의 창춘원 서재에서 신이 재작년에 선제께 올렸던 건의문 원본을 찾아줬으면 하고 부탁을 했사옵니다. 각 지역에 의창義倉(빈민 구휼 창고)을 만들자고 했던 그 건의문 말이옵니다. 또 산동성의 이재민들에게 아직 오만 냥을 더 보내야 하기 때문에 호부에 빨리 처리해주라고 지시를 해야겠사옵니다. 폐하께서 반드시 여기 있어야 한다고 명령하시면 신은 당연히 지의에 따르겠사옵니다. 그러나 솔직히 신이 보기에는 어린아이들의 소꿉장난을 보는 것 같아 유치하기 이를 데 없사옵니다."

마제의 말에는 적당히 뼈가 있었다. 하지만 그렇게 자극적이지는 않았다. 그래서일까, 옹정이 무턱대고 면박을 줄 수도 없는지 잠시 생각하더니 웃음 띤 얼굴로 말했다.

"소가 물을 마시지 않는다고 억지로 머리를 물통에 쑤셔 박을 수는 없지 않겠는가? 더 요긴한 일이 있다니 어서 가보게."

말을 마친 옹정은 곧 불당의 천정天井(뜨락)으로 들어섰다. 그 자리에는 약 30~40명의 관리들이 모여 있었다. 거의 대부분이 각 부원에서 평소 참선에 관심이 많던 불교 신자들이었다. 그들은 문각 스님과 공령대사로부터 불교의 경전에 대한 설명을 듣는 듯 엄숙한 표정을 지은 채 귀를 바짝 기울이고 있었다. 어느 누구도 옹정이 들어서는 것을 눈치 채지 못했다. 옹정은 불당의 집사 태감이 두 대사에게 찻잔을 올리는 모습을 보고는 경전에 대한 해석이 끝났다는 생각에 앞으로 다가가려고 했다. 그때 갑자기 관리들 중에서 누군가가 크게 웃으면서 말했다.

"본전 생각이 나는군요. 저는 그래도 두 분 큰스님께서 무슨 대단한 실력이 있는 분들인 줄 알고 눈에 힘을 팍 주고 들었어요. 그런데 별것 아니네요! 두 분이 도를 깨우친 큰스님이라면 저는 스무 몇 해 전에 벌써 두 분의 스승으로 불렸어도 손색이 없었을 거예요."

좌중 사람들의 이목이 일제히 안하무인의 호언장담을 한 관리에게 화살처럼 날아가 꽂혔다. 가장 상석에 앉아 있던 장정옥 역시 그를 향해 눈길을 돌렸다. 그 말을 한 사람은 모든 사람의 이목이 자기에게 쏠림에도 불구하고 얼굴 가득 조소를 띠운 채 미동도 하지 않고 있었다.

옹정은 호기심이 동한 듯 사람들 틈으로 그를 눈여겨봤다. 그는 다름 아닌 행실이 단정하지 못하다고 소문이 났던 유묵림이었다. 은과에 탐화로 합격한 바로 그자였다. 순간 옹정은 미간을 찌푸렸다. 그때 참선을 하고 있던 공령대사가 카랑카랑한 목소리를 토해냈다.

"이보게 거사, 나는 그대의 이름은 모르오. 그러나 문성文星이 대단히 높은 수재라는 것은 알고 있소. 올해 탐화로 선발된 수재라는 것 역시 모르지 않소. 납자衲子(승려가 자신을 낮추는 말)가 잘못 본 것은 아니지요?"

옹정은 이번에는 공령대사를 눈여겨봤다. 까맣고 바싹 마른 반질반질한 얼굴이 손을 대면 쇳소리가 날 것처럼 단단해 보이는 승려였다. 누런 장삼 겉에 붉은 가사를 꺼입은 차림을 한 그는 빗자루 모양의 희끗희끗한 눈썹 밑에 움푹하게 들어간 두 눈이 섬뜩할 정도로 형형한 것이 특징이었다. 그가 천천히 합장을 하면서 말을 이었다.

"거사께서는 어떤 가르침을 주시겠소?"

"나는 폐하께서 친히 선발하신 탐화요. 어화원에서 꽃을 달았을 뿐만 아니라 경림원에서 술을 하사받았어요. 또 장안가에서 과관夸官(합격자로서 가두행렬을 하는 것)까지 하는 영광을 받았죠. 북경의 백성 수천, 수만 명이 다 보는 앞에서 말입니다. 스님도 그 수천, 수만 명 중의 한 사람이었으면 그 정도 아는 것을 가지고 뭐 그리 대단하게 생각할 것은 없지 않겠어요? 나는 방금 스님이 묘어妙語라고 자신 있게 해설한 내용을 들었어요. 그러나 하늘에서 꽃잎이 분분히 떨어지지 않고 땅에서는 완석頑石(자연석 또는 돌멩이)이 고개를 끄덕이지 않더군요. 그런 것으로 봐서 진짜 천지를 감화시키는 삼승三乘의 진정한 삼매경의 경지에는 도달하지 못한 것이 아닌가 하는 생각을 했어요. 하지만 단지 그뿐이지 큰스님께 가르침을 줄 실력은 아닙니다."

유묵림이 눈썹을 치켜 올린 채 대답했다. 공령대사는 그의 말을 들고는 눈을 스르르 감았다. 이어 오래도록 말이 없더니 드디어 한참 후에 입을 열었다.

"거사는 부귀를 다 누린 사람이고, 나는 청정한 문생이오. 그러니 당연히 거사는 무엇이 진짜 삼승의 진정한 삼매경인지를 모를 것 아니겠소!"

"이래 봬도 나는 책을 만 권 이상 읽었습니다. 삼분오전三墳五典(삼황오제三皇五帝 시대의 책)과 팔색구구八索九丘(팔괘八卦와 구주九州의 지리地理에 관한 책)를 두루 다 섭렵했습니다. 또 천구하도天球河圖(천문과 역법), 금인옥불金人玉佛(도교 및 불교) 등에 대해서도 모르는 것이 없습니다. 그런데 어찌 삼승의 진정한 삼매경과 관계가 없다는 말입니까?"

좌중의 사람들은 신참 탐화의 안하무인에 크게 놀라지 않을 수 없었다. 저마다 경악스럽다는 표정이었다. 그들 중에는 한림원 시강侍講들 틈에 끼어 앉은 서건학의 아들 서준도 있었다. 당연히 그는 공령대사가 버럭 추상같은 화를 내기를 은근히 바라고 있었다. 더 나아가 주문을 외워 이 건방진 괴짜 선비의 목숨을 앗아버렸으면 하는 바람을 내심 가지고 있었다.

반면 가장 상석에 자리 잡은 장정옥은 유묵림이 더 크게 떠들기를 바라마지 않았다. 그만 쓸데없는 자리를 파하게 했으면 좋겠다는 생각이었던 것이다. 물론 도가 지나쳐 옹정의 화를 돋우지는 않을까 하는 걱정을 하지 않은 것은 아니었다. 때문에 주위의 시선을 의식해 막 유묵림에게 일갈을 하려고 했다. 바로 그때 맨 뒤에 서 있는 옹정이 그의 눈에 들어왔다.

그는 재빨리 입을 다물고는 일부러 팔다리를 주무르면서 천천히 자리에서 일어나 옆쪽 한편으로 물러섰다. 옹정을 발견한 이상 자리에 그냥 앉아 있을 수 없었으니 그래야만 했다.

아무려나 예기치 않던 무례한 도전에 직면한 공령대사는 난감한 모양이었다. 그예 상석에 앉아 있던 문각에게 구원을 바라는 눈빛을 보냈다. 그러자 문각이 합장을 한 채 무표정한 얼굴로 말했다.

"이보게 탐화 거사, 그대는 혹시 삼승의 경지에 들려면 먼저 육근六根을 잘라내야 한다는 걸 알고 있소이까?"

"육근이라는 것은 안이비설신의眼耳鼻舌身意를 뜻하는 것이 아닙니까? 나는 이 여섯 가지가 설사 없더라도 변발辮髮이라도 있습니다. 그러나 스님들은 머리도 빡빡 밀었으니 육근이 없으면 어떤 모습일까요? 전혀 상상이 가지 않네요."

유묵림이 조소 어린 표정을 한 채 문각에게도 일갈을 퍼부었다. 문각이 옹정의 '체신'이라는 사실을 전혀 모르고 있었으니 그럴 수밖에 없었다.

좌중의 사람들은 긴장된 표정을 한 채 유묵림의 말을 곰곰이 음미해보는 것 같았다. 그러더니 하나같이 몰래 입을 감싸쥔 채 돌아앉아 웃음을 터트렸다.

그러나 문각은 그럴 수가 없었다. 누가 뭐라고 해도 자신은 황제의 체신이어서 재상에서 백관에 이르기까지 모두가 깍듯이 예의를 갖춰 대하는 스님이 아닌가. 그 역시 그런 대접에 그동안 익숙해져 있었다. 그런데 그런 자신이 오화산에서 특별히 초청해온 공령대사 앞에서 일개 신참 진사 합격자에게 야유를 당하고 있었으니 기분이 좋을 턱이 없었다. 그러나 그는 애써 웃음을 짓는 여유를 보이면서 공령대사를 향해 말했다.

"대사, 대사께서는 선어禪語에 대한 해석이 시원찮으니 내가 대단하신 유묵림 거사에게 한 수 배워볼까 합니다!"

"아미타불 관세음보살!"

유묵림이 계속 오만한 자세로 좌중의 사람들을 향해 어릿광대짓을 해보였다. 그리고는 합장한 다음 다리를 포개고 앉은 채 말했다.

"대환영이에요. 큰스님께서 내려와 같이 놀아준다면 기꺼이 응해야죠!"

20장
옹정의 마음을 사로잡은 유묵림

　문각은 공령대사와 마찬가지로 누런 납의와 붉은 가사를 걸친 채 천천히 계단을 내려왔다. 이어 유묵림을 마주하고 좌정했다. 그는 바싹 마른 공령대사와는 모습부터가 달랐다. 굵은 눈썹과 흰 턱수염 사이로 붉은 빛이 얼굴에 그득한 것이 완전히 도골선풍道骨仙風이 따로 없었다. 온몸에서 기품이 흘러넘쳤다. 그가 곧 유묵림을 향해 합장을 하고는 머리를 약간 숙여 보였다. 이어 단도직입적으로 말했다.

　"거사께서는 삼승三乘의 경지에 이르려면 먼저 육근六根을 없애야 한다는 것을 잘 알고 있는 것 같소. 그렇다면 묻고 싶소. 어떻게 하면 무안법無眼法에 이를 수 있겠소?"

　문각의 말이 떨어지기 무섭게 유묵림이 기다렸다는 듯 대답했다.

　"주렴이 너무 촘촘하여 뜰 안의 꽃구경도 시원치 않고, 누각이 너무 높아 그곳에 앉은 두 마리 제비를 쳐다보기도 두렵구나!"

관리들 중에서 몇 사람이 박수갈채를 보냈다. 유묵림의 순발력과 재기 넘치는 대응에 감탄한 듯했다. 문각은 그럼에도 전혀 기죽지 않고 계속 공세를 취했다.

"그러면 무이법無耳法은?"

"강적羌笛(서북 변방의 소수민족인 강족羌族의 전통 피리) 소리에 버드나무 소스라치지 않게 하리니, 퉁소 부는 이 봉황을 건드리지 말지니!"

"무비법無鼻法에 대해서도 한 말씀을 하시겠소?"

"난초蘭草가 왕의 기운을 거부하듯 하고, 어머니가 딸의 향기를 분간하지 못하듯 하니."

"그렇다면 무설법無舌法은?"

"다행히 내가 흑옥黑獄(중죄인을 가두는 감옥)을 갈아엎지 않았는데, 무슨 일로 청련靑蓮이 혀를 내밀까?"

"무신법無身法은 어떻게 하는 거요?"

"서시西施(춘추전국시대의 미인)와 뒹굴고 싶은 불결한 마음이 없고, 소련小憐(북제北齊시대 후주後主 고위高緯의 비빈인 풍소련馮小憐)을 욕되게 하고픈 마음도 없네."

"그러면…… 무의법無意法은?"

"정情을 버리지 않고 마음 속 장애물이 없다면 영대靈臺에 오르는 데는 지장은 없나니!"

유묵림은 숨 쉴 틈도 주지 않고 마구 들이대는 문각의 속사포 같은 질문에도 전혀 당황하지 않았다. 불가佛家의 육근단법六根斷法을 적절한 시구로 간단명료하게 답변했다. 추호의 머뭇거림도 없었다.

옹정은 그의 거침없는 대응을 지켜보다 신참 탐화에 불과한 그에게 완전히 마음을 빼앗기고 말았다. 언제 "짐의 명성을 더럽혔다"면서 심기가 불편해 있었는지 의심스러울 정도였다. 그가 흐뭇한 표정을 지은 채 연신 고개를 끄덕이면서 보기 드문 풍류인물이 탄생했노라고 흡족해하고 있을 때였다. 갑자기 웃음을 머금은 유묵림의 목소리가 좌중에 울려 퍼졌다.

"큰스님, 지나치게 난처해할 것은 없어요. 방금 얘기했듯 그냥 심심풀이로 놀이를 했을 뿐이에요. 나는 워낙 총명한 사람이라 바보들과는 상종을 하지 않아요. 그런데 특히 스님들과 시간 보내는 것을 제일 싫어하죠. 겨뤄서 이겨봤자 어디 가서 자랑할 가치도 없고 해서 말이에요. 더구나 지면 세상의 웃음거리가 되기도 하니까요!"

"거사의 거만함은 도를 넘는구먼."

공령대사가 갑자기 눈을 번쩍 뜬 채 유묵림을 뚫어지게 바라봤다. 눈빛이 예사롭지 않았다. 이어 그가 다짜고짜 물었다.

"거사는 자신이 총명하다는 사실을 자부하고 스님을 바보 같다고 했소. 그 이유를 말해줄 수 있겠소?"

공령대사는 문각이 유묵림을 상대하기에는 많이 부족하다는 생각에 본인이 직접 나선 듯했다. 말 속에 적대적인 감정과 함께 꼭 이기고 말겠다는 의지가 담겨 있었다. 그러나 공령대사의 물음에도 유묵림은 어렵지 않게 답을 했다.

"큰스님, 혹시 《전등록》傳燈錄을 읽어봤습니까? 그 옛날에 오조五祖(중국 선종 5대 조사) 홍인弘忍이 가사를 입고 출가하면서 오백 제자들 중에서 가장 미련한 사내를 택해 불법을 전수시키라는 당부를 했어요. 그로부터 금련법계金蓮法界는 똑똑한 사람들이 발을 들여놓는 곳이 아니라고 했어요. '미련한 사내'라는 것은? 바로 바보를 뜻하는 것이죠!"

유묵림이 말을 마치고는 고개를 뒤로 젖힌 채 크게 웃었다. 공령대사는 더 이상 인내하기 어려운 상황이라고 생각했다. 목의 핏줄이 시뻘겋게 굵어지면서 얼굴이 붉으락푸르락 변하기 시작했다. 이어 매서운 눈길로 유묵림을 노려보고는 합장을 한 채 중얼거렸다. 이른바 육자진언六字眞言이었다.

"옴…… 마…… 니…… 반…… 메…… 홈……."

공령대사의 주문이 채 끝나기도 전이었다. 갑자기 놀라운 일이 벌어졌다. 금세 갈기를 세운 채 매서운 발톱을 치켜들고 할퀴려 들 것 같은 공령대사의 표정에도 여전히 조소 어린 웃음을 거둘 줄 모르던 유묵림이 서서히 안색이 굳어진 것이다. 이어 온몸의 피가 어디론가 증발해 버린 듯 얼굴이 백지장처럼 하얗게 질렸다. 그리고는 눈 깜짝할 사이에 짤막한 신음소리와 함께 썩은 나무가 밑동째 무너지듯 쿵! 하고 뒤로 넘어갔다. 그러더니 완전히 꼼짝달싹 못했다. 좌중의 사람들은 순식간에 일어난 일인지라 어떻게 된 일인지 의미를 알 수 없어 모두들 멍하니 바라보았다.

잠시 후 장내는 펄펄 끓는 기름가마처럼 들끓기 시작했다. 왕문소와 윤계선 등 진사들은 허둥지둥 달려나와 유묵림의 맥을 짚어보고 숨을 쉬는지 확인했다. 또 인중을 눌러보기도 했다. 그러나 유묵림에게서는 전혀 생기를 찾아볼 수가 없었다. 정말로 숨이 넘어간 것 같았다. 사람들은 경악을 금치 못한 채 한데 엉켜 돌아가면서 어찌할 바를 몰라 했다.

"요승妖僧(요망한 승려) 같으니라고! 출가인의 행각이 고작 이거야?"

윤계선이 거품을 문 채 고함을 질렀다. 그러자 왕문소가 따라서 큰소리를 쳤다.

"폐하로부터 천자검天子劍을 받아와서 이 빡빡이 노새의 목을 쳐야 해!"

장정옥은 사태가 악화일로를 치닫자 다급해지지 않을 수 없었다.

옹정에게 다가가서는 무릎을 꿇고 머리를 조아리면서 아뢰었다.

"신이 지의를 청하옵니다. 공령대사는 감히 궁궐에서 요술을 부려서 조정의 관리를 암살했사옵니다. 그 죄는 결코 용서받을 수 없사옵니다. 한시바삐 순천부로 넘겨 엄중하게 처벌해야 할 줄로 생각하옵니다!"

좌중의 관리들은 장정옥의 말을 듣고서야 비로소 그동안 옹정이 자신들을 오래도록 지켜보고 있었다는 사실을 알아차렸다. 당연히 한 무리의 새들이 날갯짓을 하면서 날아오르듯 후드득 소리를 내며 일제히 무릎을 꿇었다. 그러나 옹정은 그에 상관하지 않고 말없이 혼절한 유묵림에게 다가가서는 그를 살펴보고 눈을 지그시 감은 채 좌정하고 있는 공령대사를 향해 물었다.

"자네가 요술을 부려 이 사람을 죽인 것이 맞나?"

"아미타불! 유 거사는 삼보三寶(불佛, 법法, 승僧을 일컬음)를 욕되게 해 벌을 받은 것이니 빈승과는 무관하옵니다!"

공령대사가 감은 듯 눈꺼풀을 내린 채 합장한 후 대답했다. 그러자 옹정이 차가운 얼굴로 말했다.

"아무리 삼보를 욕되게 했기로서니 목숨을 함부로 빼앗으면 안 되지. 자네는 이미 국법을 범했어. 살인을 하면 상명償命(자신의 목숨으로 갚아야 한다는 뜻)해야 한다는 도리를 모르지는 않겠지?"

옹정의 말이 끝나기 무섭게 공령대사가 눈을 뜨고는 그를 힐끗 바라봤다. 이어 슬그머니 웃으면서 대답했다.

"인주人主(황제를 뜻함)의 처벌에 맡기겠사옵니다!"

"과연 요승이라는 소리를 듣는 사기꾼답군! 여봐라, 기름가마를 가져와서 이 더러운 가죽을 튀겨 내거라!"

옹정이 소름 끼치는 냉소를 흘리면서 좌중에 지시를 내렸다.

"예, 폐하!"

몇 명의 태감들이 황급히 대답하고는 서둘러 움직이기 시작했다. 그러나 갑자기 사람을 튀길 수 있는 '기름가마'를 어디서 구해온다는 말인가? 그들은 잠시 경황없이 망설이다 급기야 어선방으로 달려갔다. 그리고는 돼지를 잡을 때 사용하는 큰 가마솥을 들고 왔다. 이어 커다란 돌멩이 몇 개를 가져다 받쳐 놓은 다음 그 밑에 장작을 높다랗게 쌓아 불을 지폈다.

잠시 후 시뻘건 불길이 날름거리면서 가마솥 엉덩이를 탐욕스레 핥기 시작했다. 곧 타닥타닥 장작 타는 소리와 함께 가마솥을 가득 채운 기름 끓는 소리가 나기 시작했다. 좌중의 사람들은 너 나 할 것 없이 사색이 된 채 온몸을 덜덜 떨고 있었다. 이제 곧 참극이 벌어질 판이었으니 그럴 만도 했다. 더구나 옹정의 냉혹한 표정은 풀릴 줄을 몰랐다. 공령대사가 곧 기름에 튀겨질 것이라는 확실한 사실을 예고하는 표정이었다.

순간 장정옥이 옹정의 발밑에 털썩 무릎을 꿇었다. 이어 창백한 얼굴을 든 채 간청하듯 아뢰었다.

"폐하! 신이 간청 드리옵니다!"

"뭔가?"

"우리 대청大淸은 유학儒學으로 천하를 다스려 왔사옵니다. 그럼에도 폐하께서는 불교를 숭상하셔서 불가에 귀의하셨사옵니다. 반면 소신은 폐하께서도 아시다시피 스님을 궁으로 불러들이는 것에 대해 겁 없이 반기를 들었던 사람이옵니다. 그러나 태후마마를 위해 복과 장수를 빌어 효도를 다하려는 폐하의 정성에 감화돼 신은 황명皇命에 따르지 않을 수 없었사옵니다……."

"그래서?"

"요술로 조정의 관리를 죽음에 이르게 한 행위는《대청률》제 삼십이 조 십사 항을 범한 죄이옵니다. 관련 아문에 넘겨 그 죗값을 치르게 하는 것이 원칙이라고 생각하옵니다. 만약 폐하께서 형벌을 가하지 않게 되면 천하 후세들에게 오명을 남기게 되옵니다. 또 이와 비슷한 경우에 직면했을 때 그들의 판단을 흐리게 할 수 있사옵니다. 바람직하지 않다고 생각하옵니다!"

장정옥의 말은 구구절절까지는 아니었으나 대체로 일리가 있는 말이었다. 궁중에 요술을 부리는 승려를 불러 들였다는 자체가 우선 시시비비를 불러일으키기에 충분했다. 또 죄상의 경중을 막론하고 죄를 지은 범인은 무조건 형부로 넘겨야 하는 것이 원칙이었다. 옹정은 잠시 고민하지 않을 수 없었다. 바로 그때 어느새 자리에서 일어선 공령대사가 펄펄 끓는 기름가마 주위를 한 바퀴 돌더니 웃음 띤 얼굴로 말했다.

"문각대사, 자네 선종禪宗의 문중에서는 적멸寂滅을 근본으로 하는 걸로 알고 있소. 그런데 벌렁벌렁 기름 튀는 소리를 듣고 있는 소감은 어떠하오?"

문각은 공령대사가 주술을 읊은 이후부터 정신을 차리지 못한 채 어쩔 줄을 몰라 했다. 그럼에도 당사자인 그가 자신과는 무관한 듯 대수롭지 않게 법문의 종파宗派를 따지려 들자 화가 치밀었다. 그가 황급히 합장을 한 채 대답했다.

"큰스님은 이미 큰 죄를 범했소! 탐진치貪嗔痴(탐욕과 성냄, 어리석음)는 석문釋門의 삼계三戒인데, 이를 범하고 윤회에 들게 됐으니……. 어서 빨리 탐화 저 선비를 구해내지 않고 뭘 하는 거요?"

"이 정도의 평범한 불로 빈승의 가죽을 튀겨낼 수 있을는지 모르겠소. 아무튼 그대가 방금 한 말 가운데에서 '진'嗔의 죄는 내가 확실히 범한 것 같소."

공령대사가 히죽 웃더니 갑자기 소매를 걷어붙였다. 이어 팔을 기름가마 속으로 깊숙이 집어넣었다. 좌중의 사람들은 순간적으로 일제히 숨을 들이마시면서 고개를 돌렸다. 참혹한 장면을 차마 볼 수 없었던 것이다.

그러나 공령대사에게는 아무 일도 일어나지 않았다. 그저 중얼중얼 경을 읽으면서 아예 두 손으로 기름가마 속을 휘저었다. 뭔가를 찾는 듯했다. 그러기를 얼마나 했을까. 공령대사가 기름을 뚝뚝 떨어뜨리면서 두 손에 잡고 건져 올린 것은 살짝 누르면 바로 파란물이 뚝뚝 떨어질 것 같은, 뿌리와 잎사귀가 싱싱한 연꽃 한 송이였다.

옹정은 순식간에 벌어진 사태에 할 말을 잃었다. 눈이 어지럽고 정신이 혼란스러웠다. 그러나 공령대사는 옹정의 마음을 아는지 모르는지 미소를 지은 채 두 손으로 연꽃을 고이 받쳐 들고 말했다.

"불속에서 청련靑蓮을 건져 올릴 수 없다면 어찌 불법승佛法僧을 삼보三寶라고 할 수 있겠사옵니까? 이 연꽃은 폐하께서 하사하신 것으로 알고 기꺼이 받겠사옵니다!"

옹정이 안색이 하얗게 질린 채 한참을 머뭇거렸다. 그러더니 바로 합장을 하고는 예의를 갖추었다.

"대사께서는 그야말로 명실상부한 활불이오. 짐은…… 대사의 법력을 시험해보기 위해 부득이 이런 하책下策을 강구했던 거요. 활불께서 자비로운 마음으로 이해해 줬으면 하는 바람이오. 다만 유묵림이 사람은 유능한 인재요. 그게 조금……."

"염려하지 마시옵소서."

공령대사가 크게 웃으면서 덧붙였다.

"청수淸水 한 그릇 떠오게!"

그러자 태감 한 명이 날아가듯 달려가서는 옥사발에 청수를 한가득 떠다 공령대사에게 건네줬다. 그가 곧 연꽃을 품속에 넣은 채 천천히 걸어갔다. 다시 입으로는 연신 "옴마니반메훔……"을 중얼거렸다. 그러더니 갑자기 물 한 모금을 입안에 넣었다. 이어 유묵림의 머리에 "푸우! 푸우!"하는 소리를 내면서 내뿜었다. 그에 이어 게송偈訟을 읊기 시작했다.

할!
성냄은 부질없는 것!
탐화도 스님도 영대靈臺 길에 오르면 별것이 아니거늘.
모든 것은 마음먹기 달렸으니 화내지 말고 따지지 마라.
저런? 쥐가 자라목을 하고 고양이를 피해 도망가는구나!

공령대사가 다시 합장을 하고는 육자진언을 읊기 시작했다. 그러자 그 사이 놀랍게도 숨이 간당간당하던 유묵림이 천천히 몸을 털고 일어났다. 마치 깊은 잠에서 깨어난 듯한 모습이었다. 그가 눈을 비비면서 어리둥절한 표정으로 물었다.

"내가 왜 여기 이러고 있지?"

좌중의 모든 사람들은 그의 말을 듣고서야 비로소 안도의 한숨을 내쉬었다. 옹정 역시 자상한 미소를 지은 채 말했다.

"자네는 귀문관鬼門關 앞까지 갔다 온 사람이네. 대사께서 불러주신 덕분에 다시 이승으로 돌아올 수 있었던 거야. 그래도 우리 부처님께 귀의하지 않을 텐가?"

유묵림은 옹정의 목소리를 듣고서야 비로소 상황을 파악했다. 그리고는 혼비백산한 얼굴을 하고는 길게 엎드린 채 머리를 조아렸다.

"삶과 죽음은 운명에 달려 있사옵니다. 또 부귀는 하늘에 달려 있다 했사옵니다. 그러니 불문이 무슨 재주로 생사를 좌우할 수 있겠사옵니까? 신은 오늘 아침 황급히 궁으로 들어오느라 밥도 못 먹었습니다. 게다가 워낙 허약한 체질이라 땡볕에서 장시간 있다 보니 잠깐 더위를 먹었을 따름이옵니다. 신은 엄연한 성인聖人의 문생으로서 죽는 한이 있더라도 석문釋門에는 들지 않을 것이옵니다!"

유묵림의 말은 고집스럽다고 하기에는 너무나 무모하고 당돌했다. 그러나 옹정은 그의 대답에 오히려 더 높은 점수를 주었다. 얼마 후 그가 허허 웃으면서 말했다.

"자네, 육자진언의 위력을 한 번 더 맛봐야 하겠구먼?"

옹정의 농담에 좌중의 사람들이 와! 하고 웃음을 터트렸다. 옹정 역시 흐뭇한 표정을 한 채 따라 웃었다. 그러다 갑자기 정색한 얼굴로 덧붙였다.

"짐이 보기에 유묵림 자네는 진짜 명사가 되기에 손색이 없는 인물이네! 내일부터 군기처로 옮겨가서 일하게. 조서를 작성하기도 하고 주장奏章을 올려 보내기도 하고!"

유묵림은 바로 그날부터 즉시 한림원에서 책을 편찬하던 일을 마감하고 준비를 마친 후 군기처로 들어갔다. 이후 옹정은 때때로 그를 불러 자문을 구했다. 책이라면 통하지 않는 구석이 없는 그의 영민함과 예지를 높이 평가한 것이다. 또 한적할 때면 방포, 마제, 융과다와 함께 유묵림을 불러 바둑을 두거나 낚싯대를 드리워 놓은 채 즉흥시를 읊조리기도 했다. 창춘원을 비롯해 비방박飛放泊, 남해자南海子, 만수산萬壽山 등 주변의 명승고적들을 두루 찾는 경우도 있었다. 유묵림은 그때마다 자신의 위치를 알고 정신을 가다듬고는 조심스럽게 맡은 바 직분에 최선을 다했다. 옹정의 시중을 드는데 있어서도 빈틈이 없었다.

그 무렵 서부 전선에 나가 있던 연갱요는 행원行轅을 감주甘州에서 서녕西寧으로 옮겼다. 그러자 자연히 군무軍務가 번잡해졌다. 호부, 병부와 행원 사이에서 오간 직주문直奏文이 하루에도 열 몇 건이 넘을 정도였다. 이것들은 모두 윤상과 윤제의 합의를 거쳐 원본과 함께 유묵림에 의해 양심전이나 장정옥에게 넘겨졌다. 옹정은 늘 일의 크고 작음을 따지지 않고 이들 각종 상주문을 모두다 직접 읽고 챙겼다. 덕분에 유묵림은 하루에도 수십 번씩 황제, 재상, 친왕들 사이를 왔다 갔다 하면서 육부 관리들의 이목을 한 몸에 받게 됐다. 완전히 구름 위를 나는 신흥 실력자로 급부상하게 된 것이다.

당연히 유묵림의 주위에는 항상 많은 사람들이 들끓었다. 그는 그 생활이 피곤하고 힘들었다. 그러나 자신을 향해 추파를 던지는 사람들이 있다는 사실이 싫지는 않았다. 그저 한 가지 걱정이 있다면 하룻밤 운우지정으로 평생을 기약한 소순경이 아직 천적賤籍을 벗어나지 못하고 있다는 사실이었다. 또 서준 일당과의 관계 때문에 혼사를 치르지 못하고 있는 것도 그로서는 가슴 아픈 일이었다.

어느새 5월에 접어들었다. 더위가 서서히 기승을 부리기 시작했다. 아마도 그래서 5월을 '독월'毒月이라고도 불렀던 모양이었다. 때문에 사람들은 온갖 일을 처리할 때마다 기를 쓰고 이 달 만큼은 피해가려고 했다.

그런 기회를 북경 일대의 각 사찰들이 놓칠 까닭이 없었다. 이 무렵 절을 찾아오는 시주施主나 단월檀越(시주와 비슷한 의미)들에게 소분표疎焚裱(액땜을 해주게 한다는 소매 같은 것)를 팔아먹고는 했던 것이다. 호들갑을 떠는 궁중의 사람들이나 민간의 백성들도 마찬가지였다.

너 나 할 것 없이 옷가지와 이불을 햇볕에 말리거나 모기장을 뜯어 빠는 등 대청소를 했다. 또 천사天師의 부적을 집 곳곳에 붙이거나 사향을 넣은 하포荷包(전대의 일종)를 만들기도 했다. 조금 여유가 있는 집에서는 황주黃酒를 빚기도 했다. 대나무 잎으로 싸서 만든 종자子라는 찰떡을 찌는 것 역시 이맘때면 볼 수 있는 진풍경이었다. 이뿐만이 아니었다. 백초百草를 뜯어 말려 차를 만드는가 하면 장수長壽실이라고 해서 달고 다니는 일도 일상이었다. 온역瘟疫을 예방하는 약을 사서 준비해 두는 것도 말할 필요가 없었다. 하여간 사람들은 어떻게 하면 무사히 넘어갈까 하고 5월을 눈코 뜰 새 없이 보내고는 했다.

유묵림은 원래 미신이라는 생각에 전혀 그런 것들을 믿지 않았다. 그러나 그 날 공령대사와 있었던 그 일 이후로는 그다지 밥통 싸들고 다니면서까지 반대하지는 않았다. 그저 집안사람들이 바삐 돌아다니는 모습을 먼발치에서 보면서 웃어넘길 뿐이었다.

음력 5월 초닷새 날, 즉 단오절端午節에 그는 계명성啓明星이 뜨자마자 일어났다. 이어 관복을 입고 조정으로 나갔다. 전날 저녁 서정西征에 나선 병사들이 갈아입을 겹옷 5만 벌을 보내달라는 연갱요의 군보軍報를 받았으므로 서둘러야 했던 것이다. 실제로 날씨가 하루가 다르게 더워져만 가는 상황에서 그것은 지체해서는 안 될 일이었다. 더구나 어제는 호부의 관리들이 전부 퇴청한 탓에 미처 처리하지 못했으니 더 이상 여유를 부릴 수도 없었다.

그는 서화문에서 패찰을 건네고 군기처로 들어갔다. 이어 황급히 표票를 만들어 호부로 올려 보냈다. 그가 잠시 숨을 돌리고 있을 때였다. 양심전 태감 고무용이 들어왔다.

"유 대인, 폐하께서 부르십니다."

"나를?"

유묵림이 벌떡 일어나 손가락으로 자신을 가리키면서 황급히 대답했다. 그리고는 다시 물었다

"알았어! 나…… 혼자만 부르신 거야?"

고무용이 천천히 대답했다.

"열셋째마마와 열넷째마마도 함께 부르셨습니다. 그 외의 친왕, 패륵, 패자는 제가 심부름하지 않았기 때문에 잘 모르겠습니다. 폐하께서는 오늘 백관들에게 연회를 베푸시려고 하십니다. 또 광생루廣生樓에 폐하와 군신들의 서화 작품을 내걸어 실력을 겨루도록 하겠다고 하셨습니다. 상도 내릴 거라고 하셨고요!"

무슨 일일까 하고 긴장했던 유묵림은 고무용의 말을 듣고서야 비로소 안도의 숨을 내쉬었다. 그리고 고무용을 따라 안으로 들어갔다. 곧 장정옥이 양심전 처마 밑에 서 있다가 손짓을 하는 모습이 보였다. 그가 황급히 다가가 인사를 올린 다음 입을 열었다.

"폐하께서는 기상하셨습니까?"

장정옥이 척 보기에 기분이 대단히 좋아 보이는 얼굴을 한 채 대답했다.

"기상하신 지 한참 됐소. 오늘은 팔대 명절 중의 하나이므로 격식을 차릴 것 같소. 먼저 흠안전, 천단, 천궁전, 종수궁, 건복궁 순서로 찾아가 향을 사르고 향배를 올릴 거요. 또 광생루에서 연회를 베푸실 거요. 아마 경패자慶貝子, 보패륵寶貝勒, 복패륵福貝勒 세 분 황자마마께서 폐하를 모시고 제사를 지내고 계실 거요. 나머지 친왕과 패자들 역시 지금쯤은 아마 전부 광생루에서 어가御駕를 기다리고 있을 거요."

유묵림이 무슨 일로 옹정이 자신을 불렀는지 궁금해서 탐문하듯 슬쩍 물었다.

"장 중당 대인, 저는 어지를 받들고 들어왔습니다. 그런데 폐하께서 무슨 일로 부르셨는지 모르겠네요. 혹시 짐작이 가는 게 없으세요?"

장정옥이 바로 웃으면서 대답했다.

"폐하께서 서예작품을 몇 점 준비하셨소. 세형世兄(한 세대 정도 아래 후배에 대한 존칭)에게 그중 가장 괜찮은 것을 하나 골라 광생루에 가져다 붙여두라고 하셨소. 오늘 광생루에는 폐하와 여러 군신들의 작품이 서명 없이 수백 점은 내걸릴 거요. 여러 신하들에게 최고의 작품을 뽑아내라는 폐하의 뜻이 담겨 있지 않나 싶소. 어떻게든 폐하의 심기를 다치게 해서는 안 될 테니 세형, 잘해 보시오!"

유묵림은 장정옥을 말을 듣는 순간 입을 크게 벌리고 멍하니 굳어질 수밖에 없었다. 옹정의 필체가 뛰어난 것은 온 천하가 다 아는 바이기는 했다. 그러나 서명하지 않은 수백 점의 작품 가운데에서 군신群臣들이 반드시 옹정의 작품을 최고의 작품으로 가려낼 것인지는 결코 장담할 수 없는 일이 아닌가. 게다가 만에 하나 옹정의 작품이 등수 안에 들지 못하거나 2, 3등에 그친다면 우승을 한 신하는 얼마나 난감하겠는가? 정말 쉽지 않은 일이었다. 유묵림의 이마에서는 어느덧 땀이 송골송골 배어나왔다. 그러나 그는 영민하기로 자타가 공인하는 사람이 아니던가. 잠시 골똘히 생각하더니 곧 여유로운 웃음을 지어보였다.

"상서방과 육부구경의 관리들은 모두 폐하의 필체를 숙지하고 있습니다. 때문에 별문제 없을 거예요. 물론 이변이 생길까 염려스럽기는 해요. 어떻게 할까요? 작품에 표시를 해둔다든가 한눈에 확 들어오는 곳에 걸어두는 것은 유치해서 금방 탄로가 날 것이니 안 될 것 같습니다. 그보다는 폐하의 작품 글귀를 베껴 백관들에게 한번 돌리는 것이 좋을 것 같네요. 엉덩이 가벼운 태감을 한 명 불러 빨리 실행해야겠어요!"

장정옥도 고개를 숙이고 잠깐 생각하는 듯했으나 더 이상 묘안이 없다고 생각하는 것 같았다. 바로 고개를 끄덕이며 동의했다.

"고무용을 시키지. 다들 폐하의 작품을 가장 훌륭한 작품으로 꼽아 줬으면 더 이상 바랄 것이 없겠는데……."

장정옥의 말에 유묵림이 반론을 제기하고 나섰다.

"그건 바람직하지 않습니다. 우리의 꿍꿍이가 금방 탄로가 날 것입니다. 그것보다는 몇몇 멍청한 신하들이 나서서 일단 손짓발짓 해가면서 엉뚱한 작품에 매달리는 것이 더 좋겠습니다. 오히려 그 모습이 더 진실해 보일 겁니다."

대충 상의를 끝낸 장정옥과 유묵림, 고무용 세 사람은 곧 궁전 안으로 들어갔다. 과연 용무늬가 새겨진 기다란 책상 위에 수십 점의 서예 작품이 널려 있었다. 모두 당시唐詩에서 따온 글귀들이었다.

新松恨不高千尺
어린 소나무는 천 척千尺 높이로 단숨에 치솟지 못하는 것을 한스러워하네.

惡竹應須斬萬竿
굽은 대나무는 잘라 만 개의 피리를 만들어야 하네.

芳草萋萋
아름다운 풀이 무성하구나.

大漠孤煙直

드넓은 사막에 한 줄기 연기가 피어오르는구나.

黃河之水天上來
황하黃河의 물은 하늘에서 흘러온다.

天若有情天亦老
하늘도 정이 있으면 늙으리니.

我欲因之夢吳越
나는 그로 인해 오吳나라와 월越나라의 꿈을 꾸고 싶구나.

桃花淵水
복숭아꽃이 호수를 이루고 있구나.

유묵림은 짤막짤막한 여러 글귀들을 보면서 연신 감탄사를 터트렸다. 이어 진심 어린 어조로 말했다.

"폐하의 서예 실력은 그야말로 타의 추종을 불허하는 입신의 경지에 이르렀다고 해도 과언이 아니네요. 단지 필봉筆鋒이 지나치게 강한 느낌을 주는 것이 조금 아쉽군요. 부드러움을 강조하는 문인들이 흠잡고 나설지도 모르겠어요."

유묵림이 말을 마치고는 네 작품을 골랐다. 이어 눈에 잘 띄는 곳에 놓고는 다른 종이에 깨알같이 글을 적어 고무용에게 건네주면서 말했다.

"어서 들고 가서 귀띔해 주고 와. 알아? 누가 높은 가격에 사려고 할지!"

고무용이 웃으면서 연신 허리를 굽힌 다음 궁전을 나섰다. 그러다 형년, 이덕전, 그리고 시위 덕릉태, 소륜, 유철성, 장오가 등이 옹정을 둘러싸고 내려오는 광경을 목격하고는 황급히 한편으로 물러섰다. 장정옥과 유묵림 역시 어느새 무릎을 꿇은 채 어가를 맞이하고 있었다. 옹정은 무슨 기분 좋은 일이 있는지 유난히 안색이 밝아 보였다. 생사生絲 영관纓冠을 쓰고 남색 누비 두루마기에 금룡金龍 마고자를 껴입은 모습은 그의 기분이 더욱 좋다는 사실을 말해주는 듯했다. 옹정이 곧 희색이 만면한 얼굴을 한 채 들어서더니 무릎을 꿇고 있는 장정옥을 일별하고는 유묵림을 향해 말했다.

"이보게, 탐화! 그래 짐의 어느 작품이 마음에 들던가?"

유묵림이 조심스럽게 웃음을 지어보이면서 대답했다.

"워낙 주옥같은 작품들이라 장 중당과 함께 고르다 눈이 다 아물거릴 지경이 됐사옵니다! 폐하께서 기분 좋으실 때 신에게도 한 점 하사해주시옵소서. 그러면 신은 조상께서 덕을 쌓은 조화로 알고 무한한 가문의 영광으로 여길 것이옵니다! 일단 여기 네 점을 골랐사옵니다. 어람御覽을 부탁드리옵니다."

"음, 잘했군!"

옹정이 고개를 끄덕이고는 유묵림이 선택한 작품을 둘러보더니 덧붙였다.

"네 점은 너무 많아. 두 점만 하지. 자네가 짐의 작품을 소장하고 싶다고 하니 나머지는 자네가 골라서 가지도록 하게. 정옥, 자네도 원한다면 필묵도 준비되어 있으니 짐이 몇 글자 적어 주지."

"성은이 망극하옵니다, 폐하. 신은 오래 전부터 폐하의 묵보墨寶를 구하고 싶었사오나 감히 아뢸 수가 없었사옵니다. 신이 요즘 집 단장을 새롭게 했사온데, 폐하께서 영련楹聯을 하사하신다면 대문 앞이 상당히 영광스러울 것이옵니다!"

장정옥이 황급히 머리를 조아린 채 대답했다. 옹정이 머리를 끄덕여 웃더니 천천히 입을 열었다.

"짐도 평소엔 붓과 씨름할 여유가 없었네. 요즘 들어 큰일을 겨우 매듭짓고 났더니 조금 홀가분해지면서 필묵이 그리워지더군. 그래 알았네, 영련을 하사하지!"

옹정이 흔쾌히 대답하면서 천천히 붓을 들었다. 이어 날아갈 듯 글을 쓰기 시작했다. 잠시 후 선지宣紙에는 단정한 해서체의 글자들이 좌중의 시선을 확 끌었다.

皇恩春浩蕩
文治日光華
황은皇恩이 봄 호숫가에 넓게 퍼지니,
문치文治는 날로 빛나는구나.

옹정은 붓을 들고 한참 자신의 필체를 내려다보더니 흡족한 표정을 지었다. 이어 붓을 내려놓고 옥새玉璽를 꺼내 낙관과 함께 연월일도 적어 넣었다. 그리고는 장정옥에게 건네주면서 말했다.

"쓸 만한가?"

장정옥은 부들부들 떨리는 손으로 선지를 받아들었다. 감격을 했는지 눈에 기쁨의 기운이 번득이더니 어느새 눈물이 가득 고이기 시작했다. 그리고는 떨리는 어조로 대답했다.

"소신은…… 이 글을 받을 자격이 없사옵니다. 신은 분골쇄신하는 한이 있더라도 높고 큰 성은에 보답하도록 노력하겠사옵니다!"

장정옥의 얼굴에서는 어느덧 두 줄기의 눈물이 무게를 이기지 못하고 주르륵 흘러내렸다. 진심으로 감동을 받은 듯했다.

유묵림은 옹정의 나머지 두 점의 작품 가운데에서 한 점을 선택했다. 옹정은 기다렸다는 듯 옥새 대신 주사朱砂를 묻혀 '원명거사'라는 네 글자를 낙관으로 찍어줬다. 이어 미소를 지은 채 말했다.

"원명은 불가의 냄새가 다분하지. 자네가 죽어도 불교에 귀의하지 못하겠다니, 이 작품은 그저 스님이 수재에게 선물한 셈 치면 무난하겠군. 형년, 이 두 장을 가져다 광생루에 걸도록 해라. 그러나 잘 보이는 중앙에 걸어서는 절대 안 돼. 알겠지?"

유묵림은 옹정의 말이 끝나기 무섭게 형년을 따라 나서려고 했다. 그때 옹정이 그를 불러 세웠다.

"자네는 조금 있다 장정옥과 함께 가도록 하게."

유묵림은 할 수 없이 그 자리에 주춤거리면서 멈춰 섰다. 그러자 옹정이 장정옥의 이름을 다시 불렀다.

"정옥!"

옹정의 신색神色은 어느덧 정중한 모습으로 변해 있었다. 목소리 역시 다소 가라앉은 느낌이었다. 그가 다시 입을 열었다.

"연갱요가 출정한 지도 이미 반년이 다 되어 가네. 그런데 보급품과 군량미는 많이 가져갔어도 아직 제대로 된 싸움 한 판 벌이지 못하고 있는 실정이야. 솔직히 짐은 이 일을 생각하면 잠이 안 와. 그래서 말인데, 흠차대신을 보내 우리 군대를 독려하는 것이 어떨까 생각해. 자네의 의견을 듣고 싶군."

장정옥이 옹정의 말에 심각한 표정을 지었다. 그리고는 깊은 생각에 잠기더니 천천히 입을 열었다.

"속전속결로 일을 매듭지어버리고 싶은 폐하의 의중은 신이 이해하고도 남음이 있사옵니다. 하오나 용병用兵은 일상 정무政務와는 다르옵니다. 추호의 실수도 용납되지 않사옵니다. 전쟁터는 베고 베이고 죽고 죽이는 살육의 현장이옵니다. 연갱요는 그 옛날 선제를 따라 서정 길에 오를 때부터 장군으로 활약한 사람이옵니다. 침착하고 무게 있는 판단으로 싸움 잘하기로 정평이 나 있지 않사옵니까. 우리 대청의 명장名將들은 저마다 전법戰法이 다르옵니다. 파해巴海 장군 같은 경우에는 적들을 선회旋回하면서 기진맥진하도록 끌고 다니는데 능했사옵니다. 지구전에 강했죠. 또 조양동趙良棟 장군은 치고 빠지고 급습을 잘하는 귀재로 소문이 나 있었사옵니다. 도해圖海 장군은 또 어땠사옵니까. 적들과의 대치에 능했사옵니다. 게다가 적들의 진지를 공격하는 능력이 비상했사옵니다. 비양고飛揚古 장군의 경우는 진법에 능해 죽기 살기로 싸우는 것에 관한 한 대적할 장군이 없었사옵니다. 마지막으로 주배공周培公은 기민하고 심모원려가 타의 추종을 불허했사옵니다. 저마다 색깔이 다 달랐죠. 가히 진정한 싸움꾼들이라고 할 수 있사옵니다. 안타깝게도 모두들 구름처럼 바람처럼 세상을 떠난 것이 아쉽기는 하지만요. 이번에는 소신이 연갱요의 포진법을 지켜본 바에 대해 말씀드리겠사옵니다. 한마디로 진퇴의 척도가 대단히 신중해 보이는 듯하옵니다. 아마도 도해 장군의 방식을 취하고 있는 것이 아닌가 하옵니다. 베지 않으면 베이고 마는 치열한 생존의 현장에 투입된 만큼 연갱요 역시 필승의 각오를 다지고 있을 것이옵니다. 그러니 폐하께서도 너무 초조해 하시지 않으셨으면 하옵니다. 신의 어리석은 생각으로는 3월에 평량平涼으로 들어가 주둔한 다음 4월에 서녕西寧까지 밀어붙인 것을 보면 그다지 늦은 속도만은 아닌 것 같사옵니다. 군기처에서 다시 한 번 육백리 긴급서찰을 보내 악종기와 연갱요에게 언제쯤 나포장단증과 접전이 있을 예정인가를 합의하에 상주하도록 하는 것이 어떨까 하옵니다."

옹정이 장정옥의 말을 듣고는 미간을 줍힌 채 한참 생각을 하는 것 같았다. 그러더니 유묵림을 향해 물었다.

"이 일에 대해 자네가 생각하는 바가 있으면 말해보게."

유묵림으로서는 현재 화제가 되고 있는 상당히 비중 높은 군국의 요무에 참여하는 것이 처음이었다. 선불리 자신의 의사를 피력하기가 쉽지 않았다. 그러나 신중하게 생각한 끝에 자신의 의견을 슬쩍 내비쳤다.

"신의 어리석은 생각으로는 장 중당께서 상주한 내용이 맞는 것 같사옵니다. 강희 오십육 년에 우리 군은 크게 패망해 육만 명의 산동山東의 자제子弟들이 단 한 명도 생환하지 못하는 참변을 겪었사옵니다. 그런 전철을 다시 밟아서는 안 되겠사옵니다. 한마디로 조정으로서는 이제 무슨 수를 쓰든 이기는 수밖에는 달리 방법이 없다고 생각하옵니다. 또 연갱요가 침착하게 시기를 기다리고 있는 것은 바로 대국大局적인 견지에서 생각하고 있기 때문이 아닌가 하옵니다. 흠차를 파견해 독려하는 것은 절대 바람직하지 않다고 생각하옵니다. 전 왕조인 명나라가 '토목의 변'土木之變(명나라 영종이 몽고와의 전투에서 와자瓦剌 부족에게 포로로 잡힌 사건)에서부터 시작해 '송산의 패배'松山之敗(명나라 숭정제의 대군이 청나라 대군에게 패한 전투)'를 거쳐 '갑신정혁'甲申鼎革(명나라가 멸망하고 청나라가 개국한 것을 이름)에 이르는 과정에서 참패한 것은 다른 이유 때문이 아니옵니다. 모두 조정에서 대신을 파견해 독려에 나섰기 때문이라고 해야 하옵니다. 그렇게 전쟁터 장군들의 팔꿈치를 잡아당겼으니 일선 장군들이 조정에 마음이 붙어 있었겠사옵니까. 자연스럽게 떠나버렸죠. 일군一軍에는 두 명의 장군이 있을 수 없사옵니다. 또 한 가지 일을 대하는 마음이 두 갈래가 되어서는 아니 되옵니다. 그렇게 되는 것은 병가兵家에서는 치명적인 것이옵니다. 때문에 성조聖祖(강희제)께서는 그 옛날 대만을 정벌할 때 시랑施琅만을 믿고 전폭적으로 지지했던 것이옵니다. 또 이광지李光地는 시랑의 부대를 독려하기 위해 떠났으나 사실상 후방에서 군량미를 지원하고 무기 조달을 하는 역할만 수행했사옵니다. 연갱요에게 언제 진군해 대략 어느 시기에 접전할 것인지를 독촉해서 물어볼 수는 있사옵니다. 그러나 관리를 파견해 독려하는 것은 곤란하옵니다. 자칫 큰일을 그르치는 수가 있사옵니다."

"한마디로 '용인불의, 의인불용'用人不疑, 疑人不用(사람을 기용했으면 의심하지 말고, 의심이 가면 기용하지 않는다는 의미)이라는 말이군."

옹정이 유묵림의 장황한 말이 끝나자 조용히 중얼거렸다. 이어 결정을 내린 듯 시원스럽게 말했다.

"자네들 의사에 따르지. 흠차대신을 파견하려고 했던 것은 없던 일로 하자고. 정옥, 자네가 이등시위들 중에서 젊고 유망한 이들을 열 명 선발해 명단을 올려 보내도록 하게. 연갱요의 군중軍中에 보내 도움을 주도록 해야겠어."

장정옥은 옹정의 말을 듣고 그의 속뜻을 알아차렸다. 옹정이 연갱요를 믿지 못하겠다는 뜻을 은근히 내비쳤다고 판단한 것이다. 장정옥은 순간 가슴이 철렁 내려앉는 기분을 느꼈다. 황급히 조심스런 웃음을 지어보이면서 슬쩍 말을 돌린 것도 그 때문이었다.

"악종기는 자질이나 전공戰功 면에서나 연갱요와 맞먹는 실력을 자랑하고 있사옵니다. 그가 있는 한 연갱요를 견제하는 역할은 충분히 할 수 있을 것이옵니다……."

"무슨 말을 그렇게 하나!"

옹정이 히죽 웃는 얼굴로 말했다. 이어 솔직하게 자신의 생각을 다시 피력했다.

"짐이 연갱요를 못 믿는다면 자그마치 이십만 명이 넘는 병력을 겁 없이 넘겼겠나? 자네도 곰곰이 생각해보게. 그 옛날 성조께서 젊고 유능한 인재들을 비양고 장군의 군중에 보내 뛰어난 거목으로 키워 놓았더라면 오늘날 병사들을 이끌고 나갈 대장군감 한 명 구하기가 마치 하늘의 별을 따는 것처럼 어려운 실정에 부딪치지는 않았을 것 아닌가?"

유묵림은 옹정의 말이 끝나기 무섭게 고개를 끄덕였다. 그의 의도를 알 것 같았던 것이다. 순간 그는 감탄 어린 시선으로 옹정을 바라봤다. 그러나 옹정의 성격을 잘 아는 장정옥은 여전히 마음이 홀가분하지 않았다.

'연갱요의 휘하에는 수천 명의 젊고 유능한 병졸들이 있어. 그런데 하필이면 만 리 밖에서 시위들을 파견해 뛰어난 거목으로 키워야 할 특별한 이유라도 있다는 말인가? 목이 마른데 근처에 우물을 두고 멀리 산 너머로 물을 길러 가지는 않아야 할 것 아닌가?'

장정옥은 속으로 그렇게 생각했으나 차마 입 밖으로 토해내지는 않았다. 얼마 후 그가 입을 열었다.

"편안할 때 위기를 생각하시는 폐하의 원대한 성려聖慮에 신은 감복해마지 않사옵니다!"

"유묵림!"

옹정이 여유롭게 차를 마시면서 미소를 지은 채 유묵림을 불렀다. 이어 그동안 생각만 했던 말을 드디어 입에 올렸다.

"자네의 재주는 정말 뛰어나. 하지만 엉뚱한 곳으로 빠지지 않을까 심히 걱정스럽네. 듣자 하니 자네가 청루의 여자하고 가깝게 지낸다던데, 사실인가?"

유묵림은 옹정의 말을 듣는 순간 갑자기 뒤통수를 얻어맞은 느낌을 받았다. 동시에 무조건 무릎부터 꿇은 채 옹정에게 아뢰었다.

"사실이옵니다. 신은 남녀 사이에 정분이 나는 데는 신분의 귀천 같은 것은 전혀 걸림돌이 되지 못한다는 것을 느꼈사옵니다. 소순경은 천적賤籍에 올라 있는 여자이기는 하옵니다. 그러나 재주만 팔뿐이지 몸은 팔지 않사옵니다. 더구나 자신의 몸을 금이야 옥이야 지키는 고결한 여자이기도 하옵니다. 절대로 일반 창기娼妓들과는 다르옵니다. 소신은 그녀와 어려울 때 만나 정을 통했사옵니다. 그리고 그 직후 신분상승을 했사옵니다. 그러나 그렇다고 해서 환난지교患難之交를 저버린다는 것은 의로운 삶이 아니라고 생각하옵니다. 명찰明察을 부탁드리옵니다, 폐하! 말이 나온 김에 신은 소순경을 천적에서 탈피시켜 주셨으면 하는 염치없는 부탁을 폐하께 드리고 싶사옵니다. 부디 이 아름다운 인연이 결실을 맺게 해주시옵소서."

옹정이 유묵림의 간절한 호소에 마음이 풀렸는지 머리를 끄덕이고는 웃어보였다. 이어 다정한 어조로 말했다.

"그래, 재자才子가 풍류를 즐겼기로서니 그게 무슨 죄가 되겠나. 좋아, 자네 말대로 하는 것이 좋겠네. 그러나 순전히 소순경 때문에 그러는 것은 아니야. 짐은 전부터 너무 폭이 좁게 성은을 베푸는 것이 아닌가 하는 생각을 쭉 해왔어. 형신, 짐은 명조明詔를 내려 온 천하의 천민賤民들을 전부 탈적시켜 주고 싶군. 농사꾼을 비롯해 선비, 어부, 나무꾼 등을 비롯한 모든 일반 서민과 동등한 대우를 받게 하는 것이 어떨까 싶네."

"농사꾼을 비롯해 선비, 어부, 나무꾼 등을 비롯한 모든 일반 서민과 동등한 대우를 받게 한다"는 옹정의 생각은 실로 파격적인 발상이 아닐 수 없었다. 그대로 되기만 한다면 대대로 내려오면서 천민으로 괄시를 받던 저잣거리의 노점상들이나 길거리 유랑극단의 배우들도 일반 서민들과 마찬가지로 사도仕途(벼슬길)에 들어설 수 있을 터였다. 한마디로 관리가 되는 것이 불가능하지 않게 된다는 얘기였다.

명문가 출신의 뛰어난 유학자임을 자부해마지 않던 장정옥으로서는 엄청난 거부감을 가질 수 있었다. 그러나 그는 순간적으로 옹정이 황자 시절에 자신을 홍수 피해에서 구해준 낙호樂戶의 천민 여자와 깊은 사랑을 했었다는 사실을 희미하게 떠올렸다. 유묵림의 제안을 슬그머니 이용해 자신이 채 끝내지 못한 비원悲願을 이루고자 하는 옹정의 행동에 굳이 제동을 걸어 화를 자초할 필요는 없었던 것이다. 곧 그가 애써 웃음을 지으면서 대답했다.

"폐하의 인애仁愛는 하늘을 뚫을 정도로 끝없이 높고 크옵니다. 그렇게 한다면 그것은 실로 만민이 환호작약할 선정善政이 아닐 수 없사옵니다. 일반 서민들을 대대적으로 천민으로 내몬 것은 명나라 영락 황제 때였사옵니다. 난을 평정한다는 핑계를 대면서 수많은 학자들과 구신舊臣들을 그렇게 만들어버렸죠. 이후 수백 년 만에 그들의 수는 백만 명을 넘어서고 말았사옵니다. 그들은 햇빛조차 비치지 않는 어둠 속에서 깊은 물과 뜨거운 불의 고통을 이겨내면서 살아왔사옵니다. 이제는 그들에게 목을 옥죄고 있던 족쇄를 풀어줘 진정한 자유를 만끽하게 하도록 해야 하옵니다. 아마도 그들은 집집마다 향을 사르고 감지덕지할 것이옵니다. 그러나 한편으로는 우려스러운 면도 없지는 않사옵니다. 아니 할 말로 배운 것이 도둑질뿐이라는 말이 있지 않사옵니까. 그들 천민들은 조상대대로 천업賤業에만 종사해 왔사옵니다. 때문에 일반 서민들의 장사나 농사일에는 서툽니다. 자칫 잘못하면 생활이 유지되지 않을 수도 있사옵니다. 더구나 관리는 예로부터 군자들이 가장 아끼는 인생의 목표가 아니었사옵니까. 만약 천민들이 이 대열에 합류한다면 이치吏治가 어긋나고 체통에도 금이 가지 않을까 우려스럽사옵니다. 그러니 탈적한 다음 이세대二世代 이후부터 글을 읽고 벼슬길에 나아갈 수 있는 권한을 부여하는 것이 어떻겠사옵니까? 그렇게 하면 유교를 숭상하고 도道를 귀하게 여기는 조정의 뜻도 널리 알릴 수 있사옵니다."

"일리가 있네! 실로 노련한 국정 운영을 위한 발언이었네. 그러면 그런 내용으로 지의를 작성해 내려 보내면 되겠군."

옹정이 턱을 약간 쳐들고 내내 생각에 잠겨 있다가 흠잡을 데 없는 장정옥의 의견에 웃음 띤 얼굴로 화답했다. 그러자 기다렸다는 듯 형년이 들어와 아뢰었다.

"폐하, 광생루에 서화 작품을 거는 작업을 완료했사옵니다. 연회석도 준비됐사옵니다. 여러 패륵, 패자를 비롯해 연회에 참석할 대인들께서도 전부 광생루 앞에 모였사옵니다."

옹정은 형년의 말이 끝나기 무섭게 자리를 털고 일어나 광생루로 향했다. 장정옥은 수레 옆에서 시중을 들고 유묵림이 그 뒤를 따랐다.

얼마 후 어화원이 나타났다. 이어 연못 위에 새롭게 만들어진 아치형 돌다리가 일행의 눈에 들어왔다. 다리 저편에서는 홍시, 홍력, 홍주 세 황자가 어화원 동문으로 마중을 나오는 모습도 보였다. 옹정이 아들들과의 거리가 가까워지자 무표정한 얼굴로 물었다.

"자네들 글도 내다 붙였는가?"

"아바마마! 저와 다섯째 홍주가 세 점, 홍력이 두 점, 그렇게 보냈사옵니다. 그런데 아바마마께서도 두 점 밖에 보내시지 않으셨다기에 아신들도 하나씩 뺐사옵니다. 태감들이 가져다 걸었사옵니다. 아신은 감히 직권을 남용하는 부정행위를 하지는 않았사옵니다."

홍시가 황급히 인사를 올린 다음 조심스럽게 아뢰었다.

"그래. 홍력, 자네는 왜 한 점밖에 내지 않았나?"

옹정이 다시 세 아들을 둘러보면서 물었다. 홍력이 대답했다.

"아신은 아직 실력이 많이 딸려 감히 아바마마와 여러 서림書林의 숙유宿儒들과 어깨를 나란히 하는 자리가 못내 송구스러웠사옵니다. 한 점이나마 보낸 것도 성명聖命을 어기지 않으려 한 것이옵니다."

옹정이 가볍게 고개를 끄덕였다.

"알았네. 오늘 연회석상에 자네들은 자리에 앉아 있지 말고 돌아 다니면서 신하들에게 술을 따라주도록 하게. 반년 동안 힘들게 일한 사람들이야. 자네들이 짐을 대신해 주인 노릇을 해보는 것도 당연히 해야 할 일이야."

옹정이 말을 마치자마자 서둘러 어화원 서문을 나섰다. 옹정 일행 이 모습을 보이자 광생루 앞 연회상 옆에서 때를 놓쳐 허기진 상태 로 기다리고 있던 대신들이 일제히 무릎을 꿇었다. 이어 세 발의 폭 죽소리와 함께 소리 높여 만세를 외쳤다.

옹정이 고개를 약간 끄덕인 다음 미소를 머금은 채 말했다.

"일어들 나라! 오늘 이 자리는 문묵文墨을 매개로 벗하는 자리라고 생각하고 군신간의 대례는 잠시 생략하도록 하지. 너무 구속당하는 느낌을 받으면 음식 맛도 없을 테니까. 맛있는 음식은 여기 잠깐 놔 두고 있어도 날아가 버리는 것은 아니니 우리 작품 구경부터 하는 것 이 어떨까? 장원을 뽑아놓고 자리에 앉는 것이 좋겠지?"

옹정이 말을 마치자마자 바로 앞장을 섰다. 그러자 100여 명의 부 원部院 상서와 시랑, 도어사都御使, 이번원 상서와 시랑, 대리시 소경少 卿, 그리고 한림원의 관리들이 직급과는 무관하게 일제히 따라나섰 다. 또 그들 뒤로는 장원학사掌院學士 이하의 시강侍講학사, 시독侍讀학 사를 비롯해 시독, 시강, 수찬修撰, 편수編修, 검토檢討 등 수백여 명이 상서방 대신인 융과다, 장정옥과 친왕인 윤상, 윤제 등을 따라 줄지어 들어섰다.

광생루는 동육궁東六宮에서 가장 큰 망루望樓였다. 망루 위에 광목천왕廣木天王(수미산의 서방을 수호하고 위엄으로 나쁜 것을 물리치고 중생의 이익을 도모해주는 천왕) 상을 모시고 있었기 때문에 태감들이 '광생루'라 부르기 시작한 곳이었다. 아래쪽에 면적이 반 무半畝(약 100평 정도)쯤 되는 원형의 제사 용지가 있다는 것이 나름 특이하다면 특이했다. 게다가 사방이 전부 통유리로 되어 있어서 대단히 훤하고 밝았다.

한림들과 부원 대신들의 서화 작품 200점이 바로 그곳에 걸려 있었다. 거의 대부분이 '성천요덕'聖天堯德이나 '만수무강'萬壽無疆과 같은 성덕을 찬양하는 내용이었다. 또 나머지는 거의 당시를 베낀 시구들이었다. 하나같이 용과 구렁이가 금세라도 살아서 꿈틀대는 듯한 생동감이 흘러넘치는 필체를 자랑하고 있었다. 그러나 미리 '첩보'를 입수한 관리들은 작품의 수준과는 무관하게 몰래 종이에 옹정의 작품이름을 적어 낼 준비를 하고 있었다. 옹정이 서화 작품들을 천천히둘러보는가 싶더니 곧바로 명령을 내렸다.

"연회를 시작하도록 하지! 각자 속으로 점찍고 있는 작품의 이름을 일, 이, 삼등으로 적어서 한림원에 내도록 하게. 한림들이 공정한 심사를 거쳐 등수를 매기도록 말일세!"

좌중의 관리들은 옹정의 말에 따라 종이에 자신이 점찍은 작품의이름을 적었다. 이어 조용히 한림들에게 가져다 바치고는 저마다 옹정에게 감사를 표한 다음 자리에 앉았다. 그때 옹정이 주위를 둘러보면서 고개를 갸웃거렸다. 왕섬이 보이지 않는 것이 이상한 눈치였다. 그가 마제에게 물었다.

"왕 사부가 보이지 않는군?"

마제가 즉각 나지막이 아뢰었다.

"벌써 이틀째 병상에 누워 있사옵니다. 설사가 멈추지 않아 무척이나 힘이 드는지 유서까지 준비 중인 것으로 알고 있사옵니다. 신이 가서 위로의 말을 몇 마디 건네고는 왔사옵니다. 오늘 방포 대인도 다녀왔사옵니다. 만에 하나 있을 일을 대비해서인 줄로 알고 있사옵니다."

옹정은 마제에게 대답을 하는 대신 좌중을 바라봤다. 역시 자신이 젓가락을 들지 않은 탓에 관리들도 감히 음식에 손을 대지 못하고 있었다. 그러자 그가 웃으면서 말했다.

"태후마마께서 요즘 병세가 조금 호전되는 것 같아서 짐도 마음이 한결 가벼워. 오늘 문안을 갔더니 의지^{懿旨}(황태후나 황후의 명령)도 내리시더군. 일 년 중 원단^{元旦}을 시작으로 정월 대보름과 팔월 추석, 단오절은 큰 명절로 성대하게 치러야 한다는 거야. 명절 준비를 하느라 심신이 지친 관리들을 쉬도록 하라는 말씀이셨지. 제사상에 놓았던 고기도 시위들에게 나눠주라고 하셨어!"

옹정이 말을 마치고는 드디어 술잔을 들어 조금 마시고는 음식을 집었다. 그제야 좌중의 사람들도 젓가락을 들고 음식을 먹기 시작했다. 그 모습을 흐뭇하게 바라보던 옹정이 이덕전을 불렀다.

"세 황자들에게 돌아다니면서 술을 권하라고 하게. 자네는 어약방^{御藥房}에 가서 선영격^{鮮英格}(설사 억제제)이 있으면 왕 사부에게 가져다주도록 해. 그리고 방 선생이 이미 창춘원으로 돌아갔으면 여기하고 똑같이 상을 차려 내리도록 하고."

"예, 폐하! 선영격은 있사옵니다. 그러나 아직 숙성이 되지 않은 걸로 알고 있사옵니다. 괜찮겠사옵니까?"

이덕전이 황급히 대답했다.

"숙성되지 않은 것은 안 돼. 양심전에 또 다른 지사제인 목과고^{木瓜膏}가 있어. 그걸 가져다주게. 설사에는 그만이야."

이덕전이 옹정의 명령에 연신 대답을 하면서 물러갔다. 옹정은 곧 이어 가끔씩 젓가락으로 채소류를 집어 먹으면서 관리들과 담소를 즐겼다. 술은 거의 마시지 않는 그다웠다.

옹정이 연회 참석자들에게 술을 권하도록 지시한 홍시, 홍력, 홍주 세 황자는 사실 새벽부터 무척이나 바빴다. 오고五鼓 무렵에 육경궁에서 아침 공부를 했을 뿐만 아니라 옹정이 지정해준 《사서》의 부분까지 다 읽었다. 그리고는 옹정을 시중드느라 오시午時가 임박할 때까지 꼼짝도 하지 못했다. 아침을 먹는다는 것은 상상도 못 할 일이었다. 그랬으니 주린 배를 움켜쥔 채 버티는 것도 한계가 있었다. 세 금지옥엽은 허기지다 못해 뱃가죽이 등허리에 가서 찰싹 들러붙은 것 같았다. 그럼에도 옹정은 그들에게 자리에 앉지 말고 연회석마다 돌아다니면서 술을 따르게 하거나 상다리 부러지게 차려진 진수성찬을 곁에서 보고 군침이나 삼키도록 만들었다.

그나마 홍력과 홍주는 그럭저럭 참고 있었으나 홍시의 얼굴에는 불만이 여지없이 드러나 있었다. 그래도 셋은 무려 열네댓 개나 되는 연회석을 다 돌았다. 급기야 다리가 휘청거리고 눈앞이 가물거리기까지 했다. 순간 일이 되려고 그랬는지 한림들이 서화 작품을 평한 결과를 옹정에게 보고하느라 다소 들뜬 틈을 보였다. 홍시는 그 기회를 놓치지 않고 눈짓을 보냈다. 셋은 곧 슬그머니 광생루를 빠져나왔다.

밖에서는 수십 명의 시위들이 큰 쟁반에 김이 폴폴 피어오르는 먹음직하게 생긴 돼지 뒷다리를 뜯어먹느라 여념이 없었다. 하나같이 입가에 번지르르한 기름이 줄줄 흐를 정도였다. 저절로 침을 삼키며 코를 벌름거리던 홍시가 그 광경을 보고 도저히 못 참겠는지 두 아우를 향해 말했다.

"넷째, 다섯째! 배고프지 않아?"

"나는 괜찮아. 이건 제사상에 올랐던 음식이야. 배가 고프더라도 지의가 없으면 함부로 입에 댈 수 없어. 홍주, 너는 원래 몸이 허약하니 정말 배고파 못 견디겠으면 육경궁에 가봐. 거기 내 책상 위에 먹다 남은 떡이 두 조각 있어. 그걸 가져다 먹어."

홍력이 홍시의 말에 고개를 저었다. 사실 홍력의 걱정대로 이제 열한 살에 불과한 홍주는 진짜 너무나 배가 고픈 모양이었다. 눈물이 날 지경이었다. 그러나 그로서도 제사상에 올랐던 조육胙肉(제사용 고기)은 지의가 있어야만 먹을 수 있다는 사실 정도는 모르지 않았다. 때문에 얼굴 가득 억울하고 애처로운 기색을 띠기는 했으나 감히 먹을 엄두를 내지 못했다. 결국 침을 꿀꺽 삼키면서 마음에도 없는 말을 해야 했다.

"나도 괜찮아."

그러자 홍시가 냉소를 터트렸다.

"시위들도 다 먹는데 우리가 못 먹을 이유가 뭐가 있어?"

홍시는 말을 마치기 무섭게 다짜고짜 시위들 틈으로 끼어들어갔다. 이어 칼로 난도질을 하다시피 해서 접시에 고기 세 덩이를 받쳐 들고 왔다. 그리고는 홍력과 홍주 앞에 하나씩 내놓았다. 배가 얼마나 고팠던지 그는 두 아우의 눈치를 볼 새도 없이 고기를 바로 입으로 가져갔다. 그때 형년이 부랴부랴 다가와서는 지의를 전했다.

"보패륵마마, 폐하께서 부르십니다!"

"넷째만 부르신 것인가, 아니면 우리를 다 같이 부르신 것인가?"

"폐하께선 홍력 패륵만 부르셨사옵니다."

"무슨 일로 부르셨는지 혹시 알고 있는가?"

"예, 셋째 황자마마! 폐하께서는 보패륵에게 조육을 하사하실 것이라고 하셨사옵니다!"

순간 홍시의 얼굴이 보기 흉하게 일그러졌다. 입가로 가져갔던 고기를 접시에 내던지며 빈정대는 웃음을 지었다. 그리고는 바로 홍력에게 말했다.

"넷째, 분에 넘치는 복을 타고난 것 같지 않아? 나하고 홍주도 따라서 빌붙으면 안 되나."

홍력은 형이 질투 때문에 야유를 한다는 사실을 너무나 잘 알았다. 그러나 흔쾌히 대답은 하지 않았다. 그럴 상황도 아니었다. 그는 홍시를 향해 가볍게 고개를 숙여 보이고는 형년을 따라 서둘러 광생루로 달려갔다.

21장

황자들의 알력과 음모

　광생루에서 진행된 서화 작품에 대한 평가 결과에는 별다른 이변이 없었다. 각본대로 옹정의 두 작품과 조문치의 그림 한 점이 장원 물망에 올랐다.

　홍력은 불려 들어가자마자 바로 옹정의 그 두 어필 작품을 향해 정중히 예의를 갖췄다. 이어 뒤로 물러나 두 손을 공손히 앞으로 모아 드리우고는 시립했다.

　"자네, 이번에 수고 많았네."

　옹정이 말을 마치고 홍력을 지그시 바라봤다. 아버지의 눈으로 봐도 홍력은 확실히 보통 인물이 아니었다. 무엇보다 말끔히 깎아서 푸르스름한 앞머리가 예사롭지 않았다. 티끌 하나 없어 보이는 관옥冠玉 같은 피부 역시 그랬다. 새카맣고 반들반들한 눈동자는 너무나 사랑스럽기까지 했다. 게다가 기름을 입힌 듯 까맣고 반지르르한 변발은 허리께에서 멋들어지게 찰랑거렸다. 낡기는 했어도 깨끗한 용무늬의 마고자에는 주름 하나 보이지 않았다. 주위의 시선을 의식한 홍시의 억지스러운 검박함이나 홍주의 털털함과는 한 눈에도 비교가 될 만큼 홍력에게서는 남다른 풍류가 있었다.

그러나 옹정은 짐짓 아무런 내색도 하지 않은 채 지엄한 표정으로 홍력을 바라봤다. 이어 좌중을 향해 말했다.

"자네들도 알다시피 산동성 총독 진길陳佶, 순무 정경원鄭慶元, 포정사 김윤공金允恭 세 대원大員은 이번에 한꺼번에 직무를 박탈당했어. 집도 압수수색 당했지. 바로 여기 앉은 넷째 황자 보패륵이 사직史貽直을 대동하고 직접 현장에 내려갔었어. 그리고는 이재민 차림으로 변장하고는 그 사람들과 똑같이 먹고 잤다고. 그 정도에서 그치지 않았지. 몇 개월 동안이나 현장에 잠복한 끝에 그 탐관오리들의 죄상을 낱낱이 까발렸어. 조정에서 내려 보낸 구호식량이 어떤 식으로 어떻게 착복됐는지 철저히 진상을 밝혔어. 그 실정은 충격 그 자체였네. 그렇게 해서 사월 이후로 산동성에서는 아사한 이재민이 하나도 없었어."

순간 좌중의 사람들은 깜짝 놀라 멍하니 할 말을 잊었다. 그들의 시선은 그 순간에도 전혀 흐트러지지 않고 침착하고 의젓하게 앉아 있는 홍력에게 일제히 쏠렸다. 그들은 산동성 총독, 순무, 포정사 세 거물이 한 그물에 잡혀 펄떡거리면서 북경으로 압송됐다는 사실을 어제 관보를 보고 알고는 있었다. 그러나 도대체 무슨 죄를 지었는지도 몰랐고, 그 속사정에 대해서는 더욱 몰랐다. 그런데 오래도록 모습을 보이지 않던 넷째 황자가 이재민들이 득실거리는 현장에서 거지행색을 하고 몇 개월을 보냈다니! 그들은 모두들 머리를 한 방 맞은 표정이었다.

"나라에는 정해진 포상 제도가 있어. 천자도 공적에 따라 포상을 주고받는 것은 당연한 일이지. 오늘 여러 관리들이 함께 자리한 이런 기회를 빌려 짐이 지의를 내리고자 하네. 우선 홍력을 보친왕寶親王으로 봉하고 동주東珠 열두 개를 하사한다. 또 이위도 공로를 세웠네. 간사한 무리의 소굴을 발견하고 소탕에 앞장서서 산동성의 수해 현실을 가감 없이 상주했어. 그뿐만이 아니지. 양강 총독 서리로서 그 지역의 국채 환수 작업에도 헌신적이었어. 그 공로를 인정해 오늘 이 자리에서 이위를 양강 총독으로 임명한다. 이외에 전문경은 대영大營에 대한 군량미 수송에 기여한 공로를 인정하여 하남성 순무로 발탁하는 바이다. 전 양강 총독과 하남성 순무는 술직述職을 통해 다른 자리로 옮기도록 할 것이다. 형신, 연회가 끝나고 자네는 방금 얘기한 내용을 골자로 지의를 작성하게. 그런 다음 정기廷寄(비밀리에 통보한다는 의미)가 아닌 명발明發(공식적으로 통보한다는 의미)로 천하에 널리 알리게!"

옹정이 느릿느릿 말했다. 장정옥이 황급히 대답했다.

"지의에 따르겠사옵니다, 폐하!"

장정옥의 말이 끝나기 무섭게 홍력이 길게 엎드렸다. 이어 머리를 조아린 채 감사를 표했다.

"부덕하고 무능한 아신에게 이리 과분한 성은을 내리시어 심히 황송하옵니다. 열심히 하겠사옵니다!"

옹정이 홍력의 말에 미소를 지었다.

"자네는 당연한 보답을 받은 것이네. 모름지기 사치와 허영을 부리지 않고 진실에 입각해 맡은 바를 충실하게 한다는 것이 보기에는 쉬워 보이지만, 실제로는 아무나 다 할 수 있는 일이 아니거든. 짐은 자네의 그런 점을 높이 사네. 자 보친왕, 짐이 하사하는 조육胙

肉을 받게!"

좌중의 관리들은 홍력이 그토록 큰 성총을 받는 모습을 보고는 여기저기에서 부러움에 찬 숨을 들이마셨다. 이어서 마치 약속이나 한 듯 기쁜 표정으로 축하의 말을 건넸다.

홍시와 홍주 역시 밖에 있으면서 쩌렁쩌렁 울려 퍼지는 옹정의 말을 똑똑히 들었다. 홍주는 어린 나이답게 별다른 반응을 보이지 않았다. 그러나 홍시는 달랐다. 얼굴이 붉으락푸르락 하는 것이 영 보기가 좋지 않았다.

급기야 그는 웅성거리는 망루 안을 향해 눈을 희번덕거리며 째려보더니 이를 악물었다.

"배 터지는 인간들은 배고픈 자의 슬픔을 모른다더니! 그래 좋아, 주지 않으면 스스로 찾아먹으면 될 것 아닌가. 사방에 먹을 것이 널려 있는데! 자, 우리도 먹자."

홍시가 말을 마치더니 주먹만 한 고깃덩어리를 들고는 정신없이 뜯어먹기 시작했다. 그때 시위 소륜이 대접에 커다란 돼지 뒷다리고기를 담아가지고 나왔다. 그걸 보고는 홍시가 말했다.

"자네 시위들은 참 별종들이야. 간도 하지 않아서 싱거운 것을 무슨 맛에 그리 맛있게 먹나 몰라. 나는 하도 배가 고프니까 먹지 평소에는 목에 넘어가지도 않던데!"

소륜이 홍시의 말에 웃으면서 대답했다.

"소인은 나름대로 맛있게 먹는 방법이 있습니다. 이 종이를 물에 잠깐 담갔다가 꺼내서 물을 찍어 드셔 보십시오."

소륜이 말을 마치자마자 바로 안주머니에서 상피橡皮 종이를 한 장 꺼내 홍시에게 건넸다. 홍시는 소륜이 시키는 대로 종이를 담갔던 국물에 고기를 찍어먹었다. 그리고는 눈을 휘둥그렇게 떴다. 간이 짭짤

하게 밴 것이 완전히 별미였던 것이다. 아마도 시위들은 소금을 비롯한 갖은 양념을 그런 식으로 저장해 가지고 다니는 모양이었다. 덕분에 홍시는 맛있게 고기를 다 먹을 수 있었다. 너무 급하게 먹느라 위장이 고생을 좀 할 것 같긴 했다. 반면 형처럼 배짱이 없는 홍주는 그저 그 모습을 지켜만 봤다. 그리고는 연신 군침만 삼키면서 서 있었다.

바로 그때였다. 고무용이 커다란 접시에 노란 기름이 자르르 배어 나오는 찐 거위고기를 받쳐 들고 나왔다. 족히 한 근은 되고도 남을 것 같은 고기는 작은 노란 보자기에 덮여 있었다. 고무용은 두 사람을 향해 똑바로 서더니 지의를 전달했다.

"두 분 황자마마, 폐하께서 하사하신 음식입니다."

"예, 폐하!"

홍시와 홍주 두 형제는 황급히 머리를 조아리면서 지의를 받았다. 그리고는 한 사람이 하나씩 접시를 받아들었다. 군주가 하사하는 물건은 신하로서 감히 거절해서는 안 되는 법이었다. 때문에 설사 하늘이 두 쪽 나는 한이 있어도 옹정이 하사한 고기는 다 먹어야 했다. 당연히 뱃가죽이 등에 붙은 홍주는 고기를 마다하지 않았다. 반면 홍시의 위장에는 더 이상 거위고기가 들어갈 공간이 없었다. 고문도 그런 고문이 따로 없었다. 순간 그는 연신 트림을 해대면서 비대한 거위를 노려봤다. 그 눈빛이 심상치가 않았다.

단오 명절을 맞아 거행된 자축연은 미시未時가 다 돼서야 끝이 났다. 옹정은 연회에 참석한 관리들이 빈손으로 집에 돌아가지 않도록 신경도 썼다. 청애靑艾(쑥을 일컬음) 한 묶음과 황주 한 병씩을 하사한 것이다. 특히 유묵림에게는 그밖에도 청옥진지靑玉鎭紙와 상비죽선湘妃

竹扇을 챙겨 주면서 각별한 성총을 보여줬다.

유묵림으로서는 얼굴이 상기되어 열이 날 정도로 기분이 좋을 수밖에 없었다. 그는 달리다시피 하며 기분 좋게 걸어 나왔다. 그리고는 먼저 나와 융종문 밖에서 뭔가 이야기를 주고받고 있는 조문치와 왕문소를 향해 다가갔다.

"문소 형, 경황이 없어 미처 축하를 못 드렸어. 형수兄嫂가 광화光華부인으로 봉해졌는데, 이런 좋은 날에는 술이라도 한잔 사야 되는 것 아니야?"

왕문소가 난데없는 유묵림의 말에 놀라는 표정을 지으면서 말했다.

"대낮에 꿈이라도 꿨는가? 무슨 봉창 두드리는 소리야? 그런 선례도 없을 뿐만 아니라 성지聖旨도 안 계셨는데?"

유묵림이 정색을 하는 왕문소를 보면서 껄껄 웃더니 입을 열었다.

"이보시게 장원 대인, 순진하기는! 폐하께서 장 중당에게 영련을 하사하셨잖아? 문치가 광화라고 말이야. 그러니 자네의 부인도 문치의 부인처럼 광화부인이 될 게 아닌가. 장원인데!"

왕문소와 조문치는 그제야 옹정이 장정옥에게 하사한 영련의 내용에 '문치'와 '광화'라는 두 글자가 있었다는 사실을 떠올렸다. 둘은 자신도 모르게 마주 보면서 한바탕 웃음을 터트렸다. 그때 윤계선이 셋째 패자 홍시와 함께 걸어오고 있었다. 세 사람은 뚝하고 웃음을 그치고는 홍시에게 다가가 인사를 올렸다.

왕문소는 홍시의 안색이 좋지 않다는 느낌을 받았는지 걱정스레 여쭈었다.

"셋째 황자마마, 아침에 뵐 때만 해도 안색이 괜찮아 보이셨는데 지금은 영 아닌 것 같습니다. 어디 불편하신 곳이 있으십니까? 계선이,

자네 뭐 좀 볼 줄 알잖아. 안 봐 드렸어?"

홍시의 안색이 좋지 않은 것은 구역질이 날 때까지 먹은 거위고기와 관계가 있었다. 조금만 움직여도 속에서 고기가 그대로 쏟아져 나올 것 같은 느낌이 들었는지 그야말로 죽을상을 하고 있었던 것이다. 홍시가 누렇게 뜬 얼굴에 애써 웃음을 지은 채 대답했다.

"괜찮네. 방금 계선이가 그러더군. 위가 조금 좋지 않은 것 같은데 푹 쉬면 좋아질 거라고 했네."

홍시의 상황을 너무나 잘 아는 윤계선은 터져 나오는 웃음을 애써 참았다. 그리고는 조용히 친구들에게 말했다.

"셋째마마를 모시고 나가세."

홍시는 따끔따끔 아파 오는 배를 끌어안은 채 윤계선 등과 함께 서화문을 나섰다. 그가 수레에 막 발을 올려놓으려 할 때였다. 윤계선이 갑자기 홍시에게 다가가더니 뭐라고 귀엣말을 하고는 물러났다. 유묵림은 홍시가 떠나자마자 볼멘소리를 했다.

"뭔데 그렇게 쏙닥대고 그러는 거요? 여러 사람 궁금하게!"

"절대 소문을 내서는 안 되네."

윤계선은 곧 유묵림 등으로부터 절대 발설하지 않겠다는 다짐을 받았다. 그리고는 홍시가 상태가 안 좋은 이유를 설명해줬다. 그리고는 낄낄거리고 웃으면서 덧붙였다.

"누군 못 먹어 굶어 죽는다는데, 저 양반은 배가 터져 죽을 지경이야. 정 참기 힘들면 손가락을 넣어서라도 토해버리면 좀 편해질 거라고 귀띔했을 뿐이야."

윤계선의 말에 비로소 어찌 된 영문인지를 알게 된 유묵림 등은 한심하다는 표정을 지었다. 윤계선이 다시 말을 이었다.

"황자들의 일은 우리가 신경 쓸 것 없어. 그러나 내가 두 형한테 해주고 싶은 말은 있어. 폐하께서는 진사들이 함께 어울려 다니는 것을 대단히 싫어하신다는 거야. 나는 이미 이부에서 내려 보낸 표票를 받았어. 때문에 내일 금릉金陵으로 떠나야 할 것 같아. 북경에 있는 그대들은 조심해서 나쁠 것이 없을 것 같아. 폐하의 이목은 아무튼 대단하시니까!"

유묵림 등은 무슨 일이든 옹정의 매서운 눈길을 피해갈 수 있는 경우가 드물다는 사실을 모르지 않았다. 당연히 윤계선이 조용하게 말했으나 그 무게감에 압도될 수밖에 없었다.

왕문소는 그 상황에서도 못내 궁금증을 이기지 못하겠다는 듯 윤계선에게 물었다.

"금릉에는 무슨 일로 가게 되는 거야?"

윤계선은 왕문소의 물음에 고개를 떨어뜨리고는 한숨을 내쉬었다.

"수혁덕隋赫德의 집을 압수수색하라는 지의를 받고 가는 거야. 수혁덕이 조인曹寅의 집을 압수수색하면서 황금을 사백 냥이나 착복했다는 이위의 밀주密奏가 있었어. 그래서 이번에는 내가 다시 수혁덕의 집을 수색하러 가게 된 거야."

유묵림 등은 조금 전까지만 해도 장난기 다분한 웃음을 터트렸으나 윤계선의 말에 금세 마음이 착잡해지고 말았다. 조인이 누구던가. 태조 때부터 청나라에 투항해 근 100년 동안 잠영簪纓을 단 명문가의 자손으로 그 이름도 유명한 세도가가 아니었던가. 비록 나라에 백은白銀 70만 냥의 빚을 지고 있지만 말이다. 물론 그 빚은 강희가 여섯 차례 남순南巡을 할 때 그가 무려 네 차례나 그곳에 머물게 되면서 접대용으로 끌어다 쓴 것이었다.

그러나 옹정은 인정사정이 없었다. 압수수색을 강행해 하루아침에 그를 길거리에 나앉게 만들었다. 정말 충격적인 사건이라고 할 수 있었다. 그뿐만이 아니었다. 조인의 집을 수색하러 간 수혁덕이 벼룩의 간을 빼먹었다가 몇 개월 후에 목덜미를 잡혔다는 사실도 숨이 막힐 정도로 경악스러운 일이었다.

유묵림 등은 마치 험하고 거친 바다 속을 항해하는 것 같은 기분이 들었다. 가슴이 콩닥거리면서 자꾸만 불안해졌다. 바로 그때 융과다가 팔자걸음으로 다가오고 있었다. 그들은 일제히 고개를 숙여 인사를 올렸다. 이어 각자 수레에 타기 위해 흩어졌다. 그러자 융과다가 황급히 유묵림의 이름을 불렀다.

"유묵림, 폐하께서 바둑이나 한판 두자시면서 양심전 작은 서재로 자네를 부르셨네. 어서 가보게!"

"예, 알겠습니다!"

유묵림이 융과다의 말에 상체를 깊숙이 숙인 채 인사를 올렸다. 이어 부랴부랴 양심전으로 향했다.

융과다는 염친왕부에 지의를 전하라는 옹정의 명령을 받고 나오는 길이었다. 더불어 유묵림을 부르라는 어명 역시 함께 받았기에 유묵림을 만나 지의를 전하고는 곧바로 조양문 밖 부두 북쪽에 위치한 염친왕부로 향했다.

염친왕부의 연분홍 담벼락 안에는 아름드리나무들의 자태가 늠름했다. 또 담벼락 모퉁이에는 석류꽃이 혀를 날름대듯이 불꽃처럼 피어 있었다. 담벼락 아래에도 왕부답게 화려한 장미꽃이 울타리를 이루고 있었다. 그 너머로 웅장한 염친왕부가 자리 잡고 있었다.

융과다의 관교官轎가 조벽照壁(대문 앞에 병풍처럼 돼 있는 곳) 앞에 도착하자 곧 염친왕부의 문지기가 달려왔다. 이어 상체를 숙이고는 수레 밖으로 나온 융과다로부터 지의를 전하러 왔다는 말을 들었다. 그는 즉각 다시 날아가듯 달려 들어갔다.

잠시 후 예포소리가 쿵! 쿵! 쿵! 세 번 울렸다. 커다란 구리 손잡이
가 달린 주홍색 중문이 서서히 양 옆으로 열리기 시작했다. 그러는
가 싶더니 금실로 수놓은 아홉 마리 용무늬의 관복에 네 마리 맹수
의 발톱이 그려진 보복補服을 입고 동주東珠가 달린 조관朝冠을 쓴 염
친왕이 사무관과 태감 등 왕부의 일꾼들을 있는 대로 거느리고 영
접하러 나왔다.

그렇게 왕부의 정문으로 안내받은 융과다는 미리 설치돼 있던 책
상 앞으로 다가가 남쪽을 향해 똑바로 섰다. 염친왕 윤사가 삼궤구고
의 대례를 올리면서 말했다.

"신 윤사가 머리 조아려 폐하께 금안을 올리면서 성유를 공청恭
聽하옵니다!"

윤사를 힐끔 쳐다본 융과다가 정중한 표정으로 천천히 입을 열었
다.

"폐하께서는 편안하시다! 염친왕 윤사는 학식이 탁월하고 친왕으
로서의 본업에 근면해 어려움에 맞서 이겨내는 의지가 돋보인다. 그
런 바 총리왕대신總理王大臣으로 가봉加封한다. 여전히 상서방에서 윤
상과 더불어 국사에 전념하고 짐을 보필하도록 하라. 녹봉은 친왕 녹
봉의 두 배를 하사한다!"

"성은이 망극하옵니다!"

윤사가 머리를 깊숙이 조아렸다.

"대왕, 감축드립니다!"

지의 전달을 마친 융과다가 얼굴 가득 웃음을 지으면서 황급히 윤
사를 부축해 일으켰다. 그리고는 예의를 갖춰 인사를 올렸다. 그러자
윤사가 황급히 말리면서 말했다.

"외삼촌, 이러시면 안 됩니다. 서화청에 술상을 봐놨으니…… 외삼

촌, 그리로 옮기도록 합시다!"

융과다는 오래 있어봐야 별로 득이 될 것이 없는 함정陷穽 같은 염친왕부에서 술상을 받는다는 것이 부담스러웠다. 더구나 지난번 아홉째 윤당과 얘기를 나누다 혼비백산했던 기억도 떠오른 탓에 한시 바삐 왕부를 떠나고 싶은 마음이 간절했다. 결국 정중하게 사양을 했다.

"대왕, 폐하께서 오늘 창춘원으로 행차하십니다. 신은 어가를 따라 가야 합니다. 늦게 가면 불경죄를 저지르게 됩니다. 대왕의 성찬은 나중에 감사히 받도록 하겠습니다."

"됐네요!"

윤당이 갑자기 병풍 뒤에서 부채를 부치면서 유령처럼 모습을 드러냈다. 이어 웃는 듯 마는 듯한 표정을 지은 채 덧붙였다.

"외삼촌, 폐하의 귀가 아무리 길기로서니 여기까지는 닿지 못하실 거요. 왕문소 같은 새내기 책벌레들이나 폐하라면 오줌을 질질 싸지, 우리한테는 웬만큼 겁을 줘봤자 씨알도 먹히지 않소. 더구나 우리는 수십 년의 찬란한 역사를 자랑하는 염친왕부를 경영해오고 있지 않소. 수백 명에 달하는 가인家人들 역시 모두 여덟째마마의 가노家奴 출신들이고. 몇 번씩 채를 쳐서 걸러냈는지 모를 충성파들만 똘똘 뭉쳤잖소! 그런데 여기서 몇 마디 주고받는다고 큰일이 날까봐 그러오? 그렇다고 우리가 외삼촌에게 모반을 종용하는 것도 아닌데?"

윤당의 말이 끝나자마자 윤사가 시원스럽게 말했다.

"외삼촌, 말은 시퍼런 칼날같이 해도 속은 두부처럼 부드러운 아홉째의 성격을 잘 아시잖아요. 폐하께서는 오늘 방 대인을 만나러 창춘원으로 행차하실 거요. 장정옥과 마제가 어가를 따를 것이고. 예부에서도 따라 나설 것이라는 얘기도 있고. 왕섬이 유서까지 올렸다고 해서 겸사겸사 해서 움직이는 거지. 그뿐이 아니에요. 산동성이 진 국고 빚 이백만 냥도 보친왕을 보내 독촉할 거요. 또 강남, 절강, 강서 세 곳의 칠백만 냥도 방포와 상의해서 흠차대신을 보내고 독촉할 것이 확실해요. 그러니 영시위내대신인 외삼촌은 따라가 봐야 할 일이 없을 것이 뻔해요! 물론, 내가 있는 이곳이 사람을 피둥피둥 살찌우는 곳은 아니라는 걸 잘 알아요. 그래서 수많은 시시비비를 몰고 다니는 여기에 오래 붙잡아둘 생각은 없어요. 하지만 생각해보면 외삼촌에게도 좋은 점은 있을 것 같소. 물론 정 싫다면 나도 굳이 만류할 생각은 없소.”

여유 있는 윤사의 어조는 대단히 부드럽고 느렸다. 칼날이 번뜩이거나 활시위를 팽팽하게 당기는 것 같은 긴장감은 추호도 찾아볼 수 없었다. 그러나 조금만 음미해보면 뭔가 느낄 수 있었다. 솜 속에 바늘이 숨겨져 있는 듯했다. 또 마디마디에 뼈가 숨어 있었다.

융과다는 윤사가 옹정의 일거수일투족을 그토록 손금 보듯 파악하고 있다는 사실에 긴장하지 않을 수 없었다. 아마도 수많은 밀정密偵(스파이)을 구석구석에 풀어 놓고 있는 모양이었다. 그는 더위가 기승을 부리는 날씨임에도 순간적으로 한 줄기 찬바람이 가슴속을 싸늘하게 얼어붙게 만드는 것 같은 느낌을 받았다. 그는 자신의 답변을 기다리는 윤사를 의식하면서 잠시 생각하더니 애써 웃음을 지은 채 말했다.

“그래도 폐하께서 언제 찾으실지 모릅니다. 그런데 정작 찾으실 때 옆에 없으면 폐하의 진노를 사게 됩니다. 그래서 그렇습니다. 여덟째 마마께서 그렇게까지 말씀하신다면 저는 달리 사양할 이유가 없을 것 같습니다. 특별히 다른 이유는 없습니다. 마침 오늘 총리왕대신으로 봉해진 대청大淸의 제일가는 요인要人인 염친왕께 감축 올리는 자리로 생각하면 좋을 듯합니다!"

"하하하하……."

윤사가 갑자기 귀청이 찢어질 듯 크게 웃었다.

"전하!"

"자, 자. 여기는 맘 놓고 얘기할 곳이 못 되오. 그러니 화청으로 자리를 옮기는 것이 어떻겠소?"

융과다는 머릿속 가득 의혹을 품은 채 윤사와 윤당을 따라 왕부 정전을 나왔다. 이어 월동문을 통해 서화원으로 들어섰다. 곧 화사한 월계화 줄기들이 촘촘히 엮여 천연 화랑花廊을 이룬 곳이 눈에 들어 왔다. 한눈 가득히 푸른 풀밭이 펼쳐져 있는 푸른 주단 같은 곳이었다. 파란 물빛 잔주름을 잡으면서 햇빛에 반짝이는 그곳의 호숫가에는 함초롬히 물오른 버드나무가 미풍에 흐느적거리고 있었다. 또 휘파람새가 재잘대는 언덕배기에는 배산임수의 자그마한 궁전이 나무 그늘 밑에 호젓하게 자리를 잡고 있었다. 너무나 아름다운 경치였다. 융과다는 그 광경에 매료됐는지 불안함 같은 것은 잊어버린 듯했다. 그는 연신 감탄사를 터뜨렸다.

"명실 공히 신선이 놀던 곳이로구나!"

윤사는 융과다의 감탄사에는 아무런 대꾸도 없이 손짓으로 그를 서재로 안내했다.

안에서는 두 사람이 바둑을 두느라 여념이 없었다. 그러다 윤사가 들어서는 것을 보자 곧바로 바둑판을 밀어내면서 자리에서 일어섰다. 윤사가 빙그레 웃으면서 말했다.

"내가 잠깐 소개하지. 이분은 상서방 대신이자 영시위내대신 겸 보 군통령구문제독인 황실의 외삼촌 융과다 대인이시네."

윤사가 바둑을 두던 두 사람에게 융과다를 소개한 다음 50세 가량

돼 보이는 수척한 노인네를 가리키면서 다시 말을 이었다.

"이 양반은 왕경기汪景祺라고, 호는 성당星堂이오. 과거의 상서방 대신 색액도 문하에서 식객으로 있었지. 강희 오십삼 년의 거인이고. 그리고 여기 이 사람은 공령대사라고 하오. 일전에 궁중에서 태후마마를 위해 복을 올렸던 밀종의 대법사요!"

"만나서 반갑소!"

융과다가 속으로 흠칫 놀라면서도 일부러 친절한 어조로 아는 체를 했다. 물론 그는 공령대사와 같은 신승神僧이 팔황자당과 밀접한 관계를 맺고 있다는 사실에 무척이나 놀랐다. 또 왕경기와 같은 새끼 새우가 염친왕부의 상객上客으로서 공령대사 이상의 대우를 받고 있는 것에 의혹을 떨치지 못했다. 그가 혼란스러움에 궁금증을 참지 못하고 물었다.

"성당 선생, 그대는 어디에 몸담고 계시오?"

상다리 부러지게 차려진 술상이 들어온 것은 왕경기가 융과다의 질문에 미처 뭐라고 대답하기도 전이었다. 그러자 윤당이 두 사람의 대화에 끼어들었다.

"자, 자, 어디에서 뭘 하는 것이 중요한 것이 아니오. 지금은 먹는 것이 급선무지. 편하게 앉으시오."

윤사가 상석에 자리하고는 술 주전자를 기울여 일일이 좌중의 사람들에게 술을 따라줬다. 이어 다시 미소 띤 얼굴로 말했다.

"외삼촌이 지금은 세월을 비껴가지 못해 노색이 완연하나 그 옛날에는 기세가 창공을 가르는 전쟁터의 호걸이었지! 선제께서 당시 친정親征을 하실 때 과포다科布多에서 포위를 당한 적이 있었소. 그때도 외삼촌이 선제를 등에 업고 위기에서 탈출했잖소. 외삼촌은 그야말로 우리 대청의 개자추介子推(춘추시대의 은사隱土. 충신의 표상)가 되기에 손색이 없소. 그런 의미에서 내가 외삼촌께 삼가 술잔을 올리니 받아주시오."

사실 융과다는 지난번 윤당과 밀의했던 화제의 연장선상에서 대화가 오가지 않을까 무척 부담스러운 터였다. 그러나 윤사의 말은 그의 우려와는 한참이나 거리가 있었다. 그가 다소 안심했다는 표정을 한 채 황급히 잔을 받아들었다.

"오늘은 여덟째마마의 좋은 날입니다. 그러니 저에 대한 잡다한 과거사는 제쳐둡시다. 제가 먼저 대왕께 한잔 올려야 예의일 것 같습니다."

윤사가 융과다가 건넨 술잔을 받아들었다. 그리고는 호박즙 같은 술을 한참 들여다봤다. 이어 한숨을 내쉬었다.

"그렇소. 좋은 날이라고 해야겠지요. 외삼촌, 어떤 말은 별로 듣고 싶어 하지 않는 줄은 알고 있소. 대개의 사람들은 잘나갈 때는 퇴로를 전혀 염두에 두지 않는 경향이 있소. 또 행운만 반기고 흉흉함은 두려워하는 경향이 있소. 영원히 승승장구할 것처럼 귀에 거슬리는 말은 한 마디도 들어 넘기지 못하기도 하고. 철학자가 고명한 것은 바로 그런 인간의 오류를 깨달았다는 것이오. 오죽하면 노자가 '복 속에 화가 엎드려 있다'고 했겠소. 그래서 하는 말인데, 나는 인생살이의 길흉화복에 대해 비교적 투철하게 깨달은 편이오!"

융과다는 윤사의 말을 듣자 마치 바늘방석에 앉은 듯 부자연스러웠다. 그렇다고 자리를 털고 일어날 수도 없었기에 마냥 침묵으로 일관할 수도 없었다.

그가 곧 메마른 웃음을 머금은 채 말했다.

"대왕, 말이 나온 김에 저도 속에 품고 있는 말을 몇 마디 해볼까 합니다. 제가 살아온 날들을 돌이켜볼 때 지나간 일은 자꾸 떠올릴 필요가 없습니다. 그렇게 곱씹어봤자 백해무익한 것 같습니다. 이미 엎질러진 물이요 다 된 밥인데, 이 산에 오르면 이곳 산 노래를 부르고 저 산에 가면 그곳 타령을 부르는 것이 인지상정 아니겠습니까? 이런 자리에서 건방지게 폐하를 들먹거리는 자체가 죄가 될 테지만 신은 한마디만 하고 싶습니다. 폐하께서는 다들 알다시피 사람들에게 그리 관대한 편은 못 됩니다. 하지만 솔직한 얘기로 여덟째마마에 대해서만은 대단히 관대한 줄로 알고 있습니다. 여덟째마마의 문생인 소노는 선제 때 여덟째마마를 태자로 천거했다는 이유로 노란 마고자를 박탈당하지 않았습니까? 그런 소노가 지금은 어엿한 패륵으로 봉해졌습니다. 그뿐만이 아닙니다. 여덟째마마의 문생들 중에 불격佛格, 아이송아, 동길도佟吉圖 등은 폐하께서 즉위하고 나서 형부 상서, 산동성 안찰사, 포정사 등으로 대거 기용돼 요직에 앉았습니다. 더구나 여덟째마마께서 오늘 총리왕대신으로까지 추가로 봉해지신 것을 보면 성총이 얼마나 두터운지를 알 수가 있습니다. 신이 보기에 폐하께서는 각박하기는 하나 메마르고 인색하지는 않습니다. 형제간의 우애에 있어서도 두루 아우르는 포용력이 돋보입니다."

윤사는 융과다의 말에 그저 껄껄 웃을 뿐 말이 없었다. 그러자 제일 끝자리에 앉은 왕경기가 끼어들었다.

"융과다 대인, 폐하의 성총이 어디 그뿐이겠습니까. 여덟째마마의 세자인 홍왕弘旺은 황손들 중에서는 가장 먼저 패륵으로 봉해졌습니다. 또 폐태자 윤잉은 비록 상사원上駟院에 갇혀 있으나 내정의 유력한 소식통에 의하면 이제 곧 함안궁으로 옮겨간다고 합니다. 밖에서 공품으로 올라온 물건도 폐하께서는 곧잘 폐태자 윤잉에게 하사하고 계십니다. 그 장자長子인 홍석弘晳 역시 군왕郡王으로 봉해졌다고 합니다. 어디 그뿐입니까. 마제 역시 그 옛날에는 지금의 폐하와 삐걱

거리는 사이였는데도 지금은 상서방에서 장정옥과 어깨를 나란히 하고 있지 않습니까? 제 말이 틀림없죠?"

"전부 사실이죠."

무표정한 얼굴의 융과다가 깡마르고 강단이 있어 보이는 왕경기를 힐끗 일별했다. 그리고는 그의 말뜻을 천천히 음미했다. 윤당과 윤사 역시 야릇한 미소를 머금은 채 음식을 씹으면서 귀를 기울였다. 반면 공령대사는 듣는 둥 마는 둥 돼지 뒷다리를 뜯느라 여념이 없었다.

그때 젓가락을 든 채 탁자에 죽죽 줄을 그어가면서 침을 튕기던 왕경기가 갑자기 언성을 높였다 다시 낮추면서 주의를 환기시켰다.

"그리고 또 하나, 융과다 대인도 결코 간과할 수 없는 일이 있습니다. 이번원과 도찰원의 장관들이 공동 명의로 탄핵안을 올린 일입니다. 대장군왕 윤제를 서인庶人으로 강등시켜 조정의 기강을 바로잡아야 한다는 탄핵안이죠. 이유는 간단합니다. 선제의 영당靈堂을 시끄럽게 했다는 이유를 들었어요. 군주 앞에서 무례를 범했다고 말입니다……"

"그 일이라면 나도 알고 있어요. 폐하께서는 이미 그 상소문을 보류하기로 하셨어요."

융과다가 냉정하게 왕경기의 말머리를 잘랐다. 그러자 왕경기가 피식 웃으면서 입을 열었다.

"폐하께서는 태후마마께서 화가 나셔서 건강이 악화되지 않을까 우려하시고 계십니다. 그래서 고육지책으로 잠시 눌러둔 것이지 결코 확실히 결정했다고 볼 수는 없습니다. 대인, 대내에서 열 명의 시위를 선발한다는 사실을 알고 계십니까? 아홉째마마를 서녕西寧까지 '호위'해 가서 연갱요 휘하에서 용병술을 배우게 한다고 하네요."

융과다는 왕경기가 입에 올리는 문제에 대해서는 어느 정도 알고 있었다. 그러나 아홉째까지 딸려 보낸다는 것은 금시초문이었다. 그가 궁금증을 이기지 못하고 융과다을 힐끗 쳐다봤다. 윤당이 찻잔을 입가에 가져가던 중 융과다와 시선이 마주치자 무겁게 머리를 끄덕였다.

"아홉째마마! 그 일은 아직 성지聖旨가 내려진 상태는 아닙니다. 그러니 신이 폐하를 알현해 의중을 알아보겠습니다. 그 다음에 대책을 강구해보는 것이 어떻겠습니까?"

융과다가 자기는 전혀 모르고 있던 사실에 속이 뜨끔해졌는지 놀란 표정으로 말했다. 그러자 윤당이 흥! 하고 코웃음을 쳤다.

"외삼촌이 그렇게 힘이 셌었소? 내가 직접 찾아가 선제를 능으로 모시고 나서 출발하겠노라고 했소. 그것도 몇 번씩이나. 가지 않겠다는 것도 아니고 좀 늦춰 주십사 한 것이지. 그래도 우리 대단한 넷째 형님은 내 말을 건넛마을 개 짖는 소리 정도로 취급하던데?"

왕경기도 다시 슬그머니 대화에 끼어들었다.

"아홉째마마가 그렇게 가시면 연갱요 그자한테 연금당하는 것과 다름이 없게 됩니다. 열째마마 역시 심기가 대단히 불편하실 겁니다. 선제의 문상을 왔다가 북경에서 병으로 세상을 떠난 객이객 몽고의 대길臺吉(귀족을 일컬음)인 철포존단哲布尊丹의 영구靈柩 운반 때문에 말입니다. 당연히 그 일은 이번원 상서가 나서서 처리해야 할 일입니다. 그러나 폐하께서는 열째마마에게 영구를 객이객으로 직접 운송하라고 지시하셨습니다. 만 리나 되는 그 끝없이 먼 사막 길을 가라고 말입니다. 그것도 청해靑海의 전쟁터를 거쳐서 가라고 하셨습니다. 그런 위험을 감수해야 하다니, 열째마마로서는 조금 억울하지 않겠습니까?"

왕경기의 말에 융과다의 안색이 창백해졌다. 들을수록 간담이 서늘해지는 모양이었다. 비로소 그는 염친왕부의 이 식객이 진정으로 하고 싶은 말이 무엇인지를 알 것 같았다. 그가 잠시 생각에 잠겨 있더니 자세를 고쳐 앉으면서 당당하게 말했다.

"이 모든 것은 어디까지나 조정의 일이에요. 그대는 걱정이 지나친 게 아닌가 싶소."

융과다의 지적에 왕경기가 즉각 반박을 했다.

"대인에 대해서도 잠깐만 얘기 좀 하게 해주십시오. 대인은 대단한 성총을 한 몸에 지닌 고명대신입니다. 그것은 자타가 공인하는 바입니다. 저도 대인이 일편단심 폐하만을 위해 일하는 충실한 신하의 전형이라는 것을 잘 알고 있습니다. 걱정하지 마십시오! 아홉째마마께서는 설사 연갱요에게 가시는 일이 있더라도 대인을 협박해 뭔가 대가를 요구하는 일은 없을 겁니다. 모든 일은 원해서 해도 될까 말까인데 억지로는 하지 않을 거라고요! 대인, 풍대豊臺 대영의 제독에 도리침이 내정되어 있다는 사실을 알고 계셨습니까? 열하熱河의 도통 자리에 낭심의 조카인 해인海因이 앉게 됐다는 사실은 아십니까? 대인, 너무 그렇게 놀라시지 마십시오. 제 말은 아직 끝나지 않았으니까요! 마이음馬爾音이라는 자가 있습니다. 그가 대인을 탄핵하는 밀주를 올려 보냈다고 합니다. 관직을 팔고 뇌물을 수령해 밀운密雲에 있는 조릉祖陵에 100경頃(1경은 약 2만 평)짜리 장원을 구입했다고 말입니다. 또 대인이 열둘째마마 앞을 지나면서도 안하무인이었다고 하더군요. 예친왕禮親王이 그 사실을 알고는 대인을 일러 권력을 빙자해 함부로 발호하는 무례한 사람이라고 지적하기도 했고요. 그뿐만이 아닙니다. 스물셋째마마 윤필允祕을 '유치찬란하고 무식하다'라고 비난하신 적도 있다면서요? 대인, 어떻게 그런 말씀을 하실 정도로 상황파악이 안 되는 것입니까? 스물셋째마마라면 폐하께서 선제의 영전에서 즉위하실 때 감히 나서서 '선제께서는 넷째 형님께 전위傳位하신 것이 틀림없어요!'라고 폭탄선언을 했던 황자 아닙니까. 일곱 살밖에 되지 않았다고 만만하게 보신 겁니까? 그리고……."

융과다는 신주단지에 고이 모셨던 보물을 세듯 과거사를 일일이 열거하는 왕경기의 말에 가슴이 떨리지 않을 수 없었다. 가슴속 갈피갈피마다 살얼음이 끼는 기분이었다. 자신의 죄가 그토록 무거울 뿐만 아니라 들추려고 작심하면 밑도 끝도 없다는 것을 새삼 실감한 것이다.

그는 순간적으로 당황한 기색을 감춰보려고 했다. 그러나 의자 손잡이를 잡은 손에는 저절로 잔뜩 힘이 들어가 있었다. 뭐라고 중얼거리는 것도 같았으나 도대체 무슨 말을 하는지 본인도 모르는 듯했다.

"폐하의 권위를 범해서는 안 되는 거지."

윤사가 그만 하라는 듯 왕경기를 향해 손짓을 했다. 그리고는 덧붙였다.

"외삼촌은 본인이 절대 충신은 못 된다는 사실을 깨달았을 거요. 아까 나보고 왜 웃느냐고 했는데, 나는 제왕의 의중을 판독하지 못하는 외삼촌의 얕은 학식과 수준 낮은 술책을 비웃었소! 그 옛날 성조께서 오배를 제거하실 때도 우선 그를 일등공신으로 가봉加封하셨소. 오배는 신이 나서 경각심을 늦췄지. 그러나 이튿날 조정에 들어서자마자 위동정, 조인 등에 의해 육경궁에서 생포당했소. 이번에는 내 차례요. 나를 포식시켜 재워놓은 채 나의 수족인 아홉째와 열째, 열넷째를 밖으로 빼돌렸소. 그리고는 서부에서 연갱요로 하여금 승전고를 울리도록 하려고 하오. 변방도 철통처럼 지키려고 하고. 그뿐이 아니오. 남쪽에서는 이위와 전문경을 내세워 대대적인 국채 환수 작업도 완수하려고 하고 있지. 그 두 마리 토끼를 다 잡고 나면 곧 거센 이치吏治 정돈의 물결이 휘몰아치겠지. 그래서 문덕무비文德武備가 제대로 정착되면 깃털이 풍성해지고 날개가 단단해진 그네들이 외삼촌 같은 고명대신을 안중에나 두겠소? 스스로 제갈량임을 자칭하고 선제를 보좌하고 폐하를 돕는 공신이라면서 지나친 짝사랑을 하지 말라는 거요. 우리 폐하께서는 무능의 대명사인 유비의 아들 아두阿斗가 아니니까!"

융과다가 여덟째의 말을 듣자마자 갑자기 고개를 쳐들었다. 눈에서 흉흉한 빛이 흘러나왔다. 곧 그가 이를 악물었다.

"여덟째마마! 그런 얘기를 일 년 전에만 해주셨어도 지금 이 시각 양심전에 앉아 있는 사람은 염친왕이었을 겁니다. 후유! 이제 와서 그런 얘기를 해서 뭘 하겠습니까만 모든 것이 귀신의 장난인 것 같습니다. 이제…… 어떻게 하는 게 좋겠습니까?"

"이제야 진정한 만주의 호걸답군!"

윤당이 솥뚜껑 같은 손으로 탁자를 탁 치면서 일어서더니 융과다 앞으로 다가갔다. 이어 덧붙였다.

"솔직히 여덟째마마나 열째, 열넷째, 그리고 나까지도 황위를 찬탈해 제위에 앉고자 하는 마음은 버린 지 오래 됐소. 다만 우리 애신각라愛新覺羅 가문의 걸작인 대청大清 강산이 진시황 같은 폭군에게 홍역을 앓게 해서는 안 되지. 그렇게 되지 않도록 하기 위해, 또 우리들이 폭군의 작두 밑에서 이슬처럼 스러져가지 않기 위해 우리는 반드시 새로운 영주英主를 옹립해야 해!"

"……누구를?"

"아미타불!"

그 사이 배불리 먹고 마신 공령대사가 눈을 지그시 감은 채 '세 명의 영웅(유비, 관우, 장비를 이름)이 여포呂布와 대결하는' 것 같은 대화를 듣고 나더니 합장을 하면서 입을 열었다. 그의 음성은 마치 금석金石을 땅바닥에 내던지는 듯한 차진 소리가 났다. 그가 다시 천천히 입을 열었다.

"셋째 황자 홍시야말로 천기天氣를 한 몸에 받은 귀하디귀한 인물입니다. 그야말로 이 세상을 구해줄 진인眞人입니다!"

뭐, 홍시弘時라고? 갑자기 융과다의 눈이 휘둥그레졌다. 그는 옹정의 세 아들이 어릴 때부터 커가는 것을 쭉 지켜보았다. 때문에 그들을 너무나 잘 알고 있었다. 솔직히 그가 보기에 홍시는 어린 홍주弘晝에게도 미치지 못할 정도로 많이 부족한 황자였다. 진취적이고 기민하면서도 풍류와 유학자적인 풍모를 가진 홍력弘曆과는 아예 비교할 바도 못 됐다. 그런 홍시에게 제왕의 운이 따른다고? 융과다로서는 고개를 갸웃거리지 않을 수 없었다.

그는 그러나 순간적으로 그들의 진정한 속셈을 짐작할 수 있을 것 같았다. 그들은 그저 자기들이 조종하기 쉬운 사람을 황제로 꼭두각시처럼 앉혀 놓은 채 자신들이 실권을 장악하려는 속셈이었던 것이다. 그는 하지만 그 사실을 입 밖에 내지는 않았다. 아무리 명명백백한 일이기는 하나 그런 말은 삼가야 한다고 생각한 것이다. 곧 그가 합장을 하며 예의를 표했다.

"대사의 신통력에 대해서는 이미 감복한 바가 있죠! 하지만 내가 궁금한 것은 대사께서는 그날 유묵림을 죽일 수 있었으면서도 왜……?"

융과다가 말끝을 흐렸다. 공령대사가 기다렸다는 듯 대답했다.

"옹정은 삼 년의 제왕 운이 있어요. 아직은 끝날 때가 되지 않았는 걸요. 당연히 유묵림도 수수壽數가 끝날 때가 아니었어요. 더구나 나는 스님이라 감히 하늘의 뜻을 내 마음대로 어길 수가 없었죠. 그저 너무 겁 없는 친구라 조금 혼내주기는 했죠. 아미타불!"

윤당이 공령대사를 힐끗 쳐다보고는 한숨을 지었다. 사실 공령대사를 온갖 수단을 다 동원해 부른 사람은 바로 그였다. 때문에 공령대사가 이술異術을 조금 보유하고 있기는 해도 진정한 재주는 무학武學이라는 사실 역시 모르지 않았다. 한마디로 공령대사는 명실 공히 무승武僧이었다고 해도 좋았다.

그러나 윤당은 그 사실에 대해서는 굳이 입 밖에 내지 않은 채 마른침을 꿀꺽 삼키면서 말했다.

"일각이 여삼추라고, 하루가 일 년 같은데 삼 년을 참아야 하는 우리로서는 그야말로 죽을 맛이지. 융과다 대인, 하늘이 내리는 기회를 받지 않으면 도리어 벌을 받는다고 했소. 우리는 이미 한 차례 절호의 기회를 놓쳤으니 더 이상의 실수는 용납이 되지 않소."

윤당의 말을 듣자마자 융과다가 바로 마음의 결정을 한 듯 결연한 표정을 지었다. 이어 술잔을 들어 냉수 마시듯 들이부었다. 그리고는 탁자에 술잔을 소리 나게 내려놓으면서 입을 열었다.

"여덟째마마, 아홉째마마! 저는 이미 결단을 내렸습니다. 뭐든지 시켜만 주십시오. 제게 원하시는 것을 말씀해주십시오."

융과다가 말을 마치기 무섭게 윤사에게 시선을 보냈다. 그러나 윤사는 다리를 꼰 채 부채를 부치면서 말없이 웃기만 했다.

"명심하오. 여덟째마마는 총리왕대신, 그대는 총리사무대신總理事務大臣이오. 우리에게는 어마어마한 거물이 둘씩이나 있다는 사실을 말이오."

윤당이 그의 말을 받아 역시 결연한 어조로 말했다. 찰랑이는 창밖의 호수를 바라보는 시선이 형형하게 빛났다. 곧이어 그가 다시 천천히 입을 열었다.

"이 시간 이후로 그대는 가능한 한 우리를 만나지 않는 것이 좋겠소. 대외적으로 우리는 여전히 '정적'政敵이어야 하니까. 우리는 원래 장정로 사건을 계기로 장정옥을 끌어들이려고 했었소. 그러나 그 사람이 한족의 한계를 극복하지 못할 것 같기에 포기했소. 한족들 중에 쓸 만한 인간들이 몇이나 되겠소? 간은 콩알만 한데도 꿈은 커서 공명에만 목숨을 거는 인간들이라 기대를 할 수가 없소. 현재로서는 뭐니 뭐니 해도 연갱요를 붙들어 매는 것이 급선무요. 자그마치 이십 몇 만의 군사를 거느리고 있는데, 그중 연갱요의 말이라면 물불을 가리지 않는 결사대 심복만 해도 이만이 넘소. 유사시에 연갱요가 중립만 지켜준다고 해도 우리에게는 칠팔 할의 승산이 있소."

윤당의 말을 듣고 난 융과다는 바로 머리를 저었다.

"연갱요를 움직이는 것은 저의 능력 밖인 것 같습니다. 폐하께서 직접 키워오셨을 뿐만 아니라 만 리 밖에 있는지라 대화도 불가능합니다. 서신 왕래는 더욱 조심스럽고요."

"연갱요에 대해서는 외삼촌이 마음을 안 써도 될 거요. 아홉째가 직접 그 밑으로 가서 도움을 주게 되었으니 말이오. 아홉째가 잘 알아서 할 거요. 그리고 이 왕경기 선생 역시 내가 다른 선을 통해 연갱요의 막료로 밀어 넣었소. 외삼촌은 어떻게든 방포만 제거해버리면 큰 공로를 세우는 거요."

윤사는 자신만만한 어조였다. 그러자 융과다가 다소 의아스러운 얼굴을 한 채 물었다.

"방포라고 해봤자 창춘원에서 문서에만 매달려 있는 별 볼 일 없는 선비 아닙니까? 하필이면 왜 그 사람에게 연연하십니까? 폐하께서 하루라도 그 사람이 없으면 안 된다 하실 정도로 성총을 주고 있기 때문에 이간질을 시키기도 여간 힘들지 않을 텐데 말입니다."

"나도 그 어려움을 잘 아오. 하지만 억지로라도 팔을 비틀어야 하오."

윤사가 무표정한 얼굴을 한 채 말했다.

"혹시 궁으로 쳐들어가 없애버리라는 겁니까?"

"그렇지!"

"폐하께서……."

"폐하? 폐하께서는 열하로 가을 사냥을 떠나실 거요. 장정옥은 데리고 나가지만 방포는 남겨둘 것이오. 그를 통해 북경을 대신 감독할 것이 틀림없소. 외삼촌, 만에 하나 창춘원에 '자객'이나 '도둑'이 든다면 영시위내대신인 외삼촌이 병사들을 풀어 대거 수색작전을 펼칠 것이 아니오? 그 혼란을 틈타야 하오. 어둠을 무기로 삼아 '방 선생'이 '자객'들에게 불행하게 죽어가게 하는 것이지. 그러면 폐하로서도 죽은 사람을 깨워 대질을 할 수는 없을 것 아니오?"

윤사의 말에 융과다는 섬뜩하지 않을 수 없었다. 부드러운 인상과 말투로 '여덟째 부처'八佛爺, '팔현왕'八賢王으로 불리던 윤사의 악랄한 진면목을 보는 것 같아 두려웠던 것이다. 그가 미간을 좁힌 채 한참 고민하다 말했다.

"이 일은 저의 직권 반경 내에 속하는 일이라 못한다는 것은 거짓말입니다. 충분히 할 수 있습니다. 다만 태후께서 의지懿旨를 내리시어 제동을 거는 날에는 저로서도 어찌 할 수가 없습니다."

융과다의 말이 끝나기 무섭게 창가에 서 있던 윤당이 확 돌아섰다. 이어 한 마디씩 힘주어 말했다.

"태후? 태의원의 의정醫正(태의원의 하급 관리)인 이상李祥이 그러더군. 이미 백약이 무효여서 태후는 올 여름을 넘기지 못할 것이라고 말이오. 공령대사가 신공神功으로 병세를 조금 호전시키기는 했지. 하지만 공령대사가 천상天象으로 본 태후의 천수도 이제는 곧 끝이라고 했소."

"아미타불!"

윤당의 말이 끝나자마자 공령대사가 합장을 한 채 중얼거렸다.

22장
혼세마왕混世魔王

　연갱요는 10만 대군을 이끌고 옹정 원년 5월 중군의 대영을 서녕西寧으로 옮겼다. 그러나 그해 9월이 되도록 대규모 공격을 감행할 기미조차 보이지 않았다. 그가 속전속결을 하지 못한 것은 특별한 이유가 있어서가 아니었다. 워낙 중대한 일전이었기 때문에 쉽게 결단을 내리지 못했던 것이다.

　무엇보다 나포장단증의 반군叛軍들은 저마다 맹수도 맨손으로 때려잡을 정도로 용맹하기 이를 데 없는 몽고족들이었다. 게다가 한 곳에 오래도록 머무르지 않는 유목민족의 습성상 주둔 시간도 길지가 않았다. 반군의 중영中營이 귀주성 남쪽에 있다는 첩보가 도착했다 싶으면 다음날 아침에는 이미 다른 곳으로 옮겨갔다는 제보가 날아들 정도였다. 그래서 정예부대를 파견해 그곳으로 달려가 보면 그들은 어느새 자리를 뜨고 없는 경우가 허다했다. 들리는 소식이라고는 나포장단증이 불과 몇 시간 전 온천에 도착해 있다는 것들뿐이었다…….

늘 그런 식으로 종적을 잡을 수 없을 정도로 동에 번쩍 서에 번쩍했으니 그 넓은 서북에서 무작정 그들을 쫓아 대군이 움직인다는 것은 애초부터 무리였다. 물론 어려서부터 병서를 탐독해온 연갱요도 대단한 장군이기는 했다. 언제인가는 전장을 주름잡는 일대 명장이 되고자 하는 야망을 키워온 터였다. 때문에 글을 읽은 진사 출신임에도 내내 무장 자리에 있을 수 있었다.

실전 경험도 많았다. 강희 황제 때는 어가를 따라 세 번씩이나 준 갈이 부족을 공격하면서 실전을 익혔고, 이후 그는 줄곧 북로군北路軍의 비양고 대장군 휘하에서 참장參將으로 있었다. 그로 인해 모래바람이 기승을 부리는 고비 사막에서 십 몇 년 동안에 걸쳐 이론과 실천을 겸비한 진정한 장수로 성장할 수 있었다. 그랬기에 그는 나포장단증을 전멸시키기 위해서는 중원 지역의 마적馬賊이나 수적水賊을 때려잡을 때와는 달리 신중에 신중을 기해야 한다고 생각한 것이다.

만약 조정과 나라 전체의 이목이 집중돼 있는 전투에서 승전고를 울리는 날에는 그가 대청의 '두 번째 비양고'로 길이 이름을 날릴 수 있는 것은 불 보듯 뻔했다. 그러나 패전하는 날에는? 그렇지 않아도 화약고 같은 정국이 송두리째 휘청거릴 것이 불 보듯 분명했다.

또 싸움 잘하는 열넷째 황자를 불러들이고 얼간이를 내보내 패망을 자초했다는 비난의 화살도 옹정에게 마구 쏟아질 것이다. 자신의 패가망신은 말할 것도 없고 옹정의 황위조차 보전하기 어려울 수 있었다.

반드시 승리해야 했다. 평소 살인마로 통하는 연갱요가 몇 개월 동안 싸움 한 번 붙어보지 못한 이유는 바로 그 당위성에 있었다. 패해서는 안 된다는 절체절명의 부담감이 그의 다리를 잡고 있었던 것이다.

고민 끝에 그는 지령을 내려 감숙성 순무인 범시첩范時捷에게 영창永昌과 포륭길아布隆吉訶에 주둔하면서 나포장단증의 동쪽 퇴로를 차단하도록 했다. 이어 2만 병마를 풀어 나포장단증이 서장西藏으로 달아날 수 있는 퇴로도 막아버렸다. 그러나 신강新疆 지역에 주둔하고 있는 정역장군靖逆將軍 부녕안富寧安에게는 직접 명령을 내리지 못했다. 그가 황후의 남동생이라는 사실이 부담이 됐던 것이다. 그는 고민 끝에 칙령을 청해 부녕안의 부대가 투루판吐魯番과 갈사구葛斯□ 지역으로 이동해 방어진을 치도록 했다. 반군과 준갈이의 연락망을 차단시킨 것이다.

그는 그처럼 밤을 새워가며 심혈을 기울여서야 겨우 나포장단증을 독 안에 가두는 전략을 세울 수 있었다. 한숨도 돌리게 됐다. 이제 나포장단증은 아무리 도망쳐봤자 청해성이라는 그물을 빠져나갈 수 없었다.

그는 지난 몇 개월 동안 얼마나 고민을 많이 했는지 몰라보게 살도 빠져 있었다. 그래서일까, 눈자위와 볼이 깊숙하게 팬 것도 모자라 성격도 갈수록 성급하고 포악해졌다. 10명의 시위들이 아홉째 윤당을 호위해 지원을 하러 온다는 소식을 접하고는 소름 끼치는 웃음을 날리면서 관보를 구겨버린 것도 아마 그 때문인 듯했다.

그는 얼마 후 관보를 내팽개치듯 던지고는 뒷짐을 진 채 휭하니 중군의 천막을 나섰다. 그러자 수행원인 상성정桑成鼎이 얼른 쫓아 나왔다.

"대장군, 여기 군보 두 장이 더 있습니다. 육백리 긴급서찰편으로 보내온 것입니다……."

"말해봐."

햇볕에 그을어 거무튀튀하고 깊은 주름이 칼자국 같은 연갱요의 얼굴에는 표정 하나 없었다. 누런 모래바람이 몰려와 뿌옇게 흐려진 먼 곳을 바라볼 뿐 더 이상 아무 말도 하지 않았다. 바람에 날려갈 듯 깡마르고 50세 정도 돼 보이는 상성정이 잠시 침묵한 끝에 입을 열었다.

"이제 곧 얼음이 얼기 시작할 것이라고 소가죽 천막을 이천 장 부탁한다는 범시첩의 자문咨文입니다."

"회문回文을 보내 병부에서 얻어 쓰라고 해. 그리고 앞으로 나한테 자문을 보낼 때는 상하 격식을 깍듯이 갖추라고 해. 아니면 회문을 하지 않을 거야. 또 작전을 잘못하는 날에는 가차 없이 목을 벤다고 추신을 써서 보내!"

"예!"

"또?"

"악종기 장군께서 회문을 보내왔습니다."

"말해봐."

"대장군께서 사천성의 녹영병을 송번松藩으로 주둔시키라는 명령은 받았으나 당장은 집행하기에 무리라고 했습니다."

"뭐라고?"

연갱요가 고개를 돌렸다. 그리고는 종잡을 수 없는 눈빛으로 상성정을 아래위로 쓸어봤다. 그러더니 갑자기 껄껄 웃었다.

"지위를 따지면 그자는 내 부하야. 또 정분으로 보면 옛 친구이기도 하지. 그런데 그런 악종기가 나에게 도전장을 내는 거야? 또 뭐라고 그래?"

상성정이 하얗게 부르튼 입술을 연신 적시면서 대답했다.

"그에 관해 성명聖命을 청했다 합니다. 작전은 전혀 예측불허라 나 포장단증이 큰 움직임을 보이기 전에는 사천성의 녹영병이 대장군의 부대와 반드시 연합해 진격할 필요가 없다고 했습니다. 이건 악종기 장군이 폐하께서 내리신 주비朱批를 베껴 보낸 내용입니다. 대장군께서 아무쪼록 자신의 어려운 결정을 이해해 주셨으면 한다고 했습니다."

상성정이 말을 마치자마자 노란 겉봉의 편지를 두 손으로 받쳐 건넸다. 연갱요는 낚아채듯 편지를 펼쳐들었다. 앞부분의 간단한 인사말과 함께 완곡한 어투로 써내려간 편지의 내용은 분명했다. 명령에 따를 수 없다는 사실을 토로하고 있었다. 편지 말미에는 바로 한 눈에 확 안겨오는 옹정의 주비 내용도 있었다.

아뢰어 온 내용에 크게 안도하네. 짐은 자네를 믿네. 모든 일은 행하기 전에 침착하고 신중하게 생각하는 것이 상책이네. 서부에는 자네와 연갱요가 있어. 그러니 짐이 무슨 우려가 있겠나? 어서 빨리 승전고를 울려 짐에게 희소식을 전해주기를 바라는 마음뿐이네!

연갱요가 긴 한숨을 내쉬면서 묵묵히 편지를 상성정에게 건네줬다. 그리고는 한참 후에야 입을 열었다.

"악종기는 엄연히 내 부하야. 부하의 체면을 봐줘야지. 폐하께서 나서서까지 윤허를 하신 것 같은데, 내 인새印璽를 찍어서 자네가 문서를 보내게. 원하는 대로 하라고. 하지만 강조할 것이 있어. 청해성의 반군이 단 한 명이라도 사천성으로 흘러들어가는 날에는 내가 가만히 있지 않겠다고 말이야. 설사 그게 쥐새끼들 정도에 불과하더라도 나는 가만히 있지 않아. 수십 년의 우정이고 뭐고 한 방에 날아가는 수가 있다고 쐐기를 박아두라는 말이야. 그리고 장군은 밖의 전쟁터에서는 군주의 명령을 더러 받지 않을 수도 있다고 했어. 사천성의 병마는 수시로 내 명령에 따라 움직여야 한다고 전해줘."

상성정은 연갱요가 말하는 동안 연신 머리를 끄덕였다. 할 말이 끝났음에도 상성정이 물러갈 기미를 보이지 않자 연갱요가 의아하다는 표정으로 물었다.

"왜 그러고 있어?"

상성정이 기다렸다는 듯 입을 열었다.

"대장군! 과친왕부果親王府에서 보낸 막료 왕경기가 대장군을 한번 뵈었으면 좋겠다고 합니다. 또 아홉째마마와 열 명의 시위들이 이미 서녕의 성 밖에 도착해 있습니다. 대장군께서 영접을 나가실 겁니까?"

연갱요가 담담히 웃으면서 말했다.

"과친왕이 추천한 왕아무개는 글은 괜찮게 쓰는 것 같았어. 내일부터 공문결재처에서 일하면 매일 얼굴 볼 텐데 따로 볼 이유가 뭐 있어? 열 명의 시위들과 아홉째마마는 왜 왔는지 알아? 자네가 참장, 부장들을 데리고 마중 나가도록 해. 나는 중요한 일이 있어서 나가지 못한다고 하고. 기분이 나쁘기는 하겠지만 이해해 달라고 전해. 솔직히 나 요즘 정말 피곤해, 알겠지?"

윤당과 10명의 이등시위들은 서북으로 오는 길 내내 역관驛館의 도움을 받았다. 또 직예, 하남, 섬서, 감숙을 거쳐 수천 리 길을 달려서야 겨우 서녕의 접관정接官亭을 코앞에 둘 수 있었다. 때는 음력 9월 8일 진시辰時 무렵이었다.

중원의 경우에는 절기상으로 그맘때면 천고마비天高馬肥의 계절답게 단풍이 붉게 물들고 버드나무의 잎이 노랗게 익을 때였다. 호수의 수면 역시 눈이 시리도록 파랄 때이기도 했다. 한마디로 일 년 중 가장 좋은 시기라고 할 수 있었다.

그러나 윤당 일행이 중조산中條山을 거쳐 섬서성 경내에 들어서서 목도한 광경은 중원과는 완전히 딴판이었다. 끝없이 펼쳐진 광막한 황토길, 언덕과 골짜기가 교차하는 험준한 지세만이 그들을 반길 뿐이었다. 갈수록 행군은 어려워졌고, 말 위에서 바라보는 지평선은 하늘 끝까지 닿아 있었다. 윤당은 한숨을 쉬며 주변을 둘러봤다. 길섶의 마른 풀들이 찬바람에 애처롭게 떨고 있었다. 벌써 오래 전에 잎이 다 떨어지고 앙상하니 가지만 남은 백양나무들 역시 음산한 신음 소리를 내면서 울부짖었다.

그런 앙상한 나무와 마른 풀조차도 서행西行을 계속해 감숙성을 지나 청해 고원으로 들어섰을 때는 남아 있지 않았다. 대신 말라서 쩍쩍 벌어진 하상河床이나 황사 구릉, 난석亂石이 굴러다니는 알칼리성 토양만이 펼쳐져 있고, 수시로 덮치는 회오리바람에 만 장萬丈 높이의 황사가 몰아칠 때면 아득한 혼돈의 천지가 따로 없었다. 눈을 뜰 수 없을 만큼 거센 흙바람 때문에 말을 끌고 걸어가기도 힘들었고, 먹는 것도 부실했다. 매일 보리밥에 소금에 절인 양고기와 말린 쇠고기, 들소 고기뿐이었다. 오로지 살아남기 위해 입 안에 쑤셔 넣을 뿐이었다. 그 때문에 너 나 할 것 없이 입맛을 잃은 지 오래였다. 물이라고 넉넉할 까닭이 없었다. 마실 물을 아끼기 위해 손발은 씻을 엄두조차 내지 못했다.

만주족 팔기병의 자녀들인 시위들은 생전에 그런 고생을 해본 적이 없었다. 그들의 불만은 하늘을 찌를 듯했다. 그러나 윤당은 자신이 서북으로 향하는 이유를 너무나도 잘 알고 있었다. 시위들이 짜증을 낼 때마다 1백만 냥짜리 은표를 꺼내 보이면서 독려를 했다. 그

렁게 되자 별로 돈을 쓸 곳도 없었음에도 시위들은 '손 큰 아홉째마마'에게 완전히 매료돼 버리고 말았다. 2개월 전, 출발 직전에 옹정이 "아홉째마마와 가까이 지내서는 안 된다"고 했던 지시 따위는 까맣게 잊어버리고 말았다.

그들은 접관정에서 대장군 연갱요를 기다리고 있었다. 당연히 그가 직접 마중 나오리라 생각하고 융숭한 대접을 기대했다. 서녕 지부知府인 사마로司馬路는 그런 그들의 기대에 어긋나지 않게 극진한 접대를 했다. 하기야 그는 열넷째의 문하였으니 그럴 수밖에 없기도 했다.

그는 우선 서녕에서 가장 유명한 요리사를 불러 일명 타봉연駝峰筵이라는 연회를 베풀어줬다. 상에는 닭, 오리, 생선, 고기 외에도 그들이 한동안 구경조차 못했던 부추, 양배추 등 싱싱한 야채들이 올라왔다. 느끼한 고기에 질렸던 그들은 마치 전쟁이라도 치르듯 순식간에 접시를 깨끗하게 비웠다. 모두들 허겁지겁 먹느라 땀범벅이 될 지경이었다.

얼마 후 그래도 시위들 중에서는 가장 우두머리에 해당하는 목향아穆香阿가 어느 정도 정신을 차린 듯 몇 수저 뜨고 물러앉은 윤당을 향해 말했다.

"아홉째마마, 이렇게 좋은 음식을 왜 안 드십니까?"

"소식하는 습관이 몸에 배어 그런지 자네들처럼 호방하게 먹히지가 않는구먼. 나는 신경 쓰지 말고 천천히 많이 먹게."

윤당이 진하게 탄 차를 한 모금 마시고는 고개를 사마로에게 돌린 채 물었다.

"이 채소들은 이곳에서 나는 것이 아닌 것 같은데?"

사마로가 윤당의 질문을 기다렸다는 듯 아부 어린 웃음을 가득 지은 채 대답했다.

"아홉째마마는 자금성에서 생활하신 분이 아니라고 해도 믿을 수밖에 없겠습니다. 이곳에 지금 같은 절기에 야채가 어디 있겠습니까? 무만 빼고는 전부 사천성에서 가져온 것입니다. 연갱요 대장군께서 먹으라고 주시는 것을 소인이 아꼈다 아홉째마마께 대접하는 것입니다."

목향아가 불룩한 배를 어루만지고는 한 손으로 이빨을 쑤시면서 대답했다.

"대단하군! 사천에서 여기까지 왔는데도 채소가 이렇게 싱싱한 것을 보니!"

사마로가 다시 입을 열었다.

"빠른 말로 달리면 사흘 만에 도착하는 걸요! 연 대장군 군영으로 야채를 실어 나르는 사람만 해도 열개 조에 총 천여 명은 넘을 거예요."

좌중의 사람들은 사마로의 말에 그만 입을 딱 벌리고 말았다. 그러나 윤당은 애써 못 들은 척하고 화제를 돌렸다.

"대장군의 행원은 여기에서 얼마나 먼가?"

사마로가 윤당의 말뜻을 음미하더니 천천히 아뢰었다.

"바로 성 북쪽에 있습니다, 아홉째마마. 소인도 평소에는 연갱요 대장군을 뵐 기회가 거의 없습니다. 앞 역관에서 통보를 받고서야 아홉째마마와 여러분들이 도착하셨다는 것을 알게 됐습니다. 이건 소인이 대왕을 위해 특별히 마련한 자리입니다. 연 대장군께서도 지금쯤은 아마 아홉째마마께서 도착하셨다는 보고를 들으셨을 겁니다. 조금 있으면 뭔가 소식이 있을 겁니다."

윤당 등은 사마로의 말을 듣고서야 비로소 그가 연갱요의 지시를 받고 자신들을 대접한 것이 아니라는 사실을 알았다. 괘씸하기 짝이 없었다.

목향아의 경우만 해도 그의 어머니는 강희의 23번째 화석공주和碩公主로 명실공히 황친이었다. 평생 어딜 가든 극진한 황친 대접을 받아왔다. 그랬으니 연갱요의 공공연한 냉대에 화가 난 나머지 얼굴이 붉으락푸르락했다. 그러더니 소매를 걷어 올리면서 당장 누구 멱살이라도 잡을 것처럼 북경 말씨로 욕설을 퍼부었다.

"빌어먹을! 우리는 폐하의 임무를 수행하러 나온 사람이야. 누구 홀대나 받는 아랫것인 줄 아는 모양이군? 세상 말세야, 어른도 못 알아보는 것들이 살판났다고 깝죽대는 것을 보니! 확 그냥 뒤집어 엎어버릴까 보다……."

"목향아, 술이나 마시지."

윤당이 목향아가 길길이 날뛰며 분통을 터트리자 바로 제지를 했다. 그리고는 회중시계를 꺼내 시간을 봤다. 오시가 가까워오고 있었다. 그는 연갱요가 직접 마중을 나오기는 글렀다고 생각했다.

"행원이 그렇게 가깝다는데 우리가 여기 이러고 앉아 있을 게 아니지. 사마로, 자네는 들어가 볼일을 보게. 대신 길 안내할 사람 한 명만 붙여주게. 우리가 대장군을 찾아뵙도록 하지!"

말을 마친 윤당은 주위의 반응에는 신경 쓸 여유도 없다는 듯 바로 여우털외투로 몸을 감싼 채 접관정을 나섰다. 그러자 시위들도 어쩔 수 없는지 툴툴 대면서 그를 따라 나섰다. 그리고는 말에 올라타고 막 몇 걸음 움직이기 시작했을 때였다. 멀리서 요란한 말발굽소리와 함께 뽀얀 먼지가 일었다. 몇 사람이 엉덩이를 들썩거리며 말을 타고 달려오는 모습이 보였다.

윤당 일행이 잠시 멈칫하는 사이 다가온 그들은 이내 말에서 내렸다. 앞장을 선 아역은 상성정이었다. 그는 윤당이 말에서 내려서자 바로 엎드리더니 머리를 조아렸다.

"연 대장군께서 중대한 용무 때문에 친히 영접 나오시지 못하는 것을 죄스럽게 생각한다면서 거듭 양해를 구하셨습니다."

윤당이 상성정의 말에 웃으면서 머리를 끄덕였다.

"바쁜 사람들을 이렇게 불러내서 내가 미안하구먼. 어서 떠나지."

그러나 목향아는 윤당과는 달랐다. 냉소를 흘리면서 마구 떠들어대기 시작했다.

"이보게, 바쁜 사람! 먼저 떠나시지. 우리는 폐하께서 파견하신 시위들이야. 그래도 좀 그럴싸하게 보여야지. 우리는 여기서 폐하께서 하사하신 노란 마고자를 챙겨 입고 가야겠어!"

옹정은 사실 윤당 일행이 북경을 떠날 때 직접 노란 마고자를 하사한 바 있었다. 윤당 등에 대한 그의 신임과 기대가 어느 정도인지는 굳이 말하지 않아도 알 수 있을 터였다. 대청의 제도에서 노란 마고자를 하사받은 관리는 상당한 특권을 누릴 수 있었다. 이를테면 어떤 직급의 관리들과도 자리를 같이 하고 대등한 지위를 누리는 것이 가능했다. 목향아가 한바탕 소란을 피울 태세를 보인 것은 그런 이유 때문이었다.

윤당 역시 연갱요가 너무나도 무례하게 나오는 것이 불쾌하지 않은 것은 아니었다. 어느 정도로 손을 봐줘야 할지 고민도 했다. 그러나 동시에 시위들의 무례로 인한 불똥이 혹여 자신에게 떨어져 옹정의 심복인 연갱요와 어색한 관계가 되지는 않을까 하는 두려운 생각도 없지는 않았다. 결국 그는 아무 말도 하지 않은 채 말에 올라 서서히 앞으로 향했다.

서녕은 원래 거주 인구가 4000여 명에 불과한 자그마한 성이었다. 그러나 그마저도 하나둘씩 떠나버려 완전히 텅 빈 싸움터로 전락하고 말았다. 모두 끝없는 전란 탓이었다. 윤당은 말 위에서 두리번거리면서 주변을 살폈다. 백성들이 떠난 민가에는 병사들이 주둔하고 있었다. 또 길가에는 몇 발자국 간격으로 장검을 차고 활을 든 병사들이 못 박힌 듯 나무처럼 그 자리에 서 있었다. 연갱요가 군사 문제에 있어서만큼은 비상하다는 소문은 확실히 사실인 듯했다.

윤당 일행이 행원 입구에 도착하자 연갱요 휘하 군영의 기세는 더욱 대단했다. 하늘로 치솟은 비단 깃발에는 연갱요의 위용을 말해주듯 파란 바탕의 노란 글씨가 쓰여 있었다.

撫遠大將軍年
무원대장군 연갱요

하나같이 바위만큼 큼직한 글자가 사나운 서풍을 맞받으면서 위풍당당하게 팔랑거리고 있었다. 또 넓은 행원 양 옆에는 한 장 높이는 될 것 같은 커다란 철패鐵牌가 두 개 세워져 있었다. 각각 '문관하교, 무관하마'文官下轎, 武官下馬, '숙정회피'肅靜回避라는 글이 새겨져 있는 철패였다. 양 옆에 40명씩 지키고 서 있는 장교들의 표정도 무척이나 용맹스러워 보였다. 심하게 말하면 보는 것만으로도 두려움에 뒷걸음질을 칠 정도로 위엄이 서려 있었다.

윤당이 은근히 놀라고 있을 때였다. 행원의 기패관旗牌官이 동문에서부터 성큼성큼 걸어 나오더니 윤당 앞으로 걸어와 한쪽 무릎을 꿇었다. 그리고는 두 손을 평평하게 내민 채 군례를 올렸다.

"아홉째마마께 이곳에서 말에서 내리시게 하라는 연 대장군의 명령이 계셨습니다. 대장군께서 곧 영접을 나오실 겁니다."

"알았네."

윤당은 상상을 초월하는 삼엄한 병사들의 위세에 눌렸는지 말 위에서 바로 머리를 끄덕였다. 가슴도 두근거렸다. 그리고는 하마석^{下馬}^石을 디디고 말에서 내려섰다. 이어 말했다.

"대장군에게 굳이 번거롭게 나오실 것 없다고 하게. 우리가 들어가 알현한다고 말씀을 드리라고."

기패관은 대답과 함께 일어났다. 이어 장화소리를 크게 내면서 성큼성큼 안으로 들어갔다. 담배를 반쯤 피웠을 정도의 시간이 흐른 뒤였다. 갑자기 군중에서 북소리와 나팔소리가 울려 퍼지기 시작했다. 그러는가 싶더니 곧 우렛소리 같은 대포소리가 세 번 울렸다. 동시에 행원의 정문이 활짝 열렸다.

순간 두 줄로 나눠선 40명 가량의 무관들이 손을 장검에 댄 채 일사불란한 동작을 선보이면서 보무도 당당하게 걸어 나왔다. 그 뒤로 삼안 화령에 산호 정자를 달고 아홉 마리 맹수 무늬의 관복에 노란 마고자를 단정히 차려입은 연갱요가 모습을 드러냈다. 허리춤에 걸려 있는 보검에는 샛노란 솔이 찰랑거렸다. 척 봐도 옹정으로부터 하사받은 물건이라는 사실을 알게 해주는 장식이었다. 곧이어 조금 전에 나왔던 장교가 절도 있게 한쪽 소매를 휘저은 채 땅에 꽂았다. 그리고는 한쪽 무릎을 꿇은 채 군례를 올렸다. 행문 밖의 수백 명 장교들은 계속 쥐죽은 듯 조용히 시립하고 있었다.

연갱요는 그들에게 시선 한 번 주지 않고 곧바로 윤당에게 다가갔다. 딱딱한 얼굴에서는 전혀 웃음기가 보이지 않았다. 그가 두 손을 맞잡아 올리더니 읍을 하면서 말했다.

"아홉째마마, 연갱요가 지의를 받고 오래도록 기다렸습니다. 멀리 나가 영접하지 못해 죄스럽게 생각합니다."

윤당 역시 읍을 하며 인사를 했다. 이어 숙연한 표정을 지은 채 입을 열었다.

"대장군, 나는 지의를 받고 지원을 나온 사람이오. 나라의 흥망에는 필부도 책임이 있다고 했소. 더구나 나는 대청 종실의 당당한 황친이 아니오? 오늘부터 연 대장군의 휘하에서 명을 받들며 열심히 일하겠소."

연갱요가 윤당의 인사를 받은 다음 목향아를 비롯한 노란 마고자를 입은 시위들을 휙 둘러봤다. 이어 다시 윤당을 향해 말했다.

"누가 뭐래도 아홉째마마는 귀하디귀한 황친이십니다. 제가 무례를 범했습니다. 저쪽 뒤편의 천막으로 가십시다. 제가 조촐하게나마 환영의 자리를 마련했습니다."

연갱요가 말을 마치고는 윤당을 천막 쪽으로 안내했다. 나머지 10명의 시위에 대해서는 달리 언급이 없었다. 그저 단 한 번 눈길을 준 것으로 끝이었다. 그들은 어쩔 수 없이 꿔다 놓은 보릿자루 신세가 되고 말았다.

그 모습을 바라보는 윤당의 마음이 편할 리 없었다. 연갱요와 어깨를 나란히 하고 걸어가면서도 계속 불안함을 떨치지 못했다. 얼마 후 그가 안 되겠다고 생각했는지 나지막한 목소리로 말했다.

"저 친구들도 폐하의 시중을 드는 시위들이오. 대장군께서 조금이나마 신경을 써주는 게 좋겠소."

"그러죠."

연갱요가 윤당의 부탁에 바로 흔쾌히 대답을 했다. 이어 잠시 뭔가를 생각하더니 기패관을 불러 지시를 내렸다.

"저 열 명도 오느라 수고 많았을 텐데 서운하게 대해서는 안 되네. 자네가 서쪽 관아로 데리고 가서 접대하도록 하라고. 내일 중 각자 머무를 곳도 배정해줄 것이라고 전하고!"

연갱요는 말을 마치자마자 바로 발걸음을 옮겼다. 윤당은 은근히 목향아가 걱정스러워 뒤쪽으로 귀를 기울였다. 아니나 다를까, 등 뒤에서 목향아의 볼멘소리가 들려왔다.

"가서 자네의 그 대단한 연 대장군에게 말하라고. 나는 이미 배터지게 먹고 마셨으니 접대인지 지랄인지 하는 따위는 필요 없다고 말이야."

윤당은 재빨리 연갱요를 바라봤다. 이마의 핏줄이 보일락 말락 움찔거릴 뿐 표정 변화는 전혀 없었다. 여간해서는 속내를 쉽게 드러내지 않는다고 해서 두 개의 얼굴을 가지고 있다는 소문이 사실이었다. 북경에서는 '겸손한 군자'謙謙君子, 북경을 벗어나면 '혼세마왕'混世魔王으로 불리는 것이 하나도 이상하지 않았다. 윤당은 그런 생각이 들자 문득 자신의 처지가 씁쓸하게 느껴졌다. 명색이 금지옥엽이라는 사람이 앞으로 연갱요 같은 인간의 휘하에서 숨소리 한 번 못 내쉬고 살아가야 한다고 생각하니 그럴 만도 했다.

연갱요가 윤당의 복잡한 표정을 읽은 듯 깊은 얘기는 하지 않은 채 서재로 안내하면서 말했다.

"그야말로 춥고 쓸쓸한 고난의 행군길입니다. 보시다시피 이렇게 삽니다. 아홉째마마께서도 시일이 지나면 적응하실 겁니다. 전사戰事가 전환점을 맞게 되면 제가 폐하께 아뢰어 아홉째마마께서 당당하게 북경으로 돌아갈 수 있도록 하겠습니다."

서재는 무척이나 컸다. 그러나 책은 단 한 권도 없었다. 그저 몇 개의 누추한 나무 선반에 군첩軍帖 서류들이 가득할 뿐이었다. 또 나무로 만들어진 사반沙盤(모래 지도)에는 검정과 노란색의 작은 깃발이 꽂혀 있었다. 그것들이 서재의 반을 차지하고 있었다. 동쪽에는 커다란 온돌이 있었다. 그 위에는 곰가죽 이불이 펼쳐져 있었다. 방 안에는 지룡地龍(방 아래에서 불을 지피는 것)의 방식을 써서 난방을 해서인지 연기냄새가 전혀 없었다. 그러면서 후끈후끈할 정도로 더웠다. 온돌 위에는 상성정이 마련한 듯한 풍성한 술상이 놓여 있었다. 곧 상성정이 연갱요를 향해 공손하게 물었다.

"대장군, 아홉째마마께서 오늘 저녁에 어디서 주무실지 장소를 말씀해주시면 제가 잠자리를 준비하도록 하겠습니다."

연갱요가 즉각 입을 열었다.

"아홉째마마는 일반인이 아니니 적어도 나하고 똑같은 곳에서 주무셔야 해. 동쪽 서재를 깨끗이 청소하고 그곳에 있는 모래지도는 공문결재처로 옮겨놔. 내일 아홉째마마를 모시고 성 안으로 가서 애독하시는 책을 몇 권 사다가 꽂아드리게. 아홉째마마, 이쪽으로 앉으십시오."

윤당은 연갱요의 권유에 못 이기는 척하고 탁자 앞에 앉았다.

"대장군, 북경에서 말로만 듣다가 직접 대장군의 영웅본색을 배견拜見하니 정말 저절로 감복하게 되오. 배는 고프지 않지만 특별히 나를 위해 준비한 술은 한 잔 받을까 하오. 어서 자리하오."

"정식으로 아홉째마마께 문안을 올립니다."

연갱요가 갑자기 다른 사람으로 돌변한 것처럼 얼굴 가득 친절한 미소를 띠운 채 무릎을 꿇었다. 윤당으로서는 머뭇거리면서 당황할 수밖에 없었다. 허겁지겁 연갱요를 일으켜 세웠다.

"이게 웬일이오, 대장군? 나는 지의를 전달하러 온 것도 아니고, 군사들을 감독하러 나온 것도 아니오. 나는 그저……."

"그래도 엄연히 아홉째마마이십니다. 나라에는 국례國禮가 있고 집안에는 가례家禮가 있기 마련입니다. 언제든지 국례에 어긋나서는 안 됩니다. 가례를 없애버려서도 안 되고요. 이 점은 분명히 해야 되는 줄로 알고 있습니다. 저의 불경을 용서해 주십시오.”

연갱요가 히죽 웃는 얼굴로 말했다. 그리고는 윤당에게 술을 따랐다. 이어 다시 말을 이었다.

“저는 책 읽는 장군 아닙니까. 눈치가 조금 빠른 편입니다. 아홉째마마께서 무슨 일로 이곳에 오셨는지는 굳이 말씀하지 않으셔도 잘 압니다. 결코 아홉째마마를 저의 군중에서 욕되게 하는 일은 없을 겁니다.”

윤당은 나름대로 자신의 체면을 세워주려는 연갱요의 말에 가슴 찡한 감동을 받았다. 감개무량하다고 해도 좋았다. 급기야 술잔을 단숨에 비우더니 말했다.

“연 대장군, 그대는 정말 괜찮은 인물이오! 진실한 사람 앞에서는 거짓말을 하면 안 된다고 했소. 솔직히 그대와 나는 교분이 얕은 사이인지라 마음속 깊은 말을 하는 것이 어색할지는 모르겠지만 두려울 것은 없소. 나는 폐하와는 혈육이오. 그러나 오래 전부터 적잖은 마찰을 빚어왔소. 자고로 이기면 왕후, 패하면 도적이라고 하지 않았소. 그러니 나는 폐하께 혈육인 동시에 ‘도적’일 뿐이오. 내가 이런 말을 한다고 폐하께 밀주密奏해도 좋고 성질이 나면 여기 현지에서 죄를 물어도 좋소. 하지만 나는 그대가 진짜 사내대장부라는 것을 믿어마지 않소. 그대 밑으로 기어들어온 마당에 나는 다른 것은 원하지도 않소. 그저 무사하기만을 바랄 뿐이오. 감히 하늘에 맹세할 수 있소. 만에 하나 내가 찬탈을 꿈꾸고 모반을 꾀하는 마음을 조금이라도 품고 있다면 이 술잔과 같은 꼴이 될 것이라고 말이오!”

윤당은 말을 마치기 무섭게 손에 들고 있던 술잔을 내던졌다. 연갱요가 미처 반응을 보이기도 전이었다. 쨍그랑! 술잔은 윤당의 의도대로 벽 쪽으로 날아가 부딪치면서 박살이 나고 말았다.

"아홉째마마!"

연갱요가 얼떨결에 고함을 내질렀다. 그러나 당장 마땅히 할 말을 찾지 못한 듯했다. 그가 한참 동안 숨을 고르는가 싶더니 입을 열었다.

"왜 이러십니까? 전에는 각자 섬기는 주인이 있어 그리 어울릴 일도 없었으나 이제는 같은 주인을 섬기지 않습니까. 아홉째마마께서 본분만 지켜주신다면 저는 절대 아홉째마마를 욕되게 하는 일은 하지 않을 겁니다."

"이걸 받아주시오. 얼마 되지 않소. 집에 보내 요긴하게 쓰도록 했으면 좋겠소."

절호의 기회가 다가왔다고 생각한 듯 윤당이 주머니에서 은표 한 장을 꺼냈다. 이어 연갱요에게 건네주면서 덧붙였다.

"음력 십일월 삼일이 대장군 아버님의 칠십 세 대수大壽라는 얘기를 내 들은 바 있소. 마음 같아서는 직접 찾아가서 축하를 드리고 싶으나 황명皇命을 받은 몸이라 여의치가 않소."

연갱요가 황급히 은표를 밀어내는 척하면서 말했다.

"아홉째마마께서도 돈 쓸 일이 많으실 텐데, 제가 이 돈을 받아 챙기면 가부家父께서 도리어 부담스러워 하실 것이 아닙니까?"

그러나 연갱요는 10만 냥짜리 은표를 펴보는 순간 슬그머니 마음이 변하고 말았다. 은근슬쩍 손에 힘이 들어가고 있었다. 그리고는 우물거리는 어조로 받아 챙기려고 했다.

"이래서는 안 되는데……."

바로 그때였다. 왕경기가 문서를 한아름 안은 채 들어섰다. 연갱요는 급기야 못 이기는 척하고 황급히 은표를 소매 속으로 밀어 넣었다. 이어 경건한 표정을 지은 채 말했다.

"그러시다면 제가 아홉째마마를 모시는 의미에서 한 잔을 하겠습니다."

연갱요가 말을 마치고는 술잔을 들어 입 안에 털어 넣었다. 그리고는 고개를 돌려 왕경기에게 물었다.

"이 시간에 무슨 서류야? 어디서 온 군보인데?"

왕경기가 문서를 안고 있어 인사하기 불편한 듯 연갱요를 향해 상체를 숙였다. 동시에 윤당도 힐끗 쳐다보았다. 순간 두 사람의 눈빛이 허공에서 부딪쳤다. 그러나 약속이라도 한 듯 황급히 시선을 피했다. 왕경기가 말했다.

"동쪽 서재에 있던 서류입니다. 상성정 대인이 여기에 가져다 놓으라고 했습니다. 어디 놓는 것이 좋겠습니까, 대장군?"

"구들장 위에 아무 데나 놔두지."

연갱요가 대수롭지 않은 표정을 한 채 지시를 내렸다. 왕경기는 바로 돌아서서 나가려고 했다. 그 순간 연갱요가 그를 불러 세웠다.

"자네, 글재주 뛰어난 왕경기 맞지? 시도 제법 멋스럽던데. 서류를 작성해 올려 보낸 것도 꽤나 노련해 보였어. 자네를 이 방에서 시중들라고 상성정에게 얘기했네. 그걸 알고 있었는가?"

왕경기가 미처 뭐라 대답하기도 전이었다. 윤당이 짐짓 놀라는 척하면서 과장된 어조로 말했다.

"왕경기라고? 그러면 자네가 혹시 오란포통烏蘭布通 전투에서 색액도 대인의 막하에 있으면서 선제께《갈이단토벌격문》초안을 작성해 올렸던 그 왕경기라는 말이오?"

왕경기 역시 짐짓 놀라는 척했다.

"곤궁하고 몰락한 별 볼 일 없는 선비를 기억해주시는 분이 계시다니, 정말 무한한 영광입니다. 그런데 대인께서는 뉘신지?"

"아홉째마마시네!"

연갱요는 눈앞의 못 생긴 영감탱이가 평범한 사람은 아닐 거라고 생각하고 있었으나 그토록 엄청난 과거 전력이 있을 것이라고는 미처 생각하지 못했다. 겉으로 내색하지는 않았으나 적지 않게 놀랐다. 하기야 오란포통 전투라면 20여 년 전의 일이지만 아직도 군중에서는 당시의 이야기가 입에서 입으로 전해져 내려오고 있는 대단한 전투가 아니었던가.

'그 당시 나는 어디서 말 한 마디도 할 수 없는 무명소졸에 지나지 않았어. 그러나 저 제멋대로 생긴 영감탱이가 강희 황제 때의 명상이었던 색액도 밑에서 참장으로 있었다니!'

연갱요는 갑자기 숙연한 기분이 들었다. 자리에서 일어나 진지하게 왕경기에게 인사를 했다.

"이거 대선배를 몰라 봤소이다."

왕경기가 쓸쓸한 웃음을 흘리면서 말했다.

"석양이 아무리 고우면 뭘 합니까? 황혼이 가까워 오는데. 상 선생이 그러는데 내일……."

"무슨 내일이고 오늘이고 할 것이 있겠소. 지금 이 시각부터 그대는 여기 이곳에 몸담고 있는데! 생강은 오래된 것이 맵다는 말이 있소. 나한테는 막료들만 수백 명이 넘게 있지만 진짜 일 잘하는 자는 별로 없소. 풍월을 읊고 풍각쟁이나 하라면 저마다 둘째가라면 서러워하지만 말이오. 자칫 잘못해 기회를 놓쳤다간 온 백성이 도탄에 빠지고 종묘사직이 위태로울 전쟁터에서 그까짓 요사스런 아부꾼들을 어느 짝에다 쓰겠소? 왕 선생, 자, 자, 자! 이리로 와서 앉으시오. 그렇지 않아도 그대가 올려 보낸 서류에 대해 함께 검토해 보려고 했었는데, 더욱 잘 됐군!"

연갱요가 다시 환하게 웃으면서 말했다. 세 사람이 그렇게 서로 예의를 갖춘 채 자리를 권하는 등 자그마한 소란을 피우고 있을 때였다. 상성정이 부랴부랴 들어왔다. 그러나 그는 윤당을 힐끗 쳐다보기만 할 뿐 별다른 말이 없었다.

"무슨 일 있는가?"

연갱요가 물었다. 상성정이 공손히 대답했다.

"대장군, 서쪽 관아에서 술을 마시던 시위 분들이 약간 과음을 했네요. 우리 친병들 몇몇과 싸움이 붙었습니다."

"알았어. 내가 가서 처리할게."

연갱요가 천천히 자리에서 일어섰다. 그리고는 싸늘한 표정을 지은 채 다시 입을 열었다.

"이 자식들은 착하고 어진 상대만 걸고넘어지는 재주뿐이군. 왕 선생은 아홉째마마와 잠깐 같이 있어 주오. 그리고 상성정! 이품 이상의 부장, 참장들을 모두 내 방으로 불러다 놓게. 의논할 것이 있어."

연갱요가 말을 마치자마자 서재를 나섰다. 밖에서는 어느새 급박한 발걸음 소리가 어지럽게 울려 퍼지고 있었다. 서재에 앉아 있던 윤당과 왕경기의 마음도 슬슬 불안해지기 시작했다. 윤당이 주위에 아무도 없는 틈을 타 왕경기에게 물었다.

"저기 저 상성정이라는 사람은 어떤 사람인가?"

왕경기가 즉각 대답했다.

"연 대장군의 그림자이자 최측근으로 알려져 있습니다. 저 사람 아버지가 연갱요 아버지의 목숨을 구해준 인연으로 선대로부터 끈끈한 관계를 유지해오고 있습니다. 게다가 상성정 역시 전쟁터에서 연갱요를 대신해 등에 화살을 무려 삼십 발이나 맞은 적이 있다고 합니다……."

연갱요는 부하들에게 둘러싸인 채 바로 관아로 달려갔다. 과연 현장은 완전히 아수라장으로 변해 있었다. 술상이 땅에 뒤집혀져 있을 뿐만 아니라 술과 음식들도 바닥에 나뒹굴고 있었다. 그 주위에는 노란 마고자에 기름기를 잔뜩 뒤집어 쓴 10명의 시위들이 장검을 빼든 채 눈을 부릅뜨고 서 있었다. 또 10여 명의 친병들 역시 살기등등하게 상대방을 노려보고 있었다. 팽팽한 긴장감 속에 누구든지 한 사람만 까딱 손을 잘못 놀렸다가는 대살육전이 벌어질 위기일발의 순간이었다.

그러나 친병들은 연갱요가 나타나자 일제히 그 자리에 무릎을 꿇었다. 그중 하나가 울분을 터트렸다.

"대장군께 아룁니다. 저것들이 먼저 대장군을 모독하는 말을 내뱉었습니다. 또 저희들에게 먼저 손을 댔습니다."

"그동안 뭘 하고 이제야 이르는 거야? 이미 늦었어!"

연갱요의 얼굴 근육이 무섭게 푸들거렸다. 약간 쉰 목소리는 모골이 송연할 정도로 차갑고 무거웠다. 그가 다시 입을 열었다.

"일률적으로 거수형去手刑에 처하라!"

목향아 등은 '거수'라는 말이 무엇을 뜻하는지 알 길이 없었다. 그들이 영문을 몰라 어정쩡해 하고 있을 때 갑자기 10여 명의 병사들이 우르르 달려왔다. 이어 일제히 서슬 푸른 요도腰刀를 높이 쳐들더니 눈 깜짝할 사이에 뭔가를 내리쳤다. 그와 동시에 10여 개의 왼손이 잘려나가 땅바닥에 떨어졌다.

순간 노란 마고자의 시위들은 완전히 혼비백산해서 얼굴이 사색이 되고 말았다. 그러나 연갱요는 아무것도 아니라는 듯 껄껄 웃으며 말했다.

"이제 속이 다 시원하군! 일인당 은 삼천 냥씩을 줘서 섬서성의 군량처에 보내 치료 잘 받도록 해."

연갱요가 말을 마치고는 고개를 돌려 사시나무처럼 떨고 있는 목향아 등을 바라보았다. 이어 흥! 하는 콧소리와 함께 악의에 찬 표정을 지었다.

"저 친구들은 전공이 있는 사람들이라 죽음은 면한 것이네. 그러나 행원을 소란스럽게 만든 자네들은 어떻게 처리하는 것이 좋을까?"

목향아는 연갱요의 말을 듣는 순간 번개처럼 머릿속으로 휙 지나가는 생각이 있었다. 연갱요는 지금 일벌백계의 군령을 통해 자신들을 처음부터 완벽하게 움켜쥐려 하고 있었다. 조금 전까지만 해도 사색이 되어 있던 목향아는 그런 생각이 들자 갑자기 기 싸움에서 져서는 안 되겠다는 결심을 했다. 그리고는 도전적인 눈빛으로 연갱요를 노려보며 말했다.

"폐하께 아뢰어 폐하의 뜻대로 따르면 될 것 아니오? 빌어먹을, 그게 뭐 어려워?"

"나는 전쟁터에서는 폐하의 명령도 받지 않을 수 있는 대장군이야. 그런데 너 같은 화냥년이 낳은 자식들을 엎어버리는데 폐하까지 놀라게 할 필요가 뭐 있겠어!"

연갱요가 이빨 사이로 쥐어짜듯 내뱉었다.

"이봐 대장군, 말조심하시지! 우리 어머니는 성조聖祖(강희제)를 아바마마라 불렀던 화석공주지 화냥년은 아니야!"

목향아가 야유 그득한 웃음을 지은 채 반박했다. 전혀 기세가 꺾일 기미를 보이지 않았다. 연갱요는 오래도록 그를 노려보더니 갑자기 고개를 뒤로 젖히며 웃음을 터트렸다. 이어 뚝 멈추더니 말했다.

"좋았어, 대들기를 잘했다고! 군막軍幕으로 가자!"

연갱요는 말을 마치자마자 바로 돌아서서 발걸음을 옮겼다.

"연 대장군께서 본영으로 납신다!"

"연 대장군께서 본영으로 납신다!"

곧 연갱요의 행차를 알리는 병사들의 다급한 목소리가 멀리멀리 퍼져나갔다.

23장

황친을 무릎 꿇린 연갱요

무원대장군 연갱요의 중군 행원은 강희 황제가 준갈이로 친정親
征했을 때 청해성의 라마가 북경으로 돌아가는 길에 휴식을 취할 수
있도록 만든 행궁이었다. 그러나 강희는 한 번도 그곳을 경유한 적이
없었다. 그래서 줄곧 처음 지어진 그대로 방치돼 있었다. 그런데 이
번에 연갱요가 행원을 감숙성 평량에서 그곳으로 옮기면서 서녕 태
수인 사마로가 낡은 곳을 일부 보수해 새롭게 단장했었다. 그러나 정
전正殿의 노란 유리기와를 녹색으로 바꾼 것만 빼고는 황가皇家의 건
축 기준에 거의 손을 대지 않았다.

아홉 개의 기둥이 세워져 있는 정전은 행원의 중심 역할을 할 수
있도록 개조했다. 또 정전 앞의 붉은 계단 아래에 화재 진압용으로
준비해 두는 두 개의 구리항아리는 건청문 앞에 있는 금항아리를
본떠 제작됐다. 그뿐만이 아니었다. 정전으로 오르는 통로의 중간에

는 어로御爐를 올려놓는 받침대가 노란 모포로 감싸져 있었다. 그것
은 황제를 위해 준비한 물건이라 아무나 보거나 만질 수 없다는 사
실을 의미했다.

그 외에 대전大殿에는 연갱요의 뜻대로 서쪽 벽면 가득히 청해성의
지형도가 상세하게 그려져 있었다. 황제가 머무를 때 온돌마루로 사
용될 예정이었던 동각東閣은 모래지도로 대체돼 있었다. 그럼에도 대
전 안은 어딘지 모르게 휑뎅그렁해 보였다.

그 대전 한가운데의 커다란 책상 위에는 문방사보文房四寶와 붓을
걸어놓는 틀과 진지鎭紙가 나란히 놓여 있었다. 또 네모반듯한 묵옥墨
玉 인대印臺의 경우는 크기가 무려 한 척尺은 더 돼 보였다. 또 그 위
에는 노란 보자기 밑에 인합印盒이 들어 있었다. 강희 황제의 필체를
모방해 각인刻印한 '무원대장군관방'撫遠大將軍關防이 소장돼 있는 인합
이었다.

그러한 모든 것이 그다지 신기할 것은 없었다. 다만 호랑이가죽 의
자 뒤에 웬만한 장정의 키만큼 크고 거대한 용봉龍鳳 무늬가 그려진
두 개의 틀이 있어 유난히 눈길을 끌었다. 그중 하나에는 '여짐친림'
如朕親臨이라는 글씨가 새겨진 옹정 황제의 금패영전金牌令箭이 고이 모
셔져 있었다. 또 다른 하나에는 금으로 도금한 상방보검尙方寶劍이 모
셔져 있었다. 용이 꿈틀대고 봉황이 날갯짓을 하는 것 같은 칼이었
다. 검은 신비스러운 황사黃紗로 둘러져 있어 한결 근엄하고 신성해
보였다.

연갱요 휘하의 군관들은 평소 그곳을 '백호당'白虎堂이라고 불렀다.
회의실로 사용하려 했지만 중군이 그곳에 도착한 이후 실제로 사용
한 적은 단 한 번도 없었다. 하기야 감숙성에 있을 때도 연갱요는 구
색을 갖춘 회의실 같은 곳에서 군관들을 소집하는 경우가 드물기는

했다.

그런데 갑자기 그곳으로 모이라는 군령을 받았으니, 군관들로서는 무슨 일인지 궁금할 수밖에 없었다. 그럼에도 저마다 갑옷을 흐트러짐 없이 단정히 입고 부랴부랴 들어섰다. 그러면서도 감히 소리를 내서 의견을 주고받지 못하고 서로 눈빛으로 의사를 교환했다.

그때 밖에서 천둥 같은 대포소리가 세 번 울렸다. 이어 연갱요가 상성정을 대동한 채 모습을 드러냈다. 궁전 뒤에 있는 서쪽 의문儀門 계단을 내려서서 안으로 들어온 것이다. 그러자 대기 중이던 70여 명의 군관들이 옷자락이 스치는 바람소리를 내면서 일제히 한쪽 무릎을 꿇었다. 이어 큰소리로 외쳤다.

"대장군께 문안을 올립니다!"

"모두들 일어나지."

연갱요가 자리로 다가가더니 좌중을 둘러보고는 오른손을 위로 한 채 팔을 내밀었다. 이어 팔을 천천히 똑바로 올리면서 입을 크게 벌렸다. 부하들의 예의에 대한 화답이었다.

그가 곧 자리에 앉더니 입 끝을 살짝 치켜 올리면서 차갑고 준엄한 표정을 지은 채 말했다

"오늘 여러분들을 부른 것은 두 가지 일을 통보하기 위해서요. 아홉째 패륵 윤당을 우리 군중에 파견해 도움을 주려 하겠다는 폐하의 특별 성유聖諭가 계셨소. 이 사실을 여러분들도 알고 있었는가?"

좌중의 장군들은 불호령이 떨어지지 않자 은근히 안도하는 표정을 지었다. 동시에 일제히 공수拱手를 했다.

"알고 있었습니다, 대장군!"

연갱요가 좌중의 복창을 듣고는 머리를 끄덕이면서 말을 이었다.

"아홉째마마는 폐하께서 아끼시는 아우이시다. 우리 군중에 파견

하신 것은 옥을 잘 다듬어 값지고도 귀한 인재로 만들겠다는 폐하의 깊은 뜻이 담겨 있다. 그러니 그대들은 절대 엉뚱한 생각을 품어서는 안 된다. 누가 뭐래도 아홉째마마는 엄연한 금지옥엽의 용자봉손이신 만큼 군신君臣의 대례를 깍듯이 갖춰주기를 바란다. 자네들의 고약한 버릇에 대해서는 내가 잘 알지. 내 앞에서는 알아서 설설 기지만 그 밖의 사람들에게는 아주 안하무인이라는 사실을 말이야. 그러나 만에 하나 아홉째마마께 무례를 범하는 사람이 있으면 군법에 따라 엄정히 처리할 테니 그리 알도록. 알겠는가?"

"예!"

좌중 장군들의 대답이 채 떨어지기도 전이었다. 갑자기 연갱요가 쾅! 하고 책상을 내리쳤다. 주먹을 쥔 두 손이 부르르 떨리고 있었다. 굶주린 늑대의 눈빛을 방불케 하는 두 눈에서는 푸르스름한 빛이 번쩍였다. 곧이어 단전에서 끌어올린 듯한 그의 일갈이 좌중에 있는 군관들의 귀청을 때렸다.

"이홍아伊興阿!"

"말장末將, 대령하였습니다!"

"관아에 가서 목향아 등 열 명의 군기문란을 범한 자들을 끌고 와!"

이홍아라고 불린 장군이 황급히 예를 갖춰 대답했다.

"대장군의 영에 따르겠습니다. 영전令箭을 청합니다!"

연갱요가 대수롭지 않은 표정으로 영전함에서 하나를 뽑아 던져줬다. 이홍아는 미처 제대로 받지 못해 땅에 떨어진 영전을 두 손으로 주워 올렸다. 이어 가슴에 고이 껴안고는 성큼성큼 정전을 나섰다. 한 차례의 거대한 폭풍우가 예고되는 순간이었다. 연갱요의 성격을 잘 아는 좌중의 군관들은 너 나 할 것 없이 얼굴이 잔뜩 굳어지기 시작했다.

잠시 후 10명의 시위들이 20여 명의 장교들에 의해 두 팔을 묶인 채 짐짝처럼 끌려 들어왔다. 놀랍게도 마구 두들겨 맞은 듯 하나같이 퍼렇게 멍이 들고 시뻘겋게 부어오른 얼굴들을 하고 있었다. 정전에 들어선 그들은 기세에 압도당했는지 된서리 맞은 가지처럼 후줄근하게 기가 죽은 모습이 역력했다. 배 째라면서 따라오던 때와는 완전히 달랐다.

그나마 목향아는 아직도 일말의 자존심에 기대어 기가 살아있었다. 아마도 연갱요를 잘 감시하라는 밀유密諭를 지닌 데다 직주권直奏權도 있어서 그런 듯했다. 그는 친병들이 밧줄을 풀어주자 시큰하고 아픈 팔목을 이리저리 움직이면서 분노로 이글거리는 눈빛으로 연갱요를 노려보면서 말했다.

"연 대장군, 아무리 그래도 그렇지 우리는 성유를 받들고 만 리 길도 마다하지 않고 자원해서 도우러 왔는데, 대접이 지나치게 융숭한 것 아니오?"

"잔말 하지 말고 꿇어!"

"뭐?"

"꿇으라고 했어!"

"내가 노란 마고자를 입은 채 무릎을 꿇으라고?"

"그 마고자 내가 벗겨주지!"

목에 힘줄이 벌겋게 솟아오른 연갱요가 버럭 고함을 지르면서 바람이 일 정도로 손을 흔들었다. 그러자 이제나 저제나 하고 대기 중이던 주변의 장교들이 달려들어 다짜고짜 목향아를 비롯한 시위들의 노란 마고자를 벗겨냈다. 이어 무릎 뒤쪽을 힘껏 걷어차 땅에 털썩 꿇도록 만들었다.

"황친국척皇親國戚들 중에 내 밑에서 일하는 사람이 한두 사람인 줄 알아? 그까짓 다 떨어진 마고자 하나 얻어 입으면 대장군 앞에서 안하무인으로 나와도 괜찮다고 누가 그랬는가?"

연갱요가 손가락에 힘을 실어 스물 몇 명의 친병들을 일일이 가리켰다. 이어 다시 입을 열었다.

"물어보라고. 여기 있는 사람들 중에 노란 마고자 없는 사람이 어디 있는지. 방금 자네 팔을 비틀고 온 이홍아는 간친왕簡親王 나포喇布 대인의 셋째 세자世子야. 현 폐하의 삼촌뻘이지. 저런 이홍아가 자네보다 존귀하지 않아서 저렇게 고개 숙이고 있겠어? 상성정, 이 대단한 인물들이 원문轅門에서 구색을 갖춰 예를 올리지 않았어. 또 관아에서 체통 없이 소란을 피웠어. 그뿐인 줄 아는가? 감히 대장군에게 굴욕적인 욕설을 퍼부었어. 더욱 괘씸한 것은 성총聖寵을 거들먹거리면서 폐하를 욕되게 하고, 이 백호당에서 큰소리를 쳤다는 거야. 행원의 규정에 따르면 어떤 죄에 해당하는가?

상성정이 연갱요의 말을 듣자마자 한 발 앞으로 나섰다. 그리고는 바싹 마른 목소리로 대답했다

"목을 쳐야 합니다."

"규정이 그렇다면 그렇게 처리해야겠군. 술 가져와서 열 사발에 따라 놔. 내가 직접 송별연을 베풀어 줄 테니까."

연갱요가 미간을 좁힌 채 말했다. 그의 말이 떨어지자마자 두 명의 병사가 술항아리를 들고 왔다. 그리고는 커다란 대접에 술을 따라 사색이 된 채 무릎을 꿇고 있는 시위들 손에 하나씩 들려줬다.

연갱요 역시 사발 하나를 들었다. 그리고는 상성정에게 시선을 보냈다. 그가 연갱요의 뜻을 알아차린 듯 공손히 물러갔다. 곧 술 사발을 받쳐 든 연갱요가 천천히 계단을 내려왔다. 이어 한결 부드러워진

어조로 위로의 말을 건넸다.

"폐하께서 자네들을 이곳 전쟁터로 파견하실 때는 다 이유가 있었지. 총칼을 들고 전장에 나가고, 적들을 무찔러 조정을 위해 공훈을 세우게 하려고 보내신 것 아니겠는가? 결코 내 손에 죽으라고 보내신 것은 아니야. 그 사실은 누구보다 내가 잘 알아. 목향아, 사실 나는 자네 아버지하고 교분이 깊은 사이야. 자네가 태어날 때, 백일 때 내가 다 초대받아 갔었어. 이 녀석 나중에 커서 적어도 자기 아버지보다는 나을 거라면서 농담 섞인 덕담도 많이 했었지. 그런데 그런 자네가 내 손에 죽다니, 참 기막힌 운명의 장난이로군……."

순간 목향아가 흠칫 놀랄 정도의 술이 그의 온몸 가득 뿌려졌다. 연갱요의 '위로'도 갈수록 이름 모를 공포를 불러일으키고 있었다. 목향아는 주위를 둘러봤다. 온통 모르는 얼굴들뿐이었다. 자신의 편이 되어줄 사람은 하나도 없었다. 그가 결국 핏기 하나 없이 창백해진 얼굴을 한 채 떨리는 목소리로 꼬리를 내렸다.

"이곳의 가법을 잘 몰라 본의 아니게 대장군께 무례를 범했습니다. 뒤늦게야…… 잘못을 깨달았습니다. 제 집안 어른과 교분이 두터우시다니 한 번만 용서해주십시오. 중이 하는 짓은 괘씸하더라도 부처님 면목을 봐서라도 말입니다. 이제부터 대장군의 지시에 충실한 일꾼이 되겠습니다. 이 강산의 파수꾼이 되도록 노력하겠습니다."

"그렇기는 하네만……."

연갱요의 말투가 조금 누그러졌다. 심지어 온화하게 들리기까지 했다. 그가 더욱 부드러운 어조로 말을 이었다.

"여기는 어린애 소꿉장난하듯 마음에 안 들면 고치고 바꾸고 할 수 있는 데가 아니야. 엄연한 군대의 중군이야. 모든 이목이 여기에 집중돼 있는데, 자네들을 이쯤하고 관대하게 처리한다면 어떻게 되겠는가? 앞으로 전철을 밟는 자들에게 꼬투리를 잡히게 돼. 나로서도 어쩔 수 없네. 북경에 돌아가면 당연히 자네 아버지를 찾아뵙고 용서를 구하겠지만 말이네. 자네들이 관아로 들어갔을 때 우리 장교들이 이곳 규칙에 대해 설명하지 않았나?"

연갱요의 말이 떨어지기 무섭게 10명의 시위들은 고개도 쳐들지 못한 채 힐끗거리면서 서로를 훔쳐봤다. 장교들이 군법에 대해 강조하는 모습이 너무 꼴불견이라고 꼬투리를 잡고 대든 것이 사건의 발단이었던 것이다. 목향아가 한참 머뭇거리더니 드디어 입을 열었다.

"설명했습니다."

"그렇다면 내가 무정하다고 원망할 수만은 없겠군!"

연갱요가 대접을 들어 냉수 들이키듯 단숨에 들이부었다. 이어 있는 힘껏 빈 대접을 내던졌다. 곧 시위들에게서 등을 돌린 채 명령했다.

"전부 끌고 나가!"

연갱요가 소리를 치자 장교들이 다짜고짜 10명의 시위들에게 달려들었다. 그리고는 순식간에 꼼짝 못하게 결박했다. 시위들은 뒤늦게 살려달라고 애걸복걸했으나 소용이 없었다.

장교들은 발버둥치는 그들을 짐짝처럼 끌고 가서는 정청正廳을 나가자마자 어로御爐 서쪽에 있는 공터에 쓰레기처럼 내던져버렸다. 애처로운 비명소리가 사방에 울려 퍼졌다. 좌중의 사람들은 연갱요의 특기인 군법에 의거한 살인이 시작됐다는 사실을 직감적으로 알 수 있었다.

바로 그 위기일발의 찰나였다. 윤당과 왕경기가 두루마기 자락을 움켜쥔 채 허겁지겁 달려왔다. 얼마나 당황했는지 윤당의 안색은 영 말이 아니었다. 그러나 그는 자신의 행색을 살필 겨를이 없었다. 막

칼을 내리치려는 망나니들을 향해 손을 마구 휘저으며 고함을 질렀다.

"잠깐만! 잠깐만!"

윤당이 일단 망나니들의 동작을 멈추게 한 다음 헐레벌떡 대전 앞으로 달려갔다. 동시에 소매를 휘저어 땅에 꽂으면서 큰소리로 말했다.

"서북의 군무를 돕기 위해 달려온 아홉째 패륵 윤당이 대장군께 드릴 말씀이 있소이다!"

잠시 후 안에서 차디찬 연갱요의 목소리가 들려왔다.

"들어오시죠!"

"알겠소."

윤당이 황급히 대답을 하고는 안으로 들어갔다. 이어 패륵의 체통도 황자의 자존심도 홀홀 벗어버린 듯 연갱요를 향해 엎드려 머리를 조아렸다. 또 몸을 일으켜 다시 한쪽 무릎을 꿇는 군례를 올렸다.

연갱요는 윤당에게 그런 대례를 받자 너무나도 기분이 좋았다. 얼굴에는 어느새 꿀떡을 먹은 듯 흡족한 표정이 어리고 있었다. 그러나 그는 순간 누군가가 자신을 군신의 예에 어긋난 짓을 했다고 몰래 고발하지나 않을까 하는 생각을 했다. 다소 불안감을 느낀 그가 뒤늦게 황급히 자리에서 일어나서는 윤당을 향해 읍을 해보였다. 이어 나지막이 말했다.

"그런 식의 부담스러운 예의는 한 번으로 족합니다, 아홉째마마. 여봐라, 아홉째마마께 자리를 내드려라."

"연 대장군! 목향아 등을 한 번만 용서해주십사 하고 청을 드리러 왔소."

조심스럽게 자리에 앉은 윤당이 입을 열었다. 연갱요가 피식 실소를 흘렸다.

"군법은 무정합니다. 아홉째마마께선 이 일에 지나치게 개입하지 않는 것이 좋겠습니다. 결신자호潔身自好(자기 자신만 돌보다)하여 본인의 평안을 지키시면 되겠습니다."

순간 윤당의 얼굴이 붉어졌다. 그러나 그는 이대로 물러설 수는 없다고 생각한 듯 다시 한 번 간청했다.

"너무 다급한 김에 말을 좀 잘못한 것 같소. 저 사람들은 폐하 곁에서 시중을 드는 것이 아는 것의 전부라서 이 세상에 나름대로의 '규칙'이 있다는 사실을 모르오. 그게 흠이라면 흠이오. 마치 조련을 거치지 않은 야생마 같은 존재라서 어떨 때는 폐하께서도 속수무책인 것 같았소. 이곳으로 파견한 것도 그래서였소. 연 대장군에게 맡겨 저들을 사람으로 만들어줬으면 하는 주문을 한 것이라고 봐야 하오. 폐하의 인자하신 자비로움을 널리 헤아려 부디 너그러운 아량으로 한 번만 기회를 주었으면 하오."

연갱요는 요지부동이었다. 자신의 입장을 굽히지 않았다.

"아홉째마마, 결코 간과해서는 안 되는 사실이 하나 있습니다. 제가 네 개 성省의 십여 개 부대, 삼십만 명의 병사를 이끄는 몸이라는 사실입니다. 그런데 상벌이 분명하지 않으면 이 수많은 병사들을 다루기란 무척이나 어렵습니다. 치명적인 과오가 되기도 합니다. 제가 군기가 문란한 저자들을 지금 용서해준다면 앞으로 이 많은 병사들이 어떻게 제 휘하에서 명령을 듣겠습니까? 나포장단증을 그물 안에 몰아넣을 전략이 세워진 지금 무엇보다 중요한 것은 삼십만 명에 달하는 군사들이 일사불란하게 명령에 따라 움직여 주는 것입니다. 그런데 저들을 용서해 군기가 땅에 떨어져 보십시오. 군국의 대사에 차질을 빚는 불행을 자초하게 됩니다. 그러면 제가 무슨 면목으로 폐하를 뵙겠습니까?”

“대장군, 장군 여러분!”

윤당이 갑자기 자리에서 나오더니 좌중의 사람들 앞에서 무릎을 꿇었다. 이어 다시 연신 읍을 해보이면서 간절한 어조로 말했다.

“저 사람들이 군기를 위반해 죽을죄를 지었다니 나로서도 이 이상은 어떻게 해볼 도리가 없는 것 같소. 하지만 나라가 용인用人이 급급한 시점임을 감안해주기를 바라오. 또 개과천선을 염원하시면서 이곳까지 보내신 폐하의 깊은 성심도 조금은 헤아려 주시오. 내가 보증을 할 테니 이들의 목을 잠시 이곳에 저장해 두도록 봐줬으면 하오. 말하자면 이들로 하여금 대죄입공戴罪立功할 기회를 줘보자는 거요. 연 대장군께서도 나하고 같은 마음일 것이라 믿어마지 않소. 여러분들 역시 연 대장군의 나라와 종묘사직을 위하는 깊은 뜻을 헤아려 동조해 줬으면 하오.”

좌중의 사람들은 간이고 쓸개고 다 내던진 채 대장군 앞에서 하소연하다시피 하는 황제의 친동생을 보면서 적지 않게 감동을 받았다. 약속이나 한 듯 일제히 연갱요를 향해 읍을 하면서 청했다.

“저희들 역시 아홉째마마와 더불어 이 열 명의 시위들에게 한 번만 기회를 줄 것을 부탁드립니다!”

연갱요가 자신의 의중을 잘도 파악하는 부하들을 둘러보면서 갑자기 피식 웃음을 터트렸다. 이어 한결 누그러진 어조로 대답했다.

“나도 살인이 취미는 아니야. 다들 뜻이 그렇다면 다시 들여보내게.”

시위들은 혼이 다 빠져나간 듯한 얼굴로 다시 끌려 들어왔다. 그들의 얼굴에서는 처음 도착했을 때의 오만불손함은 흔적조차 찾아볼 수가 없었다. 그들은 곧 감격 어린 시선으로 연갱요를 우러러보면서 털썩털썩 무릎을 꿇고 머리를 조아렸다. 먼저 목향아가 떨리는 목소리로 말했다.

"살려주신 대장군의 은혜에 깊이 감사드립니다. 아홉째마마의 구명지은救命之恩에도 삼가 사은을 표합니다. 더불어 여러 형제들의 너그러움에도 깊이 감사드립니다!"

"죽을죄를 면했다고는 하나 처벌을 피해갈 수는 없으니 피육皮肉의 고통은 치러야겠어. 이 자리에서 한 사람 당 사십 대의 곤장을 안기라!"

연갱요가 턱을 치켜든 채 명령했다. 그러자 장교들이 돼지 잡듯 숙련된 동작으로 시위들을 엎어놓고는 떡치듯 곤장을 휘둘러댔다. 좌중의 사람들은 그런 행위가 자신들에게는 일상사에 불과한지 무표정한 얼굴로 바라보고 있었다.

그러나 그런 험악한 꼴을 처음 보는 윤당으로서는 놀라지 않을 수 없었다. 곤장이 내리꽂힐 때마다 흠칫 떨면서 움찔거렸다. 실로 모골이 송연한 장면이 아닐 수 없었다.

얼마 후 육형肉刑이 끝나자 연갱요가 만족스러운 표정을 지은 채 말했다.

"끝까지 끽소리 한 번 안 내는 것을 보니 근본은 되어 있는 이들이구먼. 임무를 맡겨줄 때까지 천막에서 명령을 대기하고 있게. 내가 마지막으로 한 마디만 하겠어. 내 행동이 아니꼬워 못 보겠다면 폐하께 밀주를 올려도 괜찮아. 마음 놓고 하라고. 그런데, 처음부터 노란 마고자를 들먹거리면서 나를 마구 흔들려고 했던 것 아닌가?"

"아닙니다. 감히 그럴 리가 있겠습니까!"

10명의 시위들은 연갱요의 말에 고개도 들지 못한 채 마치 약속이나 한 듯 대답했다.

"사실 나에게도 밀주권이 있어."

연갱요가 얼굴 가득 음산한 미소를 띠우면서 천천히 계단을 내려서더니 느릿느릿 걸음을 떼면서 자세하게 설명을 덧붙였다.

"폐하께서 믿음이 없으시다면 수십만 명에 달하는 군사를 나에게 맡겼을 리가 있겠어? 그대들이 아직까지 뭘 착각하고 있는 것 같아서 하는 얘기인데, 내가 오늘 자네들 목을 치지 않은 것은 어디까지나 하지 않은 것이야. 못한 것이 아니라는 말이지. 아마 자네들 합경생이라고 알 거야. 폐하의 부마였지. 그러나 나는 지난 달 군량미 도착이 사흘 지연됐다는 사실을 들어 그자의 목을 쳤어. 간도 크게 선참후주先斬後奏(먼저 사람의 목을 베고 나중에 보고 올리는 것)를 해버렸지! 그러나 폐하께서는 나를 처벌하지 않으셨을 뿐만 아니라 오히려 지의를 내려 표창을 하셨어."

연갱요가 말을 마치기 무섭게 문서 한 장을 목향아에게 던져줬다. 목향아는 손을 가늘게 떨면서 문서를 펼쳐봤다. 섬뜩한 느낌을 주는 시뻘건 주비朱批가 한눈에 확 안겨왔다.

8월 15일 아뢰어 온 내용을 어람했네. 짐은 이곳에서 향을 사르고 불공을 드리면서 신하들과 더불어 가절佳節을 경축하고 있어. 서부 변방에서 군법을 동원해 응징을 했다니, 형세가 다르다는 사실을 뼈저리게 느끼게 되는군. 합경생 그자는 애초부터 될성부른 인간이 전혀 아니었네. 짐은 그자가 서부 전선에서 열심히 갈고 닦으면 혹시 개과천선하지나 않을까 하고 기대하면서 보냈어. 그런데도 군량미 보내는 일에 차질을 빚게 했군. 죽어 마땅하다고 생각하네. 처음에는 다소 놀랐으나 생각할수록 다행이라 여겨지네. 우리 대청에는 권력을 두려워하지 않고 나라를 위한 일이라면 자신의 한 몸을 내던져 온갖 궂은일을 마다하지 않는 충성스런 일꾼이 드물어. 연갱요 자네 같은 사람이 그런 일꾼의 전형이지. 자네 같은 사람이 더도 말고 열 명만 있었으면 짐이 어찌 국사國事로 인해 초조하게 밤잠을 설치는 일이 있겠는가? 종실이나 외척들 중에는 자네 군중에서 일하는 이들이 많아. 앞으로 그런 일에 직면하면 군법에 의해 엄정하게 처리하도록 하게. 일일이 보고할 필요는 없네. 자네 소신을 믿네. 경卿이 충직한 신하로 오래오래 남아준다면 짐이 훌륭한 천자가 되지 못하지 않을까 걱정할 필요는 없을 것 같네!

편지의 글씨는 언제 봐도 독특한 매력이 돋보이는 깨알같이 단정한 해서체였다. 끝에는 '원명거사'라는 낙관도 찍혀 있었다. 목향아는 순간 기회를 봐서 연갱요를 옹정에게 고자질하려던 망상을 깨끗하게 뇌리에서 씻어버렸다. 그리고는 황급히 어비御批를 연갱요에게 두 손으로 바친 다음 얼굴 가득 웃음을 지은 채 말했다.

"오늘 한 차례 악몽을 꾼 것 같습니다. 이 일이 십 년 동안 책 읽은 것보다 소득이 큽니다. 실로 대장군의 패기에 감복하지 않을 수 없습니다. 앞으로 대장군의 명령에 충실히 따르겠습니다!"

연갱요는 속으로 몰래 안도의 한숨을 내쉬었다. 이제 목향아를 필두로 하는 시위들을 완전히 구워삶았다는 생각이 든 것이다. 그가 말했다.

"그런데 언제까지 엎드려 있을 거야? 그만 일어나! 군법은 군법이고 사적인 감정도 무시할 수 없는 것이 인간이잖아. 자네는 내 친구의 아들이야! 아홉째마마도 난리통에 편하게 음식을 들지 못하셨을 것 아닌가. 자네들도 다 뒤집어 엎어버렸으니……. 여봐라, 술상을 다시 봐오도록 하라! 나와 다른 장군들은 석 잔 이상 술을 마셔서는 안 돼. 하지만 자네들은 실컷 마셔도 돼. 단 오늘만이야. 죽다 살아난 놀란 가슴도 진정시킬 겸 말이야."

어느새 날이 점점 어두워지고 있었다. 중군의 천막 속에서는 촛불이 높이 타오르고 있었다. 그런 가운데서도 술잔 부딪치는 소리는 심심찮게 들려왔다.

시위들은 자신들도 모르게 긴장을 풀었다. 그제야 곤장을 맞은 엉덩이에 통증을 느꼈다. 그럼에도 불구하고 그들은 엉거주춤 의자에 걸터앉은 채 애써 웃음을 짓고 있었다. 호랑이보다 더 무서운 대장군에게 잘 보이려 갖은 아부를 다 떨었다.

저녁 7시쯤 됐을 때였을까. 각 군영의 군관들은 처리할 군무가 남아 있다면서 자리를 뜨려 했다. 그러자 연갱요가 다 함께 자리를 파하라는 명령을 내렸다. 이어 윤당을 동쪽 서재로 바래다주도록 했다.

연갱요는 대충 일을 마친 다음 상성정과 수행원을 데리고 서쪽 서재로 돌아갔다. 웬일인지 다른 막료들은 자리에 없고 왕경기만 남아서 뭔가를 열심히 적고 있었다. 그는 파김치가 다 된 납덩이같은 무거운 다리를 끌고 안으로 들어섰다. 그리고는 인삼탕을 내오라면서 조르듯 거듭 소리를 질렀다. 이어 왕경기를 향해 말했다.

"나이도 적지 않은 사람이 무슨 급한 일이 있다고 그러고 있소? 도대체 아직까지 남아서 뭘 쓰고 있는 거요?"

연갱요의 말에 왕경기가 일에 몰두하다 말고 화들짝 놀랐다. 동시에 황급히 붓을 내려놓고는 자리에서 일어섰다.

"대장군! 그래도 다행히 나이에 비해 기력은 괜찮은 것 같습니다. 전부터 일기 쓰는 습관이 몸에 밴 탓에 몇 글자 적고 있던 중입니다. 대장군께서는 군기에 엄하시고 상벌이 분명하십니다. 그런 것은 높이 살만한 점입니다. 그러나 전부 관내關內(산해관 안쪽의 중원 일대를 일컬음) 출신인 젊은 병사들은 지금 문화적인 생활에 갈증을 느끼고 있습니다. 고향에 대한 그리움도 지울 수 없을 겁니다. 감정이 적막할 때는 무조건 숨 막히는 규칙을 적용해 졸라매기만 한다고 해결되는 것이 아닙니다. 그래서 제가 개선가凱旋歌 몇 줄을 적어 봤습니다. 대장군께서 보시고 괜찮으시다면 사기도 돋울 겸 병사들에게 노래를 가르치는 것이 어떨까 합니다."

연갱요가 인삼탕을 단숨에 마셔버리고는 웃으면서 대답했다.

"좋소! 노래라면 사면초가四面楚歌라도 상관없다는 우스갯소리가 있잖소. 그대는 군사에 일가견이 있을 뿐 아니라 사람의 마음도 잘 읽는 것 같소. 어디 보여주오."

연갱요가 종이를 들여다봤다. 짤막한 시 세 편이 눈에 들어왔다.

군성軍聲이 들끓는 작은 성에
황제가 선택한 장수가 오병五兵을 호령하노라.
반검班劍과 용포龍袍, 용절龍節이 다다르니,
높은 산의 적자赤子들은 거듭남을 경축하노라.

성총에 힘입어 장단將壇에 오르니,
상공相公이 한신韓信이라 부르면서 달려 나오네.
금의錦衣 입고 총마驄馬(은색 말)를 타고 앞장서 출전하니,
사졸士卒들의 환호성에 적들의 간담이 서늘하구나.

군영에 넘치는 음악소리 개선해 돌아감인가,
하늘땅 울리는 환호성에 기분이 좋구나.
기운찬 승전고에 천관千官들이 즐비하게 늘어섰는데,
군왕君王은 친히 첩서捷書를 기다리네.

연갱요는 시를 다 읽고 나서 말이 없었다. 왕경기로서는 어색한 표정을 지은 채 물을 수밖에 없었다.

"워낙 배운 것이 없어 대충 끄적인 것입니다. 당연히 대장군의 눈에는 차지 않을 줄로 압니다."

연갱요가 그답게 직선적으로 말했다.

"솔직히 수준이 낮다고는 할 수 없는 실력이잖소? 딱 적당하오! 너무 어렵게 써도 병사들은 무슨 뜻인지 모를 거요. 단지 한 가지 흠이라면 기백이 조금 결여된 것 같소. 섬서성에서 청해성으로 들어와 소소하게 몇 번은 이겼잖소? 그 내용을 첨가하면 더 좋겠소. 어떠오, 고쳐 써볼 의향이 있소?"

왕경기가 잠시 생각하더니 다시 붓을 들었다. 이어 폭풍과 비바람이 몰아치듯 단숨에 적어내려 갔다.

> 병사를 진두지휘해 하황河湟(서녕의 다른 이름)에서 적을 무찌르니,
> 규율이 엄하고 확실해 구장九章이로구나.
> 내부內府에서 새로이 검은 화살을 하사받으니,
> 가득 휘어잡고 천낭天狼(늑대. 잔혹한 침략자를 뜻하는 별 이름)을 명중시키네!

> 전화戰火가 스러지고 전고戰鼓가 한가해
> 활을 내리고 갑옷을 벗고 돌아가는데,
> 늑대를 다시 만나 머리에 명중을 시키니
> 명왕名王에 기가 죽어 통곡하면서 도망가네!

> 혁혁한 전공에 축배를 드니

지존至尊으로부터 내려진 상賞이 군영에 그득하구나.

잠시 말에서 내려 명조明詔를 듣고 있으니,

원근遠近에서 들려오는 만세소리가 파도 같구나!

"음, 좋았어!"

연갱요가 왕경기의 기민한 재주에 크게 감탄사를 터트렸다. 그리고는 자신의 의견도 덧붙였다.

"이제 병사들이 사기를 진작시키는 일만 남았소. 먼저 쓴 것은 나를 너무 미화한 것 같아 부담스러웠소. 아직 대적大敵을 소멸하지 못했기 때문에 내 공덕을 찬양하는 것은 이르다고 보오. 어쨌거나 지금 쓴 시에 곡을 단 다음 군악대의 반주에 맞춰 따라 부르면 아주 좋을 것 같소. 나포장단증을 생포하고 나면 몇 곡 더 부탁하겠소."

연갱요의 눈에서는 희열의 빛이 번뜩였다. 그러나 흐느적거리는 촛불을 오래도록 주시하던 그의 시선은 차츰 암울해지기 시작했다. 곧 그가 이발을 한 지 얼마 안 돼 파르스름한 앞머리를 만지면서 천천히 자리에 앉았다. 이어 턱을 치켜든 채 한참을 생각하다가 한숨을 내쉬었다.

"그런데 그놈의 나포…… 나포장단증은 도대체 어디 있는 건지……. 주력부대가 어디 있느냐 이 말이오! 청해성이 어지간히 커야 찾아 나서지. 망망대해에서 나룻배 타고 노 저어가며 고래 잡으러 다니는 격이 아니오? 찾았다 싶으면 금세 자취를 감추어버리니 우리만 닭 쫓던 개 지붕 쳐다보는 격이 되지. 내가 하루에 퍼다 쓰는 돈만 해도 수십만 냥이오. 폐하께서 그 성격에 얼마나 더 기다려 주실지……."

왕경기는 대각선 방향에 앉은 채 깊고 우울한 눈빛으로 연갱요를 말없이 바라보고만 있었다. 그러다 갑자기 입을 열었다.

"저는 그자가 어디 있는지 압니다."

"뭐요?"

"저는 나포장단증의 대본영이 어디에 있는지를 알고 있습니다."

순간 연갱요가 마치 굶주린 고양이가 쥐를 발견한 듯 날렵하게 몸을 앞으로 숙였다. 그리고는 음험하고 의혹에 찬 눈빛으로 왕경기를 노려보면서 쉰 목소리로 물었다.

"어디 있소?"

왕경기가 웃음 띤 얼굴로 모래지도 앞으로 다가갔다. 이어 나무 막대기로 그중 한 곳을 가리켰다.

"탑이사塔爾寺! 바로 여기에 있습니다."

연갱요가 왕경기의 말이 끝나기 무섭게 벌떡 일어나 모래지도 앞으로 다가갔다. 동시에 탑이사의 위치를 확인했다. 이어 고개를 번쩍 쳐들더니 물었다.

"그대가 어찌 오자마자 이곳이 그자의 대본영이라고 단언할 수 있다는 말이오? 탑이사라면 서녕과 수십 리밖에 떨어지지 않은 곳인데 말이오!"

"이 촛불을 보십시오. 방 안을 훤히 비추기는 하나 자기 발밑은 비추지 못하고 있지 않습니까? 바로 등잔 밑이 어둡다는 이치입니다!"

왕경기가 이를 악문 채 으스스한 웃음을 지어내면서 대답했다. 느릿느릿하지만 또랑또랑한 목소리였다. 마치 불꽃만 닿으면 금방 불길이 치솟아오를 것처럼 바싹 메마른 느낌이었다. 그가 덧붙였다.

"유목민족도 싸움을 하려면 우리와 마찬가지로 물, 건초, 양식이 필요합니다. 그러나 지금 청해성은 물 한 방울 새나가지 못할 정도로 포위되어 있습니다. 그럼에도 나포장단증은 여태 독 안에서 뛰쳐나오지 않고 있습니다. 이유가 무엇일까요? 바로 탑이사에 식량 저장고가 있기 때문입니다. 탑이사는 폐하께서 칙봉勅封하신 황교黃敎(라마교의 한 유파)의 본부입니다. 청해 현지에서 식량을 조달할 수 있을 뿐만 아니라 내지內地에서도 식량을 구입하는 것이 가능합니다. 게다가 조정에서도 가끔씩 식량을 지원해줍니다. 때문에 비축된 식량이 풍부할 수밖에 없습니다. 연 대장군, 그자들의 식량 공급원을 차단하지 못하면 결코 청해성을 정복할 수 없을 것입니다!"

연갱요에게 왕경기의 말은 얼음물을 정수리에 들이붓는 것 이상의 효과가 있었다. 그는 독 안에 든 쥐일지라도 먹거리가 많으면 기어 나오지 않는다는 당연한 사실을 비로소 깨달았다. 곧이어 그가 바드득 소리가 나도록 이를 갈면서 벌떡 일어났다. 그러자 왕경기가 황급히 입을 열었다.

"잠깐만요!"

왕경기의 말에 연갱요가 고개를 획 돌리며 말했다.

"그대의 말이 일리가 있소. 그곳이 나포장단증의 대본영이든 아니든 간에 나는 반드시 탑이사를 손아귀에 넣어야겠소."

"탑이사는 결코 대장군이 쑥밭을 만들어버린 태호의 오가채나 안휘성의 강하진 같은 곳이 아닙니다!"

왕경기가 대번에 연갱요의 말을 반박했다. 이어 평온하기가 잔잔한 수면 같은 표정으로 말을 이었다.

"탑이사를 확실한 명분 없이 쳐들어가면 본전도 못 건질 겁니다. 그곳에는 단라활불丹羅活佛이 교주로 있습니다. 또 폐하의 체신인 문각 선사도 그곳에서 수계受戒를 받은 줄로 알고 있습니다. 명분 없는 탑이사 공격은 분명히 스스로 함정을 파는 행위가 될 것입니다."

잠시 주춤하던 연갱요가 천천히 발걸음을 돌렸다. 이어 긴 그림자를 끌면서 창가로 다가가더니 말없이 서성거렸다. 그때 상성정이 들어섰다. 연갱요는 마침 잘 됐다는 듯 즉각 지시를 내렸다.

"군량조달처에 가서 내 명령을 전하고 와. 내지에서 청해로 운송되는 식량을 전부 차단해. 또 모든 사원의 승려들 식량은 군량미에서 조금씩 배급받아 가라고 해. 그리고 야식 좀 가져오게. 오늘 밤을 새워 왕 선생하고 할 얘기가 있으니까!"

왕경기는 자신도 모르는 사이에 어느덧 '왕 선생'이 되어 있었다. 기분이 나쁘지 않은 표정이었다.

24장
황태후의 승하

연갱요는 며칠 밤을 새워가면서 면밀하게 검토하고 고민했다. 그 결과 적을 유인하는 모험적이고도 방대한 계획이 마침내 완성됐다. 물론 그는 악종기가 사천성에서 갑자기 튀어나와 내리막길에서 수레를 밀듯 도움을 줍네 하면서 공로를 덜어 먹으려고 할지 모르는 행보까지 감안했다. 감숙성 순무인 범시첩에게 명령을 내려 섬서성 북부에 주둔 중인 녹영병을 긴급하게 송번 지역으로 이동하게 한 것이다. 악종기가 숟가락 들고 덤벼들지 모르는 우려를 원천봉쇄했다고 할 수 있었다. 그런 다음 옹정에게 자세하게 밀주를 올렸다.

음력 10월 3일, 연갱요는 유격 이상의 군관들을 불러 모아 구체적인 계획을 설명하고 훈시를 내렸다. 그리고는 서녕에 주둔하고 있는 모든 군사를 감숙성 난주蘭州로 이동시켜 방어에 나서도록 했다. 이렇게 해서 서녕에는 고작 1500명의 노약자들만 덩그러니 남아 중군

행원을 지키게 되었다.

연갱요의 군사 배치 상황을 다 듣고 난 수백 명의 군관들은 의외라는 듯 저마다 어정쩡한 반응을 보였다. 그러나 마냥 심각하기만 한 연갱요에게 감히 토를 다는 사람은 없었다. 결국 연갱요와 상대적으로 사이가 좋은 상성정이 궁금증을 참지 못하고 물었다.

"그러면 대장군께서는 어떻게 하려고요? 대부대를 따라 동쪽으로 내려가실 겁니까, 아니면 서녕에 남으실 겁니까?"

상성정의 말속에는 사실 깊은 의미가 담겨 있었다. 원래 서녕과 난주는 거리상으로는 그다지 멀지 않았다. 그러나 행정구역은 달랐다. 각각 청해성과 감숙성에 속해 있었다. 때문에 연갱요가 만약 대군을 따라 청해성을 뜬 상태에서 서녕에 구멍이 뚫린다면 문제가 될 터였다. 수장守將으로서 함부로 자리를 비운 것에 대한 엄청난 문책을 당할 수 있었다. 상성정의 말이 뜻하는 의미를 알아들은 군관들의 시선이 일제히 연갱요에게 꽂혔다. 연갱요는 뭔가를 생각하더니 감개에 젖은 어조로 말했다.

"나는 대군을 따라 가지도, 청해를 떠나지도 않을 거야. 이번에 대군을 난주로 옮기는 것은 어쩔 수 없는 고육지책이야. 알다시피 우리가 여기서 어떻게 겨울을 무사히 날 수가 있겠어? 군량미와 건초뿐만 아니라 땔감도 문제라고. 난주라고 해봤자 청해성과 엎어지면 코 닿을 곳이야. 청해성을 포위하고 있는 것과 마찬가지라고. 때문에 우리 대부대는 모든 사정이 훨씬 좋은 난주에서 겨울을 나야 해. 나포장단증이 청해에 갇힌 채 기진맥진하게 만들어야 하는 것이지. 그런 다음 들풀이 돋아나고 날이 따뜻해지는 봄이 될 때 결전에 들어가는 것이 좋을 것이야. 그렇지 않겠어?"

잠시 침묵이 흘렀다. 얼마 후 이홍아가 궁금증을 참지 못하고 상체를 숙이면서 아뢰었다.

"대장군, 서녕의 식량창고에 군량미가 아직 십만 석이 남아 있습니다. 만에 하나 서녕이 나포장단증에게 먹히는 날에는 이것마저도 빼앗길 것 아닙니까?"

이홍아의 말이 떨어지기 무섭게 목향아는 바로 생각을 굴리기 시작했다. 바늘 가는데 실가는 격이 되어버린 자신으로서는 연갱요가 청해에 남으면 당연히 자기도 따라 남아야 한다는 사실이 몸서리치게 싫었다. 그러나 연갱요에게 호되게 얻어맞은 데다 어떻게 보면 매수를 당한 처지라 속내를 시원스럽게 모두 다 털어놓을 수는 없었다. 그가 잠시 더 생각을 한 후 입을 열었다.

"대장군, 주장主將이 대군에서 이탈했다가 누구도 원치 않는 일이 발생하는 날에는 저희들도 곤란해집니다. 대장군을 제대로 보필하지 못한 죄를 받게 됩니다. 그러나 대장군의 생각이 진짜 그러시다면 폐하께 사실을 아뢰는 것이 좋지 않겠습니까? 전군이 다 같이 감숙성으로 옮겨가 기회를 기다려보는 것도 상책이라고 생각됩니다."

연갱요가 목향아의 제안에 냉소를 흘렸다.

"식량이 남아 있는 것이 뭐가 문제야? 우리가 못 먹는다면 그까짓 것 다 태워버리면 되지. 나는 당연히 이곳을 떠날 수가 없어. 내가 여기를 뜨게 되면 조정에 무슨 해괴한 소문이 돌지 몰라! 내 걱정은 마! 나는 그 옛날 오란포통 전투에서 고작 서른 명의 병력만 데리고 갈이단 대영에 쳐들어간 적이 있어. 그때도 몽고의 병사들 수만 명이 와도 내 털끝 하나 못 건드렸다고. 그런데 두려울 것이 뭐가 있어? 군령은 이미 내려졌어. 더 이상 상의하고 말고 할 것도 없어. 도통都統 이상의 군관들은 남고 나머지는 부대로 돌아가 떠날 준비나 해!"

"예, 알겠습니다!"

대부분 군관들이 복창을 하고 물러갔다. 그러나 스물 몇 명의 군관들은 그대로 남은 채 연갱요의 훈시를 들을 준비를 했다. 바로 그때 기패관 한 명이 들어와 아뢰었다.

"감숙성 순무 범시첩이 대장군을 뵈러 왔다 합니다."

기패관이 말을 마치자마자 명함을 연갱요에게 건넸다. 연갱요가 흘낏 보고는 책상 위에 던져 놓으면서 지시했다.

"들여보내!"

기패관이 나가고 얼마 되지 않아서 바로 둥글둥글한 얼굴에 수염이 까칠까칠한 작고 단단한 체구의 사내가 들어섰다. 얼굴에는 긴장한 기색이라곤 전혀 없었다. 자세도 표정과 크게 다르지 않아 위축되지 않은 채 두리번거리면서 활개를 치고 들어섰다. 그는 아홉 마리 맹수 무늬의 관복에 금계錦鷄 보복을 껴입고 있었다. 새로 만든 옷 같은데 어딘지 모르게 맵시가 나지 않고 부자연스러워 보였다. 아무래도 연갱요에게 기가 죽지 않기 위해 부랴부랴 마련한 것 같았다.

범시첩은 원래 호남성과 광동성의 포정사로 일하고 있었다. 그러다 연갱요가 서부전선으로 떠날 무렵 감숙성 순무로 발령을 받았다. 윤상과 연갱요의 추천이 있었기 때문이었다. 그랬으니 연갱요로서는 자신이 범시첩에게 큰 은혜를 베푼 은인이라고 자칭할 수도 있었다. 실제로도 그렇게 생각했던 그는 범시첩이 자기에게 감지덕지해 은혜를 갚으려 할 줄 알았다. 그러나 그렇지 않았다. 범시첩은 감숙성 순무로 발령이 난 이후 공식적인 일이 있지 않는 한 얼굴조차 내밀지 않았던 것이다. 그로서는 커다란 배신감을 느낄 만도 했다.

이번에도 그랬다. 무엇보다 별 어려운 기색 없이 들어와 대충 인사를 올렸다. 그리고는 일어나라는 말도 기다리지 않고 스스로 일어났다. 연갱요는 그런 범시첩을 곱지 않은 시선으로 노려보면서 내뱉

듯 물었다.

"무슨 일이오? 되도록 간단하게 말하오. 군무 때문에 바쁘니까!"

범시첩은 연갱요의 무뚝뚝한 말에도 오뚝이처럼 똑바로 선 채 웃는 듯 마는 듯한 표정을 지었다. 이어 천천히 용건을 말했다.

"저도 군무 때문에 왔습니다. 지난번 군용 천막이 없어 대장군께 요청을 한 적이 있었습니다. 그때 병부로 가라고 해서 병부로 갔었죠. 그러나 병부에서는 우리 몫까지 연 대장군에게 보냈으니 여기 와서 얻어 쓰라고 했습니다. 지금 우리 주둔군은 천막이 부족해 수십 명이 한데 엉켜 자고 있는 실정입니다. 이런 말까지 해야 되는지는 모르겠으나 밤에 소피 싸고 돌아오면 비집고 누울 자리도 없을 지경이죠. 사정이 이러니 대장군께서 신경을 좀 써주셔야겠습니다. 천막은 언제쯤 주실 건지요?"

연갱요가 따지듯 나오는 범시첩의 말에 냉소를 터트렸다.

"고작 그것 때문에 겨드랑이 털 떨어지게 주먹을 쥐고 달려왔소?"

"결코 사소한 일은 아니니까요. 그리고 대장군께서 감숙성의 녹영병을 송번으로 이동시켜 방어에 나서게 하는 이유도 납득이 안 됩니다. 악종기 장군이 지척에 있지 않습니까? 그런데 왜 하필이면 감숙성에서 군사를 부르셨습니까? 무슨 특별한 이유라도 있는 것인가요? 부디 대장군의 재고를 부탁드립니다."

범시첩이 전혀 두려운 기색 없이 연갱요를 쳐다보았다. 연갱요가 순간 잠시 놀라는 표정을 짓더니 내뱉듯 말했다.

"알았소. 군무가 급하니 오늘 밤에 바로 돌아가기 바라오."

"알았다는 말은 결코 저의 어려운 처지를 이해한다는 뜻은 아니잖습니까?"

범시첩은 마치 고무처럼 쩍쩍 달라붙었다. 연갱요가 빨리 자신을 쫓아내버리려 하는 것을 모르지도 않으면서 끈질기게 달라붙었다. 얼마 후 그가 더욱 바짝 연갱요에게 다가가면서 입을 열었다.

"오늘 밤 제가 빈손으로 돌아가면 잠 못 이루는 우리 병사들은 텅 빈 저의 두 손을 보고 자신들을 자식처럼 아끼던 연 대장군을 어떻게 생각할까요? 저는 또 이미 연 대장군의 어려운 사정을 악종기 장군에게도 전했습니다. 문제가 있으면 두 분이 합의하에 처리했으면 좋겠다고 건의도 했습니다. 솔직히 물심양면의 낭비를 줄이는 차원에서라도 악종기 장군을 송번에 주둔시키는 것이 더 좋다고 생각합니다."

범시첩은 조목조목 이치를 따지고 들었다. 그러나 끝까지 최소한의 예의는 지키고 있었다. 연갱요로서는 대답이 궁해지지 않을 수 없었다. 결국 안색이 붉으락푸르락해지면서도 성질을 죽인 채 껄껄 웃으면서 물었다.

"왜 시키지도 않은 일을 하고 그러오. 누가 그대에게 악종기하고 연락하라고 했소? 당신이 그럴 권한이 있다고 생각하오?"

"대장군께서 그렇게 하라고 시키시지 않았습니까? 지난번 대장군께서 연단에 올라 열병閱兵하셨을 때 말씀하시기를, 저희 장군들에게 무슨 일이 있으면 수시로 대장군과 악종기 장군께 보고를 올리라고 하셨잖습니까? 저뿐만이 아니라 다들 그렇게 알고 있는데요?"

범시첩이 머리 위로 김이 폴폴 나는 것 같은 연갱요를 향해 눈을 깜빡이면서 반박을 했다. 연갱요는 그가 얄밉고 괘씸하기 그지없었다. 그러나 딱히 어떻게 할 방법도 마땅치 않았다. 결국 귀찮다는 듯 손사래를 치며 내뱉었다.

"알았소, 알았소! 가서 탄핵당할 일만 고대하고 있으시오. 감숙성의 일은 앞으로 감숙성 포정사하고 얘기할 거요. 내가 눈이 멀어서 그대 같은 인간을 추천했던 것 같소!"

그럼에도 범시첩은 여전히 당당한 어조로 할 말을 했다.

"알았습니다. 저는 대장군께서 제가 일을 잘한다고 추천해준 줄 알았더니, 그게 아니었군요! 돌아가서 탄핵을 기다리죠. 나라고 할 말이야 없겠어요? 잘 됐네, 뭐! 그렇지 않아도 양강 순무로 발령이 나서 이걸 어떻게 해야 하나 고민했었는데. 대타가 나타나게 됐으니 서둘러 떠나도 무방하겠네요."

범시첩이 말을 다 끝내고는 마지막 예의는 차려야겠다는 표정으로 두 손을 들어 공수하면서 덧붙였다.

"부디 건강 보존하세요. 그럼 저는!"

연갱요 휘하의 군관들은 범시첩이 뒤도 돌아보지 않고 휑하니 밖으로 나가버리자 저마다 눈이 휘둥그레지고 말았다. 연갱요 역시 놀랐는지 금세라도 달려가 뒷덜미라도 물어버릴 듯 악의에 찬 시선으로 범시첩을 노려봤다. 이어 "퉤!" 하고 가래침을 내뱉고는 소름끼치는 표정으로 말했다.

"양강 순무 좋아하네. 꿈도 야무지군. 지금은 내가 참는다. 그대들은 나의 작전 배치 상황에 귀를 기울이도록!"

연갱요가 자신의 말에 힘을 잔뜩 실어 좌중을 둘러봤다. 동시에 말없이 모래지도 쪽으로 다가갔다. 긴 나무막대기로 모래지도를 가리키면서 말했다.

"내일부터 각 영營에서는 군영을 철거한 다음 동쪽으로 행군하도록 하라. 또 불필요한 무기나 수레 등은 일률적으로 홍고성紅古城, 안수탄晏水灘, 쌍상사雙常寺 일대에 실어 놓고, 운송차량에는 군기軍旗를 꽂아 소리를 크게 지르면 지를수록 좋겠어. 상성정과 와이새瓦爾塞는 중군中軍을 이끌고 나를 따라 낙도樂都에 주둔하도록 해. 작전을 짜고

총괄적인 지휘를 하는 사령부를 설치해야 하니까. 그리고 마관보馬關保의 부대는 천호장千戶莊, 새득塞得의 부대는 황원湟源, 부춘안富春安의 부대는 귀덕貴德으로 옮겨 주둔한다. 이어 각 십 리마다 봉화대를 설치하되 내가 있는 낙도의 봉화대를 제일 크게 만들도록 할 것! 일단 이 봉화대에 불이 붙으면 각 진영에서는 일제히 서녕, 탑이사 쪽으로 돌격해. 마을이 보이면 닥치는 대로 불을 질러. 사람이 보이면 가차 없이 죽여 버리고!"

연갱요가 말을 마치고는 고개를 번쩍 쳐들었다. 눈빛이 마치 굶주린 이리의 그것처럼 반짝이고 있었다. 곧 그가 전의를 다지는 차원에서 다시 입을 열어 부하들을 다그쳤다.

"제대로 알아들었어?"

연갱요의 부하들은 그의 쉬고 건조한 목소리를 듣는 순간 등골이 오싹했다. 그가 내린 지시가 자신이 처음에 말했던 전략과 앞뒤가 맞지 않아 당황하지 않을 수 없었던 것이다. 그러나 그들은 어느 장단에 맞춰야 할지 속으로는 우왕좌왕하면서도 알아들었노라고 대답은 했다. 그러자 연갱요가 껄껄 웃으면서 말했다.

"안다고? 뭘 알아? 나는 지금 가짜 공성계空城計(성을 비워 유인하는 전략)를 계획하고 있는 중인데! 우리는 반드시 대군大軍이 동쪽으로 움직이는 것처럼 적이 착각을 하도록 그림을 그럴싸하게 만들어내야 한다고. 때문에 동쪽으로 행군하는 부대는 가능한 한 적을 휩쓸어 버릴 것 같은 기세등등한 모습을 보여줘야 해. 대군이 움직이는 것이 틀림없다는 느낌을 줘야 한다고. 나머지 부대는 일률적으로 주복야행晝伏夜行(낮에는 잠복하고 밤에는 행군함)해야겠어. 기밀이 새나가는 것을 미연에 방지하기 위해 내일부터는 노약자와 병든 병사들은 모두 성안에 남아 있도록 해. 또 중간에 도망가는 자는 이유를 불문하고 목을 칠 것이야. 각 부대의 수용소에서는 중간에 낙오해 대부대와 떨어진 병사들을 전부 서녕으로 은밀히 이동시키도록. 이 모든 것이 아귀가 착착 맞아 돌아가지 않으면 안 돼. 그렇게 돼야 비로소 나포장단증이 군사를 집결한 다음 서녕을 치러오게 된다고. 우리가 유인하는 거지. 무슨 말인지 알겠지? 진짜 알겠어?"

좌중의 군관들은 그제야 연갱요의 호리병에 무슨 약이 들어 있는지 알아들은 것 같았다. 일제히 탄복 어린 시선으로 연갱요를 바라보았다. 특히 목향아는 모래지도를 들여다보면서 아부성이 다분한 어조로 말했다.

"대장군의 계략은 실로 물샐 틈이 없습니다. 제갈공명이 따로 없습니다!"

목향아의 말이 끝나자마자 마관보가 굳은 표정을 한 채 반대 의견을 개진했다.

"만에 하나 나포장단증이 냄새를 맡고 그물에 걸려들지 않는다면 어떻게 합니까? 날씨도 이렇게 추운데 대군이 분산돼 중군과 멀리 떨어져 있으면 군량미와 건초 공급이 여의치 않아 자칫 큰 실패를 불러올 수 있습니다. 이건 병가兵家에서는 가장 꺼려하는 것입니다. 위험한 발상입니다!"

연갱요가 기다렸다는 듯 붉은 대추 같은 얼굴을 빛내면서 대답했다.

"식량 문제 때문에 그렇게 말하는 것인가? 그러나 겨울은 우리만 나야 하는 것이 아니야. 적들도 겨울을 나야 한다고! 나는 이미 청해성으로 향하는 모든 양도糧道를 차단해 버렸어. 그러니 식량난에 허덕이게 될 적들로서는 서녕 창고에 있는 십만 석이 엄청난 유혹일 수밖에 없을 거야. 사람은 갈증이 나서 죽을 지경에 이르면 독주라도 마시게 돼 있어. 그럼에도 만에 하나 적들이 미끼를 물지 않는다면 나도 마지막 수법을 쓸 수밖에 없지. 대군을 전부 청해성으로 집결시켜 십만 석으로 겨울을 나는 거야. 그 사이 양도는 여전히 차단되겠지. 나포장단증을 포함한 청해성 백성들까지도 모조리 굶어죽을 테고! 그야말로 벼룩 잡으려고 초가삼간 태우는 격이 될 테지만 어쩔 수 없어!"

독하고 잔혹하기 이를 데 없는 결단이었다. 순간 목향아는 북경을 떠나기 전 "지나치게 인자함을 강조하는 사람은 군사를 이끌 수 없다. 지나치게 의로우면 장수가 될 수 없다"고 했던 옹정의 말을 떠올렸다. 연갱요의 태도에서 그 말의 진정한 의미를 느꼈던 것이다.

"명심하겠습니다! 영명하신 대장군 만세!"

어느새 장내는 군관들의 우레와 같은 고함소리로 떠나갈 듯했다. 목향아 역시 엉거주춤한 자세로 "대장군 만세"를 외쳤다.

크게 화가 나서 난주로 돌아온 범시첩은 즉각 현지 포정사에게 업무를 인계했다. 이어 가족도 내버려둔 채 스무 명의 수행원만 데리고 이튿날 새벽 날도 밝기 전에 감숙성을 떠나 북경으로 향했다. 옹정을 알현해 술직을 마친 다음 남경으로 가서 양강 순무로 부임할 예정이었던 것이다. 그는 혹시 그 사이 연갱요가 다 된 밥에 재를 뿌리지는 않을까 하는 걱정이 들어 일단 힘 좋은 건마健馬를 선택해 올라탔다. 옷도 간편하게 입은 채 밤낮없이 강행군을 했다. 결국 평소보다 훨씬 빠른 12일 만에 북경에 도착할 수 있었다.

때는 음력 10월이었다. 그래서일까, 북경 근교에는 새벽에 서리가 내렸다. 백성들은 뒤늦은 추수를 하느라 여념이 없었다. 햇살이 소나기처럼 찬란하게 쏟아지고 하늘이 높고 푸르러 한가한 사람들이 야

외 나들이를 하는 모습도 보였다. 또 메뚜기나 귀뚜라미를 잡기도 하고 메추리를 팔려고 성으로 향하는 행렬이 줄을 지어 서 있었다. 또 어떤 기인旗人들은 멀어져가는 가을의 끝자락을 즐기기 위해 산에 올랐다. 늦가을의 정취를 만끽하려고 가족을 동반하고 음식을 마련해서 떠나는 모습이 보기 좋았다.

그러나 범시첩은 부러운 마음을 가질 여유가 없었다. 그저 자신의 옛집에서 대충 하룻밤을 묵고는 온몸 가득한 여독을 그대로 안고 동녘 하늘이 희뿌옇게 되자마자 바로 서화문으로 가서 패찰을 건넸다. 잠시 후 범시첩에게 군기처로 가서 우선 이친왕怡親王 윤상과 군왕郡王 윤제를 만나고 오후쯤 접견을 기다리라는 지의가 전달됐다.

"알겠습니다."

고무용이 지의를 전하자 범시첩은 옹정을 대하듯 깍듯하게 예를 갖춰 대답하고는 그를 따라나섰다. 그가 걸어가면서 궁금했던 질문을 던졌다.

"군기처가 어디 있는가?"

고무용이 범시첩의 질문에 융종문 입구에서 영항 서쪽에 있는 시위처를 가리키면서 대답했다.

"저기…… 저쪽이 바로 군기처입니다. 이리로 오십시오, 범 대인. 태후의 봉체鳳體에 또 가래가 끓어 폐하께서는 아침 수라도 거른 채 자녕궁으로 행차하셨습니다. 열셋째마마와 열넷째마마께서도 자녕궁 밖에서 시중을 들고 계십니다. 잠시 장 중당, 마 중당과 얘기를 나누고 계십시오. 제가 말씀을 올리고 오겠습니다."

범시첩이 고무용의 말대로 군기처 안으로 들어갔다. 과연 윤상과 윤제는 보이지 않고 장정옥과 마제만이 온돌 위에 앉아 있었다. 맞은편에서 어사 한 명이 걸상에 앉아 뭔가 보고를 하다 범시첩이 들어오자 뚝 입을 다물었다. 범시첩을 모르는 마제가 장정옥을 바라봤다.

"오, 범 대인 왔소? 술직을 왔는가?"

범시첩이 예를 갖추고 나자 장정옥이 자리를 내주면서 반색을 했다. 그리고는 태감에게 차를 내오도록 지시를 한 후 웃으면서 마제에게 말했다.

"잠깐 소개를 하리다. 이 사람은 범시첩이라고, 호는 수로水蘆요. 원래 우리 북경의 부모관으로 있다가 호광 포정사로 지방에 발령받아 갔다가 감숙성 순무를 지낸 어른이오. 이 분은 마제 대인, 여기 이 어사는 누구냐 하면, 그 이름도 유명한 손가감 대인이오."

장정옥의 농담 섞인 소개에 범시첩이 몸을 일으켜 일일이 인사를 올렸다. 이어 웃으면서 말했다.

"제가 순천부의 부윤으로 있을 때 마 정승께서 저희 순천부 남쪽 아문에 구금당해 계셨습니다. 그 당시 잘 모시지 못한 점 용서를 구합니다!"

범시첩의 말에 마제가 히죽 미소를 지었다.

"군주의 명령이니 그렇게밖에 할 수 없었겠죠! 순천부 부윤이라고는 하나 그대가 나를 잡아넣을 힘은 없지 않소이까? 그래도 나는 순천부의 널찍한 독방에 있으면서 살이 지금보다 열 근은 더 쪘었소. 우습게 들릴지는 모르나 지금보다 더 편했다니까!"

마제의 말에 좌중의 사람들은 다들 웃고 말았다. 잠시 후 장정옥이 다그치듯 말했다.

"손 대인, 계속 말해보시오."

마제의 지시가 떨어지자 손가감이 상체를 약간 숙였다. 이어 장황하게 말을 이어나갔다.

"양명시와 채정의 불화가 위험 수위를 넘어서는 것 같아서 제가 직접 귀주성을 다녀왔습니다. 아니나 다를까, 덕강德江 지부 정여사程如絲가 채정의 옛 부하였던 점을 들먹이면서 순무인 양명시를 우습게 여긴다고 하더군요. 채정을 등에 업은 것이죠. 원래 운남성의 소금이 귀주성을 통과해 사천성으로 들어가려면 반드시 누산관夔山關을 경유해야 한다고 합니다. 그래서 양명시는 관염官鹽이든 사염私鹽이든 얼마든지 통과할 수 있으나 귀주성 통정사通政使에 세금만 제대로 내라고 했대요. 그런데 정여사는 그곳을 경유하는 소금을 강제로 반값에 전부 매입한 다음 되팔았어요. 엄청난 부당 이득을 챙긴 것이죠. 양명시의 세수稅收 정책에 일격을 가하는 파렴치한 일을 저질렀다고 볼 수 있죠. 양명시는 화가 나서 그자의 직무를 박탈해 내쫓았습니다. 그러자 채정은 하소연하는 정여사를 끌어안았습니다. 그뿐만 아니라 한심하게도 누산관의 참장으로 발령을 냈다고 합니다. 그때부터 정여사의 행동은 더욱 기가 막혔습니다. 절대 싼값에 현지에서 소금을 넘기는 일이 있어서는 안 된다는 순무아문의 정령政令을 받은 염상들이 소금을 반값에 팔려고 하지 않자 조총과 화살로 삼백 명을 죽였다는 겁니다. 그랬으니 현지의 백성들이 그 엄청난 사건을 가만히 놔뒀겠습니까? 온 백성들이 궐기해 양명시에게 달려가 피맺힌 하소연을 했죠. 양명시로서도 민란의 발생을 우려하지 않을 수 없었고요. 결국 왕명기패王命旗牌를 요청해 정여사를 공개 처형하고 말았습니다. 심기가 극도로 불편해진 채정은 양명시를 조정에 고발하는 상주문을 올렸습니다. 변란을 일으키기 위해 동기가 불순한 짓을 저지르고 다닌다고 말입니다. 솔직히 제가 본 채정은 대단히 오만불손했습니다. 저에게 자기를 만나고 싶으면 미리 이름을 대고 수본手本(상관에게 올리는 보고문)을 갖춰 깍듯하게 하라는 거예요. 내 참, 기가 막혀서 정말! 저는 비록 흠차는 아니지만 좌도어사를 지냈던 사람입니다. 제까짓 것이 뭔데 나에게 그런 요구를 합니까? 이렇게 말하면 두 분 대인께서 기분 나쁘실지 모르지만 솔직히 저는 상서방에 들어갈 때도 만드시 이름을 미리 대고 부를 때까지 기다려야 할 이유가 없습니다. 상술한 내용이 채정이 저를 탄핵한 이유라면 이유입니다. 이대로 폐하께 아뢰시면 될 것입니다."

손가감은 말을 마치자마자 등받이에 몸을 맡긴 채 숨을 길게 내쉬었다. 긴 얼굴에 아무런 표정 변화도 없었다.

"폐하께서는 다만 '어찌된 일인가 물어보라'고만 하셨지 별다른 지의는 계시지 않으셨소. 이보게 몽죽夢竹(손가감의 호), 한 가지만 부탁하고 싶소. 이 일은 명발明發 상주문 형식을 취하지 말고 밀주문으로 올리거나 폐하를 알현할 때 비밀리에 말씀을 올리는 것이 어떨까 싶소. 명발을 하게 되면 그 내용이 모두 관보에 올라가야 하오. 물론 우리 상서방에서 관보에 올리는 것이 귀찮아서 그러는 게 아니오. 이 일이 산동성에서 심각한 기근으로 수천 명이 아사한 사건과 비교했을 때 그다지 중대한 일은 아닌 것 같아서 그러오. 지금의 가장 중요한 현안은 연갱요가 담당하고 있는 청해성에서의 군사 문제요. 폐하께서는 군무軍務 때문에 노심초사하고 있던 중 황태후마마의 건강악화까지 겹쳐 경황이 없으시오. 오죽하면 가을 사냥까지 취소했겠소? 방금 얘기했던 내용이 관보에 오르면 폐하의 부담을 가중시킬 것이 뻔하오. 어느 정도 알고 계시고 나름대로 해결책을 모색하고 계시겠지만 말이오. 집안에 세 가지 일이 있으면 가장 급한 일부터 착수해야 하는 것은 세상 사람들이 다 아는 바가 아니겠소? 그대가 올리려던 상주문은 일단 보류하는 것이 어떻겠소? 나하고 마 중당이 감 놔라 배 놔라 하는 것은 절대 아니오. 그대가 대국大局을 염두에 뒀으면 하는 마음에서 하는 말이오. 자신이 언관言官이기 때문에 무조건 발언

해야 한다는 것만 생각하지 말고 대국을 걱정해야 하는 대신이라는 사실을 먼저 염두에 뒀으면 하오. 어떻소, 내 말이 수용할 만하오?"

장정옥이 부탁하듯 말했다. 손가감은 고개를 숙이고 오래도록 뭔가를 생각하더니 길게 한숨을 내쉬었다.

"무슨 뜻인지 알겠습니다. 밀주문으로 올리죠. 저도 장 중당께서 저의 가슴 속 진실한 말을 믿어주셨으면 합니다. 저는 양명시가 친구라서 감싸고도는 것이 절대 아닙니다. 양명시가 잘못한 점이 있다면 저는 마찬가지로 탄핵안을 올릴 것입니다. 그 사람은 현지의 화모火耗 은자를 두 푼밖에 받지 않습니다. 또 명색이 순무라는 사람이 막료가 둘 밖에 없습니다. 그런가 하면 부잣집 자제답지 않게 옷도 다 해진 몇 벌이 고작인 사람입니다. 그래서 제가 청렴한 관리도 좋고 다 좋은데 너무 자해하지 말라고 했습니다. 그랬더니 자신은 조정으로부터 돈 한 푼, 식량 한 톨 지원받지 않기로 폐하와 약속했다면서 솔선수범을 보여야 한다는 겁니다. 솔직히 저는 채정 그 병신 같은 자식이 양명시의 발을 걸어 쓰러뜨리지 않을까 몹시 걱정하고 있습니다."

마제가 침묵을 지키고 있다 미소를 머금은 채 장정옥과 손가감의 대화에 끼어들었다.

"그건, 안심해도 괜찮겠소. 폐하께서도 양명시하고 약속하신 것이 있소. 무슨 일이 있더라도 칠 년 동안은 순무 자리를 내놓으라고 하지 않기로 말이오."

장정옥 역시 차분한 어조로 거들었다.

"산동성의 순무는 이미 직무를 박탈당해 북경에 압송된 상태요. 지금은 전력투구해 연갱요, 악종기를 지원해야 하는 시점이오. 때문에 운남성과 귀주성을 포함한 그 어느 곳에서도 민란이나 병란 같은 것이 있어서는 안 되겠소. 지금 유묵림은 남경으로 갔소. 또 이위와 윤계선도 국고를 환수해 연갱요에게 보낼 군량미 백만 석을 조달하느라 여념이 없소. 다들 원위치하면 폐하께서 같이 부르실 거요."

그러자 손가감이 자리에서 일어났다.

"그러면 이만 가보겠습니다. 가서 흰 밥에 물 말아 흰 무장아찌하고 먹어야겠네요."

장정옥이 손가감의 말에 미소를 머금은 채 고개를 끄덕였다.

"범 대인."

장정옥은 손가감이 물러가자 그제야 웃는 얼굴을 한 채 범시첩 쪽으로 고개를 돌렸다. 이어 궁금하다는 듯 물었다.

"너무 오래 기다리게 했소. 아무리 일러도 원단元旦께는 돼야 오는 줄 알았소. 그때 가면 연갱요에게서도 무슨 소식이 있을 테고. 그런데 무슨 일로 이렇게 황급히 달려왔소?"

범시첩이 바로 대답했다.

"연 대장군에게 해직을 당했습니다. 할일도 없는데 돌아와 처벌이나 기다리는 수밖에요. 그런데 처벌받기 전에 폐하를 꼭 뵈어야겠습니다."

방금 전까지 히죽히죽 웃고 있던 두 상서방 대신은 전혀 예상 밖인 범시첩의 말에 깜짝 놀랐다. 연갱요가 자신의 휘하 관리도 아닌 봉강 대리를 맘대로 해직시키다니! 그것도 중앙 주요 부서에서도 아무도 모르게! 그렇게 생각하는 순간 장정옥의 미간에는 깊은 내 천川자의 주름이 잡혔다. 마제 역시 망연한 표정을 지은 채 물었다.

"도대체 어떻게 된 일이오?"

"제가 말씀드리겠습니다."

범시첩이 몸을 약간 앞으로 숙이면서 하소연을 하려고 했다. 바로 그때 주렴이 걷히는 소리와 함께 윤상과 윤제가 나란히 안으로 들어섰다. 장정옥과 마제는 급히 자리에서 일어섰다. 범시첩 역시 한 발 앞으로 나서며 격식을 갖춰 인사를 올렸다.

"두 분 마마, 그동안 편안하셨습니까?"

범시첩은 평소 윤상과는 제법 친한 사이였다. 때문에 처음에는 뭔가 우스갯소리를 하려고 했다. 그러나 얼굴 가득 슬픈 기색이 역력한 그와 눈물 자국이 확연한 윤제의 얼굴을 보는 순간 목구멍까지 올라온 말을 꿀꺽 삼켰다. 엎드린 채 윤상을 물끄러미 쳐다보면서 더 이상 아무 말도 하지 않았다.

"황태후께서 돌아가셨어……."

윤상이 중얼거리듯 말했다. 퀭한 두 눈은 망연자실한 채 먼 곳을 바라보고 있었다. 순간 마제와 장정옥은 크게 놀라 펄쩍 뛰다시피 했다. 얼마 후 마제가 먼저 입을 열었다.

"어제 태후마마를 뵀을 때 맥박이 조금 불안하기는 했습니다. 그러나 기색은 그나마 괜찮아 보였었는데, 어떻게 갑자기……!"

마제가 말을 하다 말고 자신이 말을 잘못하고 있다는 생각이 든 듯 황급히 입을 닫았다. 그러자 오랫동안 요직에 몸담고 있은 탓에 마제보다는 월등히 노련하고 원숙한 장정옥이 재빨리 감정을 수습하고는 천천히 입을 열었다.

"황태후마마의 담증痰症은 십 몇 년이나 된 고질병이었소. 갑자기 돌아가신 것이 아니오."

장정옥이 마제의 말을 바로잡아준 다음 계속 말을 이었다.

"좋아졌다 악화됐다 하면서 고생을 많이 하셨소. 태의에게 몰래 물어봤더니, 아무래도 올해와 내년 사이가 고비라고 했었소. 언젠가 오사도라는 사람이 태후는 백육 세의 성수聖壽를 누릴 것이라고 예측했는데, 이제 보니 꼭 두 배를 얘기했던 것이로군! 후유……, 우리는 이러고 있을 것이 아니라 폐하를 뵈러 가야겠소. 장의葬儀 절차에 대한 구체적인 사항을 예부에 알려줘야 하기도 하고. 다른 일은 뒤로 미루는 수밖에 없겠소."

장정옥은 말을 마치자마자 바로 자신의 정자를 떼어냈다. 또 그 위에 달린 홍영紅纓도 풀었다. 그제야 마제와 윤상, 윤제도 따라서 관영冠纓을 벗었다.

범시첩은 원래 자신의 억울함을 윤상에게 한바탕 하소연하려고 단단히 벼르고 있던 차였다. 그러나 갑작스런 황태후의 타계 때문에 자신의 일은 뒤로 미뤄둬야 했다. 그가 윤상에게 말했다.

"두 분 마마, 부디 고정하시고 슬픔을 자제하십시오. 폐하께서는 지금 신을 접견할 기분이 아니실 겁니다. 그렇다면 저는 북경에 머물렀다가 장례가 끝난 다음 뵙기를 요청해도 괜찮겠는지요?"

윤상이 범시첩을 바라보면서 천천히 입을 열었다.

"연갱요로부터 상주문을 받았어. 자네 직무를 박탈했다고 적었더군. 일단 가서 부를 때까지 기다리게. 폐하께서는 상심이 지나쳤는지 기절하셨어. 이 와중에 감히 일 얘기를 할 수도 없고 하니 어차피 며칠은 기다려야겠어."

윤상은 확답을 하지 않았다. 범시첩으로서도 더 이상 물을 수는 없었다. 그저 연갱요의 상주문이 벌써 도착했다는 사실에 마치 등골에 가시가 박힌 듯 흠칫 놀란데 이어 연신 고개를 끄덕이면서 알겠노라고 대답해야 했다. 물론 거처로 돌아와서는 하루만 일찍 도착했어도 윤상과 독대가 가능했을 텐데 하는 탄식을 금할 수 없었다.

윤상을 비롯한 네 사람은 군기처를 떠나 서둘러 자녕궁으로 달려갔다. 궁전 앞에 내걸렸던 붉은 궁등은 이미 내려진 후였다. 그리고 굳은 표정을 한 태감들은 마지麻紙(삼베 종이)를 문에 바르거나 흰 천을 두르기도 하면서 바쁘게 움직이고 있었다. 그들이 막 수화문垂花門에 이르렀을 때였다. 안에서 울음소리가 들려왔다. 윤상과 윤제는 다시 코가 시큰해졌다. 급기야 뜨거운 눈물을 왈칵 쏟았다. 그러나 애써 울음소리를 삼키면서 장정옥과 마제를 따라 들어갔다.

그곳에는 옹정을 비롯해 윤지, 윤기允祺, 윤조, 윤우允祐, 윤자, 윤도, 윤우允禑, 윤록, 윤례, 윤개, 윤직, 윤위, 윤희, 윤호, 윤기允祁, 윤필 등 친왕, 군왕, 패륵, 패자들이 순서대로 줄을 서 있었다. 맨 끝에는 홍시, 홍력, 홍주 세 황자가 자리를 잡고 있었다. 그들은 머리에 흰 띠를 두른 채 효모孝帽는 썼으나 미처 마의麻衣(삼베 옷)도 못 입고 엎드려 통곡하고 있었다.

윤상 등은 침통한 표정을 한 채 안으로 들어섰다. 그러자 바로 태감 진구秦狗와 조명리趙明理, 고무용 등이 황급히 다가가서는 흰 띠와 효모를 건넸다. 순간 장정옥이 목소리를 낮춰 호되게 꾸짖었다.

"미련한 돼지 같은 것들! 너희들은 왜 효모를 쓰지 않고 있어? 어서 마의를 가져다 여러 마마들께 입혀드리지 못해?"

태감들이 장정옥의 호통에 겁이 났는지 얼른 효모를 머리에 눌러 썼다. 이어 마의를 가지러 밖으로 달려갔다.

황친을 비롯한 좌중의 사람들은 너 나 할 것 없이 모두들 경황이 없었다. 그런 가운데 장정옥만은 침착했다. 이제는 그 어떤 일에 직면해도 마음을 진정시키고 차근차근하게 처리할 수 있는 듯했다. 그래서일까, 그는 태의들 역시 복도에 무릎을 꿇고 있는 광경을 목도하고는 옹정이 미처 물러가도 좋다는 지시를 하지 않았다는 것을 알아차리고 다가가 명령을 내렸다.

"자네들은 그만 물러가게."

장정옥은 말을 마치자마자 엎드려 어깨를 들썩이는 사람들을 에둘러 영상靈床에 옮겨진 태후의 유체 옆으로 다가갔다. 황태후 오아씨는 대단히 편안해 보였다. 얼굴에는 아직 홍조가 조금 남아 있는 듯했다. 다만 눈썹이 몰려 있다거나 입술이 조금 벌어져 있는 것이 약간 이상했다. 아마 뭔가 할 말이 남아 있었던 게 아닌가 싶었다. 보는 이들을 더욱 가슴 아프게 만드는 모습이었다.

　원래 오아씨는 40~50명쯤 되는 강희의 비빈들 중에서도 지위가 그다지 높지 않았다. 중간쯤이었다고 할 수 있었다. 그리 눈에 띄는 존재도 아니었다. 20여 년 동안 재상 자리에 있으면서도 장정옥이 오아씨를 몰랐던 것은 그래서 별로 이상할 것도 없었다. 그러던 중 옹정이 즉위했다. 이후에야 그는 비로소 오아씨를 자주 볼 기회가 있었다.

　장정옥의 기억에 그녀는 썩 괜찮은 사람이었다. 평소 아랫사람을 관대하게 대했을 뿐만 아니라 자상하면서도 위엄을 잃지 않았다. 그러면서도 가끔씩 태감을 시켜 장정옥의 부인에게 이것저것 하사하는 것도 잊지 않았다. 심지어 적적한데 말동무나 되어 달라면서 궁으로 부르기도 했다. 그뿐이 아니었다. 장정옥의 딸에게는 《금강경》을 몇 권 베껴 달라는 부탁을 하기도 했다. 한마디로 그녀는 장정옥 가족에게 유난히 정을 많이 베풀었다. 그로서는 오아씨의 죽음 앞에 상심이 클 수밖에 없었다.

　그런데 장정옥은 그 순간 갑자기 얼마 전 비명에 죽어간 동생이 떠올랐다. 급기야 봇물처럼 터져 나오는 눈물을 주체하지 못했다. 몸이 부들부들 떨렸다. 하지만 그는 애써 슬픔을 참으면서 삼궤구고의 대례를 올렸다. 그런 다음 비로소 목이 터져라 고함을 지르면서 슬픔을 터트리고 말았다.

　"태후마마, 어떻게 이렇게 가실 수가 있습니까! 아…… 어떻게 이렇게 빨리……!"

장정옥의 눈물은 그칠 줄을 몰랐다. 자신에게 시달리다 죽어간 아들과 피가 질펀한 사형장의 이슬로 사라진 동생까지 번갈아 떠올리니 더욱 그런 모양이었다. 평소에 근엄하기로 소문난 그의 오장五臟을 가르는 울음소리는 장내를 더욱 슬픔에 젖도록 만들었다.

그는 한참을 울다가 겨우 진정하고는 고개를 돌렸다. 어느새 달려왔는지 마제 옆에 엎드려 소리 내어 엉엉 울고 있는 융과다의 모습이 보였다. 장정옥은 마냥 울고 있을 수만은 없다고 생각한 듯 마제와 융과다에게 다가가서는 둘의 어깨를 다독이면서 흐느끼듯 말했다.

"우리는 할 일이 많은 사람들이오. 자 그만 슬픔을 삭이시고……."

장정옥을 비롯한 세 사람은 연신 눈물을 훔치면서 깊은 고통에 몸서리치는 옹정의 앞으로 조용히 다가갔다. 이어 장정옥이 무릎을 꿇은 채 눈물에 흠뻑 젖은 목소리로 먼저 입을 열어 위로의 말을 건넸다.

"폐하, 비통하기 이를 데 없으실 줄로 아옵니다. 하오나 태후마마께서는 이미 서쪽 하늘나라로 가셨사옵니다. 장례를 치르고 태후마마의 영구를 좋은 곳에 봉안하는 일이 시급하다고 생각되옵니다. 지나치게 비감해하시다 옥체를 다치시면 굽어보시는 태후마마께서도 불안해하실 것이옵니다. 폐하의 결재를 기다리는 중대한 사안들도 많사옵니다."

"어머니……!"

옹정이 장정옥의 말에는 대답도 하지 않은 채 두 손을 땅에 짚고 어깨를 심하게 들썩였다. 이어 오열을 했다.

"아들이 불효막심했습니다. 언제 한번 살갑게 시중을 들어 본 적이 없었습니다. 어제 여지荔枝(열대 과일)를 드시고 싶다 하셨는데, 아들이 미처 구하지 못했습니다. 제가 부덕한 탓에 일 년 사이에 선제와 어머니 모두를 잃고 말았습니다. 이제 저는 매일 누구에게 문안을 올려야 합니까? 어디 가서 고민을 하소연해야 합니까? 어머니, 뭐라고 말씀 좀 해보십시오……."

옹정의 눈물은 그칠 줄 모르고 흘러내렸다. 청색 바닥벽돌에 눈물이 떨어져 얼룩이 번져나갈 정도였다. 그는 장정옥과 마제, 융과다 등이 애타게 말리는데도 전혀 몸을 일으킬 생각을 하지 않았다. 그러자 장정옥은 스스로 일어설 때까지 옹정을 마냥 기다리고 있을 수만은 없다고 생각했는지 이덕전과 형년에게 지시를 내렸다.

"의자를 가져와서 폐하를 부축해 앉혀 드려!"

태감들이 곧 의자를 가져와서는 기진맥진해 땅에 엎드려 있다시피한 옹정을 조심스럽게 부축해 의자에 앉혔다. 그제야 장정옥이 큰소리로 외쳤다.

"슬픔을 삭이십시오!"

장정옥의 고함소리는 효과가 있었다. 옹정의 울음소리가 천천히 그치기 시작한 것이다.

"아휴, 짐이 흐트러진 모습을 너무 많이 보였군."

옹정이 한참 후에야 서서히 진정을 하고는 더운 물수건으로 얼굴을 닦았다. 이어 피곤한 기색이 역력한 얼굴을 든 채 말했다.

"정옥, 자네들이 상의해서 뒷일을 처리하도록 하게. 짐은 그저 자네들만 믿겠네."

옹정의 말에 융과다가 갑자기 한 발 앞으로 나섰다. 같은 상서방 대신임에도 만주족인 자신보다 항상 더 옹정의 신임을 받는 한족 대신 장정옥이 아니꼬운 모양이었다.

"지금으로서는 다른 일은 한낱 사소한 일에 불과하옵니다. 일단 태후마마의 시호諡號부터 정하셔야 하옵니다. 그리고 난 다음에야 예부에서 다음 순서를 준비할 수 있을 것 같사옵니다."

융과다의 말에 옹정이 무겁게 머리를 끄덕였다.

"자네 말이 맞네. 이번원과 예부를 관장하고 있는 마제가 태후마마께 잘 어울리는 시호를 정해 올려 보내도록 하게."

마제가 옹정의 지시에 황급히 아뢰었다.

"지의에 따르겠사옵니다. 그런데 이번 대사는 안팎으로 많은 일들이 산재해 있는 가운데 발생했사옵니다. 그런 만큼 전문적으로 전체적으로 일을 이끌어나갈 대신 한 사람이 필요할 것 같사옵니다. 또 선제께서 효장 태황태후마마의 장례 때 하셨던 것처럼 폐하께서도 이십칠 일 동안 상복喪服을 입으시면 조정朝政에 공백이 없어 우왕좌왕하지는 않을 것이옵니다."

융과다도 기다렸다는 듯 나섰다.

"마제 대인은 선제 때의 원로이시고 덕망이 높으신 분이옵니다. 이번에 모든 일을 맡아 이끌어 나가는데 더 없이 적합한 분인 것 같사옵니다."

융과다가 마제를 추천한 데는 사실 나름대로의 속셈이 있었다. 마제를 칭찬하면서 띄워주면 오히려 마제로서는 한발 물러설 것이라고 생각했던 것이다. 그러면 상서방의 만주족 대신이자 국척國戚이면서 황제의 외삼촌인 자신이 자연스럽게 생색나는 일을 맡게 될 수밖에 없을 터였다. 이른바 투도보리投桃報李(복숭아에 대한 보답으로 자두를 보낸다는 뜻. 내가 은덕을 베풀면 남도 이를 본받음을 비유)의 계산이 깔려 있었다고 할 수 있었다. 그러나 항상 이변은 있는 법이었다. 마제가 기대에 찬 융과다의 눈길을 외면한 채 엉뚱한 소리를 한 것이다.

"장례에 있어서라면 어느 누구도 장정옥 대인을 따라갈 사람이 없다고 생각하옵니다. 태황태후께서 돌아가셨을 때도, 성조께서 타계하셨을 때도 장 대인이 일을 맡으시지 않았습니까?"

"형신, 자네 생각은 어떤가?"

옹정이 마제의 말을 듣더니 바로 고개를 돌려 장정옥에게 물었다. 장정옥은 잠깐 생각을 한 다음 천천히 한 글자씩 강조하듯 힘을 줘 가며 대답했다.

"일 년 사이에 성조께서 타계하시고 새로운 군주가 등극하셨사옵니다. 그 와중에도 동남쪽 여러 성의 국채 환수 작업에 이어 이치 정돈, 서북쪽의 용병用兵 등 굵직굵직한 사안들이 많았사옵니다. 또 풍파도 많았사옵니다. 신의 생각에는 어떻게 해서든 신중을 기해 침착하게 일을 매듭지어야 한다고 봅니다……. 태후마마께서 비록 건강이 여의치가 않으신 지는 오래됐으나 돌아가실 때까지 병세에 대해 밖에서는 거의 몰랐사옵니다. 소신의 생각으로는 일단 두 가지를 시급히 해결해야 한다고 생각하옵니다. 우선 태의원에 지시해 최근 며칠 동안 태후마마의 병세를 상세히 기록하고 투약한 처방전, 각 지역의 관리들이 태후의 건강을 염려해 올려 보낸 문안편지를 관보에 올려 팔백리 긴급서찰로 전국에 내려 보내는 것이 좋을 것 같사옵니다. 그 뒤에 태후마마께서 타계하셨다는 부고를 전했으면 하옵니다. 그러면 민심을 안정시키는데 큰 도움이 될 것이옵니다. 다른 하나는 태후마마께서 어떤 유언을 남겼는가를 알아보는 것이옵니다. 폐하께서 의지懿旨에 따라 처리하는 방법도 있사옵니다. 폐하께서 상복을 입으시는 동안 누가 정무를 보느냐 하는 것은 그다지 중요하지 않다고 생각하옵니다. 신도 맡을 수 있고, 융과다 대인도 가능하지 않겠사옵니까. 누구든 대사는 무조건 폐하께 아뢰어 지시에 따를 테니 말이옵니다. 신의 어리석은 생각으로는 창춘원에 계시는 방 선생을 잠시 대내로 부르는 것이 좋을 듯하옵니다. 그런 다음 폐하와 함께 태후마마의 영전을 지키게 하는 것이 어떻겠사옵니까? 혹시 자문을 구할 일이 있더라도 편하고…….”

“그러지!”

옹정이 갑자기 무릎을 탁! 치면서 장정옥을 칭찬하려 했다. 그러나 곧 자신이 상중喪中에 있다는 사실을 깨닫고는 무릎까지 내려가던 손을 움켜쥐고 어색하게 들어 올렸다. 이어 귀밑을 긁적이면서 한숨을 지었다.

“형신의 말을 듣고 나니 감동이 몰려오는군.”

사실 옹정은 “짐은 솔직히 그래도 마음이 안 놓이네”라는 말을 하고 싶었다. 그러나 그 말은 목구멍까지 나왔다가 도로 들어갔다. 그리고는 말을 돌렸다.

“형신의 지휘하에 자네들이 알아서 잘 처리하리라고 믿네. 일이 있으면 외삼촌과 마제하고 상의하게. 군무軍務가 아닌 이상 짐을 찾아오지 않았으면 하네. 여러분 같은 충신들이 있어 짐이 마음 놓고 마지막으로 효자노릇 한번 해보겠네.”

옹정이 좌중의 사람들에게 말을 하고 있을 때였다. 태감들이 한 묶음씩 묶여 있는 마의를 들고 들어와서는 사람들에게 나눠주고 갈아입도록 했다. 고무용은 그 와중에 옹정에게 다가가 아뢰었다.

“방포 선생이 오셨사옵니다. 전에 폐하께서 방 선생은 대내로 들어올 때 패찰을 건넬 필요가 없다 하시어서…….”

“그런데? 무슨 말이 그렇게 많아?”

옹정이 짜증스럽게 손사래를 쳤다. 이어 덧붙였다.

“방 선생을 들여보내게. 그리고 태후의 법사法事를 준비하라는 지의를 문각스님에게 전하도록 하게! 음…… 태후께서 임종할 때 유언을 남기셨네. 일 년 안에는 천하에 살생이 없었으면 한다고 말씀하셨지. 정옥, 자네는 이런 내용을 골자로 조서를 작성해 형부에 내려보내도록 하게. 모든 사형수는 일 년 동안 처형하지 않도록 하라고. 또 조금이라도 재고의 여지가 있는 사람들은 웬만하면 살려줘. 의문이 남아 있는 사건들도 재수사해서 가능한 한 죽이지 않도록 해. 짐으로 하여금 태후마마의 바람을 이루어 드릴 수 있도록 협조해 달라고 전하게."

그때 밖에서 무거운 노인의 목소리가 들려왔다.

"신 방포가 폐하를 공견하옵니다!"

옹정이 방포의 목소리를 듣자 흰옷 차림으로 엎드려 있는 황자들에게 눈길을 돌렸다. 이어 담담하게 입을 열었다.

"모든 일은 정옥의 지시에 따르도록 하고 오늘은 이만 들어가 보게. 내일 애도문을 발표한 다음 예부의 빈의사殯儀司에서 주관하는 대로 따르면 되겠어!"

25장
국상 중의 반란음모

긴장과 불안감이 감도는 국상 첫날밤이었다. 그럼에도 태후가 승하했다는 애조哀詔는 내려지지 않았다. 하지만 북경의 각 아문에서는 거의 대부분 사실을 알고 있었다.

사실 강희 황제 때 국상을 맞았다면 관례대로 대사면을 실시했을 터였다. 또 결혼식이나 잔치 같은 민간의 희사喜事도 금지시켰을 것이다. 연극공연을 자제시키거나 머리를 깎지 못하게 하는 등 자연스럽게 국상 기간에 들어가면 될 터였다. 그러나 옹정이 등극한 첫해에 치르는 국상인 탓에 이번에는 분위기가 훨씬 무거워 보였다. 하루아침에 북경의 가게들에서는 관리들의 그림자도 찾아보기 힘들었다. 메추리 조롱이나 들고 다니면서 할 일 없이 찻집에 앉아 시간을 죽이던 태감들도 종적을 감추었다.

순천부의 붉은 등은 그날 저녁 내려졌다. 모든 아문의 아역들 역시 자유롭지 못했다. 집에 돌아가도 안 되었고 밖에 나가서 함부로 돌아다녀서도 안 됐다. 모두가 양봉협도養峰夾道에 있는 옥신묘에서 철야를 하면서 명령을 대기해야 했다.

때문에 척하면 삼천리를 간다는 간사할 정도로 눈치 빠른 북경 사람들은 뭔가 이상한 기미를 눈치 챈 듯했다. 여기저기서 수군대는 소리가 들려오기 시작했다.

"연 대장군이 패해서 자살했다면서? 팔기 병사들이 칠만이나 넘게 죽었다고 하는군!"

변발을 한 머리채가 젓가락 굵기만 한 중년 사내가 조심스럽게 주위를 두리번거리면서 커다란 비밀을 말하듯 이 사람 저 사람 귀에대고 수군거렸다. 당연히 눈이 휘둥그레진 사람들은 입을 쩝쩝 다시면서 모여들었다.

"누가 그래?"

"내 조카가 병부에 있잖아. 팔백리 긴급서찰만을 전문적으로 관리하고 있거든. 그 참상은 말로 다 할 수 없다고 하네. 거짓말 하나도 안 보태고 피가 바닷물처럼 흘렀대, 바닷물! 오늘 저녁 병부의 관리들은 하나도 집에 가지 못한대. 병마를 동원해 근왕勤王과 북경을 지키기 위한 긴급 대기상태에 들어갔다고 하더라고!"

사내가 송곳 같은 누런 이빨을 드러낸 채 연신 과장된 손짓을 해가면서 떠들어댔다. 잔뜩 긴장한 채 눈이 휘둥그레져 있던 사람들은한참 후에 연신 고개를 저으면서 탄식했다.

"한창 잘 싸우고 있던 열넷째마마는 왜 불러들이고, 그놈의 연갱요를 보내서 이 낭패를 당하느냐 말이야!"

"그러게 말이야. 열넷째마마께서 끝까지 버티고 돌아오지 말았어야 했는데!"

"강희 황제께서만 생존해 계셨어도 이런 일은 없었을 텐데……."

그때 젊은 기인旗人 한 명이 사람들의 대화에 끼어들었다.

"다들 구苟씨의 허튼소리에 깜빡 넘어갔구먼! 그게 아니라 태황태후께서 돌아가셨대. 우리 둘째가 내무부에서 일하는데 오후에 돌아와서 말해줬어."

"누가 허튼소리를 하는지 모르겠네! 연갱요가 패전하는 바람에 폐하와 열넷째마마가 태황태후 앞에서 대판 싸웠대. 그래서 태황태후가 이래저래 충격을 받아 그만……."

구씨라는 사내가 행여 질세라 침을 튕겼다.

"구씨가 직접 봤어? 어떻게 그렇게 본 것처럼 얘기할 수 있어?"

"열넷째마마께서 방금 염친왕부로 가는 걸 봤는걸. 두고 보라고. 진짜 볼거리는 뒤에 있다고! 거리가 쥐 죽은 듯 조용한 걸 좀 봐. 이게 어디 평안한 조짐인가?"

구씨가 득의양양한 표정을 지은 채 턱을 한껏 치켜들었다. 사람들은 모골이 송연해지는 표정을 한 채 칠흑 같은 창밖을 내다봤다. 그러나 밖에서는 구름이 무거워 별빛이라고는 보이지 않았다. 그저 삭풍이 섬뜩하게 울부짖으면서 길가에 널려 있던 마른 나뭇잎들을 휩쓸고 가는 소리만이 들려올 뿐이었다. 이따금씩 눈꽃이 바람을 타고 날아 들어오는 것도 같았다.

그때 노인 한 명이 길게 탄식을 토했다.

"아무래도 무슨 일이 벌어지려나 봐."

"지난번에는 우리가 좋은 기회를 놓쳤어. 그러나 지나간 일을 놓고 더 이상 후회하지 말고 이참에 확 바꿔버리자고!"

윤사가 늦은 시간에 찾아온 열넷째 윤제와 융과다를 마주하고 앉은 채 말했다. 검푸른 비단 두루마기에 장밋빛 조끼를 받쳐 입은 채 화청의 안락의자에 몸을 기대고 앉은 그는 표정이 여느 때와 다름없이 편안하고 진지해 보였다. 그러나 어조에서는 과감하고 날카로운 느낌이 물씬 풍겼다. 그가 다시 입을 열었다.

"아홉째를 연갱요 밑으로 쫓아내고 열째를 장가구張家口로 보냈어. 오늘은 태후마마 앞에서 열넷째를 효릉孝陵으로 보낸다고 하더군. 태후께서는 속이 터져서 돌아가신 거라고! 부모와 혈육, 문무백관들을 마치 썩은 지푸라기처럼 여기는 폭군을 우리가 왜 군주로 섬기고 보호해야 하느냐 말이야. 두고 봐, 열넷째를 손보고 나면 다음은 내 차례일 거야. 신세가 기구하기는 연갱요도 예외는 아닐 것이고!"

윤제와 융과다는 허리를 곧게 펴고 앉은 채 이른바 총리왕대신을 가만히 바라봤다. 둘 모두 너무 긴장했는지 숨이 가빠오는 것도 못 느끼는 듯했다. 세 사람이 단도직입적인 모반을 꾀하는 밀의密議 자리를 가진 것은 이번이 세 번째였다. 그러나 "확 바꿔버리자"는 말은 여전히 가슴 떨리는 긴장을 가져올 수밖에 없었다. 윤제가 한참 시간이 흐른 다음 비로소 입을 열었다.

"국상 기간을 이용해 거사를 하는 것은 실로 좋은 기회이긴 해요. 그러나 너무 급박한 것 같아요. 무엇보다 연갱요를 확실히 매수해 놓지 못했어요. 또 아직은 장정옥이 안팎으로 살림살이를 도맡고 있으니 접근이 용이하지 않을 거예요. 게다가 넷째 형님 주변에는 꾀주머니라고 하는 방포가 있다는 사실을 간과해서는 안 돼요. 내일 애조가 내려지면 우리는 곧 영당을 지켜야 할 텐데 오늘 저녁에 뭘 어떻게 손쓸 수도 없지 않겠어요? 또 병권도 그래요. 병권은 북경의 병부에 있어요. 병부는 마제가 관장하고 있잖아요. 우리 힘으로는 서산의 예건영 병력과 풍대 대영을 움직일 수조차 없어요."

"장정옥 그 늑대 같은 자가 세심하게 다 고려한 것 같았어. 아까 엎드려 들어보니 귀신이 따로 없더군."

윤사가 냉소를 흘리면서 말했다. 그리고는 윤제와 융과다의 용기를 북돋우는 말을 입에 올렸다.

"그러나 원숭이도 나무에서 떨어질 때가 있는 법이오. 그 대단한 장정옥에게도 빈틈이 보였소. 북경의 주둔군은 절대 사사롭게 움직여서는 안 된다는 조항이 없었소. 그게 바로 구멍이오! 이제는 우리가 하기 나름이오. 외삼촌이 구문제독이니 밖에서 아무리 아우성을 치든 우리는 구문을 걸어 잠가버리면 되오. 성 안에 있는 이만 병마로도 충분히 승산이 있소!"

융과다는 자신의 등에서 식은땀이 흘러내리는 것을 분명히 느꼈다. 그가 그 긴장을 뒤로 하고 가만히 주판알을 튕기기 시작했다.

'구문을 걸어 잠그는 것은 사실 내 말 한마디면 식은 죽 먹기보다 쉽지. 그러나 자금성은 성 안의 또 다른 성이야. 명색은 내가 관장하고 있으나 실권은 장정옥과 마제가 완벽하게 장악하고 있지. 또 성 밖의 지척에는 서산, 풍대, 통주에 거의 20만 명의 병마가 대기하고 있어. 그들은 모두 윤상의 옛 부하들이 지휘하고 있어. 밀조密詔 하나면 금세 사면초가의 위험에 빠지겠지!'

융과다가 이런저런 생각을 하다 말고 입을 열었다.

"여덟째마마, 오늘 저녁에 손을 쓰는 것은 아무래도 무리입니다. 준비할 시간이 필요합니다. 폐하는 영전을 지키는 이십칠 일 동안은 바깥일에 전혀 신경을 쓰지 않을 겁니다. 물론 저는 전체 사무를 총괄하지는 않습니다만 두 분 황자마마께서 안에 계실 동안 안팎으로 드나들 수는 있습니다. 저에게 열흘만 시간을 주십시오. 저는 열흘 안에 기필코 평계를 만들어 풍대 대영의 대장인 필력탑畢力塔을 해직시키고 우리 사람을 대신 심어두겠습니다. 그렇게만 되면 손쓰기가 훨씬 수월할 것입니다."

윤사가 융과다의 말을 단호하게 잘랐다.

"열흘은 안 되오. 엿새를 주겠소! 첫 번째 단칠斷七(사십구재)인 초재初齋(처음 칠일을 일컬음)를 놓쳐서는 안 되오. 그때 가면 이위, 악이태 등 외관들이 들어올 거요. 그것들을 못 들어오게 대문을 걸어 잠그면 걷어차고 부수고 아주 난리도 아닐 거라는 말이오. 세상 시끄러워 일이 제대로 되지도 않을 거요. 무슨 말인지 알겠소?"

윤제는 윤사가 말을 하는 동안 내내 눈썹을 한데 모은 채 생각에 잠겨 있었다. 그는 윤사와 자신이 같은 배를 탔다고는 전혀 생각지 않고 있었다. 그러나 역모를 까발릴 수도 없는 일이었다. 드디어 윤제가 입을 열었다.

"외삼촌, 풍대 대영이 적어도 중립은 서줘야 우리도 어느 정도 승산을 자신할 수 있소. 여덟째 형님의 문하인 유수전劉守田이 거기에 참장으로 있소. 겉으로 보기에는 열셋째 형님과도 왕래가 잦은 것 같으나 일단 믿어보는 것도 나쁘지는 않겠소. 그러니 필력탑을 쫓아내고 유수전을 그 자리에 앉혀 보오. 적어도 우리의 다리를 거는 일은 없을 거요."

"음, 그것도 괜찮겠군."

윤사가 윤제의 말에 대수롭지 않다는 듯 웃었다. 그러나 표정은 곧 심각하기 이를 데 없이 변했다. 그가 덧붙였다.

"외삼촌, 풍대의 일이 어떻게 되든 우리는 반드시 행동을 개시해야 하오. 아직까지도 우왕좌왕하고 주관이 확실하게 서지 않는다면 곤란하오. 그대는 상서방의 유일한 만주족으로서 노른자위 대신이오. 그럼에도 이번 국상 기간에 안팎 업무를 총괄하는 권한을 받지 못했소. 그것이 바로 불길한 징조요! 눈치가 칼 같은 황제가 벌써 외삼촌을 의심하기 시작했다는 뜻이란 말이오. 우리는 다 같이 도마 위에 오른 입장이오. 나중에 때를 놓치고 나서는 머리 아프게 후회해봤자 아무짝에도 소용이 없을 거요."

융과다는 윤사의 자신감 넘치는 말에도 불구하고 여전히 우려하는 표정을 감추지 못했다. 그리고는 눈을 내리깐 채 심각한 생각에 잠겨 있더니 또다시 자신의 생각을 천천히 피력했다.

"저는 감히 범접하기가 두려워서 그러는 것은 아닙니다. 그러나 솔직히 마음이 편치는 않습니다. 연갱요가 십만이 넘는 군사들을 거느리고 서부에서 달려오는 날에는 어떻게 되겠습니까? 우리가 여기서 일단 성공을 하더라도 오래 가지는 못할 것 아닙니까? 또 천하의 도독과 순무들이 불복종하는 날에는 어찌할 도리가 없지 않겠습니까?"

윤제가 수심이 가득한 융과다를 오래도록 주시하는가 싶더니 갑자기 피식 웃었다.

"외삼촌, 생각보다 둔하시군요! 아홉째는 뭐 괜히 연갱요 밑에 가서 그 고생을 하고 있는 줄 아오? 내가 대장군왕 시절에 키워 놓은 애들도 지금 연갱요 밑에 가 있소. 전부 내 옛 부하들임에도 나는 유사시 그자들을 동원시켜 입관入關(중원으로 넘어오는 것을 의미)하게 만들 자신이 없소. 그런데 연갱요 그 무지렁이 자식이 무슨 괴력으로 그들을 움직이겠소? 다른 걱정은 붙들어 매시고 이곳에나 신경을 쓰시오. 우리가 여기에서 성공만 하면 내가 장담하건대 가장 먼저 달려와 우리 발밑에서 문안을 올릴 사람은 바로 그 연아무개요!"

윤제의 말에 융과다의 미간이 점점 펴졌다. 윤사가 그 모습을 보면서 말했다.

"그러면 이제까지 얘기한 대로 결정하는 것이 좋겠소. 더 이상 여러 말할 필요가 없겠소. 외삼촌은 여기 오래 있으면 안 되니 돌아가서 계획대로 차근차근 준비해 나가시오. 우리가 영전을 지키기 위해 들어가 있는 사이에 갑자기 상황에 변동이 생기면 우리는 잠자코 지켜볼 테니까 걱정하지 말고!"

"어째 상황이 이상해요! 연갱요가 한 건 올렸대요. 여덟째 형님, 알고 계셨어요?"

융과다가 물러가자 기다렸다는 듯 윤제가 숨을 길게 내쉬면서 말했다. 그러자 윤사가 눈을 반짝이면서 대답했다.

"알고 있어. 승전을 알리는 상주문을 자네가 갖고 있잖아. 아직 폐하께 안 올려 보냈지? 잘했어. 지금 올려 보내면 관보를 통해 전국에 소문이 퍼져. 당연히 민심이 안정될 테지. 그러면 우리가 행동을 개시하는 데는 도움이 안 돼. 융과다가 박자를 제대로 맞춰주면 더할 나위 없이 좋겠지만 실패한다고 해도 우리는 물증을 전혀 남기지 않을 테니까 괜찮아. 왜냐, 한 발자국도 밖에 나가지 않았는데 무슨 증거가 있느냐 이거지."

윤제가 윤사의 자신감 넘치는 말에 푸우! 하고 웃음을 터트렸다.

"여덟째 형님, 정말 대단하세요!"

윤제의 말이 막 끝났을 때였다. 염친왕부의 태감 하주아가 양심전 태감인 이덕전을 데리고 들어섰다. 윤사와 윤제는 황급히 자리에서 일어나면서 다그쳐 물었다.

"이 태감, 내정에서 무슨 지의라도 계신 것인가?"

어느새 백발이 성성한 노인이 되어버린 이덕전이 미소를 머금은 채 윤사를 향해 대답했다.

"열넷째마마께서도 여기 계신 줄 몰랐습니다. 덕분에 이 늙다리가 다리품을 덜 팔게 됐습니다."

이덕전이 말을 마치더니 남쪽을 향해 똑바로 서서는 지의가 있노라고 말했다. 이어 두 사람이 무릎 꿇기를 기다려 지의를 전달했다.

"윤사, 윤제는 즉각 입궁해 태후마마를 위해 영전을 지켜라!"

"예, 폐하!"

윤사와 윤제가 이구동성으로 대답했다. 이어 윤사가 몸을 일으키더니 하인에게 지시를 내렸다.

"황금 오십 냥을 가져와서 이 태감에게 선물하라!"

윤사가 말을 마치고는 이덕전을 향해 다시 입을 열었다.

"이 태감! 우리만 부르는 거요, 아니면 다른 황자들도 다 함께 부른 거요?"

이덕전은 묵직한 금덩어리를 받자 입이 귀에 걸렸다. 곧 굽실거리면서 빠르게 대답했다.

"모든 황자마마들을 다 부르셨습니다. 자녕궁 밖에는 이미 영전을 지키는 황자마마들을 위한 천막이 설치돼 있습니다. 북경에 계시는 열두 명의 황자들께서는 다섯 분씩 한 천막에 계시도록 준비돼 있습니다. 차나 물, 음식 등 모든 것이 제때에 공급될 것이니 별다른 걱정은 하지 않으셔도 됩니다."

다섯 명이 한 조라면 뭔가 석연치 않은 것 같았다. 윤사는 즉각 머리를 한참이나 굴렸다.

'분명히 항렬 순으로 조가 편성될 거야. 그렇다면 나는 윤지, 윤조, 윤우, 윤기 형님들과 한 조가 될 가능성이 커. 그러면 윤제와는 떨어져 있을 것이 뻔해. 물론 같이 있다고 해서 둘이 머리를 맞대고 속닥거릴 수는 없겠지. 그러나 융과다가 이곳저곳을 드나들기에는 불편할 거야.'

윤사는 그런 생각이 들자 황당함과 분노를 누를 길이 없었다. 그러나 애써 다잡으면서 말했다.

"전에는 영전을 지킬 때 다 같이 있었잖아?"

"그러게 말입니다. 방 선생의 주장입니다. 선제 때는 건청궁이었으나 이번에는 장소가 비좁은 자녕궁이라. 더구나 눈도 내리고 해서 밖에 천막을 친 것으로 알고 있습니다. 천막을 치지 않으면 여러 황자들께서 추워서 어떻게 견디겠습니까? 역시 폐하의 불심이 깊으신 덕에……."

이덕전이 중얼거리듯 말했다. 그리고는 바로 자리를 떴다. 순간 윤제가 이를 악문 채 악의에 찬 어조로 말했다.

"방포 이 빌어먹을 자식! 그냥 확 찢어버릴 거야!"

"일단 융과다의 움직임을 지켜보자고. 두 시간에 한 번씩 스피보러 나와 만나기로 하고!"

윤사가 가볍게 아랫입술을 깨물었다.

윤사와 윤제, 융과다가 역모를 모의하고 있을 무렵 옹정과 방포, 문각 스님 등은 자녕궁의 서쪽에 위치한 수강궁壽康宮 동배전東配殿에서 다른 일로 머리를 맞대고 있었다. 옹정의 표정은 흥분으로 상기돼 있었다. 마의를 입고 흰 띠를 두르고 있었으나 미간에는 감출 수 없는 희열이 번지고 있었다.

얼마 후 뒷짐을 지고 흰 천으로 만든 신발을 신은 그가 부지런히 실내를 서성이다가 입을 열었다.

"연갱요가 짐의 기대를 저버리지 않고 잘 해냈어. 나포장단증의 십만 병마를 전부 생포했다니! 선제 때도 이런 승리는 없었어. 잘했어, 음…… 너무 장해!"

옹정은 마치 어린아이처럼 좋아하며 어쩔 줄을 몰라 했다. 그러다 순간 자신이 상중喪中에 있다는 사실을 깨달았는지 길게 탄식을 터트렸다.

"태후마마……, 하루만 더 계시다 가시지 그랬습니까? 잘하면 성조께 이 희소식을 들고 갈 수 있었을 텐데……."

"폐하, 하오나 그 과정에서 살생을 너무 많이 했사옵니다. 이 상태라면 청해성은 앞으로 십 년이 흘러도 원기를 회복하기 어려울 것이옵니다. 그리고 이번에 연갱요가 잘 싸우기는 했으나 악종기와 사이가 멀어졌사옵니다. 또 어떤 일은 짚고 넘어가야 하옵니다. 폐하께서 우려하실 일이기 때문이옵니다."

문각이 옹정을 쳐다보면서 침착하게 말했다. 그러자 옹정이 즉각 다시 물었다.

"그게 뭔데?"

"악종기와 연갱요는 공로를 다투느라 연회석상에서 싸울 뻔했다고 하옵니다. 연갱요는 십만 병마를 생포하기는 했으나 정작 적의 원흉인 나포장단증은 놓쳐버렸사옵니다. 연갱요의 실책을 묻지 않을 수가 없사옵니다. 또 아홉째마마가 연갱요의 군중에서 필요 이상으로 인심을 많이 얻고 있다 하옵니다. 만에 하나 작심하고 이간질을 하는 날에는 결과가 심히 두렵사옵니다. 이 모든 것을 폐하께서는 결코 간과하셔서는 아니 되옵니다."

문각은 옹정의 환호작약에 찬물을 끼얹었다. 그리고는 반지르르한 머리를 촛불 쪽으로 바짝 붙이고는 말을 이었다.

"올 겨울이 다 가기 전에 나포장단증의 나머지 반군을 깔끔히 청소해야 하옵니다. 그렇지 못하는 날에는 다시 심각해질 수 있사옵니다. 봄이 돼 풀이 무성해지고 물이 풍족해지면 얼마나 힘이 들지 모르옵니다."

옹정이 문각의 말에 다소 음울한 표정을 짓더니 천천히 입을 열었다.

"큰일을 할 때는 작은 것을 따지지 않는 법이네. 연갱요와 악종기가 공로를 다투느라 어떤 지경에 이르렀는지는 모르겠어. 하지만 지금 이뤄놓은 것에 비하면 세부적인 것에 불과할 거야. 연갱요가 재주를 믿고 거만하게 구는 점은 짐도 인정하네. 하지만 공로에 비하면 그 정도는 인정해줘야 한다고 생각하네."

옹정이 말을 마치고는 방포에게 고개를 돌렸다. 이어 고개를 갸웃하며 물었다.

"방 선생은 왜 여태 말이 없는가?"

방포가 똑바로 앉아 깊은 생각에 잠겨 있다 말고 옹정이 부르는 소리에 고개를 번쩍 쳐들었다. 이어 작고 새카만 눈을 반짝이면서 입을 열었다.

"신은 두 가지를 생각하고 있었사옵니다. 방금 군사에 대한 얘기를 들어보면 폐하의 말씀은 대단히 정확하다고 생각하옵니다. 하오나 대승을 거뒀으면 으레 연갱요로부터 첩보가 날아들어야 하옵니다. 그런데 엉뚱하게도 감숙성 난주의 장군인 마상승馬常勝의 밀주문이 먼저 도착했사옵니다. 어딘가 이상하지 않사옵니까?"

문각이 대수롭지 않다는 듯 방포의 말을 받았다.

"전투를 치르고 나면 뒤치다꺼리가 만만치 않을 것입니다. 연갱요가 현장의 정리정돈과 포로 문제, 그리고 새로운 작전 지시에 경황이 없어 조정에 희소식을 전하는 것을 깜빡했을지도 모르는 일입니다."

그러자 방포가 모르는 소리 하지 말라는 표정으로 문각을 바라보며 다시 입을 열었다.

"그건 연갱요의 성격을 몰라서 하는 소리오. 다른 것은 제쳐두고라도 악종기가 군사를 이끌고 청해에 들어가 자신과 같이 싸웠다는 정도의 군사적인 보고라도 올려야 하는 것 아니겠소? 그게 당연한 처사라고 생각하지 않는다는 말이오? 우리 문하 중의 한 명 말로는 북경에 지금 연갱요가 전사했을 뿐만 아니라 우리 군이 패전했다는 소문이 자자하다고 하더군요!"

옹정이 방포의 말에 민감하게 반응하면서 다그쳐 물었다.

"방 선생, 그게……?"

"신의 생각에 군보軍報는 이미 도착했사옵니다. 다만 폐하께서 어람하시지 못했을 따름이라고 생각하옵니다."

"그러면, 그 요상한 소문은?"

"소문으로는 사람도 죽일 수도 살릴 수도 있사옵니다."

옹정과 문각은 방포의 이빨 사이로 새어나온 전혀 예상치 못한 말에 소름이 끼치는 모양이었다. 흠칫하고 놀라고 말았다. 세 사람 사이에는 한동안 침묵이 흘렀다. 바람이 궁전 모퉁이를 돌아가는 소리만 유난히 크게 들릴 뿐이었다. 방포의 차가운 목소리가 침묵을 깨뜨렸다.

"매미를 잡느라 정신이 팔린 사마귀가 정작 등 뒤에 자기를 노리는 천적이 있다는 것을 모르는 격이옵니다. 성조께서 붕어하시고 해를 넘기기도 전에 태후마마께서도 세상을 떠나셨사옵니다. 한마디로 지금 대청은 다사다난한 가을을 보내고 있사옵니다. 연갱요와 악종기의 불화 같은 것은 대사에 비춰보면 아무것도 아니라는 폐하의 말씀은 천만번 지당하옵니다. 그러나 북경은 대청의 심장부이옵니다. 그런 만큼 추호의 위험 요소도 용납할 수 없사옵니다. 이번 대상大喪 기간에도 성조 때 그랬던 것처럼 각별히 조심해야겠사옵니다."

옹정은 방포가 속으로 그런 생각까지 하고 있었을 줄은 꿈에도 몰랐다. 그리고 처음에는 대수롭지 않게 생각했으나 곰곰이 생각을 할수록 뭔가 석연치 않은 기분도 들었다.

범시첩과의 작은 마찰까지도 구구절절이 적어 긴급서찰로 보내올 정도로 마음속에 일을 담고 있지 못하는 연갱요가 큰 승전을 이끌어내고 첩보조차 보내지 않았다니! 과연 그럴 수가 있다는 말인가?

그는 북경에서 나돈다는 요언과 황태후의 영전을 지키는 기간에 각별히 조심해야겠다는 방포의 말을 다시 한 번 되새김질했다. 그러자 정체모를 불안감이 점점 가중되는 것을 떨칠 수가 없었다. 급기야 옹정이 조바심을 보이면서 다그치듯 물었다.

"그래, 방 선생 생각에는 어떻게 하는 게 좋겠소?"

"성명하신 폐하께서는 누구보다 잘 알고 계시옵니다. '방'防자 하나면 충분하옵니다. 신이 달리 무슨 말씀을 드리겠사옵니까?"

확실히 방포는 오사도와 많이 달랐다. 과거 오사도는 옹정을 위해 무슨 일을 기획할 때면 늘 직설적인 입장을 취했다. 어떨 때는 지나칠 정도로 상세히 설명하기까지 했다. 그러나 방포는 그렇지 않았다. 어느 선까지만 말하고 황제가 스스로 알아서 결단을 내리도록 하였다.

옹정이 막 뭔가 말하려고 할 때였다. 밖에서 태감이 아뢰었다.

"장정옥이 폐하를 배알하옵니다!"

옹정이 문각을 향해 고개를 돌리면서 말했다.

"자네는 가서 법사法事 준비나 하도록 하게. 정옥을 들라 하라!"

"폐하!"

문각이 물러가자마자 장정옥이 온몸 가득 눈을 뒤집어 쓴 채 들어왔다. 이어 그대로 무릎을 꿇었다.

"자녕궁 쪽의 준비는 끝났사옵니다. 언제쯤 장례식을 시작하실 것인지 분명하게 지시를 내려주실 것을 부탁드리옵니다."

옹정은 장정옥이 들어오자 어느 정도 평상심을 회복한 듯했다. 목소리가 부드러워졌다.

"밖에 눈이 많이 내리는가? 눈부터 털고 천천히 얘기하지. 차를 내오너라! 어서 일어나 자리하게. 방 선생이 선견지명이 있어 미리 천막을 쳐놓았으니 망정이지, 그렇지 않았다면 이 매서운 날씨에 아우들이 크게 고생할 뻔했군."

장정옥은 밖에 있다 와서 그런지 차가운 입김부터 내쉬었다. 그리고는 몸이 따뜻해졌다고 생각한 듯 상체를 숙이며 아뢰었다.

"신 역시 그 말씀을 드리려던 중이옵니다. 셋째, 다섯째, 열넷째 마마께서 폐하께 주청奏請을 올려달라고 신에게 지시했사옵니다. 우선 각자 천막에서 통곡하면서 영결식을 하는 것은 아무래도 태후마마에 대한 대례가 아니라고 말했사옵니다. 또 효를 지킨다는 것은 원래 고통을 감내해야 하는 바 영구 앞으로 가서 예를 다하는 것이 좋겠다고 했사옵니다. 폐하께서 부디 은지恩旨를 내리셔서 황자마마들이 효를 다하도록 해주시기 바라옵니다."

옹정이 찻잔을 들고 조용히 생각에 잠기더니 대답했다.

"거기에 누구 하나 짐의 혈육이 아니고 수족이 아닌 사람이 있는가? 지난번 건청궁에서도 몇몇 아우가 추위에 떨다 몸을 상한 적도 있었잖아! 이번에도 그런 일이 있으면 하늘에 계시는 태후께서 도리어 심려하실 거야. 짐이 본의 아니게 불효를 저지르는 격이 되고 말지. 그러니 태의원에 지의를 전해. 태의들 몇 명이 더 대기하라고 말이야. 또 각 천막마다에는 태감들이 돌아가면서 화롯불을 꼼꼼히 살필 수 있게 조치를 단단히 하도록 해. 정전正殿은 추우니까 애도만 드리고 돌아가 천막에서 예를 다하면 되지 않겠나?"

"아, 그리고 폐하! 신이 방금 제대로 아뢰지 못한 부분이 있사옵니다. 신이 아뢰었던 셋째마마는 훙시 황자이옵고, 다섯째와 열넷째 마마는 바로 윤조와 윤제 마마이옵니다."

장정옥이 그 사이 뭔가 생각난 듯 황급히 정정을 했다. 옹정 역시 생각에 잠긴 듯하더니 바로 말을 이었다.

"알았네. 형신, 그렇게 알고 이제 그만 돌아가 일을 보게. 그리고, 상서방과 군기처로 가서 혹시 연갱요와 악종기로부터 군보가 없었는지 알아보게. 장례 중이기는 하나 이런 대사는 챙겨야겠네. 그리고 덕릉태와 장오가 두 사람을 이쪽으로 오라고 하게."

장정옥이 물러가고 한참 후 덕릉태와 장오가 두 시위가 들어섰다. 둘 모두 너무 울어서 눈두덩이 벌겋게 부어 있었다. 둘은 들어와서도 무슨 영문인지 몰라 엉거주춤 옹정을 바라봤다. 옹정이 바로 용건을 말했다.

"짐의 '영붕'靈棚(영전을 지키면서 머무는 천막)은 이곳에 설치하겠네. 황급히 처리해야 할 사안들이 있기에 짐이 장례 중에도 일을 해야 할 것 같아서 그러네. 그래서 방 선생도 불렀네. 덕릉태, 자네가 시위 스무 명을 선발해 짐을 호위하도록 하게. 또 궁중의 시위들은 모두 자네의 명에 따르라는 수유手諭를 내릴 테니 그리 알아. 그리고 자네는 방 선생의 명에 따르게. 이거 봐, 몽고 대장부! 무슨 말인지 알아들었나?"

"예, 폐하! 하오나 영시위내대신은 여러 사람이 있사옵니다. 그들이 모두 지령을 내리면 어떻게 해야 하옵니까?"

덕릉태가 거칠고 우렁찬 목소리로 대답한 다음 곤란한 표정을 한 채 물었다.

"자네는 무조건 방 선생의 지시만 따르면 되겠어."

"알겠사옵니다, 폐하!"

옹정이 말을 마치고는 두어 발자국을 움직였다. 눈빛이 어두웠다. 한참 후에 그가 다시 입을 열었다.

"방 선생, 수유를 작성해 장오가에게 내리도록 하게. 저 사람은 오늘 저녁 지의를 전달하러 가야 하는 몸이야. 순천부 및 병부, 형부 산하의 모든 아역과 관아의 병사들은 신무문神武門 안에서 주둔하도록 해야겠어. 특별한 관방이 없으면 출입하지 못하도록 조치도 해야겠고. 또 풍대 대영은 필력탑이 직접 진두지휘하라고 해. 담요와 천막을 가지고 전문前門과 서화문西華門 남쪽에 이르는 지역에 주둔하도록 하게. 서화문 북쪽은 서산 예건영의 한군漢軍과 정황기正黃旗 부대에서 일천 명을 선발해 주둔하도록 하고. 동화문은 보군통령아문에서 나와서 지키도록 할 것이네."

옹정의 말이 끝나자 방포의 붓놀림 역시 멈췄다. 방포는 수유를 직접 두 손으로 공손히 옹정에게 올려 바쳤다. 옹정은 조서를 들여다보면서 머리를 끄덕이더니 안주머니에서 '원명거사'라는 글이 새겨진 작은 옥새를 꺼냈다. 이어 장오가에게 건네줬다.

장오가가 조서를 받아들더니 갑자기 의문점이 있다는 표정으로 아뢰었다.

"잘 집행하고 오겠사옵니다. 하오나 동화문과 서화문은 모두 융과다 대인이 관장하고 있사옵니다. 융과다 대인의 원래 병마를 다른 곳으로 이동시켜 방비에 나서도록 해야 하옵니까? 또 이 일을 융과다 대인에게 알려야 하옵니까?"

옹정이 눈치 빠른 장오가가 뭔가 의혹을 품지 않을까 걱정이 되는지 표정을 부드럽게 한 다음 말했다.

"외삼촌도 처음 며칠 동안은 영구를 지켜야 하네. 그리고 앞으로 얼마동안 모든 안팎의 사무와 군기처 정무는 장정옥이 도맡아 볼 것이네. 자네도 지의를 다 전달한 다음 장정옥에게 보고를 올려. 모든 것은 그의 명령에 따르도록 하고. 성으로 들어와 주둔하는 군사들은 반드시 천막을 소지하도록 해야 해. 또 식량과 땔감도 충분히 공급하라고. 일단 일인당 은 다섯 냥씩을 상으로 내려. 장례 후에는 다시 포상을 할 것이라고 장정옥이 호부를 통해 전달했을 것이네. 그렇게 알고 자네는 다른 엉뚱한 생각은 말고 일이나 열심히 하도록 하게. 짐은 그저 안팎이 무사하기만을 바라는 것이니까. 그러니 그만 가서 일 보게!"

옹정으로부터 성지聖旨를 받은 장정옥은 서둘러 상서방으로 돌아왔다. 그리고는 서북에서 보내온 군보가 있는지를 조사했다. 그러자 일직을 서고 있던 상서방의 몇몇 관리들이 마치 약속이나 한 듯 말했다.

"군무軍務와 관련된 사안은 군기처에서 직접 군보를 보내주게 돼 있습니다. 그러나 연갱요의 주장奏章은 못 봤습니다."

장정옥은 다시 부리나케 군기처로 달려갔다. 이어 일직을 서고 있던 유묵림에게 물었다.

"북경에는 언제 돌아왔소? 오늘 저녁 일직은 그대 혼자요?"

"장 중당, 사실 오늘 저녁은 제 일직이 아닙니다. 나소那蘇가 융과다 대인에게 불려가는 바람에 대신 봐주기로 했습니다. 그런데 한 시간이 넘었는데도 아직 오지 않네요. 저는 신시申時에 북경에 도착해 가흥루에서 조금 앉았다 범시첩 대인을 찾아갔었습니다. 그때 비로소 내정의 일을 알고 달려왔습니다. 사실 장 중당에게 드릴 말씀이 많습니다."

유묵림이 평소의 산만하고 지나치게 자유분방한 성격과는 달리 심각한 표정으로 자리에서 일어섰다. 장정옥이 선 채로 말했다.

"양강, 안휘, 산동의 상황을 요점 정리해 나에게 올리도록 하오. 지금 당장은 내가 통 경황이 없는 형편이오. 다른 일은 뒤로 미루는 수밖에 없소. 근래에 연갱요로부터 온 군보가 없었는지 찾아보시게. 폐하께서 기다리고 계시오."

유묵림이 뭔가 얘기하려다 말고 자리에서 일어나 커다란 구릿빛 궤짝에서 서류 뭉치를 꺼냈다. 그리고는 하나씩 자세히 살피더니 고개를 저었다.

"없습니다. 하지만 열셋째, 열넷째 마마도 가끔씩은 들고 가서서 읽어보시는 사례가 있으니 두 분 마마께 여쭤보시죠?"

장정옥은 유묵림의 말을 듣고 서둘러 돌아서 나가려고 했다. 그러다 한 쪽 발을 문 밖으로 내딛는가 싶더니 갑자기 몸을 홱 돌려 다시 들어왔다.

"설령 그럴지라도 밖에서 들어온 주장奏章이 아닌가. 근거 자료는 있지 않을까? 등록돼 있는 책자를 찾아보오. 기록이 있나 없나. 있다면 누가 가져갔는지 알아보고."

유묵림이 장정옥의 당부에 속수무책이라는 듯 두 손을 펴보였다.

"기록부는 당연히 있죠. 그러나 다른 궤짝 속에 있습니다. 열쇠는 나소에게 있고요. 그렇다면 잠시만 기다려 보시죠. 일직이라 나소가 자리를 오래 비우지는 않을 겁니다."

장정옥이 유묵림의 권유에 마지못한 듯 거친 한숨을 토하면서 자리에 앉았다. 그러나 마음은 편하지 않았다. 처리해야 할 일이 산적해 있는 마당이었으니까. 당연히 오랜 세월 요직에 몸담고 있으면서 속내를 드러내지 않는 것에 철저한 사람답게 조급한 모습을 보이지는 않았다.

얼마 후 그가 찻잔을 들어 입에 가져가더니 눈 끝으로 방 한구석에 있는 자명종 시계를 힐끗 훔쳐보고는 말했다.

"가흥루에 갔었다고 했소? 소순경에게? 두 사람, 어떻게 잘 돼 가는가?"

유묵림이 가벼운 한숨을 지으면서 씁쓸하게 웃었다.

"관심을 가져주셔서 고맙습니다만 아직 제대로 된 것은 하나도 없습니다. 천민들을 탈적脫籍시키라는 폐하의 은조恩詔가 계시기는 했으나 돈이 있어야 사람을 데리고 오죠! 제가 삼천 냥을 말하니, 서준은 오천 냥을 입에 올리더라고요. 또 제가 겨우 오천 냥을 마련했더니, 다시 팔천 냥까지 들먹이는 거예요. 요즘은 만 냥이라도 내겠다며 광기를 부리고 있어요. 가진 자의 횡포라는 것이 정말 무지막지하지 않나요? 오늘도 가보니까 울어서 눈도 통통 붓고 몸도 많이 허약해졌더라고요. 언제가 될지는 모르지만 그때까지 못 버틸 것 같았어요."

장정옥은 가만히 입장을 바꿔 생각해봤다. 충분히 이해가 가고도 남음이 있었다. 곧 안타까운 듯 무겁게 고개를 끄덕였다. 순간 그는 청루의 여자 하나 때문에 죽네 사네 하다가 주위의 장벽에 부딪치자 상사병으로 시름시름 앓다 죽어간 자신의 아들을 떠올렸다. 그예 콧마루가 시큰해진 그가 애써 눈물을 감추면서 물었다.

"부모님들의 뜻은 어떠시오?"

유묵림이 장정옥의 말에 바로 고개를 떨어뜨렸다.

"저는 고아입니다……."

장정옥이 다시 연민 그득한 시선을 보내면서 말했다.

"조금만 기다려보면 뭔가 답이 나올 거요. 내가 보기에는 삼사천 냥이면 충분할 것 같소. 며칠 전 폐하를 배알한 자리에서 폐하께서 서준의 아버지 서건학의 국채 환수에 대해 언급하셨소. 그래서 내가 빚이 십만 냥인데, 과거의 공로를 인정해 조금만 감면해주시면 안 되겠느냐고 말씀 올렸소. 그랬더니 폐하께서는 그건 관심 밖이라고 하셨소. 의지가 아주 단호하셨지! 서건학은 원래 그 옛날 명주와 죽이 맞아 놀아났었소. 오늘날 그 아들 서준 역시 명주의 아들 규서와 아귀가 딱딱 맞물려 돌아가고 있기도 하오. 그 아비들의 전철을 밟아 나쁜 짓만 일삼고 돌아가지. 폐하께서는 바로 그 사실을 알고 계시기에 단 한 푼도 면제해줄 마음이 없다고 말씀하신 거요. 내가 보기에 서준은 빚 갚는 것만도 버거운 형편이오. 돈 만 냥을 여자에게 내걸 만큼 여유가 있는 것은 아닌 것 같소. 조금 더 기다려 봤다가 정여의치 않으면 다시 나를 찾아오시게."

유묵림은 장정옥의 말에 갑작스레 안색이 밝아졌다. 바로 얼굴에 미소가 퍼졌다.

"그렇게만 해주신다면 저는 이제 더 이상 걱정이 없습니다. 아! 그리고 장 중당, 방금 가흥루에서 들으니 근거 없는 요언이 나도는 것이 예사롭지가 않았습니다. 폐하께서 '막무가내'로 등극해 천의天意를 어겼다는 겁니다. 그래서 올 정월에 천둥이 쳤다는 둥 연갱요가 이제 곧 대군을 이끌고 쳐들어온다는 둥 소문이 퍼지고 있죠. 허튼소리기는 했지만 듣다보니 간담이 다 서늘했어요……."

장정옥은 유묵림의 말을 듣자 최근 들어 심심찮게 나도는 연갱요를 둘러싼 갖가지 소문을 되새기지 않을 수 없었다. 또 방금 옹정과 만났을 때 들었던 말들과도 연결을 지어봤다. 갈수록 마음이 착잡했다. 그가 얼마 후 찻잔을 내려놓으면서 말했다.

"여기 이러고 있을 게 아니라 자네가 가서 나소인가 뭔가 하는 자식을 찾아보시게. 연갱요의 군보가 있었는지 없었는지, 또 있었으면 누가 숨겼는지 기록부터 뒤져야겠소!"

유묵림은 장정옥의 안색이 확 변하자 뭔가 이상하다는 느낌을 받았다. 그래도 흔쾌히 대답하면서 서둘러 밖으로 나갔다. 마침 그때 나소가 돌아오고 있었다. 둘은 자연스럽게 문앞에서 맞닥뜨렸다. 순간 유묵림이 한 발 물러서면서 말했다.

"나소, 어디 가서 뭘 하고 자빠졌다 이제야 오는 거야. 장 중당께서 찾아오라고 하셔서 지금 나가려던 참이었어."

추위에 얼굴이 파랗게 질린 나소가 지은 죄가 있다고 생각했는지 공손한 자세를 취했다.

"장 중당, 저는 융과다 대인께서 대상大喪 기간에 병부兵符를 동원해 북경의 주둔군을 조금 변동시켜야겠다고 하셔서 불려갔습니다. 그러나 반나절 동안 의견 차이를 좁히지 못해 신경전만 벌이다 왔습니다. 저는 무슨 일이 있더라도 열셋째와 열넷째 마마께 아뢰어야 한다고 고집했으나 융과다 대인은 굳이 그럴 필요가 뭐 있냐고 하셨습니다. 또 열넷째마마께서 가져가셨다는 주장奏章이 있어서 간 김에 가져왔습니다. 군보도 있고 여러 가지가 있었습니다……."

장정옥이 나소의 말에 미간을 찌푸리면서 고함을 질렀다.

"시끄러워! 주절대지 말고 주장이나 내놔."

나소가 황급히 가슴속에서 서류뭉치를 꺼냈다. 모두 노란 비단으로 겉봉을 싼 600리 긴급서찰이었다. 겉면에는 하나같이 간단하게 쓰여 있었다.

무원대장군 신 연갱요 근주謹奏, 육백리 긴급서찰

서류는 모두 완벽하게 밀봉돼 있었다. 아직 뜯어보지 않았다는 분명한 증거였다. 장정옥은 다짜고짜 주장을 챙겨들고 돌아서 나가려고 했다. 그때 나소가 황급히 말했다.

"장 중당, 병부를 동원하는 일은……?"

"안 된다고 전해."

"융과다 대인께서……."

"나한테 얘기하라고 해."

장정옥은 그렇게 말하고는 횡하니 밖으로 나가버렸다.

26장

서녕대첩西寧大捷

　연갱요의 군보를 어렵사리 입수한 장정옥은 부랴부랴 강수궁康壽
宮으로 돌아갔다. 그러나 옹정은 자녕궁으로 가고 없었다. 그는 그래
도 안으로 들어갔다. 궁 밖에서는 여전히 사르륵사르륵 눈발이 날리
는 소리와 하늘땅을 뒤흔드는 울음소리가 한데 뒤섞여 들려오고 있
었다. 그는 나무 걸상에 앉아 마치 갓난아기를 안듯 조심스럽게 군
보를 받쳐 들었다.

　순간 내용이 궁금해졌다. 밀랍으로 봉한 겉봉을 뜯어내고 읽어보
고 싶은 충동이 소록소록 샘솟았다. 그는 재상인 데다 임시이기는 하
나 조정 내외의 사무를 주관하는 대신인 만큼 충분히 뜯어볼 수도
있었다. 그러나 그는 끝내 그렇게 하지 않았다. 이상하게 두근거리는
마음이 좀처럼 진정되지 않았으므로 굳이 무리를 해서 볼 필요가 있
겠느냐는 생각이 든 것이다.

장정옥은 자신의 가슴에서 샘솟는 이름 모를 불안감을 계속해서 떨쳐내지 못했다. 그 역시 이유는 알지 못했다.

'연갱요와 악종기의 불화설 때문인가? 장군들끼리 공로를 다투는 일은 비일비재한 일이 아닌가. 그렇다면 윤제가 군보를 감췄다는 것 때문인가? 갑작스런 태후의 타계로 경황이 없었을 수도 있지. 그도 아니라면 융과다가 병부兵符를 요구한 사실 때문인가? 병부는 원래 융과다가 관리하게 돼 있어. 그 정도 권한이라면 북경의 주둔군과 구성九城의 금위禁衛들을 필요에 따라 움직일 수도 있지.'

그는 계속 이리저리 머리를 굴렸다. 그러나 아무리 생각해봐도 자신이 느닷없이 불안해지는 이유를 콕 집어낼 수가 없었다. 하지만 상식적으로 아무런 문제도 없어 보이는 일들이 한꺼번에 합쳐지면 심상치 않은 사건을 만들어낼 수도 있는 것이 아닌가! 장정옥은 생각하면 할수록 마음이 엉킨 실타래처럼 복잡해졌다. 그랬으니 멍하니 앉아 초점 잃은 눈을 창문에 고정시킨 채 다시 깊은 생각에 빠져들 수밖에 없었다.

"형신."

장정옥은 대답이 없었다.

"형신!"

옹정이 목소리를 높여 다시 한 번 불렀다. 장정옥은 그제야 흠칫하면서 고개를 돌렸다. 옹정이 어느새 안으로 들어와 있었다. 장정옥은 크게 놀라면서 벌떡 일어선 다음 황급히 무릎을 꿇었다. 이어 경황없이 입을 열었다.

"잠깐 정신이 나가서 폐하께서 오신 줄도 몰랐사옵니다. 이건 연갱요의 군보이옵니다. 폐하께서 친히 열어보시옵소서."

옹정은 너무 슬프게 울어서 눈두덩이 복숭아같이 변해 있었다. 그러나 표정만은 편안해 보였다. 그가 한숨을 지으면서 말했다.

"자네도 많이 힘들 텐데 그만 일어나게."

옹정이 말을 마치고는 뒤따라 들어온 방포를 향해 다시 입을 열었다.

"방 선생! 그러면 그렇지. 연갱요의 군보가 도착했어. 형신이 가져왔는데, 방 선생이 우리가 다 같이 듣게 소리 내어 읽어보게. 우리 대장군이 승전보도 얼마나 멋지게 보내왔나 들어보자고!"

장정옥이 옹정의 말에 깜짝 놀랐다. 이어 의혹에 찬 시선으로 옹정을 바라봤다.

"폐하께서는 어찌 우리 군이 승리했다고 단언하시옵니까?"

"머리 위 삼척三尺의 거리에 신명神明이 계시잖아. 세상일이라는 것은 원래 그런 거야. 누군가가 암암리에 뭔가를 하면 악착같이 까발리는 사람이 있지. 또 덮어 감추려고 하는 사람이 있으면 온갖 수단을 다 동원해 그걸 열어보려는 사람도 있고. 그 문제는 예삿일이 아니잖아. 종묘사직의 명운에서부터 짐의 명성, 심지어는 수십만의 목숨과 직결된 사안인데, 짐이 어찌 소홀할 수 있겠는가? 이 군보가 열넷째한테 있었다고? 우리 군의 대첩 소식은 이미 들었어. 짐은 그저 군보의 향방이 궁금했을 뿐이네."

옹정이 자신감 넘치는 어조로 말했다. 이어 방포를 향해 머리를 끄덕이면서 읽으라는 신호를 보냈다. 방포가 조심스럽게 겉봉을 뜯은 후 군보를 펴들더니 조용히 읽어 내려가기 시작했다.

"무원대장군 신 연갱요가 폐하께 정중하게 서녕대첩 소식을 전하옵니다. 이번 서녕대첩은 우리 군이 적군 십만 명을 섬멸함으로써……."

방포가 군보를 읽어 내려가다 잠시 멈추고 옹정을 힐끗 바라봤다.

흥분한 기색이 역력했다. 그러나 다시 큰소리로 낭독하기 시작했다. 군보의 앞부분은 작전배치와 군량미와 건초의 공급 상황을 비롯한 여러 가지 군무에 관한 내용이었다. 또 연갱요는 자신이 어떻게 군사를 진두지휘했는지, 또한 중대한 일, 사사로운 일 구분 없이 일일이 감독하고 지시했다는 사실, 대국에 착안해 드디어 전반적인 승리를 이끌어냈다는 사실 등을 군보에 상세히 기록했다. 이어 서녕대첩에 관해서도 구구절절 기록하는 것을 잊지 않았다.

나포장단증의 병사들은 모두 백전百戰을 경험한 사납고 용맹하기 이를 데 없는 무사들이었사옵니다. 유목 민족의 특성상 행적을 종잡을 수 없을 정도로 움직임도 귀신같았사옵니다. 담장 안의 도둑임에도 상당한 어려움을 겪었사옵니다. 신은 감숙성에서 청해성으로 들어와 몇 번을 싸운 끝에 작은 승리를 여러 번 거두었사옵니다. 그러나 적들의 주력부대를 찾기가 수월치 않았사옵니다. 크게 자웅을 겨뤄보고 싶었으나 상대는 숨어서 나타나지 않았사옵니다. 하루에 수십만 냥씩의 군량미를 소모하며 허송세월하는 나날이었사옵니다. 그러니 동남쪽에서 만사 제쳐두고 보내주는 군량미만 축내고 말았사옵니다. 신은 스스로의 무능을 저주했사옵니다. 심한 자괴감에도 빠졌사옵니다. 폐하로 하여금 수많은 잠 못 이루는 초조한 밤을 보내도록 했사옵니다. 불초는 그것이 국은國恩을 저버린 죄라는 생각에 심히 괴로웠사옵니다. 그래서 하루라도 빨리 승전다운 승전을 맛보기 위한 고육지책으로 유인책을 쓸 수밖에 없었사옵니다. 때는 임자壬子일이었사옵니다. 나포장단증은 탑이사에서 약 삼만 병력을 집결시켜 우리 군의 능력을 시험해 왔사옵니다. 성 안에는 우리 군이 천오백 명밖에 되지 않았사옵니다. 그러나 그는 신이 성 안에 있지 않다는 사실을 입수하고는 유인책에 걸려들지 않을까 우려했사옵니다. 쉽게 함정에 걸려들려 하지 않은 것이죠. 그러던 중 갑인甲寅일에 적들의 척후병이 신이 성으로 돌아왔다는 사실을 알았사옵니다. 당연히 오만 대군을 거느리고 대거 쳐들어왔사옵니다. 신은 이때다 싶어 봉화대의 불을 올려 사방에서 대기하고 있던 군사들을 불렀사옵니다. 개미 같은 반군들 역시 속속 몰려들었사옵니다. 그들은 닥치는 대로 약탈하고 불을 질러 성 밖의 보루들을 파괴했사옵니다. 신은 병사들의 사기를 북돋아주기 위해 중군의 호위하에 성루에 올랐사옵니다. 그리고는 적들의 움직임을 면밀히 주시하면서 군심軍心을 다독였사옵니다. 적들은 우악스럽게 달라붙었사옵니다. 도처에는 불기둥이 치솟았사옵니다. 신은 도와달라고 외치는 백성들의 울부짖는 소리를 들으면서도 구해줄 수가 없었사옵니다. 그리고는 하늘을 우러러 장탄식을 하면서 제발 우리 대청을 보우해 주십사 하고 기도했사옵니다……

"뒷부분은 더 이상 읽을 필요 없겠군."

옹정이 후유! 하고 숨을 내쉬었다. 이어 자신의 단정적인 말에 대한 생각을 덧붙였다.

"악종기도 악종기 나름대로의 고충이 있었겠지. 한쪽만 뭐라고 몰아붙여서는 안 된다고 보네."

방포가 이상한 생각이 들었는지 아랫부분을 훑어봤다. 과연 악종기가 어떤 이유에서인지 몸을 사려 송번에 들어가는 것을 꺼려했다는 내용의 대목이 나왔다. 나아가 파렴치하게 공로를 노려 전쟁포로를 탈취하려 했다는 비난의 말도 적혀있었다. 방포가 사뭇 놀라는 표정을 지은 채 말했다.

"폐하! 십만 포로를 운운하는데……, 앞부분에서는 언급이 없었지 않사옵니까?"

옹정이 방포의 말에 담담한 웃음을 지어내면서 대답했다.

"그래. 악종기는 그때 군사 오천 명을 거느리고 나가 나포장단증의 잔여 부대를 소탕하고 반란의 수괴를 잡아들이겠노라는 주청을 올렸어. 그래서 짐이 윤허했네. 어쨌거나 전쟁이 완전히 끝나면 모든 포로들을 오문午門에서 넘기라고 하면 되네. 그 옛날 성조께서도 친정을 다녀오시고 오문에서 축첩祝捷(승리 축하) 행사를 가지셨어. 그러나 짐이 너무 어려 기억이 나지 않는군……."

"하오나 폐하, 연갱요가 포로를 다 죽였다 하옵니다!"

"뭐라고?"

"군량미도 빠듯한 데다 그들까지 먹여 살리기가 버거워서 그랬다고 하옵니다. 또 그동안 감시소홀로 포로들이 탈출이라도 하지 않을까 우려했다고 하옵니다. 이미 명령을 내려 십만 포로를 현지에서……."

좌중의 세 사람은 '10만'이라는 어마어마한 숫자 앞에 경악하지 않을 수 없었다. 그 자리에서 몸이 땅에 붙은 듯 완전히 굳어지고 말았다.

10만 명! 손에 손을 잡고 늘어서면 청해성에서 북경까지 이어질 수도 있는 엄청난 숫자였다. 그런데 그 많은 사람들을 연갱요가 하룻밤 사이에 칼로 베거나 도끼로 토막을 내어 모조리 죽여 버리고 말았다니!

옹정은 다리의 힘줄이 쭉 빠진 듯 나른해져서 구들장 모서리에 털썩 주저앉고 말았다. 그리고는 눈을 스르르 감고 합장하더니 서쪽을 향해 몇 번이고 염불을 외웠다. 이어 가슴속 깊숙한 곳에서 한숨을 끌어올려 길게 토해냈다.

"연갱요에게 '도살자'라는 꼬리표가 붙어 다녀도 그러려니 했었어. 그런데 이게 웬일인가……!"

옹정은 심각한 고민에 빠졌다. 그러나 한참이 지난 후 옹정이 결론적으로 내뱉은 말은 상당히 뜻밖이었다.

"그 옛날 진시황은 진秦나라와 조趙나라의 싸움에서 하룻밤 새에 조나라의 병졸들을 사십만이나 파묻어버린 적도 있어. 비록 옛날 일이기는 하나 상황을 유추해 볼 때 연갱요도 필히 그렇게 할 수밖에 없었던 그 나름대로의 어려움이 있지 않았나 싶네. 봄에 전쟁이 완전히 끝나면 고승高僧을 부르겠네. 그를 짐의 체신법사인 문각과 함께 청해로 보내 칠일 밤낮을 꼬박 수륙도량水陸道場(물과 뭍의 중생과 원귀들을 제도해 해탈에 이르게 하는 불사)을 지내도록 해야겠어. 그러면 원귀들의 한을 풀어줄 수 있을 거야!"

"우리 군의 대첩 소식을 즉시 온 천하에 알려야겠사옵니다. 관보 전문全文에 연갱요가 올린 군보를 기재하고 병부에 명해 곳곳에 내붙이도록 해야겠사옵니다. 백성들도 모두 다 알도록 해야 하옵니다."

장정옥이 대승의 소식에 상당히 고무된 듯 목소리를 높여 아뢰었다. 옹정도 머리를 끄덕였다. 이어 천천히 덧붙였다.

"잠깐 기다리게. 짐이 주비朱批를 첨부할 테니."

옹정이 말을 마치기 무섭게 책상 앞으로 다가갔다. 그리고는 바로 붓끝에 주사朱砂를 묻혀 일필휘지로 써내려가기 시작했다.

서녕대첩에 관한 주장奏章은 잘 받아보았네. 이번에 세운 장하고 위대한 공적은 성조께서 굽어 살피신 덕분이라고 생각하네. 자네를 비롯한 부하 군관들과 병사들이 열심히 싸운 덕택이기도 해. 이번 전투에 참여해 진력을 다한 사람들 모두 짐의 은인으로 생각하겠네. 짐은 이 감격과 고마움을 어떤 말로 표현해야 할지 모르겠어. 또 이번 서행 길에서 짐에게 이토록 큰 선물을 준 자네를 어떻게 대우해주는 것이 천지신명의 뜻에 어울릴지도 모르겠군. 서녕이 위급할 때 자네는 짐의 정서를 배려해 주장을 올렸어. 그때 시구의 글자 하나하나에도 신경을 쓴 흔적을 짐은 잊을 수 없네. 이 모든 것은 '공로' 두 글자로 표현하기에는 부족해. 어쨌거나 짐을 향한 자네의 마음 씀씀이가 너무 감격스러울 정도로 고맙네! 자고로 군신간의 의기투합이 잘된 전형이 있기는 하나 자네와 짐 사이를 능가할 사람은 없을 것이네. 아무튼 자네와 짐은 천고에 길이 남을 군신의 표상이 되어 천하 후세들의 부러움을 살 수 있었으면 하네.

옹정이 주비를 다 쓴 다음 장정옥에게 건네주면서 말했다.

"자네들이 한번 보고 괜찮으면 명발明發로 보내도록 하게."

장정옥과 방포는 글을 한 번 쓱 훑어보면 10줄을 읽어 내려가는 사람들이었다. 당연히 단숨에 옹정의 주비를 읽었다. 두 사람은 순간 글의 행간마다에 옹정이 자신과 대장군 연갱요와의 친밀한 관계를 온 천하 백성들에게 극명하게 보여주려는 의도가 다분히 깔려 있다는 사실을 깨달았다.

그러나 군신 사이에 '은인'恩人이라는 말을 언급하는 것은 어쩐지 부적절해 보였다. 또 부담스럽기도 했다. 두 사람은 잠깐 서로를 마주보고 서로의 생각이 일치한다는 사실을 확인했다. 잠시 후 방포가 먼저 입을 열었다.

"폐하, 삼강三綱의 덕목 중에서 가장 귀중한 존재는 군주이옵니다. 무슨 일이 있어도 순서가 흐트러져서는 아니 되옵니다. 이 주비는 비밀로 해서 연갱요 한 사람에게만 전달한다면 별 문제는 없을 것이옵니다. 그러나 여과 없이 관보를 통해 천하에 알리는 것은 결코 바람직하지 않다고 신은 생각하옵니다."

장정옥 역시 거들고 나섰다.

"신 역시 방 선생의 생각에 공감하옵니다. 장군이 공로를 세워 포상하고 격려하는 것은 인정상의 문제이옵니다. 이치로 따져볼 때는 당연히 해야 할 일을 한 것이옵니다. 이토록 과도한 치사를 내리는 것은 바람직하지 않다고 생각하옵니다."

옹정은 장정옥과 방포 두 사람이 약속이나 한 듯 제동을 걸어오자 주비를 도로 가져갔다. 이어 미간을 찌푸린 채 한참 들여다보는가 싶더니 고개를 저으면서 말했다.

"아니네. '은인'이라는 두 글자는 반드시 필요하네. 그 옛날 바로 이 서부전선에서 우리 군이 육만 명이나 희생된 적이 있지. 그때 성조께서 크게 고통스러워하시던 모습이 아직도 눈에 선해. 짐은 성조와 일덕일심一德一心이야. 당연히 연갱요가 대승을 이끌어낸 것은 성조의 한을 풀어준 쾌거라고 할 수 있지. 따라서 짐으로 하여금 뒤늦게나마 효도를 하도록 도와준 것이네. 그래서 짐은 서슴없이 '은인'이라 칭했던 바이네. 여기다 '국지주석'國之柱石(나라의 기둥이자 대들보) 네 글자를 첨부해 명발明發로 발송하도록 하게. '은인' 두 글자는 절대 손대지 말고 나머지 듣기 거북한 곳이 있으면 자네들 뜻에 따르도록 하겠네."

장정옥은 옹정의 허락하에 나름대로 몇몇 단어를 고쳤다. 그리고는 다시 옹정에게 보여줬다. 옹정이 첫 번째와 비교해 보면서 말없이 머리를 끄덕였다.

순간 장정옥은 옹정이 참선을 할 시간이 되었다는 사실을 깨달았다. 서둘러 서류를 챙겨 밖으로 물러났다. 하늘에는 여전히 솜을 뜯어 뿌려대는 듯한 눈꽃이 휘날렸다. 그러나 겨울 들어 와서 내린 첫눈이어서인지 땅에 닿자마자 녹아버려 바닥은 눈 반 물 반이었다.

그는 처마 밑에 서서 잠깐 머뭇거렸다. 그 사이 위에서 눈이 우수수 쏟아져 목덜미 안으로 들어왔다. 그는 찬 기운에 몸을 부르르 떨었다. 그러나 곧 답답하던 속이 다소 후련해지는 느낌이 들었다. 그는 곧 태감의 부축을 받으면서 천천히 걸어갔다.

옹정의 조치는 윤사와 융과다가 장례 기간을 틈타 공들여 꾀한 모반 음모에 치명적인 반격을 가하는 행보였다. 처음부터 판을 깨버리는 격이 됐다고 해도 좋았다. 융과다는 장정옥이 병부兵符를 동원해 주둔군을 움직이려는 자신의 주장을 무시해버린 것에 대해 작심하고 따지려고 했다. 그러나 아무래도 속에 다른 꿍꿍이를 품고 있는 입장에서는 그리 당당하게 나서지지가 않았다. 용기도 나지 않았다. 몇 번씩이나 장정옥을 만났음에도 이를 갈면서 벼르던 말을 결국 입 밖에 내보지도 못했다.

물론 장정옥은 융과다에게 별다른 의심을 품지 않았다. 때문에 기회를 봐서 융과다에게 자신으로서도 어쩔 수 없었다는 입장을 표명하려고 했다. 그러나 경황없이 바쁘게 며칠이 흘러가 버렸다. 그 뒤로는 융과다가 이상하게도 그 일을 아예 없었던 것처럼 입을 싹 다물어버렸다.

그제야 장정옥은 갑자기 의심이 고개를 쳐들기 시작했다. 그러나 일단은 잠자코 있었다. 다만 대내의 시위들에게 경계를 강화시키고 특별히 옹정의 안전에 대해 주의를 줬다. 또 여러 친왕과 패륵들이 지나치게 슬픔에 젖어 체력 소모가 우려스럽다는 구실을 찾아내 태감들을 증파했다.

그렇게 해서 윤사 등은 측간을 가더라도 두 명의 태감들이 붙어 다니면서 부축할 정도로 발목이 잡힌 신세가 됐다. 비밀 얘기는커녕 서로 몰래 눈짓도 주고받지 못할 정도로 자유를 박탈당하고 만 것이다. 장정옥은 모름지기 혹시 모를 비상사태에 대비하고 있었다.

윤사의 명령에 따라 7일 내에 어떻게든 손을 쓰지 않으면 안 되는 융과다는 6일째 되는 날까지 악륜대 등의 시위들을 대동한 채 여러 차례 금수하金水河 주변으로 순시를 다녔다. 자금성 방위가 핑계였다.

그런데 놀랍게도 가는 곳마다 신설 병영들이 늘어서 있었다. 저마다 다른 소속이었다. 그는 필력탑 부대의 방위구역을 지나면서 특별히 주변을 눈여겨보았다. 그러나 감히 들어가 볼 엄두도 내지 못했다. 당연히 그들 병영에는 자신의 옛 부하들도 적지 않았다. 그러나 슬쩍 던지는 질문에 돌아오는 대답은 각자 덕릉태나 장오가 휘하 소속이거나 내무부 소속이라고 했다. 한두 사람을 매수한다고 해서 될 일이 아니었다.

융과다는 놀라움과 당혹감을 금치 못했다. 이제 계획이 수포로 돌아가는 것은 기정사실이었다. 그는 윤사에게 질책을 당하지나 않을까 하는 생각에 눈앞이 캄캄해졌다. 그 바람에 며칠 동안 제대로 먹지도 자지도 못했다. 잠깐만 눈을 붙여도 악몽에 시달릴 정도로 초조하고 불안했다. 뜨거운 솥뚜껑 위의 개미처럼 안절부절못했다. 멍하니 있다가 옹정이 몇 번씩이나 일에 대해 물어봐도 못 들을 때가 많았고, 깜짝깜짝 놀라거나 얼빠진 사람처럼 굴기가 일쑤였다. 옹정은 처음에는 태후의 사망에 따른 충격과 슬픔에 그러려니 했으나 차츰 이상하게 여기기 시작했다.

드디어 27일 동안의 국상 기간이 끝났다. 궁전의 상황은 여전히 정중동이었다. 마치 얼어붙은 영정하의 수면처럼 겉으로는 한없이 굳건하고 평온해 보이지만 그 밑에서는 급류가 소용돌이치는 것과 같았다.

어쨌거나 일단 별다른 사고 없이 국상은 매듭지어졌다. 궁중의 태감들은 천막을 철거하거나 뒷일을 수습하느라 가랑이에 불이 날 지경이었다. 무엇보다 종이로 만든 사람과 말 등 동물들을 모두 태워야 했다. 또 영전에 둘렀던 흰 천도 태워야 했다. 백사 궁등은 노란색 궁등으로 바꿔 내걸어야 했다.

백관들은 저마다 아문으로 돌아갔다. 황자들 역시 서둘러 집으로 향했다. 그동안 씻지도 못하고 지냈으니 씻고 닦는 것이 시급했던 것이다. 그러나 옹정은 상복喪服을 벗었음에도 방포를 창춘원으로 보낼 생각을 하지 않았다. 오히려 의논할 것이 있다면서 가까운 양심전으로 불러들였다. 방포가 자리에 앉기를 기다렸다가 옹정이 조용히 입을 열었다.

"방 선생! 이제 상복도 벗었으니 자네를 쉬도록 돌려보내야 해. 그러나 짐은 어쩐지 마음이 편치가 않아. 자네하고 얘기를 좀 더 나누고 싶네. 점심을 같이 먹고 창춘원으로 보내줄까 하네. 자네는 국책 고문이 아닌가. 자네 의견을 많이 참작하고 싶어서 그래."

방포가 부족한 잠 때문에 부어서 푸석푸석해 보이는 얼굴을 한 채 상체를 숙였다.

"그 옛날 이조二祖 혜가慧可께서 불교에 귀의하시고는 저녁에 보리달마에게 고백했다고 하옵니다. '나는 마음이 불안하오'라고 말이옵니다. 그러자 달마께서 '자, 가까이 오십시오. 제가 편안하게 해드리겠습니다! 그런데 마음이 어디 있는지 가르쳐 주실 수 있겠습니까?'라고 말했다고 하옵니다. 물론 신은 주제넘게 보리달마를 자처하는 것은 아니옵니다. 그저 한 예를 들었을 뿐이옵니다. 마음이 어디 있겠사옵니까? 바로 폐하의 가슴속에 있는 것이옵니다. 폐하께서 뭔가를 느끼셨다면 그것이 바로 불안한 이유이옵니다."

옹정이 우유 한 모금을 마신 다음 말을 받았다.

"이번 장례식을 너무 경황없이 치른 게 아닌가 싶어. 마치 대적大

敵이 들이닥친 것처럼, 호랑이에게 쫓기듯 군사까지 동원해 방위를 서게 하고 떠들썩하게 했어. 결국에는 아무런 일 없이 무사히 지나갔잖아. 그에 대해 사람들이 비웃지는 않을까 두렵네."

그러자 방포가 빙긋 미소를 지었다.

"신하들이 구설을 두려워하는 것은 자신의 발밑이 흔들려서 처한 위치가 위태로워지기 때문이옵니다. 그러나 지고무상한 인주人主께서 그런 걱정을 하시는 것은 기우라고 생각하옵니다. 조심이 지나쳤다고 갖은 험담과 비아냥거림을 듣는다 해도 자신을 지키지 못해 세인들의 웃음거리가 되는 것보다는 백 번 낫사옵니다. 신의 불공을 용서하시옵소서. 폐하께서 진정 두려워하시는 상대는 바로 외삼촌인 융과다일지도 모르겠사옵니다."

옹정이 방포의 말에 조용히 웃었다. 그러다 바로 웃음기를 말끔히 거둬들이면서 입을 열었다.

"방 선생, 어찌 그런 생각을 하게 됐는가?"

"흔히들 말하는 '요妖'라는 것이 무엇이겠사옵니까? 바로 생전 안 하던 짓을 한다는 것이옵니다."

"그래?"

"대적이 들이닥치기라도 할 세라 경계를 강화한 것은 사실 외삼촌을 의식한 것은 아니었사옵니다. 그러나 외삼촌은 모든 경계가 자신을 향한 것인 줄로 알고 있사옵니다. 전에는 하지 않던 수상쩍은 행동까지 하면서 말이옵니다."

방포는 옹정의 가슴속 깊은 곳에 숨어 있던 비밀을 족집게처럼 집어냈다. 옹정은 속으로 흠칫하면서 거의 녹아버린 눈에 시선을 주었다. 그리고는 한참 후에야 한숨을 내쉬면서 머리를 끄덕였다.

"그 사람이 정신을 딴 곳에 팔고 있는 것 같기는 했어. 경황없고 불안해 보였지. 짐은 처음에는 슬픔이 너무 지나쳐서 그런 줄 알았었네. 짐은 요술이나 귀신 따위를 꽤나 믿거든. 그래서 혹시 요술에 걸려 짐이 오른팔을 잃는 것이 아닌가 걱정을 했어.”

“슬픔이 지나친 것은 결코 아니옵니다. 성조께서 살아 계실 때 동가佳 태후마마께서 돌아가셨사옵니다. 그 당시 신은 상서방에 있었사옵니다. 태후마마라면 그 사람의 친누나 아니옵니까? 그런데 그는 그때도 그처럼 행동거지나 언행이 백치를 방불케 할 정도로 비통해하지는 않았사옵니다. 폐하께서는 그 사람이 정신을 딴 데 팔고 있는 것 같다고 하셨사온데, 신이 보기에도 뭔가에 홀려 혼을 빼앗긴 것 같았사옵니다.”

방포가 냉정하게 말했다. 사실 유학의 대종大宗으로 자부하는 방포는 요술이니 귀신이니 하는 것을 전혀 믿지 않았다. 그러나 옹정은 유학을 존중하는 동시에 불교도 숭상했다. 따라서 그로서는 융과다의 겉으로 드러난 현상만으로 옹정에게 뭔가 주의를 줄 수밖에 없었다. 그가 다시 입을 열었다.

“한 달 전에 주사奏事하러 들어왔을 때만 해도 그 사람은 논리정연하게 말을 잘했었사옵니다. 그런데 이덕전이 태후마마께서 승하하신 날 저녁 지의를 전달하고 돌아오는 길에 융과다가 염친왕부에서 나오는 모습을 봤다고 하옵니다. 그 시각에 염친왕부에서 나온다는 사실이 이상하지 않사옵니까? 자금성 방위를 책임졌으면서도 각 병영을 돌면서 얼쩡거리면서 들어가지도 못하고 기웃거리기만 하는 것은 또 어떻게 해석해야 하옵니까? 또 국상 기간에 황자들의 천막에는 볼일도 없이 왜 그리 자주 드나들었던 것이옵니까? 그것도 혼자서 수상쩍게 얼쩡거리다가는 돌아가곤 했사옵니다. 그러고서는 오만상을 찌푸리고 안절부절못했사옵니다.”

"그렇다면 자네 말뜻은 그 사람과 여덟째 아우가……. 설마? 그럴 리가! 짐이 등극할 때 전위유조를 낭독한 사람이 바로 그 사람이야. 딴 마음을 품었다면 그때가 절호의 기회 아니었겠어? 그런데 대국이 안정 국면에 접어든 이제 와서 다시 그것들과 작당을 꾸민다니, 어째 설득력이 떨어지는군."

옹정이 말끝을 흐리면서 흠칫했다. 강하게 고개를 가로저었다. 방포는 순간 불안스럽게 손을 비볐다. 자신이 옹정에게 너무 노골적인 얘기를 했다고 조금은 후회하는 듯도 했다. 그가 천천히 입을 열었다.

"폐하께서 그렇게 말씀하시니 신이 너무 깊은 곳을 건드린 것 같아 불안하고 후회스럽사옵니다. 당연히 신의 소견이 틀렸을 수도 있사옵니다. 신의 판단이 잘못된 것으로 판명난다면 더할 나위 없이 좋겠사옵니다."

옹정이 방포의 뜻을 충분히 이해했다는 듯 웃음 띤 얼굴로 말했다.

"가슴을 터놓지 않고 심중의 말을 하지 않으면 독대의 의미가 없지 않겠나? 그냥 눈앞에 보이는 사실에 대해 솔직한 생각을 털어놓았는데 문제될 것이 뭐가 있겠나? 모든 것은 짐이 알아서 처리할 테니 걱정 말게."

방포가 옹정의 말에 감동을 받은 듯 탄식의 말을 토했다.

"폐하께서 그토록 믿어주시니 신은 용기를 내서 말씀드릴 수 있을 것 같사옵니다. 동씨 일가는 모두 그 옛날 태자를 쓰러뜨린 '팔황자당'이옵니다. 그중 유독 융과다만이 군주에 충성해온 인물이옵니다. 소위 '당'黨이라는 집단을 형성한 무리들이 폐하께서 대통大統을 이룩하셨다고 해서 더 이상 '당'이기를 포기할 수는 없사옵니다. 넝쿨이라면 얽히고 감기게 돼 있사옵니다. 꽈배기처럼 서로가 꼬여 있기 마련이옵니다. 그저 한 편의 격양된 '붕당론'朋黨論이 그들 세력을 와해시킬 것이라고 기대하는 것은 애초부터 무리이옵니다. 천하를 위해, 폐하를 위해, 또 폐하의 혈육이 참변을 겪지 않게 하기 위해서는 폐하께서 반드시 이 '당'을 뿌리째 파버려야 하옵니다. 그렇지 않으면 폐하께서는 한낱 평범한 선종善終 황제로 남는 데 만족하셔야 하실 것이옵니다. 폐하께서 그토록 소망하시는 이치를 쇄신하고 잘못된 기강을 바로잡는 일대 영주로 남을 수는 없을 것이옵니다."

"짐이 윤당과 윤아를 밖으로 내보내고 윤제까지 준화遵化로 보내려 하는 것은 바로 그들을 갈라놓기 위해서네. 하나씩 떼어놓으면 아무것도 아닌 것들이 한데 뭉치면 일을 저지르거든."

옹정이 방포의 솔직하고 담백한 간언을 듣고 난 다음 한숨을 지으면서 말했다. 그리고는 천천히 자신의 솔직한 입장을 개진했다.

"그들이 합세해 짐에게 마수를 뻗치려 했던 그 시절을 떠올리면 지금도 소름이 끼친다네. 그때를 생각하면 그들을 절대 중용해서는 안 되네. 그러나 대국을 위해서 어느 정도는 반대세력도 아우르면서 살아야 하지 않겠나? 솔직히 짐은 후세에 폭군으로 남고 싶지는 않네. 외삼촌의 일도 그래. 짐은 설마 그런 소굴로 들어가지는 않았겠지 하고 요행을 바라고 있네. 조금만 기다려 보자고, 조금만. 그것도 안 되겠나?"

옹정이 내친김에 다시 말을 이어나가려 할 때였다. 갑자기 고무용이 궁전 안으로 고개를 빼꼼히 들이밀었다. 옹정이 그 모습을 발견하고는 대뜸 안색을 찌푸리며 호통을 쳤다.

"자네 지금 뭐 하는 건가? 짐이 방 선생과 얘기 중일 때는 자네들이 지켜야 할 규칙이 한두 가지가 아닐 텐데? 여태 그것도 몰라?"

고무용이 혼비백산한 듯 허겁지겁 들어와서는 연신 머리를 조아렸다.

"소인은 맹세코 몰래 엿듣지는 않았사옵니다. 방금 융과다 대인께서 뵙기를 청하셔서 소인이 군기처에서 대기하라고 했사옵니다. 하오나 시간이 길어지자 융과다 대인께서 소인에게 방 선생이 물러갔는지 알아보고 오라고 하셨사옵니다……."

옹정이 짜증스럽게 손사래를 치면서 내뱉었다.

"다들 피곤할 텐데 외삼촌에게도 들어가 쉬고 내일 뵙기를 청하라고 해."

고무용이 연신 굽실거리면서 나가려 했다. 그때 방포가 그를 불러 세웠다. 그리고는 옹정을 향해 아뢰었다.

"폐하, 건강에 무리가 되지 않으시다면 그냥 접견하시는 것이 어떻겠사옵니까? 상대는 다름 아닌 폐하께서 외삼촌이라 부르시는 사람이 아니오니까. 소신 때문에 그 사람을 피하신다면 신으로서는 대단히 부담스러울 것 같사옵니다."

옹정이 방포의 권유에 잠시 생각을 하는 듯했다. 이어 시원스럽게 말했다.

"그럼, 가서 외삼촌을 들라 하게."

곧이어 발걸음소리가 가까워지는가 싶더니 융과다가 주렴을 걷고 들어섰다. 이어 다짜고짜 대례를 올리려고 했다. 순간 옹정이 황급히 그를 붙잡으며 말했다.

"외삼촌이 어디 조카에게 절을 하는가? 방 선생과 이것저것 세상 돌아가는 얘기를 하면서 피로를 풀고 있던 중이었네. 대학자를 앞에 두고 뭔가 보물을 캐내지 못하면 후회할 것 같아서였지. 학문에 대한 가르침을 좀 받으려다 보니 외부인의 출입을 자제시킬 수밖에 없었네. 그렇다고 외삼촌이 그런 격식을 차릴 것은 뭐가 있나? 자, 어서 자리에 앉게."

옹정은 어느새 다른 사람으로 탈바꿈한 듯했다. 말투와 자세에서부터 소탈한 분위기와 여유가 넘쳤다. 그가 덧붙였다.

"이번 장례식 때 장정옥이 큰 몫을 했지. 장례식을 주관하랴, 밖의 군무를 처리하랴 바빴던 탓에 짐이 보기에 적어도 몸무게가 열 근은 빠진 것 같아. 그 다음으로는 외삼촌이 고생 많았어. 경계를 강화해 방위에 힘쓰랴 크고 작은 종실宗室을 챙기랴 심신이 많이 고달팠을 거야. 그렇지 않아도 방 선생과 얘기를 하다 '어째 외삼촌이 모습을 보여주지 않지?' 하고 말했었는데, 외삼촌이 귀가 가려워 달려온 것이겠지?"

옹정의 농담 아닌 농담에 방포가 슬며시 웃었다.

"폐하! 신이 폐하께 주청을 드리고 싶은 것이 있사옵니다. 아니 방 선생, 피할 거 없소."

융과다가 옷매무새를 단정히 하고 자리에 앉아 차 한 모금을 마시더니 바로 찻잔을 내려놓으면서 말했다. 막 이발을 한 것 같은 모습의 그는 용이 새겨진 마고자 위에 선학仙鶴 예복을 껴입고 있었다. 또 산호珊瑚 정자 뒤에는 파란 쌍안 공작화령이 달려 있었다. 웬일인지 며칠 전 넋을 잃고 다니던 모습과 먹구름을 얹고 다니는 것 같은 우중충한 분위기는 씻은 듯 사라지고 없었다. 피곤해 보이기는 했으나 특유의 세모눈도 반짝거렸다.

그가 잠시 생각을 정리하더니 천천히 덧붙였다.

"폐하께서도 요즘 들어 두서없고 경황없는 신의 모습을 간파하셨으리라 생각하옵니다. 일단 전날 뵈었을 때까지만 해도 정정하시고 도란도란 말씀도 정겹게 하시던 태후마마께서 갑자기 타계하셨다는 소식에 충격을 받은 것은 사실이옵니다. 새삼 인생의 덧없고 허망함에 비통함을 떨칠 수가 없었사옵니다. 또 어떤 일은 이해가 안 가는 부분도 있었음을 허심탄회하게 고백하옵니다. 신은 명실공히 폐하께서 특별히 임명하신 고명 상서방 대신으로서 북경 방위의 책임을 떠맡았사옵니다. 그러나 요즘 들어 살펴보면 신은 한낱 대내의 시위대장에 불과했던 것 같사옵니다. 동화문, 서화문, 전문과 신무문 밖에 그렇게 많은 병사들이 널려 있어도 누가 파견한 어느 부대인지도 전혀 몰랐사옵니다. 태후께서 타계하신 그날, 신은 병사들을 적재적소에 배치하기 위해 군기처로 병부兵符를 가지러 갔었사옵니다. 하지만 군기처에서는 장정옥 대인의 지시가 없으면 병부를 내줄 수 없다고 했사옵니다. 그렇지 않아도 서글펐기 때문에 신은 그때부터 하나의 의혹이 고개를 쳐드는 것을 어찌 할 수가 없었사옵니다. 폐하, 폐하께서는 신을 '외삼촌'이라고 부르시옵니다. 그러나 신은 그저 신하로만 자처하고 있사옵니다. 신은 그저 며칠째 머리를 지지리도 무겁게 누르고 있던 생각을 털어놓기 위해 뵙기를 청했던 것이옵니다. 만약 신이 지금까지 말한 모든 조치가 성의聖意에서 비롯된 것이라면 신으로서는 냉정하게 스스로를 돌이켜볼 필요가 있겠사옵니다. 가슴에 손을 얹고 폐하에 대한 충성과 성의가 추호라도 부족한 점은 없었는지를 진지하게 고민해 봐야 할 것 같사옵니다. 그러나 모든 것이 폐하가 아닌 다른 사람의 의견이 반영된 것이라면 신은 어떤 소인배가 우리 군신 사이를 이간질하려 드는지 밝혀야 할 필요가 있다고 생각하옵니다. 신은 원래 군공軍功(군에서 공훈을 세워 임명된 관리) 출신이어서 단순하고 눈치도 무딘 편이옵니다. 그럼에도 폐하께서는 여러모로 부족한 신에게 중임을 내리셨사옵니다. 믿음도 주셨사옵니다. 그런 이상 신은 과민반응일지는 몰라도 폐하께 제가 생각하는 바를 모조리 말씀 올리지 않을 수가 없사옵니다."

고백이라고 해도 좋을 융과다의 말은 침착하고 당당했다. 옹정과 방포가 방금 전 입에 올렸던 주제와도 들어맞았다.

옹정은 속으로 적지 않게 놀랐다. 그러나 짐짓 모르는 체하고 껄껄 웃었다.

"외삼촌, 그대를 소심한 사람이라고 하기에는 조금 그래. 짐 앞에서 감히 그런 말을 할 수 있다는 것이 놀랍기도 하고. 단순한 사람이라고 보기에는 상상력도 지나치게 풍부한 것 같아. 넘치면 모자라느니만 못하다고 했어. 생각이 지나치게 깊어지면 오히려 문제의 본질에서 천만리나 떨어지게 되는 수가 있거든!"

옹정이 잠시 말을 멈췄다. 그리고는 무덤덤한 표정의 방포를 힐끗 쳐다본 다음 말을 이었다.

"짐은 일을 함에 있어서 내 안의 목소리에 귀를 기울이지. 또 스스로의 결정에 힘을 실어줘. 그런 방식을 통해 옳고 그름을 판단하는 것이지 결코 누군가의 이간질에 좌우되지는 않아. 우리가 어떤 사이인가? 그런데 누가 감히 이간질을 한다는 말인가? 연갱요는 삼척동자도 다 아는 짐의 최측근이야. 그런 그가 작년에 보낸 밀주문에서 '융과다는 지나치리만큼 평범한 인물'이라고 해서 짐이 즉각 주비를 내려 호되게 질책한 적이 있지. 사람 잘못 봤다고 말이야. 외삼촌은 진정한 사직의 대신이자 짐의 공신이라고 쐐기를 박았지. 다시는 엉뚱하게 의심하고 함부로 말하는 일이 없도록 눈물이 쏙 빠지도록 혼을 냈어. 그 밀주문은 아직도 저기 저 궤짝 안에 있어. 보고 싶으면 봐도 좋아."

"태후마마께서 타계하신 것은 참으로 비감한 일이 아닐 수 없소."

똑바로 앉아있던 방포가 턱수염을 치켜 올리며 말을 꺼냈다. 융과다를 향한 발언인 듯했다. 이어 그가 덧붙였다.

"성조 말년에 여러 황자들 사이에 있었던 일들을 융과다 대인께서는 누구보다 잘 알고 계실 거요. 성조께서 유조遺詔를 내리실 때도 우리는 함께 자리에 있지 않았소. 이번에 열넷째마마께서 지의에 반항해 태후마마의 면전에서 폐하를 상대로 어깃장을 놓았소. 그 바람에 태후마마께서는 충격을 받아 갑자기 돌아가셨다고 해도 크게 틀리지 않을 거요. 그 때문에 혹시 있을지 모르는 이변을 미연에 방지하기 위해 폐하께서는 직접 각 진영의 군마軍馬를 동원한 것이오. 특히 대내의 경계를 강화시키셨소. 이 일은 나 말고는 장정옥도 모르는 사실이오. 융과다 대인, 불만이 있으면 나한테 하시오. 대신 다른 대신들과는 이 일로 인해 마찰을 빚지 않았으면 하오."

융과다가 거친 숨을 몰아쉬면서 침을 꿀꺽 삼켰다. 그리고는 입을 열었다.

"나는 불만 같은 것은 없소. 그저 이해가 되지 않았을 뿐이지. 군기처의 병부兵符는 평소에 내가 매일이다시피 꺼내 쓰던 것이오. 그런데 장정옥의 말 한 마디에 손도 못 대게 됐으니 억울하기도 했소. 아무튼 그랬소!"

옹정이 융과다의 말에 순간적으로 미간을 살짝 찌푸렸다.

"형신의 입장도 헤아려주기 바래. 방금도 문안 올리러 들어오려는 것을 받은 것으로 할 테니까 그만 집에 돌아가 쉬라고 했어."

그리고는 바로 미소를 머금으며 말을 이었다.

"요즘 들어 무척 힘들었을 거야. 지쳤을 것도 같고. 사람이 힘이 들면 만사가 귀찮아진다고. 그러니 말을 조금 과격하게 할 수도 있는 것 아니겠어? 어느 해인가 장정옥은 태자태보의 신분이었는데, 승덕으로 성조를 뵈러 온 십여 명 황자들을 계득거戒得居 눈밭에서 하룻밤을 꼬박 서서 기다리도록 만든 적이 있었어. 그 정도로 일에 있어서는 무서운 사람이지. 더구나 재상이니 당연히 그에 합당한 위상을 보여줘야 하고. 당연히 그걸 가지고 나중에 뭐라고 하는 사람은 없지 않겠어? 사람은 뭐니 뭐니 해도 마음이 중요한 거야. 물론 차후에라도 짐이 아끼는 마음에서 주의는 좀 줄 거야. 그러나 평소에 두 사람은 사이가 괜찮지 않았는가? 아무려나 그 일로 인해 서로 의를 상하지 말고 무릎 맞대고 앉기를 바라네."

옹정의 말은 일면 훈계 같았으나 딱 부러지게 지시하는 것도 같았다. 또 권유와 위로 같아 보였으나 어딘가 위엄도 서려 있었다. 융과다는 할 말을 잃었다. 그러나 며칠 동안 자신의 비정상적인 언행에 대한 옹정의 시각을 은근 슬쩍 떠보려고 왔던 그로서는 별다른 경계심이 없는 듯한 옹정의 말에 적지 않게 안심이 되기도 했다.

"정말 지당하신 성훈聖訓이시옵니다. 다른 분부가 계시지 않으면 신은 그만 물러가겠사옵니다. 언제 형신을 만나면 반드시 오해를 풀도록 하겠사옵니다. 금방 해결될 줄로 믿사옵니다."

옹정이 말없이 머리를 끄덕였다. 융과다는 곧 굽실거리면서 물러갔다. 융과다가 수화문을 나서는 모습을 확인하고는 옹정이 고개를 돌려 방포에게 물었다.

"어떤가?"

"폐하께서 물어 보시기 전에 신이 먼저 여쭤보고 싶사옵니다. 폐하께서 보시기에 저 사람이 '귀신 붙은' 사람 같사옵니까?"

방포가 실눈을 뜨면서 익살스럽게 여쭈었다.

"글쎄, 조금만 더 지켜보자고."

그렇게 말한 옹정은 더 이상 융과다에 대해 논하고 싶지 않은 듯 책상 위에서 상주문 하나를 꺼내 들었다.

"이건 연갱요의 비난에 대해 악종기가 변호하는 글을 적은 상주문이야. 우선 연갱요가 발호한다는 비난의 내용이 들어 있어. 또 연갱요의 부하들이 백성들의 재산을 갈취하고 무차별 공격을 해서 무고한 생명을 수없이 죽였다는 내용도 있지. 악종기 본인은 오천 병마를 거느리고 청해성을 이 잡듯 뒤져서라도 나포장단증의 잔여 부대를 소멸하고야 말겠다는 의지를 보이기도 했어. 자네 생각에는 어떠한가?"

방포가 상체를 약간 숙이면서 대답했다.

"신은 군사軍事에 대해서는 잘 모르옵니다. 폐하께서는 열셋째나 열넷째 마마의 의견을 들어보시는 것이 어떨까 싶사옵니다. 물론 신의 어리석은 생각으로는 악종기가 자신감과 공로에 대한 열망을 표했다면 한번 내보내는 것도 괜찮기는 할 것 같사옵니다."

"짐은 윤제에게는 그런 것을 묻고 싶지 않네. 내일 준화로 보낼 텐데, 안 가겠다고 눌러앉아도 등을 떠밀어 보낼 참이네! 청해에서 오년이나 있었으면서도 작은 승리 한 번 이끌어내지 못한 무능한 녀석에게 뭘 물어보겠어? 윤상에게 자문을 구해봤더니 나포장단증의 잔여 세력들은 지금쯤 완전히 상갓집 쥐가 돼 있을 것이라고 하더군. 갈 곳을 잃어 서로 연락마저 제대로 안 될 것이라고 해. 결론적으로 이때가 더 없이 좋은 기회라고 하더군. 쫓아가서 때려주는 것이 최선이라는 것이지. 짐에게 윤허해줄 것도 당부했네. 다만 연갱요와 악종기 사이의 불화가 해소되지 않은 것이 문제야. 그런 상태에서 악종기가 자칫 연갱요의 기분을 거스르다 엉뚱한 의심을 사면 어떻게 하나 걱정이 돼서 잠시 주저하고 있는 중이네."

옹정의 왼쪽 뺨 근육이 푸들거렸다. 같은 어머니의 배에서 나온 동생에 대한 좋지 않은 감정이 여전히 남아 있는 듯했다. 방포가 그런 옹정의 말을 다 듣더니 바로 입을 열었다.

"윤허는 하셨어도 악종기가 연갱요의 지휘를 받는 부하임에는 변함이 없지 않사옵니까? 연갱요도 너무 지나치게 하지는 않을 것이옵니다."

"그럼."

옹정이 방포의 숨은 뜻을 즉각 알아차리고는 책상 앞으로 성큼 다가갔다. 이어 주필을 들고는 방포를 향해 미소를 지어보이면서 말했다.

"악종기의 상주문에 대한 주비를 이런 식으로 쓰면 어떨지 봐주게."

방포가 가까이 다가갔다. 마치 용과 뱀이 춤추듯 하는 옹정의 필체가 대단히 멋스러웠다. 마치 미끄러지듯 선지宣紙를 메우기 시작했다.

보내온 주장奏章을 받고 자네의 의지에 내심 흐뭇했네. 그러나 자네와 연갱요 모두 짐의 심복들이야. 그런 만큼 의견 차이를 좁히지 못해 둘 사이에 틈이 생겨서는 안 되겠네. 이 점을 각별히 명심하게. 짐은 일단 자네를 분위장군奮威將軍으로 임명하겠네. 나포장단증의 잔여 세력을 소탕하는 전선에 뛰어드는 것을 허락하겠네. 그러나 여전히 연갱요의 휘하에 귀속되어 있는 것에는 변함이 없어. 아무려나 부디 분발해 짐에게 편안한 잠자리를 선물했으면 하는 바람이네. 개선장군이 돼 돌아와 주기만 한다면 나라에서 어떤 영광인들 아끼겠는가!

"대단히 좋사옵니다. 다만 '여전히 연갱요의 휘하에 귀속되는 것'이라는 부분이 조금 걸리옵니다. 그보다는 '귀속돼도 좋다'는 식으로 바꾸는 것이 더 적절할 것 같사옵니다."

방포가 눈빛을 반짝이면서 말했다. 옹정이 잠시 방포의 말뜻을 음미해보더니 주저 없이 그의 의견을 받아들였다. 그리고는 태감을 불러 지시를 내렸다.

"즉각 육백리 긴급서찰로 송번에 있는 악종기의 대영으로 보내도록 하게!"

옹정은 머리를 아프게 만들던 일을 처리하고 나자 비로소 홀가분한 듯했다. 몸을 쭉쭉 뻗으며 기지개라도 켜고 싶었다. 그러나 두 팔을 펴는 순간 방포를 의식했는지 바로 어깨를 늘어뜨리면서 팔을 거둬들였다. 그런 다음 여전히 뭔가 생각에 잠겨 있는 방포를 향해 입을 열었다.

"방 선생, 너무 오래 붙잡아 둬서 대단히 피곤할 것 같군. 이제는 창춘원으로 돌아가게. 못다 한 얘기는 내일 계속하도록 하지. 결코 적지 않은 나이에 짐을 돕느라 밤잠도 못 자고 고생하는 것을 보니 짐도 안쓰러워."

"폐하께서는 늘 이토록 근정謹政을 하시옵니다. 그런데 며칠 동안 잠 좀 덜 잤기로서니 신이 어찌 감히 고생이라고 할 수가 있겠사옵니까!"

방포가 먼 곳에서 시선을 끌어당기면서 아뢰었다. 이어 옹정을 향하는 것 같기도 하고 혼자 중얼거리는 것 같기도 한 어투로 덧붙였다.

"청해 전투를 치르면서 벌써 칠백만 냥이나 썼사옵니다. 잔여 세력까지 소탕하고 승전고를 울리며 돌아올 때까지는 적어도 오백만 냥은 더 있어야 하옵니다. 그러면 이번 전투에만 총 천이백만 냥이 소모된다는 계산이 나옵니다. 국채 환수를 통해 일부를 회수했다고는 하나 산동성과 하남성의 재해복구비 지출도 적지 않사옵니다. 더구나 이번에 홍역을 치른 청해성, 감숙성, 섬서성의 민생을 돌보려면 또 돈이 필요하옵니다. 국채 환수 금액으로만 막기에는 애초부터 무리이옵니다. 폐하의 결정에 조금이나마 힘이 되려니 늘 이렇게 생각이 복잡하옵니다."

옹정이 한참 묵묵하게 뭔가를 생각하더니 천천히 입을 열었다.

"그래도 청해 전투의 승리 덕분에 발등에 떨어진 불은 끄지 않았는가! 나머지 일은 천천히 고민해 보자고. 음……, 내년 오월 연갱요를 불러들여 포로를 바치도록 하라고 해야겠어. 또 성대한 열병식도 거행할 거야. 군신群臣들이 모인 자리에서 앞으로의 일을 상의하도록 하자고. 방 선생은 그동안 생각했던 바를 조목조목 기록해 뒀다가 짐과 장정옥, 마제, 융과다가 참고할 수 있도록 해줬으면 하네. 그러면 그렇게 알고 점심이나 먹고 가게. 여봐라, 선膳을 내오너라!"

〈7권에 계속〉